如
懿
传

Ruyi's Royal
Love In The
Palace

后宫 如懿传

伍

流潋紫 著

湖南文艺出版社
HUNAN LITERATURE AND ART PUBLISHING HOUSE

博集天卷
CS·BOOKY

第十五章　悼玉　/159

第十六章　淑嘉　/171

第十七章　祥瑞　/179

第十八章　离析　/191

第十九章　暗香　/203

第二十章　异变　/213

第二十一章　海兰　/225

第二十二章　妄事　/239

第二十三章　巫盅（上）　/251

第二十四章　巫盅（下）　/261

第二十五章　断腕　/273

第二十六章　女心　/287

第二十七章　沉浮　/299

第二十八章　新秀　/321

第二十九章　豫嫔　/335

第三十章　香见欢　/347

目 录

第一章　秋扇　/001

第二章　皇子　/013

第三章　茶心　/025

第四章　木兰　/037

第五章　黄鹄歌　/047

第六章　伤情薄　/061

第七章　西风凉　/071

第八章　萧墙恨（上）　/083

第九章　萧墙恨（下）　/095

第十章　天亡　/107

第十一章　相随　/111

第十二章　伤花　/123

第十三章　出嗣　/135

第十四章　伤金　/147

碧草池塘春又晚，小叶风娇，尚学娥妆浅。

双燕来时还念远，珠帘绣户杨花满。

绿柱频移弦易断，细看秦筝，正似人情短。

一曲啼鸟心绪乱，红颜暗与流年换。

第一章

秋扇

待到皇帝从热河回銮时，已是秋风萧瑟天气凉的时节，如懿也陪着太后携嫔妃们回到紫禁城中。宫中的秋总是来得毫不经意，不知不觉霜露微重，从草木间滑落，便已浸凉了衣襟。蓝天高远如一方沉静的玉璧，空气中浅霜般的凉意伴着浅浅的金色轻烟，染黄了嫩绿的树叶，亦红透了枫树半边。御花园的清秋菊花随着秋虫唧唧渐次开放，金菊、白菊、红菊、紫菊锦绣盛开，晕染出一片胜于春色的旖旎。而其中开得最盛的一枝，便是再度得幸的嬿婉。

如懿再次见到嬿婉时，已是九月十五回銮之后。大约在木兰围场极为得幸，如懿见到她时，从她丰润微翘的唇瓣，便知晓了她如何得宠的种种传言。

热河行宫木兰秋狝的飒飒英姿，衬着昆曲悠扬的袅娜情韵，刚柔并济，如何不动人情肠呢？

回宫当日的夜晚，嬿婉便赶来拜见如懿。她穿了一身江南织造新贡的浅浅樱花色轻容珍珠锦，像四月樱花翩翩飘落时最难挽留的一抹柔丽，撞入眼帘时，娇嫩得令人连呼吸也不自觉地轻微了。裙裾上一对并蒂花鸟交颈相接，绰约有情，风动处色如霞影，飘扬绚烂，华丽而不失婉约之气。袖口用米珠并萤石穿以淡银白色的丝线绣了精致的半开梨花，更见清雅别致，与她精心绾就的发髻上数枚云母水晶同心花钿交相辉映，更兼一对金镶玉步摇上镂金蝶翅，镶着精琢玉串珠，长长垂下，并着六对小巧的绲金流珠发簪，格外有一种华贵之美。

此时明月悬空，玉宇清宁，月光无尘无瑕入窗，不觉盈满一室。嬿婉容颜剔透，在烛火下如无瑕美玉，连如懿也不由得注目。原来皇帝的恩幸与荣宠，可以让一个女人绽放得如此娇美。

嬿婉见了如懿，徐徐恭敬拜倒："皇后娘娘凤体安康，福绥绵长。"

如懿置身九莲凤尾宝座之上，俯视着她道："有令妃伺候皇上，本宫自然凤体安康，福绥绵长。"

嬿婉的声音柔婉得如春日枝上呖呖婉转的百灵："臣妾身为嫔妃，伺候皇上是应当的。"

容珮递上茶水，笑吟吟道："嫔妃伺候皇上自然是应当的，但打扮成宫女尾随皇上去木兰围场唱着曲儿伺候，奴婢在宫里这些年，也是头一回听闻。"

嬿婉含笑望着容珮道："本宫怎么伺候皇上，只要皇上高兴，你一个奴婢能置喙什么？"

如懿拨弄着手里的十八子，那圆润饱满的珠子在她手心缓缓地一下一下滑过。她沉声道："容珮是不能置喙，只是本宫也在想，你既病着要回紫禁城静养，怎么突然便去了木兰围场了。你这病啊也太厉害了，能让你精神百倍奔赴千里到皇上身边。这样好的病，只怕是宫里人人都要羡慕了。"

嬿婉似一只在溪边啜饮溪水受到惊吓的小鹿，白皙娇嫩的手按在胸口，惶然欲泣："臣妾想着自己病重，一心惦念皇上，只怕不见上皇上一面，若是自己撑不住，岂不终身抱憾？所以左右拼着一死，才大胆去了木兰围场。"

如懿抬头望着殿顶的水彩壁画，金粉灿灿，描摹的神仙故事仿佛是最好的一台戏，演着不真实的喜怒哀乐。她不屑地笑道："原来令妃的病一到木兰围场就可以即刻痊愈，还能歌会唱了。"

嬿婉的声音细细柔柔，仿佛能掐出水来："情不知所起，一往而深，生者可以死，死可以生。相思无因，生死都是一念间，何况臣妾区区之病，一见皇上，自然什么都好了。"她抬头瞥一眼如懿："或者说，皇上洪福齐天，荫庇臣妾了。"

这样的言语，自然是无可挑剔。落在男人的眼中、耳里，怕更是触动柔肠吧。

如懿垂下眼眸，浅浅划过一丝冷笑："这样说来，倒是本宫不好，不让你见皇上，才叫你惹出一身的女儿病来。"

嬿婉的微笑如秋水生波，涟漪缓缓，双目中甚至浮升起一层朦胧的水雾。她美丽的容颜温顺而驯服，让人不由得生怜："臣妾自知冒犯官规，此刻来见皇后娘娘，便是来谢罪了，更有一份大礼献予皇后娘娘。"

如懿好整以暇，垂眸把玩着指上的双色碧玺戒指，道："什么大礼？说来听听。"

嬿婉柔声地一字一字吐出："高斌被革职了。"

如懿心头一跳，面上却平和得波澜不兴："慧贤皇贵妃死了这么久，皇上即便有几分旧情也淡薄得差不多了，想必你也进言不少，高斌才会被革职得这么快。"

嬿婉谦卑道："即使臣妾费些口舌功夫也不能让慧贤皇贵妃起死回生来向皇后娘娘谢罪，所以只好拿她阿玛抵过了。若娘娘觉得臣妾此事不够将功抵过，臣妾任凭皇后娘娘责罚。"

片刻的静默后，如懿很快微微一笑，语气和缓道："你是皇上跟前的宠妃，责罚了你，谁伺候皇上呢？罢了吧。"

嬿婉跪下，膝行到如懿跟前，一脸楚楚："臣妾从前有所过失，皆因出身卑微，不识大体，但臣妾敬重皇后娘娘之心，从无拂逆。臣妾虽然愚笨，但求能趋奉皇后娘娘左右，奉洒扫之责，臣妾就欢喜不尽了。"

容珮满面堆笑，出口却字字犀利："令妃小主要在皇后娘娘身边奉洒扫之责，那奴婢们该去哪儿了呢？得了，皇后娘娘由奴婢们伺候，小主尽心伺候皇上便是。若能六宫里个个安分，便是皇后娘娘的清闲了。"

嬿婉听她这般说话，脸上到底挂不住，只仰面看着如懿。

如懿沉吟片刻，只是肃然如寻常："就算你所言是真，这也是私情，不能抵你违反官规之过。今日起你每日行板著之罚两个时辰。春婵是跟着令妃去的，杖责二十。"

嬿婉不想如懿仍是如此责罚，不觉微微变了脸色，很快又觉得不妥，忍耐着俯首三拜："臣妾谢皇后娘娘。只是皇上召了臣妾今夜侍寝，可否容臣妾明日再受罚？"

如懿颔首："明日容珮会到永寿宫看着你和春婵受罚。"说罢，再不理会。嬿婉俯首三拜，躬身退去。嬿婉俯首三拜，躬身退去。容珮望着她出去了，狠狠地啐了一口道："做作！矫情！"

如懿按一按容珮的手："方才你的言语里已经敲打过她了，不必再说什么。"她取过一个珐琅雕花盒，用食指蘸了一点薄荷膏轻轻揉着额角，徐徐道："你以为令妃真的是来谢罪想要将功抵过的？她告诉本宫她能让高斌革职，是提醒本宫她在皇上心中的分量。"

容珮撇嘴道："高斌革职，那是五阿哥的本事，她也敢来沾这个功劳。"

如懿摆一摆手："永琪虽然在高斌革职的事上出了力，但不能显山露水太着了痕迹，况他毕竟年少，一直收敛羽翼，不能出头太多。令妃敢说这个话，自然不怕本宫去查。可见高斌革职，的确是令妃出力更多。"如懿凝神片刻："而且本宫也一直疑惑，令妃当日装病假意要回宫静养，如何能一路妥妥当当去了木兰围场，一定是有人暗中相助，这个人……"

如懿沉吟，捻着一串东珠碧玺十八子手串不语，那手串上垂落的两颗翠质结珠，沙沙地打在她手指上，有微雨颤颤似的凉。

容珮惊异道："娘娘是怀疑……"

如懿手势一滞，缓缓摇头："要真疑心，人人都可疑。只是到了这一步，令妃必有贵人相助，又得皇上宠爱，风头正盛，咱们只能按宫规处置罢了。"

容珮担心道："可如今令妃这样得宠，连忻嫔都被比下去了……"

"忻嫔是不会被比下去的。忻嫔虽然性子直爽，但不是蠢笨的人。何况皇上重视准噶尔之事，是不会冷落了忻嫔的。"如懿以指尖佛珠的冰凉，来平静灼热的气息，"不是令妃得宠便是旁人得宠，你方唱罢我登场，风水轮流转罢了。本官是皇后，是中宫，无论谁得宠都不会改变。何不冷眼旁观，暂取个分明呢。"

容珮稍稍放心，低声道："只是令妃尚且年轻，迟早会为皇上生下龙胎，那时候她的地位岂不更加稳固？娘娘可要稍做防范？"

月光似皎皎流素，泻入室内。如懿轻匀的妆容柔美平和，浸润在月影中，更添了一丝稳重："论及子女，难道纯贵妃与嘉贵妃的孩子还不多？若要地位稳固，只在皇上心意，而非其他。皇上已经有那么多皇子、公主，即便令妃生下什么，孩子年幼，也不必怕。"如懿长叹一声，幽幽道："本官所担心的，只是令妃的心性。容珮，你可看到她的手指上多了好些红肿处？"

容珮蹙眉疑道："奴婢看到了。只是令妃恩宠正盛，养尊处优，难道还要自己劳作？"

窗台下一盆绿菊开得那样好，浸在洁净的月光底下，寂寂孤绝。如懿折下一枝把玩，摇头道："那是被弓弦勒出的痕迹。听闻在木兰围场时，令妃常常陪伴皇上行猎骑射。本官记得令妃不比满蒙女子擅于骑射，她一定是暗中下了不少苦功练习才会如此。这个女子，外表柔弱，内心刚强，不可小觑了。"

容珮犹疑道："那咱们该怎么做？"

如懿轻轻嗅了嗅绿菊清苦的甘馨："知其底细，静观其变。"

　

嬿婉在养心殿的围房除去衣衫，卸妆披发，被宫女们裹上锦被，交到侍寝太监手中。寝殿内皇帝已然斜倚在榻上等她。明黄的赤绣蟠龙锦缎帷帐铺天盖地落落垂下，嬿婉听着宫人们的脚步渐次退远，便从自己的粉红锦被中钻出，一点一点挪入皇帝怀中，露出一张洗去铅华后素白如芙蕖的脸。

皇帝笑着抚摸她的脸颊："朕就喜欢你蛾眉不扫，铅华不御，就像那日朕在木兰温泉漫天星光下见到你一身素淡，让朕惊艳之余念念不忘。"

嬿婉看着烛光莹亮，照得帐上所悬的碧金坠八宝纹饰，华彩夺目，直刺入心，让她心生欢喜。仿佛只有这样华丽的璀璨，才能让她那颗不定的心有了着落。

终于，终于又可以在这里度过一个清漫的长夜。用自己得意而欢愉的笑声，去照亮紫禁城中那些寂寞而妒恨的眼。

嬿婉将半张粉面埋在皇帝怀中，娇滴滴道："是皇上长情顾念，不厌弃臣妾这张看了多年的脸面而已。"

皇帝笑着吻上她的面颊，手指留恋着她光腻的颈，低语细细："能让朕不厌弃的，便是你的好处。"

嬿婉躲避着皇帝的胡须拂上面颊，笑声如风中银铃般清脆呖呖。她略一挣扎，牵动耳垂一对垂珠蓝玉珰。她低低痛呼了一声，也不顾耳垂疼痛，先摘下耳珰捧在手心对着烛火细细查看，十分在意。片刻，见耳珰浑然无损，嬿婉复又小心戴上，柔声道："是臣妾不小心了。"

皇帝见她如此在意，便道："这耳珰朕见你常常戴着，你很喜欢么？看着倒是有些眼熟。"

嬿婉爱惜地抚着耳珰上垂落的两颗晶莹剔透的明珠，生了几分寥落的怅然："臣妾说了，皇上不会怪罪臣妾？"

皇帝轻怜蜜爱道："自然不会。你说什么，朕都喜欢。"

嬿婉娇怯怯地抬眼："这副耳珰是舒妃生前喜爱的，也是她遗物之一。臣妾顾念多年姐妹之情，特意寻来做个念想。"

皇帝脸上闪过一丝乌云般的荫翳，淡淡道："宫里好东西多的是，明日朕赏你十对明珠耳珰，供你佩戴。过世人的东西不吉，便不要再碰了。"

嬿婉怯生生道："皇上说得是。只是臣妾怜悯舒妃早逝，十阿哥也早早夭折，心里总是放不下。"

皇帝念及十阿哥，也有些不忍，道："从前朕是见你与舒妃来往，想来也是你心肠软，才这般放不下。舒妃也罢了，十阿哥，也是可怜。"

嬿婉眼角闪落两滴晶莹的泪珠，落在她莹白如玉的面颊上，显得格外楚楚："若十阿哥不曾早夭，舒妃也不会疯魔了心性。说来当时舒妃骤然遇喜，臣妾十分羡慕，连皇后娘娘也时常感叹不及舒妃的福气，谁知到头来竟是舒妃先去了。"

皇帝默然片刻，也生出几许哀叹之意："朕多有皇子早夭，不仅是十阿哥，还有二阿哥、七阿哥和九阿哥，想来父子缘薄，竟是上苍不悯。"

嬿婉轻拭眼角泪痕："为父子母女皆是缘分。臣妾自己没有子女，也是缘分太薄的缘故。臣妾记得当时皇后娘娘尚未生育十二阿哥和五公主，听闻舒妃姐姐遇喜，也是羡慕感慨，竟至酒醉。臣妾伴随娘娘多年，也从未见娘娘有这样失态的时候。幸而皇后娘娘如今儿女双全，也是福报到了。"

皇帝眉心一动，曲折如川："皇后一向持重，即便羡慕，何至酒醉？"

嬿婉依偎在皇帝胸前，低柔道："臣妾若非亲眼所见，也不能相信。不过后来皇后娘娘对舒妃姐姐的身孕关怀备至，时时嘘寒问暖，舒妃姐姐才能顺利产下十阿哥，可见皇后娘娘慈心了。只是唯一不足的是，舒妃姐姐孕中突然起斑，以致损及腹中的十阿哥，想来缘分注定，让我们姐妹不能多相伴几年。"她说到此节，越发伤感，低低啜泣不已。

皇帝安慰地拍着她消瘦的肩头："朕记得，当年皇后与朕巡幸江南，还特意派了江与彬赶回宫中照料。皇后也算尽心了。"

嬿婉哀哀若梨花春雨："是啊。连在宫中陪伴舒妃姐姐的，也是皇后娘娘的好姐妹愉妃呢。愉妃生养过五阿哥，到底稳当些，何况当时五阿哥还寄养在皇后娘娘名下，是半个嫡子呢。臣妾也一直羡慕舒妃姐姐，一直得皇上这般宠爱，生下的十阿哥也比五阿哥得皇上喜欢多了。"

皇帝的眼中闪过一丝疑惑，不过一瞬，旋即若无其事地抚上她的下颔，呵气轻绵："好了，良宵苦短，何必总念着这些。"

嬿婉泪痕未干，低低嘤咛一声，扑哧一笑，伏在了皇帝怀中，双双卷入红衾软枕之间。

皇帝自回宫之后，多半歇在嬿婉和颖嫔宫中，得闲也往忻嫔、恪常在处去，六宫的其余妃嫔，倒是疏懒了许多。绿筠和海兰不得宠便也罢了，玉妍是头一个不乐意的，庆嫔和晋嫔亦是年轻，嘴上便有些不肯饶人了。

如懿偶尔听见几句，便和言劝道："莫说年轻貌美的人日子还长，便是嘉贵妃又有什么可说的呢？当日在木兰围场嘉贵妃是嫔妃中位分最高的，还不是眼睁睁地看着令妃复宠，如今又何必把这些酸话撂到宫里来。"

玉妍气得银牙暗碎，亦只是无可奈何，便笑道："皇后娘娘原来已经这般好脾气了。臣妾还当娘娘气性一如当年，杀伐决断，眼里容不得沙子呢。"

如懿扬一扬手里的浅杏色绢子，吩咐了芸枝给各位嫔妃添上吃食点心，应答间无一丝停滞："岁月匆匆如流水，如今自己都为人母了，什么火暴性子也都磨砺得和缓了。嘉贵妃不是更该深有体会么？"

幸而永珹风头正盛，玉妍倒也能得些安慰，便道："臣妾自知年华渐逝，比不得皇后娘娘位高恩深，只能把全副心思寄托在儿子身上了。"她摇一摇手中的金红芍药团花扇，晃得象牙扇柄上的桃红流苏沙沙作响："臣妾都年过四十了，幸好有个大儿子争气，眼看着要成家开府，也有个指望，若是儿女年幼的，得盼到什么时候才是个头呢。"

婉茵听得这话明里暗里都是在讽刺如懿，她又是个万事和为贵的性子，忙笑着打岔道："都快到十月里了，这些日子夜里都寒浸浸的，嘉贵妃怎么还拿着扇子呢？"

玉妍盈盈一笑，明眸皓齿："我诗书上虽不算通，但秋扇见捐的典故还是知道的。"她眼光流转，盈盈浮波，瞟着如懿道："'常恐秋节至，凉飙夺炎热。弃捐箧笥中，恩情中道绝。'[1]婉嫔你早不大得宠也罢了，咱们

---

[1] 据《文选》李善注引《歌录》作"怨歌行古辞"，全文为："新裂齐纨素，鲜洁如霜雪。裁为合欢扇，团团似明月。出入君怀袖，动摇微风发。常恐秋节至，凉飙夺炎热。弃捐箧笥中，恩情中道绝。"这诗用扇来比喻女子。旧时代有许多女子处于被玩弄的地位，她们的命运决定于男子的好恶，随时可被抛弃，正和扇子差不多。

这些但凡得过皇上宠幸的人，谁不怕有一日成了这秋日的扇子被人随手扔了呢？所以我才越发舍不得，哪怕天冷了，总还是带着啊。"

婉茵是个老实人，口舌上哪里争得过玉妍，只得低头不语了。如懿清浅一笑，转而肃然："人人都说秋扇见捐是秋扇可怜，换作本宫，倒觉得是秋扇自作自受。所谓团扇，夏日固然可爱，舍不得离手，到了秋冬时节不合时宜，自然会弃之一旁。若是为人聪明，夏日是团扇送凉风，冬日是手炉暖人心，那被人喜爱还来不及，哪里舍得丢弃一旁呢？所以合时宜，知进退是最要紧的。"

海兰望向如懿，会心一笑："皇后娘娘说得极是。皇上又不是汉成帝这样的昏君，哪里就独宠了赵飞燕姐妹，让旁的姐妹们落个秋扇见捐的下场呢。幸而嘉贵妃是开玩笑，否则还让人以为是在背后诋毁皇上的圣明呢。"

海兰在人前向来寡言少语，却字字绵里藏针，刺得玉妍脸上的肌肉微微一搐，随手撂下了扇子，呵斥身边的丽心道："茶都凉了，还不添些水来，真没眼色。"

如懿与海兰相视而笑，再不顾玉妍，只转首看着绿筠亲切道："本宫前日见了皇上，提起永璋是诸位皇子中最年长的，如今永珹和永琪都很出息，也该让永璋这个长子好好做个表率，为宗室朝廷多尽些心力了，且皇上已经答允了。"

玉妍的脸色登时有些不好看，她沉吟片刻，旋即满脸堆笑："哎呀！原来皇后娘娘是前日才见到皇上的，只是呀，怕前日说定的事昨日或许就变卦了。如今皇上一心在令妃身上，或许昆曲儿听得骨头一酥便忘了呢。"

嬿婉本安静地坐在角落里，听见提及自己，忙对着玉妍赔笑道："皇上不过得闲在妹妹那里坐坐，听听曲儿罢了，心意还是都在皇后娘娘身上呢。"

玉妍"咯"地冷笑一声："皇上原本就是在你那儿听听曲儿罢了，和从前南府出身的玫嫔弹琵琶一样，都是个消遣罢了，还能多认真呢。如今玫嫔死了这些日子，皇上可一句都没提起过呢。都是玩意儿罢了！"她长叹一声，迎向如懿的目光：“说来皇后娘娘疼纯贵妃的三阿哥也是应当的，谁叫皇后娘娘与行三的阿哥最有缘呢。”

这话便是蓄意的挑衅了，刻薄到如懿连一贯的矜持都险险维持不住。是啊，多少年前的旧事了，若不是玉妍是潜邸的旧人，怕是连如懿自己的记忆都已经模糊成了二十多年前一抹昏黄而朦胧的月光了。

颖嫔本是出身蒙古，资历又浅，原不知这些底细，忍不住问道：“皇后娘娘生的是十二阿哥，又不是三阿哥，哪儿来什么和行三的阿哥最有缘呢？”

绿筠听得不安，不觉连连蹙眉。海兰旋即一笑，挡在前头道：“什么有缘不有缘的？嘉贵妃最爱说笑了。”

玉妍正巴不得颖嫔这一句，掩口笑道：“愉妃有什么可心虚要拦着的？当年皇后娘娘不是没嫁成先帝的三阿哥么。哪怕有缘，也是有缘无分哪！皇后娘娘，您说是么？”

如懿淡淡一笑，眼底蓄起冷冽的寒光，缓缓道：“嘉贵妃说话越来越风趣了。容珮，把内务府新制的一对赤金灯笼耳环拿来，赏赐给嘉贵妃。”

玉妍听得“耳环”两字，浑身一颤，不自觉地摸着自己耳垂，便打了个寒噤。

嬿婉看玉妍尴尬，乐得讨如懿的喜欢，便道：“皇上新赏了臣妾好些首饰，臣妾便挑几对上好的耳环，一并送予嘉贵妃。”

忻嫔最不喜看嬿婉这般嘚瑟，撇撇嘴道：“人说锦上添花便好，要是送礼也送成了落井下石，那便是坏了心术了。”

如懿深知二人平分秋色，彼此之间自然少不得明争暗斗，也懒得理会，只说笑了几句，便也散了。

第二章　皇子

日子安静了几天，这一日秋风习习，寒意如一层冰凉的羽衣披覆于身。可是外头的阳光却明灿如金，是一个极好的秋日晴好午后，如懿在窗下榻上和衣养神，听着镂花长窗外乳母哄着永璂和璟兒玩耍，孩子清脆的笑声，总是让人心神放松，生出几分慵怠之意。

这几日来皇帝在前朝忙于准噶尔之事。听闻皇帝命令东归而来的杜尔伯特台吉车凌移居乌里雅苏台，此事引起新封的准噶尔亲王、端淑长公主额驸达瓦齐的不满，一怒之下便不肯遣使来京参见，扬言必要车凌移出乌里雅苏台才肯罢休。

准噶尔部与杜尔伯特部的纷争由来已久。尤其乾隆十八年，达瓦齐为夺多尔札权位，举兵征战，洗劫了杜尔伯特部，夺走了大批牲畜、粮草、财物，还大肆掠走儿童妇女，使杜尔伯特部浩劫空前。车凌身为部落之首，忍无可忍，只得率领一万多部众离开了世居的额尔齐斯河牧坞，东迁归附大清到达乌里雅苏台。皇帝对车凌率万余众倾心来归的行为极为满意，不仅亲自接见了车凌，还特封为亲王，以表嘉奖。为显郑重，皇帝特命四阿哥永珹和五阿哥永琪筹备接风的礼仪，以表对车凌来归的喜悦之心。

这一来，永珹自然在前朝备受瞩目，连着金玉妍亦在后宫十分得脸。嫔妃们虽不敢公然当着如懿的面趋奉玉妍，然而私下迎来送往，启祥宫的门槛也险险被踏烂了。甚至连多年不曾侍寝承宠的海兰，因着永琪的面子，也常常有位分低微的嫔妃们陪着奉承说话。

如懿只作不知，亦不许翊坤宫中宫人闲话，只自取了清净度日。

阳光熏暖，连御园芳渚上的闲鹤也伴着沙暖成双成对交颈而眠，寝殿前的拾花垂珠帘帐安静低垂，散出淡白色的熠熠柔光，一晃，又一晃，让人直欲睡去。正睡意蒙眬间，却听三宝进来悄悄站在了身边。如懿听得动静，亦懒怠睁眼，只慵倦道："什么事？"

三宝的身影映在海棠春睡绡金帐上，随着风动隐隐摇曳不定，仿佛同他的语气一般，有一丝难掩的焦灼："愉妃小主急着求见娘娘，听说是五阿哥受了皇上的叱责，不大好呢。"

如懿霍然睁开眼眸，睡意全消，心中却本能地不信："永琪素来行事妥当，怎会突然受皇上叱责？"

三宝诺诺道："这个奴才也不知了。"

如懿即刻坐起，沉声唤道："容珮，伺候本官梳洗更衣。三宝，请愉妃进来，暖阁稍候。"

如懿见到海兰时不禁吓了一跳，海兰向来是安静如鸢尾的女子，是深海蓝色般的静致，花开自芬芳，花落亦不悲伤。如懿与她相识相伴多年，何曾见过她这般惊慌失措的样子，汹涌的眼泪冲刷了脂粉的痕迹，更显悲苦之色，而素净的装扮，让她更像是一位无助的母亲，而非一个久居深宫的得体妇人。海兰一见如懿便双膝一软跪了下去，凄然道："皇后娘娘，求您救救永琪！"

如懿见她如此，不免有些不安，忙携了海兰的手起来，问道："究竟出了什么事？"

不问则已，一问之下海兰的泪水更是如秋洪奔泻："皇后娘娘，永琪受了皇上的叱责……"一语未完，她哭得更厉害了。

如懿见不得她这般哭泣，蹙眉道："哪有儿子不受父亲叱责的，当是宠坏了的孩子么？"她摘下纽子上的水色绢子，替她擦拭泪水："好好说便是。"

海兰极力忍了泪道："皇上命永城和永琪对杜尔伯特部亲王车凌郑重相待，两个孩子固然是极尽礼数，不肯懈怠。但永琪那孩子就是年轻，说话不知轻重，不好好跟着永城学事便也罢了，居然私下里说了句'皇阿玛这般厚待车凌，是要将端淑姑母的夫君放在何地呢？达瓦齐尚不足惜，但也要顾及端淑姑母的颜面啊！'"

如懿心中一沉，倒吸了一口凉气："永琪说者无心，可是居然被有心人听了去，告诉了皇上是么？而且这个有心人还是他的好兄长永珹对不对？"

海兰哭得哽咽，只是一味点头，半晌才道："永珹也是当玩笑话说给皇上听，小孩子能懂什么？可是皇上……"她忍不住又要哭，但见如懿盯着她，只好攥着绢子抹去泪水："皇上听了大为生气，说永琪心中只有家事，而无国事；只有亲眷，没有君臣！永琪哪里听过这样重的训斥，当下就向皇上请罪，皇上罚他在御书房跪了一个时辰，才叫赶了出来，再不许他理杜尔伯特部亲王之事！"

如懿的面色越来越阴沉，与她温和的声音并不相符："不许理便不许理吧。把永琪带回来，好好调教些时日，教会他如何管好自己的舌头，不要在人前人后落下把柄。否则，这次受的是训斥，下次便不知道是什么了。"

海兰悲泣不已，如被雨水重重拍打的花朵，低下了细弱的茎叶："娘娘与臣妾这么多年悉心调教，竟也让永琪落了个不许理事、备受训斥的地步。臣妾想想真是伤心，这些年来，受过皇上训斥的皇子，哪一个是有好下场的？大阿哥抱憾而死，三阿哥郁郁寡欢，如今竟也轮到臣妾的永琪了。"

檐下的秋风贴着地面打着旋儿冰凉地拂上裙角，如懿盯着海兰，以沉静的目光安抚她慌乱失措的神情。她的声音并不高，却有着让人安定的力量，道："海兰，你觉得咱们悉心教出来的孩子，会不会说这样昏聩悖乱的话？"

海兰愣了愣，含泪摇头："不会。永琪是个好孩子，臣妾不信他会忤逆君父，他只是无心而已。"

"是啊，永琪是咱们费了心血教出来的好孩子。可是……"如懿的目光渐次凉下去，失了原有温和、慈爱的温度，"他若的确说出了这样的话，咱们也没有法子。"

如懿看了一眼跪在地上哭得妆容凌乱的海兰，转过身，语气淡漠如霜雪："容珮，扶愉妃回宫。她的儿子失了分寸，她可别再失了分寸叫皇上厌弃了。"

海兰看着如懿的背影被一重重掀起又放下的珠帘淹没，无声地张了张嘴，伤心地伏倒在地。

此后，永琪便沉寂了下来，连着海兰的延禧宫也再无人踏足。落在任何人眼中，失去皇帝欢心的永琪都如一枚弃子，无人问津。哪怕宫人们暗地里议论起来，也觉得永琪的未来并不会比苏绿筠郁郁不得志的三阿哥永璋更好。更甚的是，海兰的身份远不及身为贵妃的绿筠高贵，更不及她膝下多子，所以永琪最好的出路，也不过是如早死的大阿哥永璜一般了。

人情如逐渐寒冷的天气，逼迫着海兰母子。永琪不愿见人，海兰便也紧闭了宫门，在人前也愈加不肯多言一句，两人只关起门来安静度日。

偶尔皇帝问起一句："皇后，永琪到底也是养在你名下的孩子。朕虽然生气，你也不为他求情？"

如懿安安静静地服侍皇帝穿好上朝穿的袍服，以平静如秋水的眉目相对："皇上叱责永琪，必然有要叱责他的道理。臣妾身为嫡母，不能管教好永琪已然是失责，如何还敢觍着颜面为他求情？"

皇帝满意地颔首："皇后能如此公正，不偏不倚就好。上朝还早，朕很想再看看璟兕。你陪朕去。"

一到入冬，璟兕便格外气喘难安，皇帝与如懿都是心疼。孩子胎里带来的心症，也着实可怜。皇帝一心记挂着璟兕，也便不再提永琪了。

而与永琪的落寞相比，永城更显得一枝独秀，占尽了风光。

因着准噶尔亲王达瓦齐未遣使来京，皇帝并不曾顾及这个妹夫的颜面，反而待车凌愈加隆重。永城更是进言，不必对达瓦齐假以颜色，因而到了十一月，皇帝便下谕暂停与准噶尔的贸易。

而更令永城蒸蒸日上被皇帝援以为臂膀的，是轰动一时的江西生员刘震宇案。彼时江西生员刘震宇以所著《治平新策》中有"更易衣服制度"等语被人告发，引来皇帝勃然震怒。

那一日，如懿正抱着璟兕陪伴在皇帝身侧，见皇帝勃然大怒，将《治平新策》抛掷于地，便道："皇上何必这样生气，区区小事，交给孩子们处置便是了，生气只会伤了龙体啊。"

皇帝凝眸道："你的意思是……"

如懿拍着璟兕，笑容轻柔恬静："永璋和永城都长大了，足以为皇上分忧。这个时候，不是两位阿哥正候在殿外要向皇上请安么，皇上大可听听两个孩子是什么主张，合不合皇上的心意，再做决断也不迟啊。"

皇帝沉吟片刻，便嘱咐李玉唤了两位阿哥入殿，如懿只道"妇人不得干政"，抱了璟兕便转入内殿。

京城进入了漫长的秋冬季节，连风沙也渐渐强烈。空气里永远浸淫着干燥的风尘气息，失却了潮湿而缠绵的温度，唯有大朵大朵的菊花抱香枝头，极尽怒放，开得欲生欲死。

如懿闲来无事，抱着璟兕轻轻哼唱不已。

那是张养浩的一段双调《庆东原》，南府戏班的歌伎娓娓唱来，甚合她心意，那词曲记得分明。

"人羡麒麟画，知他谁是谁？想这虚名声到底原无益。用了无穷的气力，使了无穷的见识，费了无限的心机。几个得全身，都不如醉了重还醉。"

如懿轻轻哼唱，引得璟兕咯咯笑个不已。外头风声簌簌，引来书房里的言语一字一字清晰入耳。

是三阿哥永璋唯唯诺诺的声音："儿臣不知，但凭皇阿玛做主。"

皇帝的声音便有些不悦："朕问你，难道你自己连主张也没有么？"

如懿想也想得到永璋谨慎的模样，必定被逼出了一头冷汗。那边厢永璋正字斟句酌道："儿臣以为，刘震宇通篇也只有这几句不敬之语，且江南文人的诗书，自圣祖康熙、世宗雍正以来，都颇受严苛，若皇阿玛能从轻发落，江南士子必定感念皇阿玛厚恩。"

有良久的沉默，却是四阿哥永珹的声音打破了这略显诡异的安静。他的声音朗朗的，比之永璋，中气颇足："皇阿玛，儿臣以为三哥的主意过于宽纵了。自我大清入关以来，江南士子最不顺服，屡屡以诗书文字冒犯天威，屡教不改。从圣祖到世宗都对此严加惩处，绝不轻纵。皇阿玛与儿子都是列祖列宗的贤孝子孙，必定仰承祖训，绝不宽宥！"

皇帝的声音听不出半分喜怒，甚是宁和："那么永珹，你做何打算？"

永珹的回答斩钉截铁，没有半分柔和的意度："刘震宇竟敢言'更易衣服制度'，实乃悖逆妄言，非死不能谢罪于大清。"

永璋似乎有怜悯之意，求道："皇阿玛，今年浙江上虞人丁文彬因衍圣公孔昭焕揭发其制造逆书，刑部审实，皇阿玛已下令行磔刑，将其车裂，还株连甚广，闹得文人们人心惶惶，终日难安，不敢写诗作文。此次的事，皇阿玛何不恩威并施，稍稍宽恕，也好让士子文人们感念皇阿玛的恩德。"

永珹哼了一声道："三哥这话便错了！越是宽纵，他们越是不知天高地厚，何曾感激皇恩浩荡，反倒越发放肆！否则这样的事怎么会屡禁不止？昔年我大清入关，第一条便是'留头不留发，留发不留头'。连陈名夏这样为顺治爷所器重的汉臣，因说了一句'若要天下安，复发留衣冠'的大逆之言，就被顺治爷处以绞刑。皇阿玛圣明，自然不会放过了那些大逆不道的贼子！"

皇帝的沉默只有须臾，变化为一字一字的冷冽："刘震宇自其祖父以来受我大清恩泽已百余年，且身受礼教，不是无知愚民，竟敢如此狂诞，居心实在悖逆。查刘震宇妄议国家定制，即日处斩。告知府县，书版销毁。这件事，永珹，便交予你去办了。"

皇帝的言语没有丝毫容情之处，如懿听在耳中，颇为惊心。然而永珹得意的笑声更是声声入耳。"儿臣一定会极力督办，请皇阿玛放心。"

清歌悠扬，如懿自知嗓音不如嬿婉的悠扬甜美，声声动人。可是此时金波潋滟浮银瓮，翠袖殷勤捧玉钟。对一缕绿杨烟，看一弯梨花月，卧一枕海棠风。手指轻叩，悠扬之曲娓娓溢出，深吸一口清冽的空气，淡淡菊香散尽，幽怀袅袅。

"晁错原无罪，和衣东市中，利和名爱把人般弄。付能刬刻成些事功，却又早遭逢著祸凶。"

如懿心念微动，含了一抹沉稳笑意，抱紧怀中的孩子。

离去时已是夜深时分，唯有李玉带着十数小太监迎候在外。趁着李玉扶上辇轿的时候，如懿低声道："多谢你，才有今日的永珹。"

李玉笑得恭谨："奴才只是讨好主子罢了，四阿哥为皇上所喜，奴才自然会提醒四阿哥怎样讨皇上喜欢。奴才也只是提醒而已，什么舌头说什么话，全在四阿哥自己。来日成也好，败也罢，可不干奴才的事。"

如懿笑道："他的事，自然与咱们是无碍的。"

二人相视一笑，彼此俱是了然。如懿抬首望月，只见玉蟾空明淡淡，心下更是澄明一片。

京城的四季泾渭分明，春暖秋凉，夏暑冬寒，就好比紫禁城中的跟红顶白，唯有城中人才能冷暖自知。半余年来，如懿固然因为一双子女颇得皇帝恩幸，地位稳固如旧。而金玉妍也甚得宫人奉承，只因四阿哥永珹得到皇帝的重视。而曾经与永珹一般得皇帝青眼的五阿哥永琪，却如昙花一现，归于沉寂。

待到乾隆十九年的夏天缓缓到来时，已然有一种说法甚嚣尘上，那便是嘉贵妃金玉妍的四阿哥永珹有继承宗祧之相，即将登临太子之位。

这样的话自然不会是空穴来风，而皇帝对永珹的种种殊宠，更像是印证了这一虚无缥缈的传言。

四月，和敬公主之夫，额驸色布腾巴勒珠尔腾入觐，皇帝欣喜不已，命大学士傅恒与永珹至张家口迎接，封额驸为贝勒。

五月，准噶尔内乱，皇帝命两路进兵取伊犁，又让三阿哥永璋与四阿哥永珹同在兵部研习军务。然而明眼人都看得出，皇帝只问永珹军事之道，并请尚书房师傅教导兵书，而对永璋，不过尔尔。

到了八月，皇帝驻跸吉林，诣温德亨山望祭长白山、松花江。赈齐齐哈尔三城水灾，阅辉发城。除了带着如懿与嫡子永璂，便是永城作陪。九月间，又是永城随皇帝谒永陵、昭陵、福陵。

荣宠之盛，连朝中诸臣也对这位少年皇子十分趋奉，处处礼敬有加，恰如半个太子般看待。

而内宫之中，皇帝虽然宠幸如懿与嬿婉、颖嫔、忻嫔等人居多，对年长的玉妍的召幸日益稀少，却也常去坐坐，或命陪侍用膳，或是赏赐众多。比之绿筠的位高而恩稀，玉妍也算是宠遇不衰了。

绿筠人前虽不言语，到了如懿面前却忍不住愁眉坐叹："臣妾如今年长，有时候想起当年抚养过永璜，母子一场，眼前总是浮起他英年早逝的样子。如今臣妾也不敢求别的了，只求永璋能安安稳稳地度日，别如他大哥一般便是万幸了。"

如懿捧着一盏江南新贡的龙井细细品味，闻言不由得惊诧："永璋虽然受皇上的训斥，那也是孝贤皇后过世那年的事了。怎么如今好好的，你又说起这般丧气话来？"

绿筠忍不住叹息道："臣妾自知年老色衰，自从永璜和永璋被皇上叱责冷待之后，臣妾便落了个教子不善的罪过，不得皇上爱幸。臣妾只求母子平安度日。可是皇后娘娘不知，嘉贵妃每每见了臣妾冷嘲热讽之外，永璋和永城一起当差，竟也要看永城脸色，受他言语奚落。我们母子，居然可怜到这个地步了。也怪臣妾当年糊涂，想让永璋争一争太子之位，才落得今日。"她越说越伤心，跪下哭求道："臣妾知错了，臣妾只希望从此能过得安生些，还求皇后娘娘保全！"

绿筠处境尴尬，如懿不是不知。三阿哥永璋一直不得皇帝青眼，以致庸碌。绿筠所生的四公主璟妍虽然得皇帝喜爱，但到底是庶出之女。而六阿哥永瑢才十一岁，皇帝幼子众多，也不甚放在心上。绿筠虽然与玉妍年岁相差不多，却不及玉妍善于保养，争奇斗艳，又懂得邀宠，自然是过得不尽如人意了。

如懿见绿筠如此，念及当年在潜邸中的情分，且永璜和永璋被牵累的事多少有自己的缘故在，也不免触动心肠，挽起她道："这话便是言重了，皇上不是不顾念旧情的人，嘉贵妃的性子你又不是不知道，有什么额娘就有什么儿子，一时得意过头也是有的。永璋如今是皇上的长子，以后封爵开府，有你们的安稳荣华呢。"

绿筠闻言稍稍安慰，抹泪道："有皇后娘娘这句话臣妾便安心了。说来臣妾哪里就到了哭哭啼啼的时候呢，愉妃妹妹和永琪岂不更可怜？"

话音未落，却见李玉进来，见了绿筠便是一个大礼，满脸堆笑："原来纯贵妃娘娘在这儿，叫奴才好找！"

绿筠颇为诧异，也不知出了何事，便有些慌张："怎么了？是不是永璋哪里不好，又叫皇上训责了？"

李玉喜滋滋道："这是哪儿的话呀！恭喜纯贵妃娘娘，今日皇上翻了您的牌子，且会到钟粹宫与您一同进膳，您赶紧准备着伺候吧。"

绿筠吃了一惊，像是久久不能相信。她的笑容僵在了脸上，摸了脸又去摸衣裳，喜得实在不知该怎么办才好，念念道："本宫多少年没侍寝了，皇上今儿怎么想起本宫来了？"

李玉笑道："贵妃娘娘忘了，今儿是您当年入潜邸伺候的日子呀！皇上可惦记着呢。"

绿筠这一喜可非同小可，呆坐着落下泪来，喃喃自语："皇上还记得，本宫自己都忘了，皇上居然还记得！"

如懿笑着推了她一把："这是大喜的事，可见皇上念着你的旧情，怎么还要哭呢？"她心念电转，忽地想起一事，唤过容珮道："去把嘉贵妃昨日进献给本宫的项圈拿来。"

那原是一方极华美的赤金盘五凤朝阳牡丹项圈，以黄金屈曲成凤凰昂首之形，其上缀以明珠美玉，花式繁丽，并以红宝翡翠伏成牡丹花枝，晶莹辉耀。

如懿亲自将项圈交至绿筠手中，推心置腹道："这个项圈足够耀眼，衣衫首饰不必再过于华丽，以免喧宾夺主，失了你本真之美。"她特特提了一句："这样好的东西本宫也没有，还是嘉贵妃孝敬的。也罢，借花献佛，添一添你今夜的喜气吧。"

第三章　茶心

绿筠喜不自胜，再三谢过，忙忙赶着回去了。

容珮见绿筠走远了，疑惑道："昨日嘉贵妃送这个项圈来，名为孝敬娘娘，实是炫耀她所有是娘娘没有的。"她鄙夷道："这样的好东西，凤凰与牡丹的首饰，嘉贵妃也配！"

如懿缓缓抚摸雪白领子上垂下的珍珠璎珞："凤凰与牡丹，原本该是中宫所有。可是本宫没有的东西，嘉贵妃却能随手拿出，你说是为什么呢？"

如懿不待容珮应答，举眸处见永琪携了一卷书卷入内，不觉便含笑。如懿注目于他，这些日子的萧索并未为他爽朗清举的容止染上半分憔悴，反而添了岩岩若孤松之独立朗然。

如懿心下欣慰，忙招了招手，亲切道："拿着什么？给皇额娘瞧瞧。"

永琪见了如懿，便收了一脸颓丧怯弱之色，爽朗一笑，将书卷递到如懿跟前，兴奋道："儿臣自己编的书，叫《蕉桐稿》，虽然才编了一点，但总想着给皇额娘瞧瞧。"

如懿的手指翻过雪白的书页，笑道："你自己喜欢，便是最好的。自己找些喜欢的事做，也省得听了旁人的闲言闲语。"

永琪微有些黯然："儿臣倒还好，只是不能为额娘争气，让额娘伤心了。今儿早起见额娘又在烦心，儿臣问了两句，才知是额娘母家的几个远亲又变着法子来要钱。额娘虽然身在妃位，但一向无宠，但凡有些赏赐和月银也都用在了儿臣身上，哪里禁得住他们磨盘儿似的要。但若回绝，人家又在背后恶言恶语。好容易搜罗了些首饰送出去，他们又像见了血的苍蝇，纷至沓来。"

如懿听得蹙眉："谁家没有几个恶亲戚，你叫你额娘不用理会就是。也是的，这些事你额娘都不曾告诉本宫。"

永琪黯然摇头："家丑不可外扬，额娘也是要脸面的人，所以不曾说起。连儿臣都是反复追问才知道些。额娘提起就要伤心，总说家世寒微帮不上儿臣，才生出这许多烦恼。"

"愉妃只有你一个儿子，操心是难免的。"如懿淡然一笑，温和道，"只要有来日，一时的委屈都不算什么。"

永琪用力了点头："皇额娘的教诲，儿臣都记住了。"

如懿颔首道："外人都说你是闲来无聊丧了心志，才以编书为寄托，还整日闭门不出，出门也不多话。告诉皇额娘，除了编书，平日还做些什么？"

永琪认真道："写字。皇额娘告诉过儿臣，写字能静心。"

如懿温然一笑，和煦如初阳："无事时戒一偷字，有事时戒一乱字。你能这样，便是最好。对了，你额娘如何？还这么为你哭哭啼啼么？"

永琪道："已经好多了。儿臣安静，额娘自然也不会心乱。"

如懿稍稍放心："你额娘久在深宫，这些分寸总还是有的。"

永琪思忖片刻，有些不忿道："只是今日儿臣路上过来，见四哥好不威风，去启祥宫向嘉贵妃娘娘请安，也带了好些随从，煊煊赫赫，见了儿臣又嘲讽了几句。"

如懿浅浅含笑，以温煦的目光注视着他："这半年来，永珹见了你，不都爱逗些口舌的功夫么。你忍他么？"

永琪低头："是。儿臣都会忍耐。"

如懿笑而不语，闲闲地拨弄着手中的白玉透雕茶盏，浅碧色的茶汤蒸腾着雪白的水汽，将她的容颜掩得润泽而朦胧。如懿倒了一盏清茶，递与永琪手中："尝一尝这龙井，如何？"

永琪不解其意，喝了一口道："甚好。"

如懿徐徐道："龙井好茶，入口固然上佳。但皇额娘喜欢一种茶，不仅要茶香袭人，更要名字清雅贴切，才配得入口。譬如这道龙井，额娘觉得用来比喻你此时此刻的处境最是恰当。"

永琪不解地皱了皱眉，恭敬道："儿臣不懂，洗耳恭听。"

如懿看着盏中杏绿汤色，映得白玉茶盏绰然生碧，恍若一方凝翠盈盈："如今的你，好比龙困井中，该当如何？"

永琪眉峰一扬，眼中闪过一道流星般的光彩，旋即低首一脸沉稳："是龙，便不会长困于井中。一时忍耐，只待时飞。"

如懿为他添上茶水，神色慈爱："龙井味醇香郁，入口齿颊生香。但好茶不仅于此，更可以清心也，皇额娘希望你可以潜心静气，以图来日。"

盏中茶叶在水中一芽一叶舒展开来，细嫩成朵，香馥若兰，如同永琪舒展的笑容。"皇额娘的苦心，儿臣一定细细品味。"他想了想又道，"儿臣听说四哥结交群臣，场面上的应付极大。每每北族进献人参，或黄玉、红玉等各色玉石，四哥都分送群臣府中，连各府女眷也得到北族所产的虹缎为佳礼。"

"北族的虹缎素以色泽艳丽、织物精密而闻名，常以锦绣江山、秀丽景致映在彩虹上，再将彩虹七色染在缎子上。北族人力、物力不足，这虹缎极费工夫，实在难得，也难为了永琭这般出手大方。"如懿微微一笑，眸中神色仿若结冰的湖面，丝毫不见波澜，"你的心思本宫都明白。只是这样的话不必你亲自去告诉你皇阿玛，自然会有人去说。你要做的无非是让人多添些口舌便是。口舌多了，是非自然也就多了。"

永琪心领神会："皇额娘嘱咐的事，儿臣都会尽力做到最好。"

如懿轻轻握住他的手，细心地抚平半旧的青线云纹袖口间稀皱的痕迹："皇额娘知道你这大半年来过得不好。但，你若忍不得一时，便盼不得一世。会很快了。"

永琪郑重颔首，眸中唯余一片墨色深沉的老练沉稳。

隔了几日便有消息传来，乃是皇帝的一道谕旨，下令朝中官员不得与诸皇子来往。

这道谕旨来得甚是蹊跷，然而明眼人都明白，三阿哥永璋和五阿哥永琪被冷落，其余皇子都还年幼，能与朝中官员往来的，不外是风头正盛的四阿哥永珹。

李玉来时，见如懿兴致颇好，正抱着病情尚稳的璟兕赏玩青花大缸中的锦鲤。廊下养着时鲜花卉，檐下养着的红嘴相思鸟啁啾啼唽，交颈缠绵，好不可人。

因天气暑热，如懿又喜莲花，皇帝特意命人在庭院里放置了数个青花大缸，养着金色锦鲤与巴掌大的碗莲。缸中红白二色的碗莲开了两三朵浮在水面，游鱼穿梭摇曳，引逗得如懿和几个宫女倚着栏杆，坐在青绸宝莲绣墩上拿了鱼食抛喂嬉笑。

如懿看璟兕笑得开怀，便将她交到了乳母怀里，因着去逗弄鸟儿，方才道：“皇上怎么突然下了这样的旨意？也不怕伤了永珹的面子。”

“面子是自己给自己的，若要旁人来给，那都是虚的。”李玉一笑，“前几日皇上陪伴纯贵妃，见她戴着的项圈夺目，便问了句来历，纯贵妃便老实说了。这样规制的项圈难得，奴才记得两广总督福臻所进献的礼物里便有这一样，只是不知怎么到了嘉贵妃手里，便如实回禀了。”

“你这般回禀，皇上当然会疑心去查，是不是？”如懿掐了几朵新鲜玉簪在手中，留得一手余香。

李玉道：“皇上要查的，自然会雷厉风行查得明明白白。四阿哥结交群臣之事早已流言如沸，如今不过是在适当的时候让皇上的耳朵听见而已。更何况四阿哥敢从两广总督处收受如此贵重的礼物赠予嘉贵妃，如此内外勾结，皇上哪有不忌讳的。”

“听说封疆大吏们争相结交四阿哥，送礼予他，可是总还是有明白人的吧？本宫听说忻嫔的阿玛那苏图便不是这样随波逐流的人。”

李玉低眉顺目：“可不是么？所以皇上连带着对忻嫔都格外恩宠有加，这两日都是忻嫔侍寝。”

如懿随手将玉簪花簪上丰厚漆黑的发髻："虽然有这样的旨意，但皇上还是重视四阿哥的，不是么？"

李玉的目光透着深邃之意："皇上是重视四阿哥。可五阿哥自被皇上叱责冷落之后，反而得了皇太后的青眼。塞翁失马，焉知非福啊！"

如懿微微垂头，细细理顺胸前的翡翠蝴蝶流苏。一截湖水色绣青白玉兰的罗纱袖子如流水滑落，凝脂皓腕上的紫玉手镯琳琅有声："不管怎么说，木兰围场救父的功劳，四阿哥可是拔得头筹啊！"

李玉笑得高深："皇上喜爱四阿哥是不假，木兰围场救父的功劳也是真。可是那日救皇上的，不只四阿哥，还有五阿哥和凌大人，咱们可是有目共睹的。至于是不是头筹……"他话锋一转："奴才当时不在，得问问在场的人才好。"

如懿笑着剜了李玉一眼："越发一副老狐狸的样子了。人呢？"

李玉躬身笑道："凌大人早已候在宫外，只等娘娘传见。"

如懿摇了摇手中的团扇，懒懒道："外头怪热的，请凌大人入殿相见吧。容珮，凌大人喜欢的大红袍备下了么？"

容珮含笑道："早备下了。"

凌云彻疾步入殿。他立在如懿跟前，被疏密有致的窗格滤得明媚温淡的阳光覆过他的眉眼。一身纱质官服透着光线浮起流水般光泽，整个人亦失了几分平日的英武，多了几分温润之意。

如懿不知怎的，在凝神的一瞬想起的是皇帝的面容。多少年的朝夕相对，红袖相伴，她记忆里骤然能想起的，依然是初见时皇帝月光般清澈皎洁的容颜。时光荏苒，为他添上的是天家的贵胄气度，亦是浮华的浸淫，带上了奢靡的风流气息。如今的皇帝，虽然年过四十，英姿不减，依旧有着夺目的光华，但更像是一块金镶玉，固然放置于锦绣彩盒之内，饰以珠珞华彩，但早已失却了那种摄人心魄的清洁之姿。更让人觉得太过易碎，不可依靠。

而眼前的凌云彻，却有着风下松的青翠之姿，生于草木，却独立丛中，可为人蔽一时风雨。

这样的念头尚未转完，凌云彻已然躬身行礼。他礼敬而不带讨好的意味，凛然有别于众人。

如懿十分客气，示意他起身，看着容珮奉上茶来，又命赐座。

橙潋潋的茶水如朝霞流映，如懿示意他喝一口，柔缓道："这大红袍是道好茶，红袍加身，本宫在这里先恭喜凌大人升官之喜了。"

茶香还留在口颊之内，凌云彻不觉诧异道："奴才在皇上身边侍奉，何来突然升官之喜？"

如懿的眉眼清冽如艳阳下的水波淡淡，说得十分坦然："凌大人能再度回宫，凭的是木兰围场勇救皇上的忠心。只是与其三人分享功劳，不如凌大人独占其功，如此岂非没有升官之喜？"

凌云彻眼中有一片清明的懂得："微臣如何敢独占其功，那日木兰围场之事，明明是五阿哥冒险救父，挡在皇上身前，功劳最大。微臣不过是偶然经过而已。"

如懿轻叹如风："冒险救父的是永琰，若不是他放箭射杀受惊的野马，皇上也不能得保万全。说到底，永琪不过是个最痴傻的孩子，只会挡在皇上身前以身犯险罢了。"

凌云彻道："以身犯险舍出自己才是最大的孝心。背后放箭，说得好是救人，若放的是冷箭，或许也是伤人了。"

如懿忽然目光一凝，冷然道："凌大人，虽然本宫当日未在木兰围场的林中，但一直有些疑惑。皇上遇险，怎么凌大人和永琰、永琪便会那么巧就出现救了皇上？"

如懿敛声注目于凌云彻，似要从他脸上寻出一丝半痕的破绽，然而承接她目光的，唯有些许讶异与一片坦诚。凌云彻拱手道："皇上洪福齐天，也是上天垂恩，给微臣与两位阿哥这样救护皇上的机会罢了。"

他的淡定原在如懿意料之中，却不想如此无懈可击。如懿暗笑，她也不过是在疑心之余略做试探而已，时过境迁，许多事已无法再彻查。而凌云彻的表情，给了她的揣测一个阻绝的可能。

如懿盈然一笑，神色瞬间松快，和悦如暖风醺然："凌大人无须急着辩解。本宫此言，不过是长久以来的一个疑问而已。自然了，永琪当年不过十二岁，能救护皇上也是机缘巧合而已。只是……"她略略沉吟："自从围场之事后，这两年皇上每每去木兰秋狝，都要格外加派人手跟随，总不能畅快狩猎，也颇束手束脚。且当年暗中安置弓弩施放冷箭之人一直未曾查明，到底也是一块心病。连本宫也日夜担忧，生怕再有人会对皇上不利。凌大人时时追随皇上身边，有这样的阴狠之人潜伏暗中，只怕大人也要悬心吧？"

凌云彻的目光如同被风扑到的烛火微微一跳，旋即安稳如常："当日皇上说过一句话，微臣铭记于心。皇上说：'忠于朕的人都来救朕了！害朕的人，此时一定躲得最远！'"

如懿的语气隐然有了一丝迫人的意味："本宫倒是觉得，有时候救人的人，也会是害人的那个。凌大人以为呢？"

凌云彻起身，一揖到底，以一漾温和目色相对："娘娘说得是。当日微臣细查过，那两枝暗箭都不曾喂毒。若皇上在原地不动，应当只是虚惊一场。"

"是么？"如懿目光澄明，如清朗雪光拂过他，"那么凌大人，那日，你做了什么？"

凌云彻一滞，眸光低回而避，额上已生出薄薄汗珠。片刻，他决然抬首："皇后娘娘，当日微臣牵颖嫔娘娘的爱驹在外遛马，曾先入林中，发现架于树枝间的弓弩。"

如懿疑惑道："本宫记得那时查明，那弓弩并非需要有人当场施放冷箭，而是架在树枝间以银丝绷住。只要银丝一受触碰断裂，冷箭自会发出。"

"是。因树林偏僻，少有人来，所以微臣只是好奇，因而掩在树后观望。谁想皇上起兴追马至林间，枝上弓弩便发，骇然眼见变生肘腋。且当日那野马骤然闯入林间，也是因为草木间涂上了发情母马的体液，才引得野马奔来躁动。围场官员也有说是有人备下弓弩只为射杀野马。"

如懿道："凌大人不觉得这话是推脱之词么？难怪皇上之后震怒，要严惩木兰围场的官员。依本宫看，只怕真是有人费尽心机要暗害皇上，借以自重。"

凌云彻将肺腑之言尽数吐出："今日皇后娘娘既然疑心，那微臣一定细细查访。只要是皇后娘娘吩咐的，微臣都会尽力去做，尽心去做，以还娘娘一个明白交代。"

如懿涂了胭脂红蔻丹的指甲映在白玉茶盏上，莹然生辉。她轻抿茶水，柔声道："本宫何曾吩咐你什么，一切皆在大人自己。"

午后的日光被重重湘妃竹帘滤去酷热的意味，显得格外清凉。凌云彻有一瞬的愣怔，望着眼前的女子，梨花般淡淡的妆容，隐约有兰麝逸香，那双水波潋滟的明眸似乎比从前多出一丝温柔，是那种难得而珍贵的温柔。似乎是对着他，亦像是对着她所期许的未来。她秀长的眉眼总是隐着浅淡的笑意，那笑意却是一种惯常的颜色，像是固有的习惯，只是笑而已，却让人无法捉摸到底是喜是怒。

他在自己愣怔醒来的须臾，有一个念头直逼入心，若她的笑是真心欢喜便好。

凌云彻默然躬身，徐徐告退，走出重重花影掩映的翊坤宫。有带着暑热的风灌入衣衫的缝隙，他只觉得凉意透背，才知冷汗已湿透了一身。举首抬目，凌云彻望见一片湛蓝如璧的天色，仿佛一块上好的琉璃脆，通透澄明。恰有雪白的群鸟盘旋低鸣，振翅而过。

他的心在此刻分明而了然，若不为她，亦要为了自己。千辛万苦走到这里，岂可便宜了旁人，都得是自己的，是她的才好。

如懿看着凌云彻离去，面上不觉衔了一丝温然笑意："容珮，这大红袍还有多少？"

容珮答道："这大红袍是今春福建的贡品，咱们吃了小半年，还有一些吧。"

如懿笑道："那便尽数留着给凌大人，贺他来日升迁之喜。"

容珮取过一把翠绿黄边流苏芭蕉扇，一下一下扇出清凉的风。如懿牵动湘妃竹帘上的五色丝线流苏，半卷轻帘。一眼望去，庭院中错错落落开着龙胆、合欢、凤仙、石榴、木香、紫薇、百日红、千叶桃、玉绣球、飞燕草，红红翠翠，缤纷绚烂，如堆出一天一地的繁花锦色。彼时荷钱正铸，榴火欲燃，迎着雕梁燕语，绮槛莺啼，静院明轩，溶溶泄泄。谁会想到这般气序清和、昼长人倦的天地里，会有着让人心神难安的来日。

容珮眸光一转，已然猜到几分："娘娘是说……"

"虽然已经过了两年，但皇上从未真正放下木兰遇险之事。没有捉住放冷箭的活口，皇上寝食难安。而且本宫总觉得永珹救驾，事情太过巧合。"

容珮吃惊："娘娘是怀疑救驾之人中有人自己安排了这一出？"

如懿眼波中并无一丝涟漪："宫中许多事背后都有嘉贵妃主使的痕迹，本宫不能不疑心。本宫要凌云彻查明回来，木兰围场的事永琪与他都是忠心之人。还要查出谁最可疑，让皇上警惕。"

容珮着实不安，一把芭蕉扇握在手中，不觉停了扇动："几年来四阿哥母子是有不少举动，那娘娘不告诉皇上？"

"告诉皇上？"如懿凝眸看她，"如果皇上问起，为何本宫不早早说出这疑心，而是等永琪寥落之时再提，是否有庇护永琪攻讦永珹之心，本宫该如何作答？此事本宫并未眼见，只是耳闻才有疑虑，并无如山铁证啊！"

容珮慨叹道："如此，娘娘的确是两难了。可是这件事若是凌大人做的，这样一个居心叵测的人在皇上身边，对皇上岂不有害？"

"不会。"如懿看得通透，"他苦心孤诣只是想回到紫禁城中争得属于他的一份荣华富贵。为了这个心愿而布下杀局，他没这个本事，也没这个必要。如今他心愿得偿，更不会有任何不利于皇上的举动，来害了自己辛苦挣来的这份安稳。"她弹了弹水葱似的半透明的指甲："既然这件事本宫有疑心，那么迟早皇上也有疑心。你不是不知道皇上的性子，最是多疑。等哪日他想起这层缘故来，凌云彻也好，永琪也好，都脱不了嫌疑。与其如此，不如早点有个了断。"

容珮轻轻叹息，似有几分不放心。连如懿自己也有些恍惚，为何就这般轻易信了凌云彻，宁可做一个懵懂不知之人。或许，她是真的不喜金玉妍与永璜，宁愿他们落了这个疑影儿；抑或是因为昔年冷宫扶助之情，是他于冰雪中送来一丝春暖。

纱幕微浮，卷帘人去，庭中晴丝袅袅，光影骀荡，远远有昆曲袅娜飞云，穿过宫院高墙，缥缈而来。

那是一本《玉簪记》①，也唯有嬿婉缠绵清亮的嗓音唱来，才能这般一曲一折，悠悠入耳，亦入了心肠。

"粉墙花影自重重，帘卷残荷水殿风。抱琴弹向月明中，香袅金猊动。人在蓬莱第几宫？"②

午后的阳光有些慵懒，温煦中夹着涩涩而蓬勃的芳香。那是一夏最后的绚美，连花草亦知秋光将近，带着竭尽全力欲仙欲死的气性，拼力盛放至妖冶。

如懿本与嬿婉心性疏离，此刻听她曲音绵绵，亦不禁和着拍子随声吟唱。

"朱弦声杳恨溶溶，长叹空随几阵风。仙郎何处入帘栊？早是人惊恐。莫不为听云水声寒一曲中？"

---

① 《玉簪记》：明代戏曲作家、著名藏书家高濂的《玉簪记》，描述道姑陈妙常与书生潘必正的爱情婚姻故事。剧中写少女陈娇莲在金兵南下时与家人离散，入金陵女贞观为道士，法名妙常。观主之侄潘必正会试落第，路经女贞观，陈、潘二人经过茶叙、琴挑、偷诗等一番波折后，私自结合，终成连理。

② 出自《玉簪记·琴挑》。

第四章　木兰

这样阳光熏暖、兰谢竹摇的日子，就在平生浮梦里愈加光影疏疏、春色流转。待到恍然醒神时，已是乳母抱了午睡醒来的永璂过来寻她。

儿啼声唤起如懿的人母心肠，才笑觉自己的恍惚来得莫名其妙。如懿伸手抱过扑向她的爱子，听他牙牙学语："额娘，额娘。"片刻又笑着咧开嘴："五哥哥，五哥哥。"

永琪一向待这个幼弟十分亲厚，如同胞手足一般，得空儿便会来看他。如懿听永璂呼唤，便唤进三宝问："五阿哥这两日还不曾来过，去了哪里？"

三宝忙道："回皇后娘娘的话，五阿哥陪着太后抄录佛经去了。"

如懿哄着怀中的永璂，随口问："这些日子五阿哥常陪着太后么？"

三宝道："也不是常常，偶尔而已。太后常常请阿哥们相伴慈宁宫说话，或是抄录佛经。不是五阿哥，便是六阿哥。"

太后喜爱纯贵妃苏绿筠所生之子，众人皆知。不过六阿哥永瑢长得虎头虎脑，十分活泼，原也格外招人喜爱。如懿含着欣慰的笑，如今，太后的眼里也看得见别的阿哥了。

如懿问道："不显眼吧？"

三宝忙压低了声音："不显眼。愉妃小主和五阿哥都受皇上冷落，没人理会延禧宫的动静。"

容珮怔了怔："怎么太后如今也看得上五阿哥了？从前因为五阿哥是娘娘名分上的养子，太后可不怎么搭理呢。"

如懿瞟了她一眼："问话也不动脑子了，你自己琢磨琢磨。"

容珮想了又想，眼神一亮："哎呀！奴婢懂了。当日五阿哥为端淑长公主思虑，固然是见罪于皇上，却是大大地讨了太后的喜欢！"

如懿轻轻地拍着怀中的永璂，口中道："端淑长公主是太后的长女，太后虽然不顾及达瓦齐，但端淑长公主的颜面与处境，她总是在意的。皇上善待车凌，达瓦齐大怒，自然也不会给端淑长公主好脸色看了。有永琪这句贴心窝子的话，即便受了皇上的训斥，太后一定也会念着永琪的好的。"

容珮道："左右这几年在皇上跟前，是哪位阿哥也比不上四阿哥。能另辟蹊径得太后的好，那自然是好。可是太后虽然受皇上孝养，但不理会朝政的事，即便有太后疼爱，便又怎样呢？"

如懿但笑不语，只是看着孩子的笑脸，专注而喜悦。

这便是太后的厉害之处了。她在先帝身边多年，与朝中老臣多是相识，哪里会真的一点用处都没有。可她偏偏这般淡然无争，仿佛不理世事。如懿却是清楚的，连皇帝的后宫也少不得有太后的人。而玉妍与永珹只眼看着皇帝，却无视太后，便是目光短浅，大错特错了。

十数日后，凌云彻带着木兰围场进献的数匹刚驯化的野马养入御苑，供宫中赏玩。皇帝颇为有兴，便携嫔妃皇子前往赏看。金风初起，枫叶初红，烈烈如火。雪白的马匹养在笼中，映着园中红叶，十分好看。想是初到宫中陌生的环境，那些马儿到底野性未驯，并不听驯马师的话，摇头摆尾，不时低嘶几声，用前蹄挠着沙地，似乎很是不安。

马蹄踢铁栏的声音格外刺耳，忻嫔依偎在皇帝身边，脸上带着几分娇怯，一双明眸却闪着无限好奇，笑道："这些驯马师也真无用！平素驯惯了的畜生也不能让它们安静下来。"她目光清亮，逡巡过皇帝身后数位皇子，笑生两靥："听说诸位阿哥都善于狩猎，若是野马不受驯，一箭射死便也罢了。是不是？"

永珹虽未受皇帝训斥，然而也感受到皇帝对他的疏远。且这些日子皇帝宠爱忻嫔，并不去玉妍宫里，他难免为额娘抱不平，便朗声争强道："忻娘

039

娘这话便差了，这些马匹驯养不易，若是都一箭射杀了，哪里还有更好玩的供给宫里呢？"

忻嫔本与永琜差不了几岁，也是心性高傲的年纪，有些不服，道："听四阿哥的意思，是能驯服了这些野马么？"

永琜轻笑一声，也不看她，径自卷起袖子走到笼前，逗弄了片刻。谁知那些野马似是十分喜欢永琜，一时也停了烦躁，乖乖低首打了两个响鼻。

玉妍见状，不免得意，扯了扯身边的八阿哥永璇，永璇立刻会意，立刻拍手笑道："四哥，好厉害！好厉害！"

忻嫔见永琜得意，不屑地撇了撇嘴道："雕虫小技。哪里及得上皇上驯服四海平定天下的本事！"

皇帝见忻嫔气恼起来一脸小儿女情态，不觉好笑："永琜，那些野马倒是听你的话！"

此时，凌云彻陪伴皇帝身侧，立刻含笑奉承道："四阿哥熟悉野马脾性，每年木兰围场秋狝之时，四阿哥都会亲自喂养围场中所驯养的马匹。所以年年秋狝，四阿哥骑马打猎最出色。"

皇帝悬在嘴角的笑意微微一敛，仿佛不经意道："凌云彻，你是说四阿哥每年到围场都和这些野马亲近？"

凌云彻的样子极敦厚："微臣在木兰围场当值两年，都曾眼见。后来随皇上狩猎，也见过几次。"他满眼钦羡之色："四阿哥天赋异禀，寻常人实难企及。"

皇帝看着铁笼外几位驯马师束手无策，唯独永琜取了干草喂食马儿，甚是得心应手，眼中不觉多了一分狐疑神色。当下也不多言，只是说笑取乐。

当夜皇帝便不愿召幸别的嫔妃，而是独自来到翊坤宫与如懿相守。红烛摇曳，皇帝睡梦中的神色并不安宁，如懿侧卧他怀中，看他眉心深锁，呓语不断，隐隐心惊，亦不能入梦，只听着夜半小雨淅淅沥沥叩响窗棂。良久，雨声越繁，打在飞檐琉璃瓦上，打在中庭阔大的芭蕉叶上，打在几欲被秋风吹得萎谢的花瓣上，声声清越。

心潮起伏间，又是风露微凉的时节啊。

夜色浓不可破，皇帝从梦中惊坐起，带着满身湿漉漉的冰凉的汗水，疾呼道："来人！来人！"

即刻有守夜的官人闻声上前叩门。如懿忙忙坐起身来，按住皇帝的手心，向外道："没什么事！退下吧！"

九月初的雨夜，已有些微冷，晚风透过霞影绛纱糊的窗微微吹了进来，翡翠银光冷画屏在一双红烛微光下，闪烁着明灭的光。如懿取过床边的氅衣披在皇帝身上，又起身递了一盏热茶在皇帝手中，柔声关切："皇上又梦魇了么？"

皇帝将盏中的热茶一饮而尽，仿佛攫取了茶水中的温热，才能稍稍安神："皇上，您今夜一直不说话，睡下也不安稳。怎么了？"

"如懿，朕虽然君临天下，可是午夜梦回，每每梦见自己年少时无人问津的孤独与悲苦。朕的生母早逝，皇阿玛又嫌弃朕的出身，少有问津。哪怕朕今日富有四海，一人独处时，也总害怕自己会回到年少时一无所有的日子。"

如懿紧紧握住皇帝的手："怎么会？皇上有臣妾，有皇额娘，有那么多嫔妃、皇子和公主，怎么会一无所有？"

皇帝的神色无助而惝恍，仿佛被雨露沾湿的秋叶，薄而脆枯："朕有皇额娘，可她是太后，不是朕的亲额娘。朕有那么多嫔妃，可是她们在朕身边，为了荣宠，为了家族，为了自己，甚至为了太后，有几个人是真心为朕？朕的儿子们一天天长大，朕在他们心里，不仅是父亲，是君王，更是他们虎视眈眈的宝座上碍着他们一步登天的人。至于朕的女儿，朕疼她们爱她们，可若有一天朕要为了自己的江山舍出她们的情爱与姻缘时，她们会不会怨朕恨朕？父女一场，若落得她们的怨怼，朕又于心何安？"

翠竹窗棂下，茜红纱影影绰绰。如懿心下微凉，仿佛斜风细雨也飘到了自己心上："那么臣妾呢？皇上如何看臣妾？"

皇帝的声音有些疲倦，闭目道："如懿，你有没有算计过朕？有没有？"

如懿的心跳陡然间漏了一拍。她看着皇帝，庆幸他此刻闭上了双眸。因为连她自己亦不知，自己的神色会是何等难看。这些年来，她如何算计过皇帝，只有她自己明白，可是皇帝也未曾如她所期许一般真心诚意待她。他许她后位荣华，她替他生儿育女，做一个恪尽职守的皇后。到头来，也不过是落得这般彼此算计的疑心而已。

也罢，也罢，不如不看。如懿看着床帏间的镏金银鸾钩弯如新月，帐钩上垂下细若瓜子的金叶子流苏，一把把细碎地折射着黄粼粼的光，针芒似的戳着她的眼睛。她静了片刻，衔了一丝苦笑："皇上如何待臣妾的，臣妾也是如何待皇上。彼此同心同意而已。"

有风吹过，三两枝竹枝细瘦，婆娑划过窗纱，风雨萧瑟，夜蛩寂寂。皇帝的气息稍稍平稳，他睁开眼，眼中却有着深不可知的伤感和畏惧："如懿，朕方才梦见了永璜，朕的第一个儿子。朕梦见他死不瞑目，问朕为何不肯立他为太子。然后是永琏，朕这些年所疼爱、欣赏的儿子，朕梦见自己回到追逐野马独自进入林间的那一日，那两支射向朕的冷箭，到底是谁？是谁想要朕的性命？"

皇帝疑心的答案已经呼之欲出，如懿将惊惶缓缓吐出口："皇上是疑心永琏？永琏可是皇上的亲子啊！"

皇帝黯然摆首："亲子又如何？圣祖康熙晚年九子夺嫡是何等惨烈。皇位在上，本没有父子亲情。"他的神情悲伤而疲惫："今日朕才知原来永琏善于引逗野马，朕从来不知……而那日，就是一匹野马引了朕入林中的……"他长叹一声："皇位在上，本难保父子亲情。那日凌云彻赶来救朕时，明明看见永琏骑马在朕之后立刻入林，为何他不出声寻朕，而险情一出，他就能立刻赶出。时机这般凑巧？"

时已入秋，宫苑内有月桂悄然绽放，如细细的蕊芽，此刻和着雨气渗进，香气清绵，缓和了殿中云谲波诡的气氛。

"父子连心，自然扣得准时机。"如懿的声音从喉舌底下缥缈而出，

"当日皇上表彰永城，未曾想到这一层？"

"朕不是不知道自己的儿子。嘉贵妃当初对后位有多热切，永城对太子之位便有多热切。朕也知道嘉贵妃的用心，只有她身份高贵，她的儿子身份高贵，她的母族才会牢牢依附于大清，地位更加稳固。"皇帝静了静神，"可是凌云彻的话也不能全信，朕虽然知道他当年是被罚在木兰围场做苦役，才机缘巧合救了朕。可真有这么机缘巧么？所以朕连夜派人赶去承德细细查问那日永城的行踪，是否真如凌云彻所言。如果永城真的以朕的安危博取欢心……"他眼中闪过一丝狠戾的阴光："那他就不配做朕的儿子了！"

寝殿中安静极了，檐下绵绵不绝的雨水缀成一面巨大的雨帘，幕天席地，包围了整座深深宫苑。满室都是空茫雨声，如懿的欣慰不过一瞬，忽而心惊。皇帝是这样对永城，那么来日，会不会也这样对自己的永琪和永璂？

自己这样步步为营筹谋一切，是不是也是把自己的儿子们推向了更危险的境地？她不能去想，亦容不得自己去想。这样的念头只要一转，她便会想起幽禁冷宫的不堪岁月。她也曾对别人留情，结果让自己落得不生不死的境地。她无数次对自己说，只要一旦寻得敌人的空隙，便不会再留半分情面。

若来日永城登上帝位，金玉妍成为圣母皇太后，自己想要凭母后皇太后的身份安度余年，都只能是妄想了。

像是漂泊在黑夜的雨湖上，唯有一叶扁舟载着自己和身边的男子。对于未来，他们同样深深畏惧，并且觉得不可把握。只能奋力划动船桨，哪怕能划得更远些，也是好的。

这样的深夜里，他们与担忧夜雨会浇破屋顶，担忧明日无粟米充饥的一对贫民夫妇相比，并无半分差别。

窗外冷雨淅沥，绵密的雨水让人心生伤感，想要寻一个依靠。皇帝展臂拥住她："如懿，有时候朕庆幸自己生在帝王家，才能得到今日的荣耀。可是有时候，朕也会遗憾，遗憾自己为何生在帝王家，连骨肉亲情、夫妻情分都不能保全！"

如懿知道皇帝语中所指，未必是对着自己。许是言及孝贤皇后，也可能是慧贤皇贵妃，更或许是宫中的任一妃嫔。可她还是忍不住打了个寒噤，若有一日，他们彼此间的算计都露了底，所谓的帝后，所谓的夫妻，是否也到了分崩离析、不能保全的境地？

到头来，不过都是孑然一身，孤家寡人罢了！

雨越发大了。竹叶上雨水滴沥，风声呜咽如诉。雨线仿佛是上天洒下的无数凌乱的丝，绵绵碎碎，缠绕于天地之间。如懿突然看见内心巨大的不可弥补的空洞，铺天盖地地充满了恐惧与孤独。

他们穿着同色的明黄寝衣，宽长的袖在烛光里薄明如翼，簌簌地透着凉意。

她贵为一国之后，母仪天下。他是一朝之君，威临万方。

可是说到底，她不过是一个女人，他也不过是一个男人。在初秋的雨夜里，褪去了所有的荣耀与光辉，不过是一对心事孤清、不能彼此温暖的夫妻。

夜深，他们复又躺下，像从前一样，头并着头同枕而眠。他的头发抵着她的青丝，彼此交缠，仿佛是结发一般亲密，却背对着背，怀着各自不可言说的心事，不能入眠。

风雨晦暝，长夜幽幽，如懿轻轻为他掖紧衾被，又更紧地裹住自己，紧紧闭上了眼睛。只期望在梦境中，彼此都有一处光明温暖的境地可栖，来安慰现实不可触摸的冰凉。

从承德归来的密使带回来的是模棱两可的答案。当日的确有人见到永琼策马入林，却不知去的是否皇帝所去的方向。

所有的决断，永琼的未来，皆在皇帝一念之间，或者说，要看皇帝的疑心是否会大于父子骨血的亲情。

如懿所能做的，凌云彻所能安排的，也仅止于此。若答案太过分明，只会让皇帝往其他的方向去怀疑。这是她所不希望，也不敢的。

如懿深知皇帝的踌躇与不悦，便备下点心，抱着璟兕来到养心殿探视，希望以女儿天真无邪的笑意，宽慰皇帝难以决断时的暴躁与迷乱。而更要紧的，也只有怀中幼女的不谙世事，才更显得成年的皇子是如何野心勃勃，居心叵测。

步上养心殿的层层玉阶，迎接她的，是李玉堆满笑容的脸。可是那笑容底下，分明有难以掩饰的焦虑与担忧："皇后娘娘，皇上不愿见任何人，连令妃小主和忻嫔小主方才来请安，都被挡在了门外呢。"

如懿微微蹙眉："不只是为四阿哥的事吧？"

李玉道："娘娘圣明，于内是四阿哥的事烦心，在外是前朝的事，奴才隐隐约约听见，是准噶尔的事。今儿晌午皇上还连着见了两拨儿大臣一起商议呢。这不，人才刚走，又赶着看折子了。"

如懿凝神片刻，温然道："皇上累了半日，本宫备下了冰糖百合马蹄羹，你送进去给皇上吧。"李玉躬身接过。如懿努努嘴，示意乳母抱着璟兕上前："五公主想念皇上了，你带公主进去。等下纯贵妃也会派人送四公主过来，一同陪伴皇上。"

李玉拍着额头笑道："是呢。早起皇上还问起五公主，还是皇后娘娘惦记着，先送了公主来。"

如懿深深地看了李玉一眼，眼神恍若无意掠过站在廊下的凌云彻，摸着璟兕粉雕玉琢的小脸："等下好好送公主回来就是。"

她携了容珮的手步下台阶，正瞧见绿筠亲自送了四公主前来，见了如懿老远便含笑施礼，恭谨道："皇后娘娘万福金安。"

如懿忙扶住了，见纯贵妃一袭玫瑰紫二色金银线华衫，系一痕浅玉银泥飞云领子，云鬓峨峨，翠华摇摇，戴着碧玉瓒凤钗并一对新折的深紫月季花，显然是着意打扮过。如懿笑吟吟道："纯贵妃何须这般客气，皇上正等着两位公主呢，快送公主进去吧。"

绿筠示意乳母抱了四公主入殿，极力压低了嗓音，却压不住满脸喜色："不知怎的，皇上如今倒肯惦记着臣妾了，打发了两拨儿人送了东西来给臣妾和永璋、永瑢，都是今年新贡的贡品呢。多少年皇上没这么厚赏了。听说愉妃那儿也是一样呢。"

有风拂面，微凉。如懿紧了紧身上的玉萝色素锦披风，丝滑的缎面在秋日盛阳下折射出柔软的波纹似的亮光，上面的团绣暗金向日葵花纹亦是低调的华丽。

"皇上疼你们，这是好事。惦记着孩子就是惦记着你，都是一样的。"

绿筠眼角有薄薄的泪光，感慨道："皇后娘娘，臣妾自知不能与年轻的宠妃们相较。只要皇上疼爱臣妾的孩子，别忘了他们，臣妾就心满意足了。"

她的话，何尝不是一个母亲最深切的盼望。

如懿的手安抚似的划过绿筠的手背，像是某种许诺与安慰："好好安心，永璋和永瑢有的是机会。"

第五章

黄鹄歌

绿筠喜不自禁，再三谢过，目送了如懿离开。

行至半路时，如懿惦念着永琪仍在尚书房苦读，便转道先去看他。尚书房庭院中桐荫静碧，琅琅读书声声声入耳。

"北路古来难，年光独认寒。朔云侵鬓起，边月向眉残。芦井寻沙到，花门度碛看。薰风一万里，来处是长安。"

如懿含了一抹会心的笑意，走近几步，行至书房窗边，凝神细听着越来越清晰的读书声。

容珮低声问："皇后娘娘不进去么？"

如懿轻轻摆手，继续伫立，倚窗听着永琪的声音。里头稍稍停顿，以无限唏嘘的口吻，复又诵读另一首诗。

"吾家嫁我兮天一方，远托异国兮乌孙王。穹庐为室兮旃为墙，以肉为食兮酪为浆。居常土思兮心内伤，愿为黄鹄兮归故乡。"

听罢，如懿默思一阵，似是触动，才命容珮道："去看看吧。"

容珮扶了如懿的手进去，满室书香中，永琪孑然立于西窗梧桐影下。永琪见她来了，忙上前亲热地唤道："皇额娘。"

如懿环顾四周，唯见书壁磊落，便问："只有你一人在么？其他阿哥呢？"

永琪娓娓道来："三哥和六弟回纯娘娘宫中了。四哥这几日心绪不定，无心读书，一直没来尚书房。八弟年幼贪玩，四哥不来，他自然也不肯来了。"

如懿替永琪理一理衣领，含笑道："旁人怎样你不必管，自己好好读书就是。"

永琪有些兴奋，眼中明亮有光："皇额娘，昨日皇阿玛召见儿臣了。"

如懿颔首："你皇阿玛可是问了你关于准噶尔之事？"

永琪连连点头，好奇道："皇额娘如何得知？是皇阿玛告诉您的么？"

如懿笑着在窗边坐下："你读的这些诗虽未直言边塞事，却句句事关边塞事。皇额娘才隐约猜到。"她停一停："那你皇阿玛是什么意思？你又如何应答？"

永琪眼中的兴奋之色退却，换上一副少年老成的语气："儿臣年少懵懂，能有什么意思？自然以皇阿玛的训示为上。"

如懿油然而生一股欢喜。皇帝自然是喜欢有主见的儿子，可太有主见了，他也未必喜欢，反生忌惮。永琪善于察言观色，能以皇帝马首是瞻，自然是万全之策。如懿欣慰道："那你皇阿玛怎么说？"

永琪道："皇阿玛十分思念远嫁的亲妹，儿臣的姑母端淑长公主。"

只一言，如懿完全了然："你方才念的第一首诗，是杨巨源的《送太和公主和蕃》。唐宪宗女封太和公主，远嫁回鹘崇德可汗。"

永琪微微思忖："比起终身远嫁不得归国的王昭君与刘细君，太和公主远嫁二十年后，在唐武宗年间归国，也算幸运了。"

"所以你读细君公主的《黄鹄歌》时会这般伤感。"如懿伸手抚摸永琪的额头，"你也在可怜你的端淑姑母，是不是？"

永琪的伤感如旋涡般在面上一瞬而过，旋即坚定道："但愿公主远嫁在我朝是最后一次。儿臣有生之年，不希望再看到任何一位公主远离京城。儿臣更希望五妹妹嫁得好郎君，与皇额娘朝夕可见，以全孝道。所以儿臣已经向皇阿玛言说，当年端淑姑母远嫁准噶尔多尔札已是为难，为保大清安定再嫁达瓦齐更是不易。如今达瓦齐既然不思姻亲之德，如此不驯，皇阿玛也不必再姑息了。不如请端淑姑母还朝便是。"

永琪的话既是恳请，也是情势所在。皇帝对达瓦齐的姑息，一则是因为达瓦齐在准噶尔颇有人望，他若驯顺，则准噶尔安定，反之他若不驯，准噶尔便更难掌控，更会与蠢蠢欲动的天山寒部沆瀣一气，皇帝势必不能容忍；二则自杜尔伯特部车凌归附，皇帝更是如虎添翼，得了一股深知准噶尔情势的力量；三则太后对端淑长公主再嫁之事耿耿于怀，常以母女不能相见为憾事，皇帝此举，也是缓和与太后的关系。这样一箭三雕的妙事，可见对准噶尔用兵，势在必行。

如懿的心被永琪的这句话深深感动："好孩子，你的愿望令皇额娘甚是欣慰。"她握住永琪的手："从前惹你皇阿玛生气的话是为了保全自己，免得成为永珹母子的眼中钉，成了出头橡子。如今永珹眼见是被你皇阿玛厌弃了，是该到你崭露头角的时候了。"

永琪仰着脸，露出深深的依赖与信任："皇额娘，当初儿臣故意说那句话给四哥听见，惹皇阿玛生气，但得皇阿奶欢心。如今达瓦齐无礼在先，儿臣对准噶尔的态度转变，顺着皇阿玛说，为接端淑姑母成全皇阿奶的母女之情，更为大清安定才对准噶尔用兵，皇阿玛自然欢喜。"

如懿深深欢悦，永琪自然是她与愉妃悉心调教长大，然而十三岁的永琪，已经展露出她们所未能预期的才艺。幼聪慧学，博学多才，习马步射，武技俱精。不仅娴习满、蒙、汉三语，更熟谙天文、地理、历算。尤其精于书法绘画，所书八线法手卷，甚为精密。然而才学事小，更难得的是他心思缜密，善于揣摩人心，真真是一个极难得的能如鱼得水的孩子。

如懿这般想着，不免升起一腔慈母心怀："你有这般心思，也不枉本宫与你额娘苦心多年了。"她殷殷嘱咐："好好去陪你额娘，这些日子她可为你担足了心思。"

永琪爽朗笑道："额娘一开始是担心，但时日久了，又与皇额娘知心多年，多少猜到了几分，如今也好了。"他忽然郑重了神色，一揖到底："儿臣多承皇额娘关怀，心中感念。额娘出身珂里叶特氏小族，家中人丁凋零，仅有的亲眷也是来讨嫌的多，成事不足败事有余，只会叫额娘烦心的。幸好宫里还有皇额娘庇护，否则儿臣一介庶子，额娘又无宠，真不知会到如何田地去。"

如懿叹口气，爱怜地看着他："你这孩子什么都好，偏生这样多心。什么庶子不庶子的话，都是旁人在背后的议论，你何苦听进去这般挂心。只要你自己争气，哪怕你额娘无宠，自然也会母以子贵。"

　　永琪尚显稚嫩的脸上含着感激的神色，郑重其事地点头："儿臣都听皇额娘的。"

　　如懿回到宫中，因着心中欢喜，看着秋色撩人，便起了兴致，命宫女们往庭院中采集新开的金桂，预备酿下桂花酒。永璂在旁看着热闹，也伸出胖乎乎的小手，想要参与其中。

　　容珮看着众人欢欢喜喜地忙碌，一壁哄着永璂，一壁趁人不备低声向如懿道："娘娘倒是真疼五阿哥，五阿哥有愉妃小主心疼，又有娘娘庇佑，真是好福气。看如今这个样子，四阿哥是不成了，不知道太子之位会不会轮到五阿哥呢？"

　　容珮嘴上这般说，眼睛却直觑着如懿。如懿折了一枝金桂在鼻端轻嗅，道："永璂年幼，哪怕皇上要立他为太子，也总得等他年长些才是。可要等到永璂年长，那还得多少年数？夜长梦多，比永璂年长的那些阿哥，哪个是好相与的？一个个处心积虑，都盯着太子之位呢。与其如此，被别人争了先，还不如让永琪占住了位子。"

　　容珮有些把握不定："占住了位子，还留得住给十二阿哥吗？到底，十二阿哥才是娘娘亲生的啊。从前的大阿哥虽然也得娘娘抚育几年，到底还是变了心性，五阿哥他……"

　　"永璜要为自己争气，一时用力用心过甚，错了主意也是寻常。到底后来本宫没有在他身边事事提点。至于永琪，海兰与本官一直同心同德，情如姐妹。若是连海兰都不信，这宫里便没有本宫可以相信的人了。"如懿温然一笑，含了沉沉的稳笃，"容珮，眼睛看得见的不要只在眼前一隅之地，而要考虑长远，是不是永璂登基为新帝不要紧，要紧的是本官是笃定的母后皇太后！"如懿弯下腰，抱起永璂，笑着逗弄道："天家富贵难得，皇帝之位更是难坐。好孩子，额娘只要你一辈子平安富贵就好。何必一定要做皇

051

上呢？"

如懿正逗着怀中的孩子，看着他天真的笑颜，只觉得一身的疲惫皆烟消云散。凌云彻跟在李玉身后，陪着璟儿和乳母们一同进到翊坤宫庭院。只见丛丛桂色之后，如懿的笑颜清澈如林间泉水，他心中不觉一动，好像耳根后头烧着一把灼灼的火，一直随着血脉蔓延下去。

如懿听得动静，转首见是他们，便淡了笑容道："有劳李公公了，还特意送了公主回来。"

李玉知道如懿的心意，便道："公主是千尊万贵的金枝玉叶，奴才能陪伴公主，是奴才的福分。而且奴才怕自己手脚没力气，乳母们也伺候得不当心，所以特意请了凌大人相陪，一路护送。"

如懿只看着怀中的永璂，淡淡道："凌大人辛苦。"

凌云彻躬身道："是公主不嫌弃微臣伺候不周。"他再度欠身："许久没向皇后娘娘请安了。娘娘万福金安。"

李玉忙道："方才凌大人来之前，皇上刚下了口谕，晋凌大人为御前一等侍卫。凌大人是该来向皇后娘娘请安的。"

"恭喜凌大人。凌大人尽心侍奉皇上，是该有升迁之喜。容珮，拿本宫的一对玉瓶赏给凌大人。"如懿将永璂递到乳母怀中，转身入了殿内。

二人跟着如懿一同入了正殿。

容珮一拍额头道："李公公，那对玉瓶我不知搁在哪儿了，您帮我一起找找。"

李玉何等乖觉，答应着便转到里间和容珮一起去寻。如懿侧身在暖阁内的榻上坐下，慢慢剥着一枚红橘道："你倒是很能干。承德传来这样的消息，虽然没有实指是永珹做的，但皇上既然封赏了你，便是落定了信的是你，疑心了永珹。"

凌云彻长舒了一口气："不是微臣能干。蝼蚁尚且偷生，微臣的命虽然卑微，但也不想失了这卑贱性命。"

如懿的手指沾染上清凉而黏腻的汁液，散发出甜蜜的甘香："木兰围场的事本官不管你插手了多少，但你既然是皇上的御前侍卫，得皇上器重，就理应护卫皇上周全。若皇上再有了什么差池，那便是你连自己的脑袋也不要了。"

凌云彻深深叩首："微臣谨记皇后娘娘教诲。"

如懿盯着他，轻声道："当年木兰围场的事若真是有人精心布置，那人便真是心思长远了。"

凌云彻的目光触上她的视线，并不回避："微臣当日被罚去木兰围场，本是因为心思鲁直，才会受了他人算计。幸蒙皇上不弃，才能再度侍奉皇上身边，微臣一定尽心尽力，为皇上和皇后娘娘办事，肝脑涂地，万死不辞。"

如懿听他再三撇清，又述说忠心，心中稍稍安定："你有本事保得住自己的万全，本官就可以用你这个有本事的人。反之，再多的忠心也不顶用。所以你凡事保住自己再说。"

凌云彻心头一热，如浪潮迭起，目光再不能移开。如懿鸦翅般的睫毛微微一垂，落下圆弧般的阴影，只低头专心致志剥着橘子，再不看他。

这样的静默，仿佛连时间也停住了脚步。外头枝叶疏疏，映着一轮秋阳。她的衣袖轻轻起落，摇曳了长窗中漏进的浅金阳光，牵起幽凉的影。

他明知道，见她一面是那样难。虽然如懿也会常常出现在他的视线之中，如同嬿婉一般。但他亦只能远远地看着，偶尔颔首示意而已。如何能这般在她面前，隔着这样近的距离，安安静静地听她说话。

他喉舌发热，好像神志亦远离了自己，脱口道："皇后娘娘不喜欢的性命，微臣可以替皇后娘娘除去。皇后娘娘在意的性命，微臣一定好好替皇后娘娘保全。"

如懿抬首瞥了他一眼，目光清冷如霜雪，并无半分温度："你自己说什么话自己要知道分寸，好好管着你的舌头，就像爱惜你自己的性命与前程一样。"她顿一顿："恣心进宫的时候偶然说起，说你与茂倩的夫妻情分不过尔尔？"

凌云彻一怔，仿佛有冰雪扑上面颊，凉了他灼热的心意。他只得坦诚道："微臣忙于宫中戍卫之事，是有些冷落她，让她有了怨言。"

如懿凝视他片刻："功名前程固然要紧，但皇上所赐的婚事也不能不谐，你自己有数吧。"说罢，她再不顾他，只是垂手默默，恍若他不在眼前一般。

容珮与李玉捧着一双玉瓶从里头出来。容珮笑吟吟递到凌云彻手里，道："凌大人，恭喜了。"

凌云彻忙收敛心神，再三谢过，才与李玉一同退了出去。

次日，皇帝下旨以准噶尔内乱之名，命两路进兵取伊犁，征讨达瓦齐。车凌因熟悉准噶尔情形，洞悉军务，被任命为参赞大臣，指挥作战，并征调杜尔伯特部两千士兵参战。同日，皇帝以永璜早已成年之故，出居宫外贝勒府，无事不得入宫，连向生母请安亦不被允准，形同冷落宫外。而玉妍所生的另两子，八阿哥永璇已经六岁，住在撷芳殿方便往尚书房读书，而十一阿哥永瑆因为不满三岁，才被允许留在玉妍宫中养育。

这般安排，分明是嫌弃玉妍教子不善了。

永璜的事本是莫须有，只在皇帝心中揣度。皇帝并未直接明说，但也再未见过玉妍，连她在养心殿外苦苦跪求了一夜，也不曾理会，只叫李玉扶了她回去静思安养。

如此，宫中顿时安静，再不敢有人轻言太子之事了。

此时的永琪，如冉冉升起的红日，朝夕随奉皇帝左右，十分恭敬谦和，多半以皇帝之意为己意，又常与三阿哥永璋有商有量，处处尊重这位兄长。待到皇帝问及时，才偶尔提一两句，也在点子上。哪怕得到皇帝赞许也不骄矜，处处合皇帝心意。

如此这般，绿筠也格外欢喜，虽然永璋早年就被皇帝绝了太子之念，但永琪尊敬兄长，提携幼弟，连着绿筠的日子也好过许多。宫中无人不交口称赞这位五阿哥贤良有德，比昔日骄横的永璜，不知好了多少。

玉妍与永璜受了如此重大的打击，颜面大伤，一时寂寂无闻。除了必需的合宫陛见，便闭上宫门度日，连晨昏定省也称病不见。然而细细考究，也不是称病，而是真病下了。玉妍生生这般母子分离，一时间心神大损，日夜不安。每每入睡不久，便惊醒大呼，时时觉得有人要加害于她母子。癫狂之时，便直呼是如懿、绿筠、海兰或是嬿婉等人都要害她。如懿连连打发了几拨儿太医去看，都被玉妍赶了出来。皇帝知道后更是生气，亲自派了太医去医治，又开了安神药，却总是效用不大。

因着害怕有人加害，玉妍命人搜罗了各色名犬豢养在启祥宫中，才能安静许多，也不再那么害怕了。如此一来，一时间宫中犬吠连连，闹得合宫不安，烦不胜烦。旁人还只是烦扰，璟兕却是第一个受不住的。这孩子有心症，骤然受到惊吓，被吓得浑身抽搐，脸色煞白。幸好江与彬在旁，赶紧喂了安神丸药，才救治了过来，又嘱咐道："五公主有心症，受不得惊吓。宫里养着那么多狗，叫声不绝，五公主实在是受不了啊。"

如懿心疼不已，如何能忍，一壁叫三宝去将玉妍宫里的狗好生挪出去，不许她再养着了，一壁又去通知皇帝。

三宝立刻带人去启祥宫驱逐那些狗，然而玉妍大哭大闹，不能成事。谁去拎狗笼子，玉妍便尖叫喝骂，恶语不休。她挡在前头，底下人如何敢动手。彼时皇帝听得禀报时，湄若陪伴在侧。皇帝正赞湄若的父亲将准噶尔详情说得详细。永琏结交亲贵时，朝廷中多有阿附之人，湄若父亲身为朝廷大员，却从不随波逐流。一时皇帝知道了璟兕受惊发病，心疼得立即赶去翊坤宫。谁知才到了启祥宫门口，玉妍已经抱着狗儿拦在了长街上，哭求道："皇上，皇后娘娘不容臣妾母子也罢了，为什么连几只畜生也容不下，非要逼迫臣妾。"

皇帝惦记璟兕，哪肯与她纠缠，呵斥道："你养的狗吓着了璟兕，还不立刻送走。璟兕要有什么好歹，朕不会容你！"

玉妍哭得发髻都散乱了，蓬着头道："皇上，人不如狗忠心，把狗送走之后臣妾成日惊惶，怕也不久于世。"

湄若刚有身孕，见玉妍这个样子，也怕被冲撞，便拉着皇帝的袖子道：

"皇上,嘉贵妃怕真是失心疯了。自从四阿哥挪出了宫去,嘉贵妃便有些不大对劲。"

皇帝越发皱眉:"嘉贵妃,将启祥宫中的狗全番送走,免得惊着了永璂。你若不肯,就叫永璂挪去撷芳殿住。"

玉妍痛哭流涕,满脸的泪水冲花了妆面:"皇上,五公主是命,臣妾母子也是命。还请皇上怜悯臣妾,皇上……"

皇帝看她哭得这般,到底也有些不忍,也不愿再耽搁了去看璟兕,便道:"罢了。留一条你最喜欢的狗在宫里,余者都送走。"

玉妍待要再求,皇帝一阵风儿似的走了。李玉忙扶起玉妍道:"嘉贵妃娘娘,皇上的意思您都明白了么?"

玉妍一怔,看李玉似笑非笑,心底的恐惧又升了上来:"都送走,都送走。只要永璂能留在本宫身边。"她死死抱着怀里的小狗:"富贵儿,只有你陪着本宫了。"

玉妍这般哭闹不休,连连失仪,于是宫里的人说起来,都说玉妍和永珹是结交外臣谋夺太子之位被皇帝知晓,才骤然失宠,玉妍也因此发了失心疯。

皇帝却是再无心理她,只和如懿陪着好容易平静下来的璟兕,看她熟睡,才稍稍安心了些许。江与彬是一步也不敢离开的,守着调药开方:"有惊无险,五公主已经无碍,皇上、皇后娘娘宽心。"

如懿一直回不过神来,她的手还在发抖。细心养育了这么久,小心翼翼的,没有一日不是在惊慌担忧中度过。可幸好,只是担忧,也从来没出过事。这她是头一回见到璟兕发病是如此可怕。手足抽搐,脸色雪白如纸,嘴唇是暗紫色的。小小一个人,仿佛随时会停止了心跳,离她而去。皇帝紧紧搂着她:"如懿,过去了,已经没事了。朕已经让嘉贵妃挪走了她那些狗儿,只留了一只,不会吓着璟兕了。"

纵然是这般安慰,如懿还是惊惧不已。最后,还是江与彬反复提醒:"皇上,皇后娘娘。公主心症发作,以后更得万分小心。一旦被吓得厉害,救治不及，可是要坏事的。"

　　皇帝连连点头："朕知道。如懿，务必小心看护璟兕。"

　　如懿什么也说不出来，她一手握住璟兕微凉的小手，一手握住皇帝温热的手，似乎这样，才能寻得一点力气和依凭，支撑下去。皇帝待要再说什么抚慰的话，准噶尔战报传来，皇帝再舍不得，也只能往养心殿去了。

　　再见到皇帝时，已是两日后了。如懿往太后处请安，却见太后愁容满面，正为准噶尔之事而忧心忡忡。

　　如懿想来想去有些不安，便往养心殿里去。秋日的阳光落在养心殿的澄金地砖上有明晃晃的光影，如置身于金灿浮波之内。

　　皇帝颀长的背影背对着她，面对着一幅巨大的江山万里图，手里握着一个金丝蝈蝈笼子出神不已。

　　如懿知道那是端淑出嫁前最心爱的一件玩物。远嫁前留下，也是自怜不过是一只被关在金丝笼里的蝈蝈，此身不得自由。皇帝每每念及这位妹妹，便会看着这笼子出神。

　　如懿缓步走近，柔声道："皇上恨不能以目光为剑，直刺准噶尔，是不是？"

　　皇帝的专注里有肃杀的气息："朕忍得太久了。从恒娖远嫁准噶尔那一日起，朕就在想，有朝一日，可以不用再遣嫁皇女了。让恒娖改嫁达瓦齐时，皇额娘责怪朕，嫔妃劝朕，但只有朕自己知道，朕有多为难、多无奈。恒娖是长公主，也是朕的妹妹，可是朕不能不暂且忍耐一时，等待最好的时机。如今杜尔伯特部归来，巴林部与我大清关系紧密，朕终于等到这个时机了。"

　　如懿心中触动，她知道的，她选的这个人，从来不是一味隐忍不图来日的人。

　　如懿满心喜悦，欠身道："恭喜皇上，终于等到这一日。臣妾万幸，能与皇上一同等到这一日。"

皇帝盯着江山万里图上准噶尔那一块，以朱笔一掷，勾画出凌厉的锋芒。他不掩踌躇满志之情，长叹如啸，胸怀舒然："朕隐忍多年，舍出亲妹的一段姻缘，如今终于能扬眉吐气，直取楼兰！"

如懿婉声道："能有这一日，端淑长公主终于可以归来，她一定也很高兴。母女团聚，太后多年郁结，也可欣慰少许了。只是……"她觑着皇帝被日光拂耀的清俊面庞，轻声说出自己的担忧："可是端淑长公主虽然嫁给达瓦齐，但我朝军马攻向准噶尔，乱军之中本就危险万分，若达瓦齐恼羞成怒意胁持公主，或欲杀了公主泄愤，那么……"

她的话语尚未完全说出口，已听得殿外太后含怒的声响。她老迈而微带嘶哑的声音随着龙头拐杖的凿地声怆然入耳："皇帝，皇帝，哀家召唤你来慈宁宫，你一直迁延不肯前来。好！你既然不肯来，那么哀家来求见你，你为何又避而不见？"

李玉的声音惊惶而焦灼，道："太后娘娘，皇上正忙于国事，实在无暇见您！"

"无暇见哀家？难道陪着自己的皇后，便是国事了么？"

如懿这才想起，自己前来养心殿，辇轿自然就在养心殿外停着，才受了太后如此言语。如懿顿时大窘，忙跪下道："皇上，臣妾疏忽，让臣妾出去向太后请罪吧。"

皇帝神色冷肃，伸手扶起她，微微摇了摇头。他的面庞映着长窗上"六合同春"的吉祥如意的花纹，那样好的口彩，填金朱漆的纹样，怎么看都是欢喜。可是一窗相隔，外头却是太后焦痛不已的慈母之心。

皇帝的神色在光影的照拂下明暗不定。如懿见他如此，越发不敢多言，只得屏息静气立在皇帝身旁。

"皇后与皇帝真是同心同德，长公主陷于危难之中而不顾，哀家求见却闭门不见，真是一对好夫妻啊！"

太后说得太急，不觉呛了一口气，连连咳嗽不已。福珈惊呼道："太后，太后，您怎么了？"

李玉吓得带了哭腔："太后娘娘！您万乘之尊，可要保重啊！"

"保重？"太后平复了气息，悲愤道，"哀家还保重什么？皇帝下令攻打自己的妹婿，达瓦齐是乱臣贼子，哀家无话可说，可是恒媞是皇帝亲妹，身在乱军之中，皇帝也不顾及她的性命么？哀家只求让皇帝你以恒媞性命为重，能不开战尽量和谈，就算开战了，万事顾及恒媞安危，皇帝也不愿听么？"

李玉的磕头声砰砰作响："太后娘娘，皇上善于用兵，前线的军士都会以保护长公主为先的！您安心回慈宁宫吧？"

太后冷笑道："刀剑无眼，准噶尔蛮横，皇帝要怎么保恒媞？万一达瓦齐以恒媞性命要挟，皇帝是否同意和谈？"

皇帝再听不下去，他深吸一口气，霍然打开殿门，跪下身道："皇额娘，您身为太后之尊，自然明白社稷重于一切。不是儿子舍出了皇妹，是社稷舍出了皇妹。"他郑重地磕了个头，目光沉静如琥珀，一丝不为所动："儿子一心维护恒媞，可真若被达瓦齐要挟，儿臣也不能不顾数万将士性命，牺牲大清的利益与之和谈。儿子只期盼君臣一心，平定准噶尔，带回恒媞。"

如懿跪在皇帝身后，听得这一句，心头一颤，如坠寒冰之中，不自觉地抬起头去看太后。太后身体微微一晃，跟跄几步，仰面悲怆笑道："好儿子，果然是哀家教出的好儿子，懂得拿社稷江山来压哀家了。"她的伤感与软弱不过一瞬，便狠狠拿龙头拐杖支撑住自己的身体，冷下脸道："既然皇帝撂下这句话来，那好！哀家就回慈宁宫静养，日日诵经念佛，求佛祖保佑皇帝一切遂心，那么皇帝也能怜悯哀家的女儿，保她万全！"

太后伤心欲绝，将手中的一只金丝蝈蝈笼子掷在地上。皇帝眼中微湿，珍重地捡起笼子，取出自己的那个，摆在一起。

太后怔住了，不觉落泪："你……"

皇帝郑重叩首，伤感无比："皇额娘珍重的，儿子也万分珍重。这个金丝蝈蝈笼子是恒媞远嫁之前留给儿子的。儿子一直记得这份兄妹情谊，一定会顾念她的安危。"

话到此处，太后也再说不出什么，只是颤颤叮咛："但愿皇帝一言九鼎。"

太后说罢，扶过福珈的手缓缓步下台阶。如懿看着太后的背影，华服之下，她的脚步分明有些摇晃，再不是记忆中那泰山崩于眼前而不乱的深宫贵妇了。

第六章

伤情薄

　　如懿的眼角忽然有些湿润，像是风不经意地钻入眼底，吹下了她眼前朦胧的一片。神思恍惚间，有尖锐的恐惧深深地攫住她的心头，会不会来日，她也会如太后一般，连自己的儿女也不能保全？

　　她不敢，也容不得自己做这样悲观而无望的念想。打断她思绪的是皇帝沙哑而低沉的声音。皇帝神色黯然："如懿，你会不会觉得朕太过不顾亲情？"

　　这样的话，她如何答得出。若是说皇帝不顾亲情，固然是冒犯龙颜。若是说皇帝顾念亲情，那么端淑算什么？来日若轮到自己的璟儿，那又算什么？她胸腔内千回百转，终究只能道："皇上心中，大局重于私情。若在寻常人家，固然是兄妹之情与大局之间选择两难，可是生在天家，人人都有自己的不得已。但愿从此以后，皇上再无这样的不得已。"

　　皇帝默然一叹，揽过如懿的肩："朕知道你在担心什么。当日许恒娖再嫁之时，朕就已经想好，这是最后一次，大清的最后一次，再也不会有被迫远嫁的公主了。"

　　自此，太后果然静守在慈宁宫内，半步都不出，只拈香礼佛，日夜为端淑长公主祝祷。便是福珈劝她用嬿婉去皇帝跟前进言，太后也只道："皇帝的心思哀家已经很清楚了，令妃根本左右不了。哀家还不如静心为恒娖祈福，再不理后宫与前朝之事了。"

　　此时，如懿抱了永璂在怀，听着嫔妃们在座下闲谈，亦不过淡淡含笑。绿筠因着三阿哥永璋不似从前那般在皇帝跟前没脸，也多了几分从前的开朗，奉承着如懿道："话说回来，还是嘉贵妃和四阿哥太贪心不足了。皇上略略抬举些，便得陇望蜀，盯着她不该想也不配想的东西。"她递过一个黄金柑逗着永璂笑道："现放着皇后娘娘亲生的十二阿哥呢，她也做起这样的梦来了。"

如懿浅笑道："本朝并无非要立嫡之说。太祖高皇帝努尔哈赤立过多位大妃，元妃佟佳氏生了褚英和代善，继妃富察氏生了莽古尔泰和德格类，最后一位大妃乌拉那拉氏生了阿济格、多尔衮和多铎。可是最后继位的却是生前为侧妃的叶赫那拉氏所生的太宗皇太极。说来太祖早年也不过是庶子而已。所以本宫看来，只要有才学，能为江山出谋出力，就是皇上的好儿子。咱们不论嫡庶，只论贤能。"

这一席话，听得绿筠心悦诚服。海兰亦柔缓笑道："论起来除了嘉贵妃，就是纯贵妃皇子最多，三阿哥又是长子，更是其他皇子的榜样。永琪每每回来都说给我听，三阿哥是如何如何沉稳，有三阿哥在，他做事也有个主心骨了。"

这话是谦逊，亦说得绿筠眉开眼笑，欣喜不已："永琪这话最懂事，真真他们几个都是好兄弟，不像嘉贵妃教出来的孩子，没个好脸色对人。"她说罢，继而正色，竖起双指："只是臣妾的阿哥无论好与不好，臣妾都在此发誓，臣妾的孩子只懂效忠大清，效忠皇上，效忠未来的主子，绝无半分夺嫡妄想。"

如懿似是十分意外，便沉静了容色道："好端端的，说这样的话做什么？"

绿筠无比郑重地摇头，缓缓扫视周遭众人："臣妾有着三阿哥和六阿哥两位皇子，难免会有人揣测臣妾会倚仗着儿子们不尊皇后。今日，臣妾便索性在这里说个明白。在座的姐妹们或有子嗣，或来日也会诞下皇嗣，不如今日一并分明，以免以后再起争端，教人以为咱们后宫里都失了上下尊卑，乱了嫡庶规矩了。"

她说罢，海兰亦郑重屈身："纯贵妃姐姐久在宫中，见事明白。臣妾跟随纯贵妃姐姐，唯皇后娘娘马首是瞻，绝无夺嫡生乱之心，否则神明在上，只管取了臣妾满门去便是。"

她这一说，何人还敢不起身，一一道了明白。

如懿听众人一一起誓，方示意容珮扶了为首的绿筠起来，含了温煦笑意道："纯贵妃与愉妃都教子有方，连本宫看着都羡慕。"她望着坐下一众年轻妃嫔，尤其注目着忻嫔和颖嫔道："你们都年轻，又得皇上的喜爱，更该好好为皇上添几个皇子。"

忻嫔和颖嫔忙起身谢过。嬿婉坐在海兰之后，听着嫔妃们莺声呖呖地说笑不已，又句句说在孩子上，不免心中酸涩，有些落落寡合。且她虽得宠，但在如懿跟前一向不太得脸，索性只是默然。

如懿见嬿婉讪讪地独坐在花枝招展的嫔妃之中，话锋一转："令妃，今日是你的生辰，皇上昨日便嘱咐了内务府备下银丝面送去你宫里，还另有赏赐。咱们也贺一贺你芳辰之喜。"

嬿婉骤然听见如懿提起自己的生辰，忙撑起一脸笑容："臣妾多谢皇后娘娘关怀。"

如懿看她一眼，神色淡淡："今夜皇上大约会去你宫里，你好好伺候着吧。"

嬿婉听如懿对自己说话的语气，十足十是一个当家大妇对卑下侍妾的口吻。想着如懿也不过是由侍妾而及后位的，心口便似被一只手狠狠攥住了揉搓着，酸痛得透不过气来，脸上却无论如何也不能让笑容有稍许褪色。

忻嫔与颖嫔都与嬿婉正当宠，年轻气盛，便也不大肯让着，嘴上贺寿，脸上笑容却淡淡的。如此，大家说笑一晌，便也散了。

到了午后时分，皇帝果然派了小太监进忠过来传旨，让嬿婉准备着夜来接驾。进忠笑眯眯道："皇上晚膳时分就惦记着小主亲手做的旋覆花汤和松黄饼，可见皇上多想念小主。"

春婵故意打趣儿笑道："旋覆花汤易得，拿旋覆花、新绛和茜草煮成就好，可这松黄饼却不好做。春来松花黄，和蜜做饼状，得用三月的松花调了新蜜做成，现在哪儿得呢？"

进忠的目光黏在嬿婉身上，觍着脸拉着嬿婉的衣袖道："小主，春婵姐姐惯会哄人玩儿。皇上惦记着令妃小主，就没有小主做不到的。否则皇上怎么会日思夜想着呢？"

春婵哪里不晓得嬿婉的心思，忙扯了进忠的手挥开，道："小主，您瞧进忠这个猴崽子的油滑样儿，都是小主惯的。"

嬿婉取过一双翡翠嵌珍珠手钏套在玉臂上，笑吟吟道："本宫肯惯着进忠，那是进忠有值得本宫惯着的地方。进忠，你说是不是？"

进忠忙打了个千儿道："奴才多谢小主赏识之恩。"

嬿婉试了试那手钏，对着窗外明朗日色，手钏上翡翠沉静通透，如同一汪绿水，那珍珠在日光照耀下，更是光华流灿，熠熠生辉。嬿婉摇了摇头，顺势将手钏脱出，放在了进忠手上："皇后当年怎么赏识你师傅李玉，本宫就怎么赏识你，都是一样的。"她浅浅一笑，如娇花初绽："去吧，去皇上跟前好好当差，有你的好。"

进忠攥着犹带着她手臂余温的手钏，笑吟吟地出去了。

春婵瞥了进忠一眼，看他走远了，方才狠狠啐了一口道："没根的东西，也敢对着小主拉拉扯扯。小主没看他的眼睛，就盯着您不放。也不打量打量自己是什么玩意儿！"

嬿婉目光冷厉，看了看被进忠扯过的袖子："陪本宫去更衣，这件衣裳剪了它，本宫不想再穿了。"

春婵立刻答应了，扶着嬿婉进去了。

清夜无尘，月色如银。半弯月亮挂在柳树梢头，透着霞影窗纱映照殿内，朦朦胧胧，仿佛笼了一层乳白色的薄雾。寝殿的窗下搁着数盆宝珠山茶，碗口大的花朵吐露芬芳，其中一株千叶大红的尤其艳丽，映着红烛成双，有一股甜醉的芳香。

花梨木五福捧寿桌上搁着几样精致小菜，酒残犹有余香在，醺得相对而坐的两人眉目含春，盈然生情。

　　嬿婉只穿着家常的乳白撒桃红花纹琵琶襟上衫，金丝串珠绲边，华美中透着轻艳。下面是绛紫细裥褶子海棠缠枝软纱长裙，杨柳色的绵长丝绦飘飘袅袅，缀了鸳鸯双喜玉佩的合欢刺绣香包。她绾着蓬松的云髻，插玉梳，簪银缀珠的蝶恋花步摇，眉心有珍珠珊瑚翠钿，眉眼轻垂，肤白胜雪。

　　皇帝带了几分薄醉，笑道："这样的装束，更像是汉家女儿了。"

　　嬿婉的眉眼点了桃花妆，像是粉色的桃花飞斜，嗔了皇帝一眼："皇上说臣妾腰肢细柔，穿窄肩长裙最好看，臣妾才胆敢一试。"她媚眼如飞，低低啐了一口："皇上说什么汉家满家，还不都是皇上的人罢了。"她说罢，低首拨弦，拂筝起音。

　　那秦筝的音色本是清亮刚烈，施弦高急，筝筝然也，可是到了嬿婉指间，却平添了几分妩媚柔婉、千回百转之意。

　　她轻吟慢唱，是一曲《长生殿》。

　　"那君王看承得似明珠没两，镇日里高擎在掌。赛过那汉飞燕在昭阳。可正是玉楼中巢翡翠，金殿上锁着鸳鸯。宵偎昼傍，直弄得那官家丢不得、舍不得、那半刻心儿上。守住情场，占断柔乡，美甘甘写不了风流帐。行厮并坐一双。端的是欢浓爱长，博得个月夜花朝真受享。"[1]

　　素来不曾有以秦筝配着昆曲的唱腔低吟浅唱，嬿婉这般不按章法，却也别出心裁。皇帝擎着羊脂白玉盏，那杯盏是白璧莹透的玉，酒是清冽透彻的琥珀色。他似沉醉在歌喉清亮之中，一盏接一盏，痛饮欢畅。

　　那筝音悠悠扬扬，俨若行云流波，顺畅无滞，时而如云雾绵绵萦绕于雪峰，时而如秋水淙淙幽咽于山间。嬿婉抚挑筝弦，素腕如玉，眼波笑意却随着玉颈优雅起伏流转，飞旋于皇帝身侧。须臾，筝音渐渐低柔下来，絮絮舒缓，好似少女在蓬蓬花树下低声细语，那唱词却是数不尽的风流袅娜，伴着嬿婉的一颦一笑，漫溢幽延。

　　一曲终了。皇帝闭着双眸，击掌缓缓吟道："哀筝一弄湘江曲，声声写

_____

　　① 出自洪昇《长生殿》。

尽湘波绿。纤指十三弦，细将幽恨传。当筵秋水慢，玉柱斜飞雁。弹到断肠时，春山眉黛低。"①他睁开眼，眼底是一朵一朵绽放的笑色："令妃，你总是这般别出新意，叫朕惊喜。"

嬿婉的眼波如柔软的蚕丝萦绕在皇帝身上，一刻也不肯松开，娇嗔道："若臣妾都和别人一样，皇上就不会喜欢臣妾了。且皇上喜欢臣妾的，旁人未必就喜欢了。"她似嗔似怨，吐气如兰："多少人背后多嫌着臣妾呢，说臣妾邪花入室。"

皇帝的呼吸间有浓郁的酒香，仿若夜色下大蓬绽放的红色蔷薇，也唯有这种外邦进贡的名贵洋酒，才会有这样灼烈而冶艳的芬芳。他大笑不止："邪？怎么邪？"

嬿婉的身段如随风轻荡的柳条，往皇帝身上轻轻一漾，便又蜻蜓点水般闪开。她媚眼如星，盈盈道："就说臣妾这般邪着招引皇上，邪着留住皇上。"

"还邪着勾引朕是么？"皇帝捏着她的脸，故作寻思，"然后便是那句话，等着看邪不胜正是么？"

嬿婉背过身，娇滴滴道："皇上都知道，皇上圣明。"

皇帝搂过她在膝上，朗声笑道："朕就是喜欢你邪，如何？邪在里头，对着爱假正经的人却也能正经一番，你这是内邪外正。"皇帝面颊猩红，靠近她时有甜蜜的酒液气息："所以朕喜欢你，会在准噶尔战事之时还惦记着你的生辰来看你。"他舒展身体，难掩慵倦之意："金戈铁马之事固然能让一个男人雄心万丈，但对着如花笑靥，百转柔情，才是真正的轻松自在。"

嬿婉笑得花枝乱颤，伏倒在皇帝怀中。皇帝拥抱着她，仰首将酒液灌入喉咙。他的唇色如朱，显然是醉得厉害了，放声吟道："长爱碧阑干影，芙蓉秋水开时，脸红凝露学娇啼。霞觞熏冷艳，云髻袅纤枝。"②

---

① 出自北宋晏几道所作《菩萨蛮》。

② 出自北宋晏几道《临江仙》。全词为："长爱碧阑干影，芙蓉秋水开时，脸红凝露学娇啼。霞觞熏冷艳，云髻袅纤枝。烟雨依前时候，霜丛如旧芳菲，与谁同醉采香归。去年花下客，今似蝶分飞。"

皇帝吟罢，只是凝视着她，似乎要从她脸上寻出一丝印证。

两下无言，有一痕尴尬从眼波底下悄然漫过，嬿婉垂首脉脉道："皇上说的这些，臣妾不大懂。"她露出几分戚然，几分娇色："皇上是不是嫌弃臣妾不学无术，只会弹个筝唱个曲儿？"

皇帝笑着捏一捏她的脸颊："你不必懂，因为这阕词说的就是你这样的美人。你已经是了，何必再懂？"

嬿婉悠悠笑开，唇边梨涡轻漾，笑颜如灼灼桃花，明媚得让人睁不开眼睛，可是心底，分明有一丝春寒般的料峭生生凝住了。她忍了又忍，趁着皇帝浓醉，耳鬓厮磨的间隙，终于忍不住问："皇上，臣妾伺候您那么多年，您到底喜欢臣妾什么呢？"

皇帝将沉重的额头靠在她肩上，丝绸柔软的质地叫人浑身舒畅："你性子柔婉如丝，善解人意，又善厨艺，更会唱昆曲。朕每次一听你的昆曲，就觉得如置三月花海之中，身心舒畅。"

嬿婉心头微微一松："可是臣妾也快不年轻了。宫里颖嫔、忻嫔、晋嫔、庆嫔都比臣妾年轻貌美，皇上怎不多去陪陪她们？"

皇帝醉意深沉，口齿含糊而缓慢："她们是貌美，但是美貌和美貌是不一样的。颖嫔是北地胭脂，忻嫔是南方佳丽，晋嫔是世家闺秀，庆嫔是小家碧玉。而你，令妃你……"他伸手爱惜地抚摸嬿婉月光般皎洁的脸："你跟如懿年轻的时候真是像。有时候朕看看你，会以为是年轻时的如懿就在朕身边，一直未曾离去。"

嬿婉仿佛是挨了一记重重的耳光，这样猝不及防，打得她眼冒金星，头昏脑涨。她只觉得脸颊上一阵阵滚烫，烫得她发痛，几欲流下眼泪来。她死死地咬住了嘴唇。那样痛，仿佛只有这样，才可以抵抗皇帝的话语带给她的巨大的羞辱。嬿婉原是知道的，她与如懿长得有些像，但是她从不以为那是她得宠的最大甚至唯一的原因。她懂得自己的好，她懂得的。可是她却未承想，他会这样毫不顾忌，当着自己的面径直说出。

他，浑然是不在乎的，不在乎真相被戳破那刻她的尴尬，她的屈辱，她的痛悔。

有夜风轻叩窗棂，她的思绪不可扼制地念及另一个男子。曾经真正将她视若掌中瑰宝的、心心念念只看见她的好的那个男子，终究是被她轻易辜负了。

而眼前这个人，与自己肌肤相亲、要仰望终身的男人，却将她所有的好，都只依附于与另一个人相似的皮相之上。

她看着醉醺醺的皇帝，忍不住心底的冷笑。如懿？他就是那样唤皇后的闺名。他唤颖嫔、忻嫔、庆嫔、晋嫔，还有自己，令妃，都是以封号名位称呼，全然忘记了他们也有名字，那些柔美如带露花瓣般的文字聚成的名字。

原来她们在他心里，不过如此而已。人与人啊，到底是不一样的。

她轻吁一口气，以此来平复自己激荡如潮的心情。她擎起酒杯，默默地斟了一盏，仰头喝下。酒液虽有辛辣的甜蜜，入口的一瞬却是清凉。她又斟一盏，看着白玉酒盏玲珑如冰，剔透如雪，而那琥珀色的酒液，连得宠的忻嫔和颖嫔也不能一见。唯有她，伴随君侧，可以随意入喉。

她这样想着，胸口便不似方才那般难受。皇帝只醉在酒中，浑然不觉她的异样。嬿婉想，或许在深宫多年沉浮，她已经学会了隐忍，除了笑得发酸的唇角，自己也不觉有任何异样。

皇帝爱怜地望着她："朕看着你，就像看着如懿当年。可是你的性子，却比如懿柔软多了。如懿，如懿，她即便温柔的时候，也是带着清刚气的。"

十月二十三的夜，已经有疏疏落落的清寒，殿中的宝珠山茶硕大嫣红的花盘慵慵欲坠，红艳得几乎要滴出血来。每一朵花的花瓣都繁复如绢绡堆叠，映得嬿婉的面庞失了血色般苍白。

嬿婉眼睁睁看着皇帝骤然离去，拥拥簇簇的一行人散去后，唯有风声寂寞呼啸。她想要呼唤些什么，明知无用，只得生生忍住了。有抽空力气一样的软弱迅疾裹住了她，她在春婵身边，两滴泪无声地滑落："皇上是嫌弃本宫了，皇上念的诗词，本宫都不懂。"

春婵忙劝道："小主别在意，宫里有几个小主懂这些汉人的诗词呢？除了皇后，便是死了的舒妃和慧贤皇贵妃。"

嬿婉默然垂泪："本官也想有好一点的出身，也想有先生教习诗书。可是本官的阿玛在时无暇顾及这些，他心里只有儿子，没有女儿。等阿玛过世了，便更没有这样的机会了。本官每每见皇上和皇后谈论诗书，心里总是羡慕。为什么本官前半辈子，就这么潦潦草草过去了。"

春婵的手上加了几分力气，牢牢扶住嬿婉如掌上飞燕般轻盈的身姿："前半辈子过去了不要紧，小主，咱们要紧的是下半辈子。"

有泪光在嬿婉眼底如星芒一闪，很快便消逝不见。嬿婉站直了身子，声音瞬间清冷如寒冰般坚硬："是。咱们只看以后！"她顿一顿："春婵，本官和皇后的脸像不像？"

春婵仔仔细细看了许久，怯怯道："只有一点点，实在不算很像。"

嬿婉的笑声在夜风里听来玲玲玎玎，有玉石相击的冷脆："哪怕脸像，本官的心也断断不会和她一样！"

嬿婉的话音散落在风中，回应她的唯有远远的几声犬吠。嬿婉的脸上闪过无可掩饰的厌恶，烦憎道："讨厌的人，养的狗也讨人厌！"

春婵忙忙劝道："小主讨厌，除了便是了！反正猫儿狗儿的，病死的也有许多。"

心念旋转如疾电，嬿婉沉闷的心头刹那被照亮，微微一笑不言。

第七章　西风凉

夜色如轻纱扬起，四散弥漫。倏尔有凉风吹过，不经意扑灭了几盏摇曳的灯火。容珮侧身逐一点亮灯盏，动作轻悄无声。偶尔有烛火照亮她鬓间的烧蓝点珠绢花，幽蓝如星芒的暗光一闪，仿佛落蕊芳郁，沉静熠熠。

如懿拿拨子挑抹琴弦，反反复复弹着一曲晏殊的《蝶恋花》。宋词原本最合红妆浅唱，何况是晏殊的词，是最该十六七岁女郎执红牙板在雨夜轻吟低叹的。如懿一向不擅歌艺，只是爱极了宋词的清婉秀致，口角吟香，便取了七弦琴细细拨弄，反复吟诵。

"碧草池塘春又晚，小叶风娇，尚学娥妆浅。双燕来时还念远，珠帘绣户杨花满。绿柱频移弦易断，细看秦筝，正似人情短。一曲啼乌心绪乱，红颜暗与流年换。"

这样哀凉的词，念来犹觉心中沁凉。

容珮默默上前添上茶水，轻声问道："花好月圆之夜，娘娘正当盛时，怎么念这么伤心的词呢？"

如懿轻哂，该如何言说呢？晏殊明明是个男子啊，却这般懂得女儿心肠。若是有这样一个人，在这样苍苔露冷、花径风寒的日子里常相伴随，明白自己种种不可言说的心事，那该有多好啊！这样的心念不过一转，自己也不禁失笑了。她是皇后啊，高高在上的皇后，在这金堆玉砌的锦绣宫苑中，到头来不过是怀着和平凡妇人同样的梦想而已。

正沉吟间，却见一道长长的影子不知何时映在了地上。如懿举眸望去，却见皇帝颀长的身影掩在轻卷的帘后，面色如霞，深深望着她不语。

惊异只在一瞬，如懿连忙起身下拜："皇上万福金安。"她抬首，闻到一阵醺然的酒气，不觉道："夜深了，皇上喝了酒怎么还过来？李玉呢？"

皇帝缓步走近，脚下微微有些踉跄，却迎住她，将她紧紧揽入怀中："朕在永寿宫陪令妃过寿，秦筝那么刚冷的乐器都能被令妃弹得如斯甜腻。如懿，你的月琴却是醒酒的。朕从翊坤宫外经过，听见你的琴音，便忍不住进来了。"

如懿在他突如其来的拥抱里动弹不得，只得低低道："臣妾琴音粗陋，惊扰皇上了。"她微微侧脸，吩咐退在一旁低首看着脚尖的容珮："给皇上倒上热茶，再去备醒酒汤来。"

皇帝并不肯放手，只将脸埋在她颈窝里，散出温热潮湿的气息，每一字都带了沉沉的酒气："如懿，你比朕前两日见你时又清减了些许。你穿戴得真好看，天水碧色很衬你，可是你的眉梢眼角略微带了一丝郁郁之气。"

如懿低首，看着自己身上的天水碧色暗绣芙蓉含露寝衣。那样清素的颜色，配着自己逐渐暗转的年华，大概是很相宜的。只是皇帝突兀的亲昵，忽然唤起了她沉睡已久的记忆。初入潜邸的那些年岁里，他也喜欢这样拥着自己，细语呢喃。

皇帝抬起头，盯住她的眼睛，醉意里有一丝漠漠轻寒："如懿，朕与你几十年夫妻，你陪着朕从皇子成为君王，朕陪着你从嫔御而至皇后，朕和你有一双儿女，聪慧可爱。如懿，你还在难过什么？"他靠得更近一些："不要说你很高兴，朕听你念那首词，朕知道，你心里其实是难过的。"

阁中立着一架玉兰鹦鹉镏金琉璃立屏，十二扇琉璃面上光洁莹透，屏风一侧有三层五足银香炉，镂空间隙中袅袅升起乌沉香。那是异邦进贡的香料，有馥郁的芬芳，仿佛沉沉披拂在身上。如懿侧首看见自己不饰妆容后素白而微微松弛的肌肤，不觉生了几分自惭形秽。她知道的，宫苑之中，她并非最美，彼时有意欢，近处亦有金玉妍。而皇帝的秀目丰眉、姿容闲疏，仿佛并未被年岁带去多少，反而多了一层被岁月浸润后的温和，像年久的墨，被摩挲多年的玉，气质冷峻高远而不失温润。

哪怕有一双儿女，他们之间，终究是会慢慢疏离的吧？这样的念头在如懿心间一跳，竟扯出了生生的疼。她从未想过，自己会有这样不祥的念头。

如懿的声音低微得像蝴蝶扑棱的翅："臣妾只是伤感红颜易老，并无他念。"

皇帝轻轻一嗤："红颜未老恩先断，是不是？那种末等嫔妃的伤感之念，皇后尊贵之身，何必沾染？且朕自问嫔妃虽多，但不算寡恩，便如婉嫔之流，每隔一两月也必会去坐坐看望。"

"皇上自然不算寡恩之人。"如懿勉强一笑，"只是臣妾虽得皇上厚爱，但思及平生，总有若干不足之念。譬如，臣妾出身乌拉那拉氏；譬如，臣妾的阿玛早亡，不得看见臣妾封为皇后的荣光；譬如，乌拉那拉氏族中凋零。臣妾总是想，若无皇上赐予臣妾正位中宫的荣光，或许臣妾的日子会一直黯淡下去吧。"

如懿语中的伤感好似蒙蒙细雨，沾染上皇帝的睫毛。他摩挲着光腻的茶盏，静静听着，良久，轻声道："朕有时候总是做梦，尤其是在百日大典之后，朕会梦到自己的额娘。"皇帝的声音像被露水沾湿的枯叶，瑟瑟有声："朕从来就没有见过她的样子。真的。朕出生的时候她就难产而死。朕从懂事起就知道这样出身卑微的额娘是朕的耻辱，朕的母亲只有如今的皇额娘，当年的熹贵妃。朕也很想太后就是朕的亲额娘。"他苦笑："如今看来，朕竟也是做梦。哪怕朕以天下之富奉养太后，哪怕平日里可以母慈子孝，可到了要紧时候，不是骨肉血亲便到底也不是的。"他一哂，眉眼间有风露微凉："母子不似母子……"

有半句话如懿咽了下去，夫妻也不似夫妻啊！这不就是宫廷深深里的日子么？

如懿低低道："太后还是不肯见皇上么？"

乌沉香细细，一丝一缕沁入心腑，耳边只剩下皇帝风一样轻的叹息："太后心中只有亲生的公主而已，并没有朕这个儿子。"他的叹息戛然而止："自然，无论太后怎样待朕，准噶尔之战是不会停止的。朕能做的，只有尽量保全恒媃的安全。仅此而已。"他的笑有些无奈："有时候看来，太后真是一个倔强而强势的女子。哪怕近日她在慈宁宫闭门不出，潜心祈愿，前朝仍有言官不断向朕进言，请求先救恒娖再攻打准噶尔。”他苦笑：“朕对太后，着实敬畏，也敬而远之。”

如懿的手以蝴蝶轻触花蕊的姿势温柔拂上他醺红的面颊：“太后的确威势，也足以让人敬畏，但是皇上不必太过放在心上。太后曾对臣妾说过，一个没有软肋的人，才能真正强大。而两位长公主，正是太后最大的软肋。”

“软肋？”皇帝轻笑，眼中却只是寒星般的微光，并无暖意，“那么朕的软肋是什么？如懿，朕会是你的软肋么？”

锦帷绣幔低低垂落，夜寒薄薄侵人。清夜漫漫，因着他此身孤寒寥寥，撩起如懿心底的温情。

原来，他们是一样寂寞的。她默然靠近他，伸手与他紧紧拥抱，拥抱彼此的默契。

这一刻，心如灯花并蕊开。

宫中的夜宁静而清长，并非人人都能和如懿与皇帝一般安稳地睡到天亮。

外头风声呜呜，嬿婉一整夜不能安枕，起来气色便不大好。春婵知道嬿婉有起床气，和澜翠使了个眼色，越发连梳头也轻手轻脚的。小宫女捧了一碗花生桂圆莲子羹进来，澜翠接了恭恭敬敬奉在嬿婉跟前。嬿婉横了一眼，不悦道：“每日起来就喝这个，说是讨个好彩头，喝得舌头都腻了，还是没有孩子。什么‘莲’生贵子，都是哄本宫的！”

澜翠如何敢接话，这粥原也本是嬿婉求子心切，才嘱咐了每日要喝的。嬿婉抬头见镜子里自己的发髻上簪着一支金镶珍珠宝石瓶簪，那簪柄是“童子报平安”图案，一颗硕大的玛瑙雕琢成舞蹈状童子，抱着蓝宝石制宝瓶，下镶绿松石并珊瑚珠，枝杈上缠绕金累丝点翠花纹、如意，嵌一“安”字。那本是嬿婉特特嘱咐了内务府做的，平日里甚是心爱，总是戴着。此刻她心里有气，伸手拔下往妆台上一撂，便是“咚”的一声脆响。

澜翠和春婵吓得噤若寒蝉，更不敢说话。嬿婉正欲站起身来，忽然身子一晃，扶住额头道："头好晕！"

她话未说完，俯身呕出几口清水。澜翠和春婵急急扶住她，脸上却不觉带了喜色："小主头晕呕吐，莫不是……"

二人相视一眼，皆是含笑。嬿婉半信半疑，满面欢喜："那，是不是该去请太医……快请太医。"

话音未落，却是太监王蟾在外头回禀道："小主，齐太医来请平安脉了。"

齐鲁是皇帝身边多年的老太医了，自嬿婉当宠后一直为她调理脉息。嬿婉当下不敢怠慢，喜不自胜道："来得正好，还不赶紧请进来！"

齐鲁进来便恭恭敬敬行过礼，待澜翠取过一方手帕搭在嬿婉手腕上，他方才伸出手凝神搭脉。片刻，他又细看嬿婉神色，问道："小主今日有呕吐么？"

"这是第一次。"嬿婉急切道，"齐太医，本宫可是遇喜么？"

齐鲁摇头道："脉象不是喜脉。"他见嬿婉的笑意迅疾陨落，仍继续问道："微臣开给小主的汤药，小主可按时吃么？"

春婵忙道："小主都按时吃的，一次也没落下。"

齐鲁微微点头，又看嬿婉的舌苔，神色似乎有些凝重。

嬿婉着急道："本宫一直按照齐大人所言调养，更加了好些滋补汤药，就是希望尽快遇喜，可为何迟迟没有动静？"

齐鲁神色郑重，亦是叹惋："微臣伺候令妃小主已经有一段时日，小主一直急着遇喜，不听微臣之言，进补过甚，反而闹得气血虚旺，不能立即遇喜。"

嬿婉的身体迫向前一些："那到底有没有快些遇喜的法子？"

"这个么……"齐鲁沉吟，捋须不语。

嬿婉使一个眼色，春婵转入内室，很快捧出一个锦盒，打开，里头的珍宝闪耀，直直送到齐鲁脸跟前，晃得他睁不开眼睛。

齐鲁一怔，忙起身道："小主，小主，微臣不敢。"

嬿婉衔了一缕浅浅的笑意："这么点心意，齐大人当然不为所动。齐大人放心，这只是十分之一的数目，若本宫能快快遇喜，为皇上诞育子嗣，来日一定奉上十倍之数，供大人赏玩。"

齐鲁望着锦盒中闪耀的各色宝石，心想他在宫中当差多年，虽得皇帝重用，也不过一介太医，何曾见过这么多珠宝。想来嬿婉得皇帝宠遇最深，这些珠宝玉器在她眼中不过尔尔。他眼中闪过一丝贪婪之色，双手因为激动微微有些颤抖，目光不觉看向嬿婉。

嬿婉扬着水葱似的手指，轻笑道："本宫得皇上宠爱，遇喜生子是迟早之事，只是希望得齐太医相助，越早遇喜越好。这样简单的事，太医也不肯帮本宫一把么？"

齐鲁拿袖子擦了擦脸上沁出的汗水，迟疑着道："办法不是没有。要想尽快遇喜，可用汤药调理。譬如说每年十次月事的，可调理成每年十二次或者更多，这样受孕的机会也多。但是药皆有毒性，哪怕微臣再小心，总会有伤身之虞，何况是这样催孕的药物。小主三思。"

嬿婉秀眉一挑，急急道："真有这样的法子？灵验么？"她到底有些后怕："可有什么坏处？"

齐鲁不敢不直言："这个么……月事过多，自然伤女子气血，容易见老！"

一丝惧色和犹豫凝在嬿婉眉心，她喃喃迟疑："很快就会见老么？"

齐鲁忙道："现下自然不会，但三五年后，便会明显。"

嬿婉情不自禁地伸出手，抚上自己滑若春绸的肌肤。对镜自照的时候，她犹是自信的。因着保养得宜，或许也是未曾生育过，比之更年轻的忻嫔、颖嫔之流，她并不见老，一点也不，依旧是吹弹可破的肌肤，丰颜妙目，顾盼生色。

所有的犹豫只在一瞬，她的话语刚毅而决绝："那就烦请齐太医用药吧！"

宫中的日子平淡而短浅，乾隆二十年的春日随着水畔千万朵迎春齐齐绽放，香气随着露水被春阳蒸熨得氤氲缭绕，沁人心脾。这一年的春天，就是这般淡淡的鹅黄色，一点一点涂染了深红色的干涸而寂寞的宫墙。

朝廷对准噶尔的战事节节胜利，很大一部分是因为车凌率部归附后，在平定达瓦齐的战争中出尽全力，所以前线的好消息偶尔一字半句从宫墙重重间漏进时，平添了嫔妃们的笑语，也隐然加深了慈宁宫中静修祈愿的太后的忧惧。

而后宫中也并非没有喜事，去岁入宫初承恩泽的忻嫔很快就遇喜了，这着实让皇帝欣喜万分。

如懿奉皇帝之命照顾遇喜的忻嫔，也添了几许忙碌，然而众人说笑起来，皆是孩子们的事，倒也十分有趣。太医院呈文，忻嫔的产期是在七月。夏日里坐月子，要当心的地方格外多。如懿便也格外上心叮嘱。忻嫔头回怀胎，不懂的事情多，便也都听着如懿和海兰的。

这一日，如懿和海兰正陪着忻嫔往宝华殿上香归来，转首见风扑落了忻嫔的帷帽，忙叮嘱道："仔细别着了风，这个时候若是受凉吃药，只怕会伤着孩子呢。"

忻嫔脸上一红："皇后娘娘说得是，只是哪里就那么娇贵了呢。"

海兰笑着替她掠去鬓边一朵粉色的落花："哪里就不娇贵了呢？等生下一位小阿哥，只怕指日就要封妃了呢。"

忻嫔自然高兴，也有些担忧："那若是个小公主呢？皇上会不会不喜欢？"

海兰忙道："怎么会不喜欢？皇上本就阿哥多，公主才两位。你瞧四公主和五公主就知道了，皇上多喜欢呢。"

如懿道："阿哥和公主自然都是好的。如今妃位上只有令妃和愉妃，是该多些人才热闹。"她的目光里皆是温暖的关切："且你年轻，阿玛为准噶尔的事出力，皇上又这样疼你，封贵妃也是指日可待的。"

话音尚未被风吹散，只听横刺里一声犬吠，一只雪白的巴儿狗跳了出来。忻嫔吓得退了一步，正要呵斥，却见后头一个宫装女子缓步踱了出来，唤道："富贵儿，仔细被人碰着，小心些！"

如懿定睛一看，那人却是多日不出门的嘉贵妃金玉妍。她虽不比当初得意，衣饰却不减华贵，一色明绿地织金纱翔凤氅衣，挽着雪白绸地彩绣花鸟纹领子，垂下蓝紫二色水晶璎珞，裙上更是遍刺金枝纹样，行动间华彩流波。她侧首，发髻间密密点缀的红晶珠花簪和并蒂绢花曳翠摇金，熠熠生辉。

忻嫔当下不悦，低声嘀咕道："都什么年纪了，还打扮得这样娇艳。"

海兰扯了扯忻嫔的衣袖，示意她不要多言。玉妍向着如懿草草肃了一肃，便横眼看着海兰与忻嫔，二人也屈膝："嘉贵妃安。"

玉妍冷眼看着忻嫔，皮笑肉不笑道："忻嫔，如今身子重了，人也见胖了。也不知道你肚子里怀了个什么东西，如今是欢喜，可千万别是空欢喜了！"

忻嫔年轻气盛，哪里受得了这样的话，当即道："我也不知怀的是男是女，总比生下来不是东西，让皇上讨厌的好。"

玉妍如何听不出她言语中的讥讽，当下沉了脸道："我生的什么孩子本宫自己知道。"她死死盯着忻嫔隆起的肚腹："你敢对我指桑骂槐！"许是她的语调略高，脚下名唤"富贵儿"的小狗便凶神恶煞般地朝着忻嫔连连吼叫。

忻嫔厌恶不已，又有些害怕："我并无指桑骂槐，是直言其过。嘉贵妃得空多管教几个儿子吧，别总教皇上心烦。"

玉妍冷笑道："别以为皇上眼下和准噶尔作战，重用你们族人就得意了。我北族依附大清已久，比你们忠心更甚。"

忻嫔往后退了几步，脸上却毫不示弱："如此忠心皇上也不待见你和四阿哥，可见不是北族的过错，是你们母子的错失。"

玉妍见忻嫔怕狗，眼中闪过一丝暗喜，用脚尖踢了踢"富贵儿"，驱它向前。忻嫔害怕地躲到海兰身后，急急唤道："愉妃姐姐。"

如懿原本只冷眼看着，但见玉妍仗犬行凶，便道："嘉贵妃不是身子不爽么？还是待在启祥宫好，何必与畜生一起让人不安宁。"

玉妍咬了咬唇道了声"是"，凤眼横飞斜斜看着忻嫔道："忻嫔，有着身孕便少出来走动，若是磕着碰着了，别怪旁人不当心，只怪你这做娘的自己胡乱晃悠罢了。"她说罢，弯下身亲热地抱起"富贵儿"，兀自转身就要走。

如懿见她这般张狂，早含了一丝怒气，道："跪下！"

玉妍见如懿发话，一时也不敢离开，只得转身道："臣妾没做错，为什么要跪？"

如懿神色恬然，微冷的语气却与这三春景色格格不入："你是贵妃，位分尊贵。你又早进宫，替皇上生儿育女，该知道如何体恤姐妹，照拂孩子。如今你的畜生冒失，自然是你管教不当。"

偏偏玉妍嘴上不肯饶人："知道皇后娘娘的五公主宝贝，狗儿叫一声都能吓得她心症发作。这样的孩子生下来做什么，白叫爹娘操心，最后还是留不住。"

海兰生气，正要发作，容珮一步上前打了玉妍一个耳光。玉妍受辱，又是吃惊又是恼恨："贱婢也敢打本宫！"

容珮义正词严："满口诅咒，奴婢就替皇上和皇后娘娘教训嘉贵妃。"

海兰怒道："畜生管教不当也罢了，连自己的孩子都管教不当。嘉贵妃这般胡言乱语，咱们立刻就去见皇上，看皇上知道你诅咒嫡公主，会如何惩治？"

玉妍气咻咻一哼："别拿皇上压我！永琪夺了永珹的宠爱，我就眼睁睁看着，你们母子能有福到什么时候去！"

如懿最恨玉妍拿璟兕言语，亦冷着脸道："上回你养的狗儿吓着了璟兕，若还有下次，皇上也不会饶恕你。你细想想，你们母子有多少底气敢承受皇上的雷霆之怒。"

玉妍悻悻，捂着脸忍着疼："这一巴掌，我不会忘记的。"

容珮毫不畏惧："嘉贵妃记着这打才是记住了教训。"

如懿正要说话，却见后头嬿婉携了春婵走近，人未至，语先笑："好不好的总有五阿哥和十二阿哥做榜样呢。瞧皇上多喜欢五阿哥呀，真是最最孝顺有出息的呢。"

玉妍素来不喜嬿婉，见了她便蹙眉："这样的话，没生养的人不配说！"

嬿婉怯弱弱地行了一礼，含了一缕温文笑意："妹妹是没有生养，所以羡慕皇后和愉妃、忻嫔的福泽呢。至于嘉贵妃姐姐嘛……"她眼神一荡，转脸对着海兰道："孩子多有什么好，个个争气才是要紧的呢。听说五阿哥最近很受皇上器重，愉妃姐姐真是有福呢。"

海兰神色淡淡的："有福没福，都一样是皇上的孩子罢了。"

有深切的嫉恨从玉妍姣好的面庞上一闪而过，她盯着海兰道："我的孩子没福了，就轮到你的孩子有福？别做梦了！我就眼睁睁看着，你的永琪夺了本宫永城的福气，便能有福到什么时候去！"她说罢，拂袖离开。

嬿婉掩袖道："哎呀！嘉贵妃静养了这些时候，火暴脾气竟一点没改呢。当着皇后娘娘的面还这般口不择言，真是无礼。"

如懿看也不看她一眼："嘉贵妃的火暴脾气不改，你的嘴也未曾说出什么好听的话来，惯会调三窝四挑人嫌隙。"

嬿婉忙忙欠身道："皇后娘娘，臣妾只是看不过眼……臣妾……"她一急，眼中便有泪珠晃了晃。

如懿懒得看她，径自携了海兰的手离开，亦嘱咐忻嫔："你怀着孩子，肝火不必那么大。等下本宫会让人送《金刚经》到你宫中，你好好念一念，静静心气吧。"

嬿婉看着如懿与海兰离开，久久欠身相送，神色恭谨异常。片刻，她方站起身，任穿过长街的风悠悠拂上自己的面庞，轻声道："嘉贵妃真是恨透了这些人吧。"

春婵道："恨有什么用？嘉贵妃母子失宠，还能做什么吗？"

嬿婉含了稳稳的笑意："失宠的人最容易发疯。"

第八章　萧墙恨（上）

三月的时节，天暖气清。

忻嫔自被如懿提点过几句，也安分了不少。她到底是聪慧的女子，识进退，懂分寸。闲来时海兰也说："其实令妃似乎很想接近娘娘，求得娘娘的庇护。"

如懿望着御苑中开了一天一地的粉色杏花，风拂花落如雨，伸手接在掌心，道："你也会说是似乎。难不成你怜悯她？"

海兰低首："不。臣妾只是觉得令妃的恩宠不可依靠。没有孩子，在这个宫里，一切都是假的。"

"有孩子就能好过到哪里么？你看嘉贵妃便知了。"如懿抬首，见一树杏花如粉色雪花堆拥，又似大片被艳阳照过的云锦，芳菲千繁，似轻绡舒卷。枝丫应着和风将明澈如静水的天空分隔成小小的一块一块，其间若金粉般的日光灿灿洒落，漫天飞舞着轻盈洁白的柳絮，像是被风吹开的雪朵，随风翩翩轻弋，摇曳暗香清溢。

二人正闲话，却见三宝匆匆忙忙赶来，脚下一软竟先跪下了，脸色发白道："皇后娘娘，八阿哥不好了！"

八阿哥正是玉妍所生的皇八子永璇，如今已经九岁，鞠养在撷芳殿。玉妍所生的四阿哥永珹已被皇帝疏远冷落，若八阿哥再出事，岂不是要伤极了玉妍之心。

如懿与海兰对视一眼，连忙问："到底什么事？"

三宝带了哭腔道："几位阿哥都跟着师傅在马场上练骑射，不知怎么的，八阿哥从马上摔了下来，痛得昏死过去了！"

海兰便问："奴才们都怎么伺候的？当时谁离八阿哥最近？"

三宝的脸色更难看："是……是五阿哥。五阿哥离八阿哥最近，伸手想救来着，可是来不及。那马跟疯了似的炮蹶子，谁也拦不住啊！只能眼睁睁看着八阿哥摔下马来了！"

海兰脸色发白，人更晃了一晃。如懿情知不好，哪怕要避嫌隙，此刻也不能避开了，忙问道："永璇人呢？"

海兰亦急得发昏，连连问："永琪人呢？"

三宝不知该先答谁好，只得道："五阿哥和侍卫们抱了八阿哥回撷芳殿了，此刻太医正在救治呢。"

如懿连忙吩咐："去请嘉贵妃到撷芳殿照拂八阿哥。愉妃，你跟本宫先去看看！"

撷芳殿内已经乱得沸反盈天，金玉妍早已赶到，哭得声嘶力竭，成了个泪人儿。见了如懿和海兰进来，对着如懿尚且不敢如何，却一把揪住了海兰的衣襟撕扯不断，口口声声说是永琪害的永璇。

永琪何尝见过这般阵势，一早跪在了滴雨檐下叩头不止。如懿看得心疼，忙叫宫人伸手劝起。不过那么一刻，海兰已经被玉妍揉搓得衣衫凌乱，珠翠斜倒，玉妍自己亦是满脸泪痕，狼狈不堪，口中喝骂道："是你！一定是你指使你儿子害了我的永璇。你这个贱妇，有什么冲着我来，别对我儿子下手。"

永琪含泪叩首："嘉娘娘，是儿臣没看顾好八弟，不关额娘的事。"

玉妍松开手，狠狠踹了永琪一脚，永琪跌翻在地上。他还来不及爬起来，玉妍又痛喝："当然关你的事！你别以为自己脱得了干系。"

如懿当即喝道："都闹成这个样子，叫太医怎么医治永璇！"

众人草草安静下来，如懿不容喘息，即刻吩咐道："今日在马场伺候八阿哥的奴才，一律打发去慎刑司细细审问。还有太医，八阿哥年幼，容不得一点闪失，你们务必谨慎医治，不要落下什么毛病。嘉贵妃，你可以留在这里陪着八阿哥，但必须安静，以免吵扰影响太医医治。"

　　如懿这般雷厉风行地布置下去，玉妍也停了喧哗，只是睁着不甘的眼恨恨道："臣妾听说，永璇坠马之时是永琪离他最近！"

　　如懿冷静道："永琪是离得最近，但也是众目睽睽之下，永琪能做什么？"

　　她死死剜着海兰："你的儿子夺了永城的恩宠还不够，还伤了我的永璇！若是永璇有什么闪失，我一定不会饶过你们！"

　　如懿不动声色将海兰护在身后，以不容置疑的口吻道："嘉贵妃，你我都为人母，难免有私情。若是本宫来处置，你也不会心安。所以永琪是否牵涉其中，这件事本宫与愉妃都不会过问，全权交予皇上处置。你若再要吵闹，本宫也不会再让你陪护永璇！"

　　玉妍无言以对，只得偃旗息鼓，含泪去看顾榻上半身带血的永璇。

　　如懿见海兰惊惶，轻声安慰道："事情尚未分明，只是意外也未可知。你自己先张皇失措，反而叫人怀疑。"

　　海兰忍住啜泣道："永琪扯上这些说不清的事，可如何是好？"

　　"如何是好，不是你们母子能定的。本宫先去看看永琪。"如懿行至廊下，见永琪连连叩首，额头已经一片乌青，心下一软，忙扶住了他道，"好了！你又没错，忙着磕头做什么？"

　　海兰欲语，泪水险险先滑落下来，只得忍耐着道："永琪，这件事是否与你相干？"

　　永琪脸上的惊惶如浮云暂时停驻，他的语气软弱中仍有一丝坚定："皇额娘，儿臣在这里磕头，并非自己有错，更非害了八弟，而是希望以此稍稍平息嘉娘娘的怒火，让她可以专心照顾八弟。"

　　如懿松一口气，微笑道："皇额娘就知道你不会的。至于今日之事，会让你皇阿玛彻查，还你一个清白。"

　　里头隐约有孩子疼痛时的呻吟呼号和金玉妍无法停止的悲泣。如懿心头一酸，永琪敏锐地察觉她神情的变化，有些犹疑道："八弟年幼，又伤得可怜，皇阿玛会不会不信儿臣？"

如懿正色道："你若未做过，坦然就是。"她低声道："要跪也去养心殿前跪着。去吧，本宫也要去见你皇阿玛了。"

对于如懿的独善其身，皇帝倒是赞同："你到底是永琪的养母，这些事掺在里头，于你自己也无益。"

如懿颔首："是。臣妾的本分是照顾后宫，所以会命太医好生医治永璇，也会劝慰嘉贵妃。自然了，还有忻嫔呢，太医说她的胎象极好，一定会为皇上生一个健康的孩子。"

皇帝以手覆额，烦恼道："前朝的政事再烦琐，也有头绪可寻，哪怕是边界的战事，千军万马，朕也可运筹帷幄。可朕的儿女之事，实在是让人烦恼。"

如懿劝慰道："多子多福。享福之前必受烦忧，如此才觉得这福气来之不易，着实可贵。"

皇帝抚着她的手道："但愿如此。那么这件事，朕便交给李玉去办。"

如懿思忖道："李玉是御前伺候的内臣，若有些事要出宫查办，恐怕不便。此事也不宜张扬，叫人以为皇家纷争不断，还是请皇上让御前得力的侍卫去一起查办更好些。"

皇帝不假思索，唤进凌云彻道："那么八阿哥坠马之事，朕便交由你带人和李玉同去查办。"

凌云彻的眼帘恭谨垂下："是，微臣遵旨。"

凌云彻做事倒是雷厉风行，李玉前往慎刑司查问伺候永璇的宫人，他便赶去了马场细查。遇见如懿时，凌云彻正带着四名侍卫与李玉一同从慎刑司归来。

见了如懿，众人忙跪下行礼。为着看顾永璇和忻嫔，这两日她两处来往，不免有些疲倦，眼下也多了两片淡淡的乌墨色。然而嘉贵妃甚是警觉，也不愿让她过多接近，更多的时候，如懿亦只能遣人照顾，或问问太医如何医治。

众人行礼过后，凌云彻忍不住道："皇后娘娘辛苦，是为八阿哥操心了。"

长街的风绵绵的，如懿从他眼底探得一点关怀之意，也假作不见，只问："你们查得如何了？"

李玉忙道："慎刑司把能用的刑罚都用上了，确实吐不出什么来。但是……"

凌云彻眼波微转，浑若无事："是伺候的官人们不够用心。至于如何责罚，该请皇上和皇后娘娘示下。"

如懿只觉得疲乏，身上也一阵阵酸软，勉强道："也好。你们去查问，给皇上一个交代便是。"

凌云彻见如懿脸色不大好，忙欠身道："娘娘面色无华，是不是近日辛苦？"

容珮忙道："娘娘方才去太医院看八阿哥的药方，可能药材的气味太重，熏着了娘娘，有些不舒服。奴婢正要陪娘娘回去呢。"

李玉忙忙扶住道："娘娘玉体操劳，还是赶紧回宫休息吧。"

如懿扶了容珮的手缓步离去。李玉凝神片刻，低声向凌云彻道："凌大人请借一步说话。"凌云彻示意身后的侍卫退下，与李玉踱至庑房檐下，道："李公公有话不妨直言。"

李玉袖着手，看了看四周无人，才低声道："听大人方才审问那些官人的口气，像是在马场有所发现？"

凌云彻一笑："瞒不过李公公。"他从袖中取出两枚寸许长的银针："我听说当日八阿哥在撷芳殿骑的马突然发了性子，将八阿哥颠下马来，事后细查又无所见，结果在那匹马换下来的马鞍上发现了这个。"他眼中有深寒似的凛冽："银针是藏在皮子底下的，人在马上骑得久了，针会穿出皮子实实扎到马背。马吃痛所以会发性，却又查不出伤痕，的确做得隐蔽。"

李玉听得事情重大，也郑重了神色："八阿哥身为皇子，谁敢轻易谋害？凌大人以为是……"

凌云彻只是看着李玉："李公公久在宫闱，您以为是……"

李玉脱口道："八阿哥是嘉贵妃的儿子，自然是对谁有利就是谁做的。"他骤然一惊："凌大人是在套我的话，这样可不好吧？"

"哪里哪里？"凌云彻摆手笑道，"李公公在皇上身边多年，眼光独到，不比我一个粗人，见识浅薄。"

李玉凑近了，神神秘秘道："凌大人还来探我的话，只怕是心里也有数了吧？我啊不知道是谁。我只是想，这件事和五阿哥有关，五阿哥洗不掉嫌疑，愉妃娘娘就会被牵连，皇后娘娘也会惹一身污水。"

凌云彻脸上的严肃转而化作一个浅笑："李公公在皇上身边多年，思虑周全。此事我与您想得一样，不能让皇后娘娘被攀扯进来。这回或许是意外也未可知。人生在世，谁没点飞来横祸呢？"他指了指蔚蓝的天空："或许也是天意。"

李玉何等乖觉，即刻道："那是。皇上交代给凌大人彻查的，凌大人查到什么，那我查到的也就是什么，绝对和凌大人是一样的。"他拱手："皇恩浩荡，何必再查下去伤了圣上的心哪！而且嘉贵妃是什么性子，不必为她得罪对咱们有过恩惠的人。宫里的事淘澄不清，越查麻烦越多。到这儿就成了，谁都无事。"

凌云彻将银针笼进袖中，轻轻一笑："公公的主意就是我的主意。"二人相视一笑，结伴离去。

这样的主意，或许是在查到银针的一刻就定了的，所以即便是与赵九宵把酒言欢，谈及这件事时，他也是闭口不言。宫闱之中云谲波诡，嫔妃之间如何血斗淋漓，诡计百出，他亦有所耳闻，何况，玉妍一向对如懿不驯。

隐隐约约地，他也能知道，八阿哥永璇的坠马，固然是离他最近的五阿哥永琪最有嫌疑，也是五阿哥获益最多，让已经元气大伤的玉妍母子再度重创。但若五阿哥有嫌疑，等同生母愉妃海兰和养母如懿都有嫌疑。他是见过如懿在冷宫中受的苦的，如何肯再让她陷落到那样的嫌疑里去。哪怕仅仅是怀疑，也足以伤及她在宫中来之不易的地位。

所以，他情愿沉默下去，仅仅把这件事视作一次意外。

于是连赵九宵也说："兄弟，你倒是越来越懂得明哲保身了，难怪步步高升，成了皇上跟前的红人。我呢，就在坤宁宫这儿混着吧，连我喜欢的姑娘都不肯正眼看我一眼。"

凌云彻是知道的，赵九宵喜欢永寿宫的澜翠，也曾让自己帮着去提亲，他只是摆手："永寿宫的人啊，还是少沾染的好！"

赵九宵拿了壶酒自斟自饮："你啊，一朝被蛇咬，十年怕井绳，永寿宫的主位不好，难道她手下的人都不好了？"他颓丧不已："只可惜，连个宫女都看不上我！"

凌云彻捧着酒壶痛饮，只是一笑。赵九宵喜欢的姑娘看不上赵九宵，他自己喜欢的女子，何曾又能把他看在眼里呢？

幸好，赵九宵不是郁郁的人，很快一扫颓然："但是，我只要能远远地看着她就好了。偶然看见就可以。"

凌云彻与他击掌，笑叹："你可真是我的好兄弟！"

怎么不是呢？他也是如此，偶尔能远远地看见她就好。在深宫杨花如雪的回廊转角，在风露沾染、竹叶簌簌的养心殿廊下，或是月色如波之中，她被锦被包裹后露出的青丝一绺。

能看见她的安好，便是心安所在。

他这样想着，任由自己伏案沉醉。有隐约的呜咽声传来，恍惚是撷芳殿内金玉妍担心的哭泣声，抑或是哪个失宠的嫔妃在寂静长夜里无助的悲鸣。

他只希望，她永远不要有这样伤心的时候。

八阿哥永璇能起来走动已经是一个月后，无论太医如何精心医治，永璇的一条腿终究是废了。用太医的话说，即便能好，这辈子行走也不能如常人一般了。

金玉妍知道后自然哭得声噎气直，伤心欲死。连皇帝亦来看望了好几次，玉妍拿着永璇的伤替四阿哥永珹求一门好亲事，哭道："皇上，永瑝年幼，永璇腿伤，永城更可怜，到了成婚的年纪也挑不好人家。皇上，臣妾求您恩典，让臣妾替永城挑个好媳妇儿。万一来日臣妾不在了，还有兄嫂可以照顾永璇和永琁。"

皇帝耐不住她求磨，只好答应了："罢了。你自己的儿媳，自己去挑了再来告诉朕。若真是好姑娘，朕会替永城指婚。" 他看着玉妍哭得可怜，又许她携了十一阿哥永琁一直住在撷芳殿照顾永璇的伤势。

如此一来，玉妍养在宫中的爱犬富贵儿失了照顾，常日呜呜咽咽，更添了几分凄凉之意。不知哪一日，这富贵儿走丢了，也无人去管。到了节庆的赏赐，嘉贵妃也无心理会，一味由着宫女丽心排布。好像这春日的暖阳，即便暖得桃花红、柳叶绿，却再也照不暖嘉贵妃母子的哀凉之心了。

宫里的忧伤总是来得轻浅而短暂。说到底，哀伤到底是别人的，唏嘘几句，陪着落几滴泪，也就完了。谁都有自己新的快乐，期盼着新生的孩子，粉白的脸，红艳的唇，柔软的手脚；期盼着孩子快快长大，会哭会笑会闹；期盼着凤鸾春恩车在黄昏时分准时停驻在自己的宫门口，带着满心欢喜被太监们包裹着送进养心殿的寝殿；期盼着君恩常在啊，好像这个春天，永远也过不完似的。

因着永璇坠马之事，皇帝到底也没迁怒于永琪，如懿与海兰也放心些。闲来的时候，如懿便陪着一双儿女在御花园玩耍。

春日的阳光静静的，像一片无声无息拂落的浅金轻纱。御苑中一片寂静，春风掠过数株粉紫浅白的玉兰树，盛开的满树花朵如伶人飞翘的兰花指，纤白柔美，盈盈一盏。那是一种奇特的花卉，千千万蕊，不叶而花，恍如玉树堆雪，霞色漫天，绰约生辉。

忻嫔挺着日渐隆起的肚腹坐在一树碧柳下的石凳上，凳上铺着鹅毛软垫，膝上有一卷翻开的书。她低首专注地轻轻诵读，神情恬静，十足一个期待新生命降生的美丽母亲。因着有身孕，忻嫔略略丰腴了一些，此时，半透明的日光自花枝间舒展流溢，无数洁白、深紫的玉兰在她身后开得惊心动魄。她只着了一袭浅粉衣裙，袖口绣着精致的千叶桃花，秀发用碧玉扁方绾起，横簪一支简净的流珠双股簪。背影染上了金粉霞光的颜色，微红而温煦。

忻嫔对着书卷轻声吟诵古老的字句，因为不熟悉，偶尔有些磕磕绊绊："朝饮木兰之坠露兮，夕餐秋菊之落英。苟余情其信姱以练要兮，长顑颔亦何伤。"

她读着读着，自己禁不住笑起来，露出雪白的一痕糯米细牙："皇后娘娘，昨儿臣妾陪伴皇上的时候，一直听皇上在读这几句，说是什么屈原的什么《离骚》。虽然您找来了一字一字教臣妾读了，可臣妾还是读得不伦不类。"

如懿含笑转首："宫里许多嫔妃只认识满蒙文字。你在南边长大，能认得汉字已经很好。何况《离骚》本来就生僻艰难，不是女儿家读的东西。离骚，离骚，本就是遭受忧愁的意思，你又何来忧愁呢？"

"臣妾当然是有忧愁的呀！"忻嫔抚着高高隆起的肚子，掰着手指道，"臣妾担心生孩子的时候会很痛，担心会生不下来，担心像愉妃姐姐一样会受苦，像已故的舒妃一样会掉许多头发，还担心孩子不是全须全尾的……"

如懿赶紧捂住她的嘴，呵斥道："胡说什么，成日想这些乱七八糟的！"她换了柔和的语调："有太医和嬷嬷在，你会顺顺利利生下孩子的。"

忻嫔虽然口中这样说，脸上却哪里有半丝担心的样子，笑眯眯道："哎呀，皇后娘娘，臣妾是说着玩儿的。"她指着正在嬉闹的永璂和璟兕道："臣妾一定会有和十二阿哥与五公主一样可爱的孩子的，他们会慢慢长大，会叫臣妾额娘。真好……"她拉着如懿的手晃啊晃，像个年轻不知事的孩子，脸上还残存着一缕最后的天真："皇后娘娘，您和皇上读的书，臣妾虽然认识那些字，却不知什么意思，您快告诉臣妾吧。"

这样的天真与娇宠，让如懿在时光荏苒间依稀窥见自己少女时代的影子，她哪里忍心拒绝，笑嗔道："你呀，快做额娘的人了，还跟个孩子似的。"

忻嫔笑得简单纯挚："在臣妾心里，皇后娘娘便是臣妾的姐姐了。姐姐且告诉告诉妹妹吧。"

如懿笑着解释道："这句话的意思是，早晨我饮木兰上的露滴，晚上我用凋落的菊花花瓣充饥。只要我的情感坚贞不移，形销骨立又有什么关系。"

忻嫔忍不住笑道："臣妾听说屈原是个大男人，原来也爱这样别别扭扭地写诗文。不过皇上读什么，原来皇后娘娘都懂得的。"

皇帝是喜欢么？一开始，是如懿喜欢夜读《离骚》，皇帝听她反复歌咏这几句，只是含笑拨弄她两颊垂落的碎发："屈原过于孤介，才不容于世。他若稍稍懂得妥协，懂得闭上嘴做一个合时宜的人……"

如懿抵着皇帝的额头："若懂得妥协，那便不是屈原了！"

皇帝轻轻一嗤，拥着她扯过别的话头来说。

忻嫔兀自还在笑："一个大男人，老扯什么花啊草啊的来吃，真是可爱！"她一说可爱，永璂便拍起手来，连连学语道："可爱！可爱！"

忻嫔与如懿相视一眼，都忍不住笑了起来。

永璂已经快三岁了，璟兕快两岁，一个穿着绿袍子，一个穿着红袍子，都是可爱的年纪。永璂跑得飞快，满地撒欢儿。璟兕才刚刚会走，虽然有着顽疾，可没有发病的时候，就像扑棱着翅膀学飞的小鸟，跟在哥哥身后，笑声如银铃一般。

永璂笑嘻嘻地指指自己，又指指璟兕："妹妹喜欢红衣裳，抢了我的红衣裳。"

忻嫔不解，如懿已经笑起来："永璂会告妹妹的状了。"她向忻嫔解释道："这衣裳本是三月三上巳节的时候各宫嫔妃送来的礼物中的一件。庆嫔裁衣，晋嫔做的针线，且一红一绿，本是按红男绿女的穿法。而且为着穿了喜庆，红的那件缀了沙沙的金叶子，绿的是金线串珠，可偏偏璟兕喜欢红色，她个子又高，和永璂差不了多少，便换着穿了。"

忻嫔便咯咯笑："虽然换了衣裳，可见十二阿哥不满意呢。"

那是才捧出这么簇锦似的华衣，特特送给璟兕的。

永璂不好意思地笑了，又去和璟兕玩闹。

柳桥花坞，落花飞絮，长与春风作主。大约就是这样的好时光吧。

第九章

萧墙恨（下）

正笑闹着，远处金玉妍扶着八阿哥永璇拄着拐杖慢慢地走近。听见这里的笑语连连，愈加没有好气，狠狠啐了一口道："有什么好笑的，今儿且乐，瞧你们能乐到什么时候？"她骂完，眼眶便红了。

永璇拄着拐杖，一步一步艰难地走着，没走几步便呜咽告饶："额娘，我的腿好疼，我走不动，我走不动了！"

玉妍眼中含泪，死死忍着勉强笑道："好永璇，好好走，走一走就不疼了！"

永璇听得母亲哄，勉强又走了两步，大概是疼痛难忍，丢了拐杖哭道："额娘，我不走了！我不走了！"他脚下一滑，一屁股跌坐在地上，放声大哭道："额娘！我的腿是不是残废了，永远也不会好了！"

玉妍心疼得直哆嗦，紧紧抱住永璇道："儿子！额娘知道是他们害你，是他们一伙儿害你！他们害了你哥哥还不够，连你也不肯放过！"她生生落下泪来："是额娘没用，不能护着你们。"她使劲推着永璇，用力推，用力推，仿佛这样就能代替他残疾得再也无法伸直的另一条腿："起来！起来！咱们再走走，额娘扶着你。"

永璇忍不住哭道："额娘，可是我疼，我好疼！"

玉妍眼里含了一丝狠意，死死顶着永璇不让他倒下来，发狠道："再疼你也忍一忍。永璇！你的哥哥已经失宠了，永瑆还小，你若撑不住，额娘和北族就真的没指望了！咱们再走走，再走走！"

玉妍推着永璇，一点一点往前走，两个人紧紧依偎着，单薄的身影在春日迟迟里看来格外凄凉。

日色渐渐地暗淡下去，被花影染成浅浅的微红，如懿起身笑道："天有些凉了，咱们回去吧！"

她的话音未落，横刺里一只灰色的动物猛窜了出来，一时狂吠不已。如懿吃了一惊，忻嫔早已躲到了如懿身后，惊慌道："哪里来的狗！快来人赶走！快！快！"

宫人们乱作一团，赶紧去驱赶。如懿定睛看去，那是一只脏乎乎的巴儿狗，不知从哪里跑出来的，毛色都失了原本的雪白干净，脏得差点辨不出本来的样子。那狗的眼睛血红血红的，没命价地乱窜，狂躁不已。

如懿只觉得眼熟，却想不起在哪里见过。她只怕伤着孩子，又怕伤着遇喜的忻嫔，立时喝道："赶紧赶走它！"

那狗却像是不怕人似的，窜得更快了，任凭宫人们呼喝，却扑不住它。突然一个跳跃，它便绕到假山石上，向着忻嫔扑来。忻嫔哪里来得及躲闪，腿一软便坐在了石凳上，害怕得尖叫不已。那狗却不理会她，从她肩膀上跳下，直扑向永璂，偏偏永璂没见过狗，大概觉得好玩，站在原地拍着手又跳又笑。

如懿吓得心惊胆战，忙喝道："永璂！那狗好脏，玩不得的！"

永璂愣了愣，停住了要上前的脚步。更年幼的璟兕看着众人忙乱不已，突然笑着扑了过来，牙牙道："好玩！好玩！"

那是一身灼灼红色的苏绣衣裙，满满绣着麒麟绣球的花样，连衣角都绣着缠枝宝相花，缀着一片片小巧的金叶子。跑动起来，便玲玲作响，在阳光下如细细碎碎的金波荡漾，夺目而娇艳。

这样玲玲的衣裙，瞬间吸引了那癫狂的狗。那狗像是受到了极大的刺激，几乎是没有犹疑地发疯一样扑向了璟兕。乳母吓坏了，赶紧用整个身子护住了璟兕，自己却被那狗咬了一口。乳母尖叫起来："救命！救命！"

璟兕娇养长大，哪里见过流血，早就怕得发抖。她又见那狗颠扑不止，横冲直撞，知道是会咬人的东西，顿时吓得浑身一抽，呼吸困难，脸色彻底紫了。她唤了一声："额娘……"

也不过是一瞬，宫人们拼命驱赶，那狗跑开了。

忻嫔亲眼看着璟兕吓得心症发作，尖叫起来："五公主，五公主！公主喘不过气来了！"

如懿几乎要晕厥过去，声音变了调："璟兕！你别吓额娘！"

忻嫔眼见着璟兕发病，大受惊吓，身体剧烈地摇晃着，却再也说不出话来，只是痛呼着，裙上蜿蜒而下如红河般的血水。

如懿直冲上去，抱起昏厥过去的璟兕，浑然不觉泪水沾了满面，无助地狂喊："太医！太医呢？"

璟兕的心症发作得很快，抱回翊坤宫的时候，她已不省人事，如懿看着太医惊慌失措的面容，一颗心像是被辘辘碾着，分明已经碎得满是残渣，在冷风里哆嗦着，却又一遍一遍凌迟般被压碾而过。

皇帝赶来时太医已经团团围住了璟兕，而璟兕的小脸惨白，完全人事不知。他这样的一个大男人，见惯了战事征杀的男人，他的双手居然也在颤抖，眼里也有止不住的泪。

如懿伏在皇帝怀中，被他紧紧地抱着，仿佛唯有这样，才能止住彼此身体的颤抖。

如懿一个字一个字抖着道："皇上，璟兕抱回来的时候气息就很弱了。她被犬吠声吓着过，这回那狗是朝她扑过来的，又咬伤了乳母，她吓坏了。"

皇帝拍着如懿的肩："别怕！别怕！"他下手极重，拍得如懿肩头一阵阵痛，嘴里喃喃道："璟兕福大命大，我们的璟兕……"

有温热的泪水落在如懿脸颊上，和她的泪混在一起，潸潸而下。此刻，他们的痛心是一样的。他们的手也紧紧握在一起，支撑着彼此。

这时，三宝进来，打了个千儿，语气里已经隐然含了一丝恨意："皇上，皇后娘娘，奴才已经带人查明了。那条疯狗……"他咬了咬牙，切齿道："咬伤公主的疯狗是嘉贵妃娘娘豢养的，叫作富贵儿！"

皇帝的怒意似火星般迸溅："那条狗呢？立刻打死！"

"回皇上的话，那狗已经死了，有小太监在假山石头缝里发现了尸体，大约是逃跑的时候自己撞死了！"三宝的语气里含着隐忍克制的恨意，"嘉贵妃娘娘此刻就跪在殿外，要向皇上陈情！"

皇帝怒喝道："她还敢来！"

皇帝夺门而出，赶来探视的嫔妃们因不得准许，都在庭院中候着，正议论纷纷，看见皇帝出来，忙鞠身行礼，顷刻间安静了下来。

金玉妍含了几分怯色跪在廊下，似是受足了委屈，却实在不敢言语。她一见了皇帝，如见了靠山一般，急急膝行到皇帝跟前，抱住了他的双腿放声大哭道："皇上！臣妾是冤枉的！臣妾一直在照顾永璇，臣妾也不知富贵儿怎么会突然发疯跑去吓五公主！臣妾是无辜的！"

玉妍嘴上这般哭喊，到底还是害怕的，眼珠滴溜溜转着，眨落大颗大颗的泪珠。皇帝气得目眦欲裂，伸手便是两个耳光，蹬腿踢开她紧紧抱住的双臂，厉声喝道："你无辜？那躺在里面的璟兕无辜不无辜？朕的女儿，她还那么小，就被你养的畜生吓坏了！你在宫里豢养这样的畜生，到底安的是什么心？"

玉妍满脸凄惶，正要辩白，忽见如懿跟了出来，满脸的恨意再克制不住："皇上，臣妾安的什么心！臣妾倒要问问皇后娘娘，她安的是什么心？"她凄厉呼号，如同夜鸮："皇后娘娘，臣妾的儿子被人算计了，臣妾无能，不能替他们报仇。可你看，你的孩子也不好过，更没有好下场！"她呵呵冷笑，如癫如狂："老天啊！你长着眼睛，你可终于看见了，替我报了仇呀！"

玉妍还要再喊，皇帝早已怒不可遏，一掌将她扇倒在地："你这个毒妇，还敢污蔑皇后！"

嬿婉在旁忙道："皇上，人人都说富贵儿很得嘉贵妃喜爱，最听嘉贵妃的话了！"

玉妍倒在地上，衣裙沾染了尘灰，满头珠翠散落一地，鬓发蓬乱，狼狈而不甘："皇上细想，若臣妾真要害皇后娘娘的孩子，怎不动十二阿哥？不动五阿哥？而只伤了一个公主！"

嬿婉站在廊外，一树海棠衬得她身影纤纤。她满脸都是不忍的泪："五公主打小就有心症，最禁不得吓，从前就被启祥宫的犬吠声吓着过的，这个嘉贵妃最清楚。"她声声叹息，抹去腮边几滴泪："真是可怜，五公主这么小的孩子，伤在儿身，痛在娘心啊！"

海兰凝视玉妍，将璟兕换下的红衣拎在手中："皇上，听说富贵儿是朝着五公主扑去的。可五公主并未招惹它啊。臣妾左思右想，大约和这衣衫有关！"

颖嫔忍不住道："是了。草原的牲畜最易受声音的刺激，这红衣上都是金叶子的声音，那畜生怕就是为了这个缘故才伤了公主。"

海兰立在皇帝身后，狠狠剜了玉妍一眼，那眼神如森冷而锋利的剑，恨不能一剑一剑剜出玉妍的肉来，碎成片片。她的语气如碰撞的碎冰，生生敲着耳膜："臣妾记得，这件衣衫是庆嫔裁制，晋嫔绣成的！"

庆嫔陆沐萍和晋嫔富察氏本站在人群中，听得此言，吓得慌忙跪了下来。庆嫔连连摆手道："皇上，衣衫是臣妾们的心意，但并未想谋害五公主啊！是了，做衣裳的料子是嘉贵妃赏的，她不赏红色臣妾怎么做衣裳啊！"

晋嫔亦道："皇上，送上衣衫是臣妾的心意，并未想谋害五公主啊！皇上，皇上，做衣裳的料子是嘉贵妃赏的，所以沾着她的花水气味，这和臣妾无关啊！"

玉妍变色："皇上，臣妾是送了庆嫔和晋嫔料子，可怎知她会送给五公主，更不知她们会将金叶子缝上去。"

皇帝早已气昏了头，如何肯听她们分辩，当下吩咐道："李玉，拖她们出去，掌嘴三十，罚俸一年，无旨不许再出现在朕的跟前！"

李玉答应了一声，正要叫人拖了庆嫔与晋嫔出去。还是嬿婉道："皇上，事情尚未查清，咱们先别用刑。五公主已经这样了，若伤及无辜，只怕也伤了五公主的福祉。"

庆嫔与晋嫔如逢大赦："多谢令妃娘娘！"

皇帝极力镇静下来，沉声道："那就让庆嫔和晋嫔先去宝华殿跪着，替璟兕祈求平安。"

庭院中寂寂疏落，嫔妃们乌压压跪了一地，鸦雀无声。唯有风簌簌吹过，恍若冰冷的叹息，偶尔有花拂落于地，发出轻微的"扑嗒""扑嗒"的声响，好像生命凋落时无声的叹惋。

这样的安静让人生了几分害怕。直到一个小宫女急急奔近，才打破这惊惧的无声。

却是伺候忻嫔的贴身侍女阿宝，她慌不择路，扑倒在皇帝跟前，哭着求道："皇上！皇上！不好了！忻嫔小主受了惊吓见了红，陪着的太医说，小主胎气惊动，怕是要早产了！"

皇帝的手明显一搐，额上青筋暴起，瞪着狼狈不堪的玉妍道："瞧你做的这些好事！"他急忙问阿宝："忻嫔如何了？接生嬷嬷去了么？"

阿宝哭道："嬷嬷们已经去了！可是小主的情况很不好，小主一直喊疼，出了好多好多血，一直喊着皇上！这是要临产了！"

皇帝急道："忻嫔不是才怀胎七个月吗？"

阿宝哭得止不住："就是才七个月就要临产了。太医说凶险得很！皇上您快去看看吧！"

皇帝咬牙："朕得守着璟兕！毓瑚，你和太医去守着忻嫔，务必要平安。"毓瑚答应着去了。

皇帝心悬两处，看见玉妍，更是恼恨不休，喝道："李玉，带嘉贵妃回启祥宫，不许任何人探视，也不许她再陪着几位阿哥！"

玉妍还要呼号，李玉使一个眼色，两个小太监上前，死死捂住了她的嘴拉了出去。

皇帝一颗心如在热油里煎熬，正焦灼间，忽然偏殿里有哀绝的哭声响起，皇帝如滚雷轰顶，嫔妃们也意识到了什么，都变了脸色。婉茵离皇帝最近，赶紧扶住了摇摇欲坠的他，担忧地问："皇上？"

海兰更是紧张，喊了声"姐姐"，直往偏殿冲去。皇帝挪了挪腿，似是怎么也迈不开步子。他不知自己是怎么进去的，宫人们跪了一地，哭声震天。

如懿瘫倒在地上。重重罗衣困缚在身上，端丽万方的轻绸软缎，流光溢彩的描金彩线，绣成振翅欲飞的凤凰翱翔之姿，凤凰的羽毛皆用细如发丝的金丝垒成，缀以谷粒大的晶石珠，一针一线，千丝万缕，无不华美惊艳，是皇后万千尊荣的象征。

可什么皇后啊，此时此刻，她不过是个无助的母亲，面对命运的捉弄，无能为力。她终于忍不住，倒在皇帝怀中放声大哭："为什么？为什么是璟儿，是我的孩子？！她还不足两岁啊，她会笑，会哭，会叫阿玛和额娘，为什么是她啊？！若是我做错了，要了我的命去便罢了！为什么是我的孩子？！"

如懿从未那么无助过，仿佛自己成了一根细细的弦，只能任由命运的大手弹拨。整个人，无一处不被撕扯拉拔着痛。那痛，锥心刺骨，连绵不绝，哪怕断绝崩裂，她亦只能承受，什么办法也没有。

海兰紧紧抓着她手臂垂泪，反复道："姐姐，别哭。别哭。"

话虽这么说，海兰的泪亦如黄梅时节连绵的雨，不断坠落。如懿任由自己哭倒在皇帝怀里，声嘶力竭。最后，连如懿自己也恍惚了神志，仿佛是海兰的声音，不断地唤她："姐姐，别忘了，你还有永璂啊。"

皇帝骇得脸都白了，食指栗栗发颤："朕的璟儿怎么了？她到底怎么了？"

没有人敢说话，只以哀恸的哭声以对。

如懿几近晕厥，皇帝紧紧地抱住她，支撑着她的身体，自己的泪却是凄然不断地落下来。

那是一个父亲最深切的痛楚。

很久很久，是江与彬拜倒在地，轻声道："皇上，皇后娘娘，公主已经去了。"

皇帝的手无力地垂落下来，他的双肩微微发颤，整个人如虚脱了一般。

头颅里针扎似的作痛，巨大的哀痛如浪潮排山倒海席卷而来，如懿仿佛就要坠下去。她爬起来，又摔倒，带着痴惘的笑意，轻声道："璟兕，你累了是不是？你困了，倦了。没关系，额娘抱你睡。来，额娘抱你。你什么都别怕，额娘在呢。"她的笑意温柔如涟漪般在唇边轻轻漾开，悠悠地哼唱着："宝宝睡，乖乖睡……"

皇帝紧紧抱住了她，夫妻二人发出了撕裂般的哭声。如懿悲鸣数声，晕厥了过去。

入夜时分，海兰独自来见皇帝。如懿哭晕了过去，在她照拂下已经灌了安神药睡着。海兰思来想去，还是有许多话要对皇帝说。养心殿里并无掌灯。幽冷的月光像一张惨白的脸挂在窗外，皇帝一个人抱着头坐在地上，已是想哭也发不出声音了。海兰穿着素袍悄无声息地进来，行了一礼，便跪在了皇帝跟前："皇上，景阳宫来回话，忻嫔小主生下一位公主。毓瑚姑姑还在那里照顾。"

皇帝微微松一口气："知道了。可怜了忻嫔，幸好母女平安。"

海兰道："是早产的孩子。报喜的人说，公主的哭声特别弱。"她掰着指头算了算："七个月大的孩子，又受了惊吓，得好好养着。"

皇帝呆呆的："按着规矩，以三倍之数赏赐忻嫔，嘱咐她好好养着。"

夜深幽幽，皇帝整个人埋在阴影里，像一只困兽。海兰絮絮地说了几句，嘉贵妃被禁足，永璇和永瑆还在撷芳殿。若此时永璇和永瑆再出什么事，旁人必定以为是皇后报复嘉贵妃，海兰便安排了最老实稳妥的婉嫔去照料。

皇帝终于抬起头，看着她："你来，不会只为说这些事。"

海兰沉声道："皇上虽然伤心，臣妾也想逃避，但五公主的丧仪不能不办。"

皇帝整个人都是木的，海兰问完了片刻，他才迟缓地回答："追封璟兕为固伦和宜公主。"

海兰盯着皇帝："皇上，是嘉贵妃害了五公主，绝不能放过她。"

皇帝重重地点头，正要说话，进忠几乎是连滚带爬进来的："皇上，六百里加急军报，我大军和准噶尔对战输了！"皇帝震动地抬起脸，还来不及反应，进忠一连串地说下去："皇上，幸而北族押送粮草的军队遇上了巴林部的大军，又和忻嫔娘娘的父亲族人一同抵抗准噶尔，我大军才未惨败到底。"

"北族？北族！"皇帝轻声呢喃。

海兰双眼血红，恨声道："皇上，您不能再顾念北族而对嘉贵妃留情了。"

皇帝的声音如冰霜凝雪："嘉贵妃剥去一切贵妃仪制，按答应处分，朕要看她日日受鞭刑之苦。"

"庆嫔和晋嫔也不可放过。"

"庆嫔与晋嫔降为贵人，在宝华殿抄录经文，非诏不得出。"

海兰埋下头，发出了沉闷的哭泣声。

玉妍在启祥宫紧锁的院落里发疯似的游荡，猛力敲着大门，发出沉闷的哭泣声："不是我害的，不是我！是天给的报应，为什么要怪我们母子？为什么？"她身上还带着上一日的累累鞭痕，毓瑚冷着一张脸，带着四个健壮仆妇进来，一把按住了玉妍捆在廊下的柱子上。仆妇举起了鞭子。毓瑚漠然道："奉旨对您施以鞭刑。"

一灯如豆，残影憧憧。

如懿孤单地躺在床上，默默流泪。仿佛除了这样，她是什么都不能做了。眼泪流成了海，璟兕也不会回来了。可她是一个无力的母亲，除了流泪，连起身去面对孩子离去的力气也没有。容佩每日苦劝："娘娘，您这么夜夜睡不着可怎么好？您要节哀啊。"如懿无措地痛哭着，身体蜷缩成一团"容佩！是我不中用，我连自己的孩子都救不了，护不住！"

如懿痛心疾首，额头抵在冰冷坚硬的墙壁上，连连撞击："我不配做她的额娘！我该拼命救她的，可我毫无办法！毫无办法啊！"

容珮挡在墙边，用身体防着她绝望的撞击："娘娘，您别这样！您别伤了自己！

海兰不知何时走进来，紧紧攥住了她的手臂："姐姐！"

如懿紧咬下唇，眼中是烈烈恨意："璟兕……为什么是璟兕？"她的脸已经全然失了血色，侧过脸，声音微冷，一字字清如碎冰："她才两岁呵！若是我做错了，要了我的命去便罢了！为什么是我的孩子？"

海兰恨道："她们就是要伤了孩子让您伤心。姐姐，狗是不会轻易发疯吓人的，尤其是豢养的狗。但是人会发疯。人一疯，狗也跟着疯了。"

"你是说嘉贵妃为了儿子发了疯，所以要赔上本官的孩子。是了，那日穿红衫的应该是永璂。只是和璟兕换了衣裳，才会引得那条疯狗扑向璟兕，吓得璟兕走了！璟兕真真是无辜的！"

"是！若那富贵儿直奔十二阿哥咬坏了他，又吓着了五公主，那才是嘉贵妃的目的。"

冤有头债有主，万事皆有因果。眼前，的确是没有人比金玉妍更有做这件事的由头。

海兰眼里含着锐色："姐姐不能只顾着伤心了。"

她眼底的痛楚随着烛火跳跃不定："永璂应该是首当其冲的。"她的手指紧紧攥起，指甲深深嵌入皮肉，厉声道："我……我还要护着永璂。"

有女子凄厉的呼号声交缠着汗水与血水战栗着红墙与碧瓦，旋即又被夜风吹得很远。

海兰轻声道："那是嘉贵妃挨鞭刑的声音。"她语中的怜悯如雾轻散："可惜了，皇上居然没有处死她。还有庆贵人和晋贵人，总归是有嫌疑的。尤其晋贵人，她可是富察氏的女儿啊！姐姐继位为后，富察氏怎忍得下这口气！"她脸上的荫翳越来越重："无论是谁，这个人都狠毒至极，惊了忻嫔，伤了五公主，险险也伤了十二阿哥，真是一箭三雕啊！"

如懿心口一窒，觉得自己就像被火烤着的一尾鱼，慢慢地煎熬着，焦了皮肉，沁出油滴，身心俱焚。

可怜的孩子，真是可怜！如懿咬着牙，霍然起身推窗，对着清风皓月，冷然道："有本事一个个冲着本宫来！"

海兰依在如懿身侧，摇头道："她们没本事，动不得姐姐，才只能使这些阴谋诡计！"她的声音清晰且没有温度："所以姐姐切不可心志软弱，给她们可乘之机！"

如懿缓缓吐出两个字："自然。"

海兰靠得她更近些，像是依靠，也是支撑，语中有密密的温情："姐姐，这宫里很多都不可信，我们总在一起！"

如懿用力点头。须臾，"嗒"的一声响，铜漏里滴下了一颗极大的水珠，仿佛滴在如懿的心上，寒冷如九玄冰雪，瞬间弥漫全身。

第十章　天亡

璟兕的丧仪过后，如懿已经憔悴得如一片脆而薄的枯叶，仿佛一触就会彻底破碎了。

皇帝数日不能安枕入眠，伤心不已，破例追封璟兕为固伦和宜公主，按着固伦大长公主的丧仪，随葬端慧皇太子园寝。历来嫡出之女为固伦公主，庶出之女为和硕公主，但那都是在即将下嫁时才可加封。皇帝如此做，亦是出于对璟兕格外的疼爱和怜惜。

然而悲伤之事并未断绝，仅仅隔了几日，忻嫔所生的六公主也因受惊早产而先天不足，随着璟兕去了。皇帝虽然伤心，却也比不上亲眼看着璟兕死去的痛楚，便按着和硕公主的丧仪下葬，连封号也未曾拟定，只叫陪葬在璟兕陵墓之侧。

宫中连丧两位公主，太后又担心端淑的安危，悲泣之声连绵不绝。时入五月，京中进入了难挨的梅雨季节。滴滴答答的愁雨不绝，空气里永远浸淫着潮湿而黏腻的气息，仿佛老天爷也在悲戚落泪。

金玉妍虽未削去贵妃位分，但被剥去了一切贵妃的仪制，只按着答应的份例开销，日子过得苦不堪言。她照例挨着鞭打。起初的几日，玉妍挨鞭子的时候还会尖叫反抗，渐渐没了声音，只以冷毒的目光死死盯着一方小小的蓝天，如一条不甘垂死的蛇。

如懿大病了一场，皇帝虽然有心陪护，但前朝战事未宁，有心无力，只得让太医悉心照看。

一时间宫中离丧之像，便至如此哀乱之境了。

深夜孤眠，如懿辗转反侧，一闭上眼便是璟兕娇嫩的面庞，恍若无数的雪片在脑海里纷纷扬扬地下着，冻得发痛。江与彬给她的安神药一碗一碗灌下，却毫无作用，她睁着眼，死死地咬住嘴唇，任由泪水滑落枯瘦的面庞，如同窗外的雨绵绵不绝，洇透了软枕。

心中的痛楚狼奔豕突，没有出口。如懿披了一袭长衣，赤足茫然地走到窗边。萧瑟的风灌满她单薄的寝衣，吹起膨胀的鼓旋。乱发拂过泪眼，仿佛璟兕温软的小小的手又抚上面来。

夜雨如注，繁密有声，好像是流不完的眼泪，更像这悲伤死死地烙在人的心上，永远也不能退去了。悲伤中的日子静得几乎能生出尘埃。到了五月末，天气渐渐热得起来，往年里嫔妃们都迫不及待地换上轻薄如云霞的彩裙绡衣，秾翠嫩紫、娇青媚红，映着满苑百花盛放，禽鸟翩然，无一不是人比花娇。而今岁，即便是再有心争艳的嫔妃，亦不敢着鲜艳的颜色，化娇丽的妆容，惹来皇帝的不悦。

因着璟兕和六公主的早夭，如懿与忻嫔都神思黯然，四阿哥被冷落，八阿哥足伤，嘉贵妃禁足受刑，庆贵人和晋贵人被罚，太后又忧心端淑长公主的安危，宫中难免是凄凄冷冷，连树上的鸣蝉都弱了声气，有气无力地哼一声，又哼一声，拉长了深不见底的哀伤。

任凭时光悠悠一荡，却未能淡了悲伤。

午后的茜纱窗外，大片大片的阳光像团团簇簇的凤凰花般在空中烈烈而绽，散下浅红流金的光影。如懿在素衣无饰了月余后终于有了梳妆打扮的心思，象牙妆台明净依旧，珠钗花簪却蒙了薄薄的尘灰。她并不用容珮和侍女们动手，亲自将蓬松得略有些随意的家常发髻打散，因着悲伤，她几欲曳地的青丝亦有些枯黄，只能蘸了栀子花头油梳理通顺，复又用青玉无纹的扁方绾成高髻。一支暗金步摇从轻绾的云髻中轻轻斜出，那凌空欲飞的凤凰衔着一串长长的明珠，恰映得前额皎洁明亮，将一个月以来的黯沉略略扫空。几枚简素的镀金莲蓬簪子将发髻密密压实，一朵素白绢菊簪在髻后点缀。

容珮小心翼翼提醒道："皇后娘娘，公主是晚辈，您已经为她簪了这么久的白花，今日便不必了吧。"

她的提醒是善意的，准噶尔战事未平，一直簪着白花，也并不吉利。如懿轻叹一声，摘下白花，换了白玉雕琢而成的嵌蓝宝石珠花，略略点缀一朵暗蓝色蟹爪菊绢花。

容珮取过玫瑰脂膏轻轻送上："娘娘，您的妆还是太淡了，脸色不好呢。"

如懿对着铜镜细细理妆，不留一丝瑕疵。消瘦的脸颊，上了胭脂；苍白的嘴唇，涂了唇脂；细纹聚集的眉心，点了花钿，一切还如旧时，连耳上的乳白色三联珰玉耳坠子也是璟兕最喜爱看她戴着的。

如懿换上一身月白素织氅衣，点着淡青色落梅瓣的细碎花纹，系了素色暗花领子。这些日子抄录佛经闭门不出，端的是肤白胜雪，而眼神却是惊人的苍冷，如一潭不见底的深渊。

如懿轻声道："今日是璟兕的五七回魂之日，本宫要送一送她。"

容珮道："愉妃小主一早来时娘娘还在给公主念经，小主送来了亲手做的十色素斋，说是要供在五公主的灵堂，今夜亥时小主还会陪娘娘一同为公主召唤。"

如懿微微垂了头，云鬓上的蓝宝石玉花的银丝长蕊轻轻颤动："愉妃有心了。"

容珮赞叹："这样的心思，满宫里也只有愉妃小主有。"她似想起什么："皇上派了李公公来传话，今夜也会来陪娘娘为公主召唤。奴婢也把公主生前穿过的衣服和玩过的器具都整理好了，放在公主的小床上。"

如懿颔首："规矩都教过永璜了吧？"

容珮道："嬷嬷们都教导过了。十二阿哥天资聪颖，断不会出错的。"

悲愁瞬间攫住了她的心，攥得几欲滴下血来："今日是五七，过世的人会回家最后看看亲人才去投胎。本宫想好好再陪一陪璟兕。"

第十一章　相随

然而夜色如涨潮的江水，无声无息便泼染了天空。皇帝让李玉传来话，前线六百里加急战报，要与群臣议事，实在脱不开身。

李玉说得仔细："大军前锋部队进抵伊犁河畔，达瓦齐却仍执迷不悟，负隅顽抗，率部万人，退居伊犁西北方向的格登山，驻营固守，孤注一掷。皇上接到战报便忙到了现下，连晚膳都用得极匆忙。"

如懿明白，亦不勉强，便道："皇上专心政事，本宫明白，也一定体谅。本宫会替皇上上清香一炷，祭告璟兕。"

与李玉同来的还有凌云彻，他躬身，清癯的面容诚挚而略显悲伤："微臣向皇上请求，与李公公同来送和宜公主一程。"他的声音轻轻的，带着青苔般的丝缕潮湿。

如懿想起璟兕，眼中浮起隐隐潮气："那就多谢凌大人了。"

海兰着一色莲青薄绸衣裙，带着永琪在身边，捧着一个白纱绢袋，里头盛着为璟兕魂灵引路的草木灰，徐徐道："姐姐，时候不早了，我们该去召唤五公主的灵魂归来了。"

夜色如纱微笼，素衣的如懿和海兰由内侍与宫女提起莲形铜灯引路，李玉与凌云彻陪护在后，缓步而去。这一夜并不黑，蓊郁桐荫里款款悬着半弯下弦清月，漫天撒落的星子零零碎碎的，散着微白的光。因为早已吩咐了要行璟兕的"五七"之礼，内务府早预备了下去，将长街两侧的石灯都围上了洁白的布缦。

如懿披着一身素淡至极的石青绸刻玉叶檀心梅披风，系带处坠着两枚银铃铛，那是从璟兕的手铃上摘下来的，可以让她循着熟悉的铃声，找到自己。容珮抱了永璂在怀中，让永璂和永琪手里各提着一个小小的羊角琉璃题花灯笼。

如懿轻声道："这一双灯笼，是璟儿从前最爱玩的。"话未完，她的眼眶又湿润了，只得从海兰手里接过一把草木灰撒出，来掩饰自己无从掩饰的伤感。

永琪很是懂事："皇额娘，儿臣给妹妹照路，她就可以看见地上的草木灰，跟我们在一块儿了。"

永璂牙牙道："额娘，儿臣和五哥哥一样。"

如懿的指缝间扬扬撒落一把草木灰："好孩子，这样妹妹就不会迷路了。她就能找着咱们，和咱们走最后这一程。"

凌云彻陪守在如懿身边，轻声道："皇后娘娘别难过了，仔细风吹了草木灰，眯了您的眼睛。"

如懿的睫毛上盈着一滴晶莹的泪，她极力忍住，别过头去道："但愿今夜的风不要太大，不要吹散了这些草木灰，迷了璟儿回家的路。"

凌云彻的声音低沉而温暖："不会的。和宜公主聪慧过人，知道娘娘在等她，一定会回来的。"

如懿并不看他，只是微微侧首："多谢你。"

并未以官职相称，也不如常日一般唤他"凌大人"，这样简短的语句，无端地让他觉得亲切。然而，他并不能有多余的表情，只是以略略谦恭的姿态，和李玉一左一右，跟随她身后。

凌云彻看着如懿纤细瘦美的背影，发簪上垂落的碎蓝宝珠珥流苏被风拂动，闪着粼粼的光。他陪在她身后，走过这漫长又漫长的长街，两侧徐徐笔直高陡的红墙，使长街看去越觉纵深，幽幽暗暗，不知前路几何。

他只希望这样的路能长一些，更长一些。

璟儿的灵堂布置在雨花阁内，后头是宝华殿的梵音重重。法师们念着六字箴言，恍如极乐净土。

永璂提着灯笼，学着永琪，将宫人们预备好的灵堂屋顶上的瓦片砸碎在地，极力呼唤："妹妹，回来！璟兕，你回来！"

永琪极力克制着哽咽声，永璂的声音更稚气，带着浓重的哭音，无限渴盼而伤心。或许在他小小的心里，只要这样高声呼唤，妹妹就会再回到他身旁，和他一起玩闹，一起嬉笑。一如往日。

空气中是瑟瑟的草木香，有白日里阳光曝晒后的勃勃的甘芳气息。如懿跪蹲在灵堂内，将亲手抄录的《往生咒》与纸钱一同焚化在铜盆内。

忽有蛙鸣入耳，如懿有些恍惚，泪水潸然而落，滴在火盆内，引得火苗迅疾跳了一下，腾起幽蓝的火焰："璟兕最喜欢听蛙鸣声，每次听到都会笑。可是今年，她已经听不到了。"

海兰的笑意温暖如绵，声音亦款款柔丽。她从容引袖，拭去如懿腮边晶莹的一滴泪："姐姐，璟兕就在我们身边，只是我们看不到罢了。这些蛙声，她都能听到的。自然了，姐姐的伤心她也会知道。"

阁外的松柏投下长而暗的影子，将她的身影遮蔽得越显纤弱。海兰伸手为如懿掸去袖口上纸钱焚烧后扬起又落下的黑蝴蝶似的灰烬，大大的眼眸流露出无限的担心与关切："姐姐伤心过甚，人也消瘦至此。璟兕那么懂事，看姐姐伤心，也会伤心的。"

如懿努力点头："你放心。"她将手中的佛经焚烧殆尽，站起身道："李公公，凌大人，你们也来陪一陪璟兕吧。璟兕喜欢热闹，人多，她就不会寂寞了。"

李玉躬身入内，与凌云彻各自拈起一炷香，在璟兕灵前鞠躬行礼。

礼毕已经极晚。月色薄露清辉，那光晕有些模糊，并不怎么明亮。唯有宫人引路的灯盏，如跳动着的跌宕的心，幽光细细。

前头转弯处明黄的辇轿一闪，容佩忽然惊异，回首道："娘娘，是皇上的御驾。"

如懿怔了一怔，凝神望去，有无限酸楚突然胀满了心的缝隙："李玉，皇上处理完政事了么？"

李玉看了看皇帝去的方向，有些诺诺："大概是已经忙完了吧。"

海兰引首前望，低声道："皇上去的好像是颖嫔宫里，皇上是去看颖嫔了。"

容珮不满，抱紧了怀里的永璂，低声嘟囔道："今儿是公主的五七，皇上忙于前朝的事也罢了。怎么到了后宫也不陪娘娘，反而去颖嫔那里？"

永琪忙拉住容珮的手，肃然道："容姑姑别说了。"

如懿看了看似懂非懂的永琪，抚了抚永琪的额头，苦笑道："皇上自然有皇上的道理。这些话，别当着孩子的面说。"

李玉低低道："今日是颖嫔小主的生辰。"

容珮将永璂递到三宝怀里，啐了一口道："颖嫔的生辰比得上咱们公主的五七要紧么？"

如懿仰望天际遮住月色的乌云，黯然道："生辰是高兴的事，五七却是伤心，你会愿意记得哪个？"

"可公主是皇上的嫡出女儿……"容珮见如懿心如刀绞，亦不敢再说下去。

海兰神色淡然："皇上的性子，本就是喜欢报喜不报忧的。何况近喜远悲，是人的常性。"

那一刻，如懿是笑着的，可是凌云彻却觉得，那笑意是那样悲切，仿佛再多的眼泪也比不上那一缕微笑带来的伤悲。她的眸子幽怨而深黑，掠过他的眼。

凌云彻的心突然哆嗦了一下，仿佛被利针穿透，那么疼。

如懿独立风露之中，裙角沾染了青石上的夜露。站得久了，经风一拂，只觉肌骨生凉，她不自觉地便打了个寒噤。海兰忙靠紧她的身体，轻声道："夜凉，姐姐还是回去吧。"

有那么一瞬间，凌云彻突然很想摘下官服外的披风加于如懿瘦削的肩上，替她挡住凉夜的侵袭。

岁月那样长，衣衫那样薄，即便心无可栖处，亦可稍稍温暖。

然而，他并没有那样做，只是扶住了如懿的手臂，亦按住了被涌过的风吹起的扑展如硕大蝶翼的披风："皇后娘娘这一路伤心，微臣会陪娘娘走下去。"

海兰的目光中隐约浮起一丝疑虑，深深地看向凌云彻。他顿一顿："愉妃娘娘、李公公，也都会陪皇后娘娘走下去。"

海兰的脸色稍稍和缓，沉声道："是，我会一直陪着姐姐。这句话，很早前我就说过。如今，以后，也是一样。"

凌云彻不敢再多言，只是随着众人往翊坤宫方向默默行走。

这一夜，原本是嬿婉侍奉皇帝在养心殿用晚膳，按着寻常，她也会顺势留下陪伴皇帝度过宫中寂寞的夜。但皇帝无心顾她，便去了御书房和大臣们商议准噶尔战事。

嬿婉在暖阁里无聊而期盼地等着，绣了一会儿花，发了一会儿呆，慢慢熬着时辰。到了夜深时分，皇帝出了御书房，她极高兴地迎了上去。皇帝还是推开了她，半含着歉疚笑道："朕得去瞧瞧颖嫔，今日是她的生辰。"

嬿婉当然是知道其中的缘由的。颖嫔的族人为皇帝平定准噶尔战事出力不少，何况满蒙一家，蒙古一直是大清的有力后盾，因而皇帝一直对颖嫔十分眷顾。

嬿婉一直深以家世为憾，这一来自然不悦，却也不敢有丝毫流露，只是以温柔得能滴出水的语调相对："皇上，今夜是和宜公主的五七之辰。臣妾是怕皇上触目伤情，所以特来养心殿陪伴，皇上何必还要入后宫呢？"

皇帝也笑言相对，只道："看时辰，只怕皇后已经去雨花阁行过五七的祭礼了。只是今日是颖嫔的生辰，再晚，朕也一定要去看看她的。"

嬿婉情知劝不动，勉强笑道："皇上要去便早去，何必巴巴儿地到了这个时候才去吵颖嫔妹妹，臣妾也怕皇上明日要早起上朝，格外辛苦。"

皇帝爽然笑道："这你便不知道了。朕一日没有理会颖嫔，只当不知道她生辰的事，只怕这个时候她都已经生气失落得很了，却又不敢发作。朕此时再去，她才会又惊又喜。"

嬿婉虽然一肚子气，却也只得笑着趋奉道："皇上就会弄这些心思讨人喜欢。"

皇帝觑着眼看她："你不喜欢？"

嬿婉只得笑吟吟："皇上惯会取笑臣妾。那么，臣妾恭送皇上了。"

直到目送皇帝离开，嬿婉才扶了春婵的手离开养心殿。这一路，她有些闷闷的。春婵只道："小主，皇上去不去看颖嫔，其实也没什么。您怎么倒只提起五公主五七祭礼的事？"

嬿婉一声冷笑，清碎如冰："这些日子皇上有多为五公主伤心，本宫如何不知道？五公主被吓得没了性命，皇上只怕这辈子都忘不了。且这件事，宫里人瞧着都像是谁做的？"

春婵微笑："那自然是和嘉贵妃脱不了干系了。连那做衣裳的料子，也是嘉贵妃给了人的，谁都瞧不出破绽。"

是啊，素日常与庆贵人和晋贵人来往，看她们拿到嘉贵妃赏的料子，便随口说了要她们给十二阿哥和五公主裁衣，红男绿女，讨皇后喜欢。连缝那金叶子的主意，也是她仿若无心地和她们竞相出主意时说的，又拐着弯夸是她们的妙思。临了，连她们自己都以为是自己出的好主意了。

她低声嘱咐："叫王蟾将火场养过富贵儿的痕迹弄干净，别叫人知道是他训练过富贵儿扑那金叶子的声音。"

春婵连忙答允了，又道："小主，按着咱们的盘算，金答应的富贵儿吓死了五公主，又出乎咱们意料连颖嫔的孩子也吓没了，皇上怎么一直没处死金答应啊？"

嬿婉的唇角浮起得意的笑色："固然是因为嘉贵妃多年得宠的缘故，也是因为她的三个儿子和北族母族的地位。皇上为难是不知该如何处置，真凶似是非是，皇上处置不了嘉贵妃，便给不了五公主一个交代，当然为难。"

春婵替嬿婉摇着手中的葵纹明绫白团扇取凉："金答应的儿子们才一个被皇上冷落，一个摔残了腿，真是不济！连金答应也不过按答应位分处置，每日挨十鞭子。奴婢还以为那两枚银针，够送八阿哥上西天见佛祖了呢！"

"黄泉地儿太小，没要八阿哥。不过八阿哥的腿是废了。"嬿婉快意地笑着，"好啊。额娘作孽儿受着。本宫永远忘不了当年嘉贵妃是怎么折磨本宫的。还有皇后和愉妃，也都以为是八阿哥坠马嘉贵妃报复，才拿富贵儿吓死了五公主吧。"

"小主妙算。若都死了一了百了，就不够解恨了。"春婵一笑，"那日澜翠还和奴婢说嘴，说碰上守坤宁宫的侍卫赵九宵。"

"赵九宵？"嬿婉警觉，"他和澜翠说什么？"

春婵笑道："那傻小子看上澜翠了，说起有次他和凌大人喝酒，听凌大人含糊其词地提过从马场查八阿哥坠马之事有疑处，说有什么银针。澜翠再追问，赵九宵却什么也不知。"她见嬿婉的神色逐渐郑重："这样要紧的事，奴婢特意嘱了澜翠又问了一次。但澜翠说赵九宵什么也不知，进忠也说，凌大人向皇上复命时根本没提过什么银针。奴婢想，凌大人重情重义，怕是查出了什么蛛丝马迹也不肯说。何况许多事根本没有痕迹可查。"

春婵的话，让嬿婉安心。有感动的暖色在嬿婉的脸上漾起。嬿婉抚摸着手指上凌云彻当年相送的红宝石戒指。暗夜里，它即便是最次的红宝石做的，亦有沉沉的光华流转。嬿婉娇丽一笑："不管为了什么，也不管本宫怎么对他，这些年他心里有谁，本宫都是知道的。这个人啊，就是嘴硬而已！"

春婵扶住了嬿婉，轻笑道："奴婢听说凌大人忙着在宫中当差，很少回宫外的宅子，夫妻不大和睦。想来是凌大人心里有小主的缘故。"

嬿婉唇角扬得更高，笑容好似兜不住似的："茂倩只是一个宫女，又是皇上许婚，本来就没什么情意。"

春婵忙道："凌大人还不是因为心里有小主，看什么人都不能入眼了！"

嬿婉的笑容瞬间凝住："旧时情意。本宫不能忘的，他一定也没忘。这一点，皇上是怎么也不能和凌云彻相较的。"

春婵恭谨回道："皇后娘娘这朵花开到了盛时，接下去便只能是盛极而

118

衰。而小主这朵花才开了几瓣儿，有的是无穷无尽的好时候呢。"

嬿婉嗤道："左右今儿是和宜的五七，咱们便拐去翊坤宫，听听皇后的哭声吧。"

不远的彼端，隐约可见翊坤宫宫门一角。衬在如墨的天色下，盘踞于飞檐之上的兽头朦朦胧胧，却不失庄严之态。

凌云彻陪在如懿身后，心下微凉如晨雾弥漫。

这，便是尽头了。

这一晚，他能陪她走这一段，已是难得的奢望。

翊坤宫一门相隔，她是高高在上的皇后，他依旧是养心殿前小小的御前侍卫。只可遥遥一望，再不能同路而行。

这一段路，已经太难得，太难得了。

李玉先于他躬身施礼："皇后娘娘，愉妃娘娘，夜已深，两位娘娘早些安置。奴才先告退了。"他的眼神一撩，凌云彻会意，便也照着他的话又说了一遍，还是忍不住道："皇后娘娘保重，万勿再伤心了。"

海兰挥了挥手："有劳李公公和凌大人了。"

李玉与凌云彻立在翊坤宫门外，目送如懿与海兰入内，方才躬身离开。凌云彻似有些不舍，脚步微微滞缓，还是赶紧跟上了。

甬道的转角处，嬿婉的脸色已经如数九寒冰，几可冻杀人。春婵从未见过嬿婉这样的神色，不觉有些害怕，轻声唤道："小主，小主！您怎么了？"

嬿婉迷离的眼波牢牢地注视着前方，她幽幽凝眸处，正是凌云彻渐行渐远的背影。有一抹浓翳的忧伤从眸底流过，伶仃的叹息仿佛划破她的胸腔："一个男人用这样的眼神看一个女人，是为什么？"

她这样的叹息，似是自问，亦像是在问春婵。其实她再清楚不过，只有很喜欢，很在意，才会有这样的眼神。

春婵吓得有些蒙了，哪里敢接话，只能怯怯低头。

嬿婉亦不需她回答，只是沉浸在自己的伤感之中："他用那样的眼神看着皇后！他怎么会去喜欢别人？"她的脸色如湖镜般沉下去，唯有双眸中几点星光水波潋滟，流露出浓不可破的恨意："本宫虽然变了身份，但对他情意从未变过！他怎么可以背叛本宫，去喜欢另一个人？而且是本宫的仇人！"

春婵忙忙安慰："不会的。凌大人不是为了您才掩藏那些证物么？"

嬿婉恨恨满怀："是本宫误会他了？不，不是的！那日五阿哥在八阿哥身边，五阿哥是皇后养子，凌云彻是为了她才掩藏证物，根本不是为了本宫！"

春婵轻轻"啊？"了一声，很快掩住了口。

嬿婉戾气满怀："喜欢过本宫一时，便要喜欢本宫一世，永远不许变！谁要让凌云彻改变了对本宫的心意，本宫绝不会放过她！"

乾隆二十年五月，前线捷报频传。达瓦齐自带兵负隅顽抗，军械不整，马力亦疲，各处可调之兵，已收括无遗，使得众心离散，纷纷投降。北路和西路大军分兵两翼各据地势，包围了达瓦齐最后栖身的格登山。清军出其不意，突入敌营，策马横刀，乘夜袭击。达瓦齐及部下措手不及，乱作一团，自相践踏，死者不可胜数，万余敌兵，顷刻瓦解。达瓦齐率两千余人仓皇逃遁，黎明时才被追兵捕到。

皇帝大喜过望，当即下令将达瓦齐及家人解送回京，不许怠慢。

太后于慈宁宫中闭门诵经祝祷多日，听得此消息，情急不已："恒婳如何？"

福珈喜不自禁："公主无恙，一切平安。"

太后闻言欣慰，长叹一声："天命庇佑，大清安宁。只是皇帝要如何处置达瓦齐及端淑长公主？"

福珈且笑且流泪，激动道："皇上恩慈，说于恒有言，曰杀宁育，受俘赦之，光我扩展，又说要宁宥加恩，封达瓦齐为亲王，准许他及子女居住京城，再不北归。"她说得太急，又道："皇上孝心，以平定准噶尔达瓦齐遣官祭告天地、社稷、先师孔子，更要为太后您上徽号，以示庆贺。徽号也让内务府拟好了，是'裕寿'二字，可见皇上仁孝。"

太后漠然一笑，轻哂道："皇帝要真是仁孝，就让恒娅与达瓦齐这个逆臣和离，搬入慈宁宫中与哀家同住。"

福珈的笑容一滞，如飘落于湖心上的花瓣，旋即沉没。

太后见她默然，不觉急道："恒娅怎么了？你不是说她一切平安么？"

福珈笑得比哭还难看，踌躇半日，逼不过了才道："太后万喜，长公主遇喜，已经五个月了！"

太后一怔，手中的佛珠滚落在地，骨碌骨碌散了满殿。她踉跄几步，险险跌坐于榻上，不觉泪流满面："冤孽！冤孽！这么说，哀家的恒娅就一辈子要和达瓦齐这个逆贼在一起！为什么？为什么没有人告诉哀家？"

福珈垂泪道："太后！奴婢也是刚刚知道，听说端淑长公主刚遇喜时也曾想悄悄除掉孩子，但始终狠不下心，如今也来不及了！"

太后苍老而哀伤的面上闪过一丝戾气，狠道："怎么来不及？若除了孩子，一了百了，恒娅也可以和离了。"

福珈吓了一大跳："太后，您可别这么说！公主的月份这么大了，若强行堕下孩子，只怕也伤了公主。"

太后一怔，神色旋即软弱而无助，靠在福珈手臂上，热泪潸潸而下："是啊，哀家可以对任何人狠下心肠，却不能这般对自己的女儿。罢了，罢了，这都是命数啊！"

福珈哭道："太后，皇上既然决定善待达瓦齐，必定也会善待公主。皇上说了，达瓦齐午门受俘，行献俘礼之后，只要他能痛改前非，输诚投顺，皇帝也会一体封爵，不令他再有所失。这样长公主也能在京城安稳度日了，太后想要见公主还不容易么？"

太后颓然道："也罢。皇帝行事仁孝，其实心性难以动摇。只要恒娅能在哀家膝下朝夕相见，彼此看见平安，哀家也无话可说了。"

第十二章

伤花

如是，达瓦齐被解京师之日，皇帝御午门，封以亲王，赐宝禅寺街居住。端淑入宫拜见太后，其时腹部已经隆起，行走不便。母女二人一别二十年，不觉在慈宁宫中抱头痛哭，以诉离情。

达瓦齐从此便在京中与端淑长公主安稳度日，只是他不耐国中风俗，每日只向大池驱鹅逐鸭，沐浴其中以为乐趣。达瓦齐心志颓丧，每日耽于饮食，大吃大喝，日夜不休。他身体极肥，面庞比盘子还大出好许，腰腹阔壮，膻气逼人，不可靠近。公主看不过眼，便请旨常在慈宁宫中居住。皇帝倒也允准，只让太后答允少理后宫之事，方才成全了端淑长公主与太后的母女之情。

如是，宫中也宁和不少，连着太后与如懿也和缓了许多。

偶然在慈宁宫见着端淑，如懿与她性子倒相投。大约见惯了世事颠沛，端淑的性子很平和，也极爽朗通透，与她说话，倒是乐事。

二人说起少年时在宫中相见的情景，端淑不觉掩唇笑道："那年皇后嫂嫂入宫，在一众宫眷中打扮得真是出挑，连衣裙上绣着的牡丹也比别的格格精致不少。我虽是皇家公主，也不免暗暗称奇，原来公卿家的女儿，也是不输阵的。"

真的，年纪小的时候，谁懂隐忍收敛为何物？春花含蕊，哪个不是尽情恣意地盛放着，闹上一春便是一春。

如懿便笑："公主记性真好。"

端淑微微黯然："自从远嫁，宫里的日子每一天都在我心里颠倒个儿过，什么都记得清清楚楚的。连额娘袖口上的花样绣的什么颜色，也如在眼前。我还记得，我出嫁那一日，额娘戴着一枚赤金嵌翠凤口镯，那镯子上用红玛瑙碎嵌了一对鸳鸯，我就在想，鸳鸯，鸳鸯怎是这样让人心酸的鸟儿。"

如懿正要出言安慰，端淑先自缓了过来，换了清朗笑意："如今可好了，我又回来，一早便向额娘讨了那只镯子，以后便不记挂了。"她又道："说来那时我可喜欢皇后嫂嫂裙上的牡丹了，就如今日这件一样。那时我想摸一摸，嫂嫂却怕我似的，立刻走远了。"

太后盘腿坐在一边，慈爱地听着端淑碎碎言语，仿佛怎么也听不够似的。听到此节，太后便笑："多少年了，还念着这事。那定是你顽皮，皇后不愿理你。"

如懿念及往事，不觉唏嘘："皇额娘，真不是臣妾娇情莽撞，实在也是怕了。"

端淑咋舌："皇后的性子，也知什么是怕？"

如懿颔首："当日皇额娘与臣妾姑母不算和睦，臣妾随着姑母，哪里敢与皇额娘的女儿亲近。且在家时，姨娘所生的女儿绵里藏针，屡屡借着一衣一食生出事端，臣妾虽为嫡出，但不及妹妹得阿玛疼爱，发觉斥责无用，只好避之不及。"

端淑"咦"了一声："一直以为你出身后族，又是格格，不意家中也这般难相处。"

如懿轻哂，却也淡然："天下人家，莫不如是。"她又笑："当年得罪公主，不想公主如此记仇，看来哪一日必得好好请上一桌筵席，向公主赔罪。"

说着，太后也笑了，道："你们便是太闲，记着这个论那个。多少旧事了，还来说嘴。"

噫！不意真有今日。

可放下旧日种种恩怨仇隙，一盏清茗，笑语一响。

那，那些曾经放不开的情仇，都是哪里来的呢？莫不真是自寻烦恼。那

125

此刻放不下的，又算什么呢？

她轻轻叹息，坐看天际云起云散，飞鸟四逸。

时近盛夏，京中晴日无云，已经渐渐酷热。因达瓦齐受降之故，北族等属国也纷纷来贺，派使臣入京，朝中一派喜庆之气。只是因着两位小公主新丧不久，皇帝也无意前往圆明园避暑，只在宫中忙于平定准噶尔之后的种种事宜。

如懿午睡初醒，饮了一碗酸梅汁，便抚着胸口道："吃得絮了，没什么味道，反而胸闷得很。"

容珮笑道："这几日天热，娘娘的胃口不好，总是烦闷难受……"

容珮的话未完，如懿已经横了她一眼："不相干的话不要多说。扶本宫起身梳妆，咱们去看看皇上。"

午后的养心殿安静得近乎寂寞。皇帝独立于窗下，长风悠然，拂起他衣袂翩翩，如白鹤舒展的翅，游逸于天际。他的背影肃肃，宛如谪仙。这般无人时，如懿凝望向他，宛若凝望着少年时与他相处的时光，唯有他，唯有自己，再没有别人来打扰他们的宁静。

皇帝的沉醉，在于壁上悬挂的巨幅地图，喃喃道："准噶尔诸部尽入版图……其山川道里应详细相度，载入皇舆全图。自圣祖康熙时至今，三代的梦想与期盼，朕终于实现了。"他兴奋地看向如懿，满眼沉着与喜悦："如懿，朕已经命人重新绘制地图，将准噶尔之地完整画入。又吩咐在避暑山庄东北面的普宁寺，以满、汉、蒙、藏四种文字刻碑记述我大清平定准噶尔部的历程，定名《平定准噶尔后勒铭伊犁之碑》。你说可好？"

如懿分享着他的快乐，并肩立于他身旁："皇上完成先祖之愿，理当普天同庆，以告慰列祖列宗。"她微微垂首，靠在他肩上："臣妾最高兴的是，皇上的山河万里，宏图挥鞭之中，是臣妾和皇上一同经历的。"

皇帝的笑容清湛，抵着她的额头道："如懿，你这样的话，朕最欢喜。"皇帝指点着江山万里巨图，挥斥方道："平定准噶尔后，便是天山一带的不肯驯服于朕的寒部，还有江南的不服士子，虽然明面上不敢反抗我大清，但暗中诋毁，写诗嘲讽的不在少数，甚至靡然成风。"

如懿摇一摇手中的轻罗素纱小扇，送上细细清凉："士子们都是文人，顶多背后牢骚几句，皇上不必在意。"

皇帝冷哼道："先祖顺治爷宠幸汉臣，他们就敢说出'若要天下安，复发留衣冠'这种大逆不道的话。康熙爷与先帝都极重视民间言论。尤其百姓愚蒙，极易受这些文人士子的蛊惑。"

如懿听皇帝说起政事，只得道："是。"

皇帝侃侃而谈："不只民间如此，朕的朝廷里难道就清静么？广西巡抚卫哲治告内阁学士胡中藻自负文才，不满朝廷，写诗诽谤。你可知他都写了些什么？"

如懿见皇帝神色不悦，只得顺着说："臣妾愿意耳闻。"

皇帝冷冷道："胡中藻姓胡，就惯会胡言乱语，写什么'一世无日月''一把心肠论浊清''斯文欲被蛮''与一世争在丑夷'等句，尤其是'一把心肠论浊清'之句，加'浊'字于我国号'清'字之上，是何居心？"

如懿听得心有戚戚，只得含笑道："他一个文人，写诗兴致所致，恐怕没有咬文嚼字那么仔细。"

皇帝眉心一皱，愈加沉肃道："皇后有所不知。胡中藻不仅如此，他悖逆、诋讪、怨望之处不胜数。他所出的典试经文题内有'乾三爻不像龙'之句，乾隆乃朕年号，龙与隆同音，显然是诋毁朕。再有'并花已觉单无蒂'句，岂非讥刺孝贤皇后之死。胡中藻鬼蜮为心，语言吟诵之间，肆行悖逆诋讪，实非人类之所应有！"有凛然的杀气凝在他墨色的眸底，看得如懿心惊胆战："朕已决定，胡中藻罪不容诛，斩首弃市！"

如懿心头一哆嗦，正欲说话。皇帝看向她的眼色已有几分不满："皇后难道对这样的不忠之人还心存怜悯么？"

如懿还如何敢多说，只得道："臣妾不懂政事，只是想，若于文字上如此严苛，天下文人还如何敢读书写字呢？"

"要读就读忠君之书，要写就写忠君之字。如若不然，朕宁可他们个个目不识丁，事事不懂！"

有清风乍起，身上浅紫色棠棣花样的袖口随风展开，飘飘若举，宛如蝴蝶扑扇着阔大的翼，扇得她的思绪更加烦乱。如懿有一瞬的出神，难怪天下男子都喜欢单纯至无知的女子，这样捧在手心，或弃之一旁，她什么都不懂，亦不会怨。不比识文懂字的女子，情丝剔透，心有怨望，才有班婕妤的《团扇歌》，才有卓文君的《白头吟》。

她微笑着，无知无觉的女子，或许叹息几声，哀叹命运不济也便罢了，如何说得出卓文君一般"闻君有两意，故来相决绝"的话呢！这样的才女，固然聪慧玲珑，自然也不够可爱了。

皇帝蹙眉："皇后，你在笑什么？"

如懿心中一凛，那笑容便僵在了脸上："臣妾在想，臣妾也喜读诗文，以后更该字字篇篇小心了。"

皇帝拂袖道："本就该这样。朕想起胡中藻乃朕先前的首辅鄂尔泰的门生。虽然鄂尔泰已死，但他认人不清，朕已下令将其牌位撤出贤良祠，以警戒后人。"

如懿口中应着，看着眼前勃然大怒的男子，心思有片刻的恍惚。曾经，那个与自己一起谈论《诗经》、一起夜读《纳兰词》的男子呢？他温文尔雅的风姿，怎么此刻就不见了呢？

仿佛记忆中关于他的已越来越模糊，最终也只幻化为一个朦胧而美好的影子，凭自己绮念。

或许，眼前的男子还是和从前一样吧，只是他在意的，再不只是那样美丽如萤火虫般闪烁的文字，而是文字背后的忠诚与稳固吧。

最后，皇帝以一言蔽之："不管是谁，不管他身在何处，只要悖逆朕的心意的，朕都容不得他们，必定一一征服！"

皇帝的话，自此便开启了平定寒部之战。自然，那也是后话了。然而眼前，如懿只听得皇帝说："朕平定准噶尔大喜，前朝后宫皆有庆典，万国来贺，嘉贵妃金氏的母族北族也不例外。且朕平定准噶尔大喜，万国来贺，北族对此战颇有贡献。嘉贵妃若还禁足不出席，恐怕北族也会担心，有所异议。"他停一停，有几分为难，看向如懿："毕竟，璟兕之事并非证据确凿，不能认定了是嘉贵妃所为。"

是啊。这些日子，她也不是没有想过，除了死了的富贵儿是金氏养的，除了金氏太过充足的动机，还会有谁呢？金玉妍，除了她，还会有谁要这么处心积虑除掉自己的孩子。从长久的积怨，从八阿哥永璇坠马是永琪在身边，一环扣着一环，都太紧密了。

于是，她忍耐着道："皇上决定便是，臣妾没有异议。"

皇帝的神色放松了许多，柔声道："为难你了。"

如懿的笑，柔婉得没有任何生硬与抵触的棱角。怎么能不贤惠呢？在宫中浸淫多年，从姑母而始，有太后点拨，又朝夕见孝贤皇后的模样，她再愚笨冥顽，也该学得些皮毛了吧？于是她索性道："金氏禁足后一直是以答应的位分对待，每日还要受鞭刑。既然皇上要顾着她和北族的颜面，这些日子停了鞭刑，索性复她贵妃待遇吧，否则穿戴出去也不好看，还叫她遇上母族的人抱怨起来，总说咱们委屈了她。"

皇帝不悦地轻嗤："出了这样的事，金氏还敢说嘴么？"

"她自然不敢，臣妾只是在意人言琐碎，伤了皇上圣明。"

他还是答允了如懿，嘱她细细办妥。

如懿欠身从养心殿告退，三宝便迎上来道："愉妃小主已经到了翊坤宫，在等着娘娘呢。"

如懿面无表情，只是口中淡淡："她来得正好，本宫也有事要与她商议。"

三宝见如懿如此神色，知她有不喜之事，更是大气也不敢出，赶紧扶如懿上了辇轿，伺候着回去了。

长街夹道高墙耸立，透不进一缕风来。天上连一丝云彩也无，日头热辣辣地泼洒着热气，连宫女手中擎着的九曲红罗黄凤伞也不能遮蔽分毫。如懿斜在辇轿上，听着抬辇太监们的靴底磔磔地刮着青石板地面，越发觉得窒闷不已。

过了长街的转角，便望得见后宫的重重飞檐，映着金灿如火的阳光，像引颈期盼的女人渴望而无奈的眼神。

如懿不知不觉便轻叹了一口气，转首见角门一侧有女子素色的软纱裙角盈然飞扬，人却痴痴伫立，啜泣不已，在这泼辣辣的红墙金日之下，显得格外清素。

如懿眼神一飞，三宝已经会意，击掌两下，抬轿的太监们脚步便缓了下来。三宝望了一眼，便道："皇后娘娘，是忻嫔小主。"

如懿有些意外："忻嫔才出月子不久，怎么站在这儿，也不怕热坏了身子。"

三宝连忙道："娘娘忘了？前两日忻嫔小主宫里来报，说忻嫔小主没了公主之后一直伤心，所以请了娘家人来说说话。这不，忻嫔小主大概是刚送了娘家人回去吧。"

如懿微微颔首，示意三宝停了辇轿，唤道："忻嫔。"

忻嫔尚在怔忡之中，一时没有听见，还是伺候她的宫人慌忙推了推她，忻嫔这才回过身来，急急忙忙擦了眼泪，俯身行礼："皇后娘娘万福金安。"

如懿苦笑："如今本宫还有什么可安的，还不是与你一样么？"

一句话招落了忻嫔的眼泪，她泪眼蒙眬的容颜像被风吹落的白色山茶的花瓣，再美，亦是带了薄命的哀伤。

如懿步下辇轿，取下纽子上系着的绢子，亲自替她拭去腮边泪痕："才出月子，这样哭不怕伤了眼睛么？"

一语未落，忻嫔抬起伤心的眼感激地望着如懿："皇后娘娘，这样的话，除了臣妾的娘家人，只有您会对臣妾说。"

如懿执着她的手，像是安慰自家小妹。她婉和道："咱们原本就投缘，如今更是同病相怜，不彼此安慰，还能如何呢？"她停一停："送了家里人出宫了？"

忻嫔点头："是。家人进宫也只能陪臣妾一个时辰，说说话就走了。"

如懿温然道："本宫同意你家人进宫，是为舒散你的伤心，好好宽慰你，而不是更惹你伤心。若叫你难过，不如不见也罢。且你不是足月生产，而是受惊早产了六公主，更要好好养着自己的身子才是。"

忻嫔死死地咬着绢子，忍不住呜咽道："皇后娘娘，臣妾是没有办法，真的没有办法。臣妾一闭上眼睛，就看见六公主的脸。她一生下来就比小猫大不了多少，脸是紫的，人也皱巴巴的。可臣妾看她一眼，就觉得她像足了皇上和臣妾。她是个好看的孩子，臣妾心疼她。可是她不肯心疼臣妾，才活了几天就这么走了。"她的泪大滴大滴地滑落在如懿裸露的手腕上，带着灼热的温度，烫得如懿的心一阵一阵哆嗦："臣妾就是想着她，睡不着的时候想，睡着了又想。可是臣妾与她的母女情分这样短，臣妾就是想不明白，她在臣妾肚子里长到这么大，千辛万苦来到了人世，难道就只为了活这么几天就丢下臣妾去了么？"

忻嫔哭得伤心欲绝，连如懿身后的三宝也忍不住别过脸去悄悄拭泪。如懿怜悯而同情地抚摸着她的鬓角，随手从她的髻后摘下一朵小小的纯色白绢花在指间，低低道："这朵花，是戴着悼念你的六公主的吧？"

忻嫔有些畏惧地一凛，盯着如懿就要跪下去："臣妾糊涂。六公主过了五七，臣妾不该再戴这个，宫里头忌讳的。皇后娘娘恕罪。"

如懿的声音凄然而温柔，扶住了她道："宫里头是忌讳这些白花白朵，可本宫不忌讳。"她将鬓边的银器花摘下戴在忻嫔髻后："你伤心，本宫和你一起伤心。你的眼泪，本宫替你一起兜着。只是这朵白绢花，到了本宫这里就是最后了，别再让别人看见。你的六公主才活了这几天，你就伤心成这样，那本宫的璟兕养了这么大，本宫是不是就该伤心得跳进金水河里把自己给淹进去了？本宫跳下去了，也拉上你一同淹着，这样害了咱们孩子的人就越发高兴了。不过，左右咱们都淹没了，那些人的笑声再大，咱们也听不见

131

了，是吧？"

忻嫔猛地一颤，眼里皆是狠戾的光："皇后娘娘！咱们的孩子是被人害死的！臣妾的六公主不该这么早出世，更不该这么早就离开了！"她环视着四下，惊惧而狠辣："是她！是她养的疯狗害了咱们的孩子！"

忻嫔猛地一颤，眼里皆是狠戾的光："皇后娘娘！咱们的孩子是被金氏害死的！臣妾的六公主不该这么早出世，更不该这么早就离开了！"

忻嫔的身体剧烈地颤抖着，牙齿咯咯地咬着，仿佛要咬人似的。如懿搂过她："六公主和璟兕到地下就伴去了。本宫和你就只顾着伤心么？"

忻嫔的泪大片大片洇湿了如懿的衣袖，她发狠道："是她！是她养的疯狗害了咱们的孩子，这些眼泪珠子，活该是害咱们的人来流，对不对？"

她抚摸着忻嫔绾起的青丝，动作轻柔得如在梦中，夹杂着渐渐苏醒的疑惑："你认定了是金氏做的，是不是？"

忻嫔切齿痛恨："除了金氏还会有谁？"

如懿迟疑："璟兕走后，本宫一直在想，杀人真的要用自己的刀吗？事真是金氏做下的么？"

忻嫔困惑不已："皇后娘娘，那富贵儿是金氏养的，她与您冤仇最深。"

如懿似乎不能完全相信，却又无法反驳，只得叹了口气："金氏停了鞭刑，复了贵妃待遇，她也要出来了。见了面，把你的眼泪收起来，把你的恨也收起来。"

忻嫔点点头，伏在如懿的臂弯里，只是无声地抽泣着，好像一只受伤的小兽，终于寻到了母兽的庇护，安全地瑟缩成一团。

如懿静静地拍着她的背，仰起脸时，忽而有风至，有大团大团的雪白荼蘼被吹过宫墙，纷扬如雪。

如懿轻轻地笑了，伸出细薄的手接住，低声叹道："六月飞雪啊！像不像？"

忻嫔愣愣地抬起脸，低声道："皇后娘娘，是老天爷觉得我们的孩子死得太冤了！"她的声音低低的，像是从幽门鬼谷传来的女鬼的悲切声，让人心酸之余，又觉不寒而栗。

如懿的神情渐渐淡漠下来，像沾染了飞雪的清寒："湄若，即便受伤、流血，与其看着它腐烂流脓，溃烂一团，还不如雕上花纹，让它绽放出来。是伤也是花，才不白白痛这一场，明白么？"

忻嫔沉沉地颔首："皇后娘娘，您会帮着臣妾寻着证据，咱们总会查个明白的。"

第十三章 出嗣

金玉妍再次回到众人的视线中时，已经是五月末的天气。比起之前许多年的志得意满、风华正茂，玉妍的美丽如被蚕食的满月，终于有了渐渐月亏之势。

其实，她还是很美的。长白山的冰雪养育出她咄咄逼人的美艳之姿，恍若灼灼的阳光，几乎让人睁不开眼。只是蜡照半笼金翡翠，麝熏微度绣芙蓉，宫中的日子啊，雨是绵绵的，风是瑟瑟的，就这样不知不觉，催得红颜弹指老，刹那芳华，便是"欹红醉浓露，窈窕留馀春"的红药，亦有闲倚晚风生怅望，可怜风雨落朝霞的时节了。

金玉妍倒并无半分颓丧怨望之气，相比因为丧女之痛而变得如木头人一般的忻嫔，携了侍女丽心的手步入翊坤宫的她，依旧丽质浓妆，明艳迫人。

倒是绿筠有些慨叹："昨日见嘉贵妃陪皇上一同随见北族的使臣，她的眼妆化得那样浓，还是遮不住眼角的细纹。啧啧，其实都这把年纪了，何必还争这口气呢？"

如懿笑着拿羊脂玉轮细细磨着手背："何止嘉贵妃，本宫摸着自己的皮肉，也比上一个春天松弛不少。岁月催人老，谁不想多留时光停驻片刻呢。也亏得这几日嘉贵妃陪着皇上见北族的使者，本宫身子不适，才能偷懒片刻了。"

绿筠自嘲地一笑："臣妾总归是认了。老就老吧，谁没有老的一天呢。叫臣妾如嘉贵妃一般每日浓妆数个时辰才出门，天不亮就起身对镜梳妆，大半夜了还在用人参熬玫瑰水浸手泡脚的，臣妾想想都觉得累了。"

如懿"扑哧"一笑："所以呀，活该咱们不如嘉贵妃了。她的细纹是遮不住，可是远远望去时，还是如二八佳人一般。"

玉妍听见这样的话倒是颇为得意，笑吟吟道："人活一口气，树争一张皮。臣妾出身北族，学过的谚语并不多，唯有这一句却时时记在心上。若是连自己的脸面也不要了，不肯好好打扮了，那还算什么女人呢？留着鸡皮鹤发惹人笑话么？"

她这样的话，听在忻嫔耳中格外刺心。因着六公主的早夭，忻嫔一直不施浓妆，不饰金玉，往日的活泼在她身上早已不见踪影，只剩下一抹近乎木讷的忧郁。

这样的神情，是极让皇帝心疼的，所以下了旨意，于七月初四之日行册封礼，晋忻嫔为忻妃。

嬿婉在旁含笑道："皇上七月初四便要封妹妹为忻妃了，妹妹好歹也换件颜色衣裳，笑一笑才好啊。"

忻妃冷冷淡淡道："我比不得嘉贵妃，自己儿子的腿残废了还能整日笑吟吟对人，便是想学也学不来的。"

金玉妍凤眼斜斜飞转，冷笑道："忻妃妹妹真是伤心过头了。难道你这般服丧，六公主便能活过来了么？"

六公主的早夭，多多少少与嘉贵妃所养的"富贵儿"有关。虽不能指证为玉妍唆使，但到底是她疑影最重。如此这般放肆言论，连最老实的婉嫔也不觉侧目，悄声道："嘉贵妃姐姐，这样伤人心的话，还是不要说了吧。"

殿内殿外，皆是寂寂。只有庭前几树石榴开得如火如荼，一阵风过，吹得满树繁花烈烈如焚，几乎烧红了半院空庭。

如懿怔了怔，想起那原是生下璟兕不久后皇帝喜悦，命人移栽到翊坤宫中的石榴，以示多子多福。

嬿婉闲闲地拨弄着手中的青碧描金茶盏，浅碧色的云雾银峰蒸腾着白蒙蒙的水汽，映出她薄薄的笑意："人生得意须尽欢。六公主自然不能复生，可八阿哥的腿脚也不能再健步如飞了，四阿哥也不能复宠如前，得皇上欢心。说来啊，还是嘉贵妃姐姐想得开。"

玉妍极重颜面，被嬿婉戳到痛处，脸色瞬间寒了下来，森森道："虽然本官的四阿哥一时受小人陷害，连着八阿哥也坠马受伤，可他们是皇家的儿子，哪怕腿不行了，没恩宠了，到底还是凤子龙孙。这个，可由不得本官想不想得开！"她鄙夷地剜着嬿婉："令妃自己没有孩子，倒惯会管孩子的闲事！"

嬿婉脸上一红，旋即变得紫涨，却也不能辩驳，只得垂下脸，气咻咻地拨着手指上的红宝石戒指。

玉妍见嬿婉气馁，越发盛气凌人。如懿颇为唏嘘："多子多福，古人的老话，到底是不错的。嫔妃之中，嘉贵妃子嗣最多，这样的福气，咱们是羡慕不来的。"她话锋一转，向着纯贵妃和海兰道："只是话说回来，三阿哥是皇上的长子，敦厚有礼，五阿哥如今更是在皇上跟前得力，堪为左膀右臂。生子应当如此，才算是祖宗的孝子贤孙，否则只是论一个凤子龙孙的血统，实在算不得什么。想想康熙爷的八阿哥和九阿哥，因争帝位而被先帝削爵圈禁，一个起名阿其那，一个塞思黑[1]，极尽羞辱，哪里还有半点凤子龙孙的颜面呢？"

玉妍听得此节，不禁矍然变色："皇后娘娘是拿康熙爷的八阿哥允禩来比臣妾的八阿哥么？"

如懿也不气恼，只是和颜微笑："允禩这样的不肖子孙，康熙爷一辈已经出了一个了，怎么嘉贵妃这样多心，以为皇上也会有这样的儿子么？"

玉妍眉心的褶皱稍稍平复，浮起一抹得意的笑，扬了扬手中的水红色绲宝翠蓝珠络的绢子："皇上的孩子，自然不至于如此。孝贤皇后的丧仪上，大阿哥和三阿哥稍稍失仪，皇上便严厉教训。有了这个做榜样，谁还敢么？再说得远一些，本官的儿子行八行四本就是占了好运气的。太宗皇太极是皇八子登基，先帝雍正爷是皇四子登基，皇上也是皇四子登基。本官的孩子再

---

[1] 阿其那、塞思黑：清雍正四年（1726），皇帝将八弟允禩和九弟允禟废为庶人，并改允禩名为"阿其那"，改允禟名为"塞思黑"，以示贬辱。

不成器，有祖宗这样的福泽庇佑，也差不到哪儿去的！若是有幸能将这福泽一脉相承下去，也是情理之中啊！"

此言一出，四座皆惊。然而并无人应答，也不屑于应答。如懿亦只是用银签扦了一枚樱桃滑入口中，以一丝不易察觉的冷笑默然相对。倒是婉嫔想要说些什么缓和这种诡异的沉默，绿筠忙悄悄按住了她的手，示意她不要多言。

海兰有些怯怯地，适时添上一句道："福泽与否，还真不好说，但是圣祖康熙爷幼年得了一场天花，人人以为是逃不过去的劫难，后来也只是落了几点小小瘢痕，丝毫不影响圣祖的天纵英明。"

玉妍以为众人被震慑住，衔了一缕冷笑道："所以，别以为本宫的孩子一时不得皇上宠爱，或是有了些许残疾，便轻慢了他们。孩子们的福气，都在后头呢。"

绿筠实在按捺不住："本宫的三阿哥是不算聪明伶俐，如撇开三阿哥不算，四阿哥也算是皇帝诸子中最年长的。但年长算什么，比谁的胡须长么？现放着皇后娘娘的十二阿哥在呢，哪位皇子的福气也比不上十二阿哥这位嫡子呀！"

如懿看一眼绿筠，谨慎道："纯贵妃此言差矣！十二阿哥尚且年幼，贤愚如何尚是未知之数。何况嫡子又如何？太祖努尔哈赤的嫡子褚英和圣祖康熙爷的嫡子允礽都因谋逆不孝而被废了太子之位，这便是警戒后人，不要以嫡庶分尊卑贤愚。孩子们自己争气，才是最要紧的。便是眼下还没有孩子的，也不必心急。皇上正当盛年，妹妹们也绮年玉貌，什么福气怕等不到呢。"

一语既出，嫔妃们皆是敬服。绿筠率先起身，领了一众人等行礼："皇后娘娘教诲，臣妾们谨记在心。"

玉妍伫立其中，未曾躬身，愈加显得格格不入，她只得屈身福了一福："臣妾明白了。"

如懿拨一拨手边小几上珊瑚釉粉彩花鸟纹瓷瓶里供着的一大把几欲滴露

的红色芍药，翠茎红蕊，映叶多情。她温和的笑容中带了一丝沉郁的告诫："'今日阶前红芍药，几花欲老几花新。开时不解比色相，落后始知如幻身。'①许多事繁华得意只在一时，妹妹们也不必过于执着眼前，还是多求一求后福吧。"她说罢，站起身来，意欲转入内殿。可是才一迈步，脚下一个趔趄，人便斜斜滑了下去。

容珮惊叫一声，忙忙和扑过来的海兰一起牢牢扶住，一迭声唤道："太医！快请太医！"

如懿的不适晕眩，自然引来了皇帝的关照与陪伴。她闭目和衣躺在床上，听着皇帝的脚步挟着风声而入，不觉含了一丝浅笑。

江与彬跪在床前请脉良久，却是一脸喜色，向急急赶来的皇帝道："恭喜皇上，恭喜皇后娘娘，皇后娘娘并非凤体不适，而是有喜了！而且已经三个月了。"

窗外的石榴树影映在湖碧窗纱上，风移影动，花枝姗姗，欹然生姿。如懿一脸惊诧与意外，想要笑，却先落了晶莹的泪："臣妾这几个月晕眩烦闷，原以为是生璟兕的时候落下的病根，没想到竟是有喜了。"她握住皇帝的手，依依道："皇上，是不是璟兕在天有灵，怕臣妾与皇上膝下寂寞，所以又转世投胎，来做咱们的孩子了。"

因着两位公主早夭，皇帝郁郁多日，如今听闻如懿再度遇喜的喜讯，常日阴霾一扫而空，拥着如懿的肩，眼中不觉泛了泪光："是。璟兕知道咱们想她，所以又回来了。"

海兰与忻妃陪在如懿身边，一脸惊喜，忻妃更是忍不住感泣："还是皇后娘娘好福气，这么快又有了孩子。这样臣妾也有些盼头了。"她的眼泪还在腮边，继而愤愤不平："还好刚才愉妃姐姐和容珮扶得快，否则皇后娘娘受了嘉贵妃的闲气，头晕脚滑，伤了腹中皇嗣，可怎么是好？"

---

① 出自唐代白居易的《感芍药花寄正一上人》。全诗为："今日阶前红芍药，几花欲老几花新。开时不解比色相，落后始知如幻身。空门此去几多地？欲把残花问上人。"

海兰亦抚着心口，后怕不已："还好皇后娘娘没事，否则嘉贵妃万死也难辞其咎了。"

皇帝微笑的眼波倏然转为薄怒："怎么？嘉贵妃才解了禁足，便又惹是生非了么？"

海兰郁然长叹，却只道："嘉贵妃的性子，皇上还不知道么？一向是想说什么想做什么便由着自己的！"

此时，绿筠领着众人候在廊下，并不敢进来多问，只预备着随时陪侍。

玉妍不耐烦道："天气这么热，咱们还要守在这里多久？说来皇后娘娘的凤体也太娇弱了，只是晕眩，又未跌倒！"

绿筠心中愤懑，别过脸不理会她，只向婉嫔道："也不知娘娘身子如何了？无论多久，咱们都是要等的。"

殿中敞亮，外头的一言半语偶尔落进，像投进湖心的石子，泛起涟漪点点。皇帝起身推窗，转眸向外，庭中绿瘦红肥开得喜人，花枝曳曳处落下一蓬蓬水墨似的影子，生出几许清凉。不远处重重花影之后立着金玉妍，一袭宝石蓝片金葡萄花彩宫装衬得窈窕宜人，正握着一柄刺绣洒金牡丹团纱扇，在树下悠然观望花落，毫无关切之意。

皇帝鼻翼微张，冷然道："中宫凤体违和，嘉贵妃还能如此悠然赏花，真是全无心肝！说！她到底如何冒犯了皇后？"

海兰看着含怒的皇帝，有几分畏惧，藕荷色的衣裙盈然一闪，退后几步道："事关皇子。臣妾身为人母，不宜多言。"

皇帝略略点头，正要再发问，忻妃"扑通"一声跪倒在地，悲悲切切道："皇上，臣妾的六公主死得不明不白，臣妾不敢胡乱猜疑是谁暗害。但是嘉贵妃出言不逊，臣妾不敢不言了。"她一字一字，含了蕴蓄多时的恨与怨，一并吐在了字句中："臣妾以下所言，皆为嘉贵妃今早大放厥词所说，臣妾不敢添加一字半句。请皇上明鉴。"她俯身三拜，模仿着嘉贵妃的口气道："本宫的儿子行八行四本就是占了好运气的。太宗皇太极是皇八子登基，先帝雍正爷是皇四子登基，皇上也是皇四子登基。本宫的孩子再不成器，有祖宗这样的福泽庇佑，也差不到哪儿去的！若是有幸能将这福泽一脉相承下去，也是情理之中啊！"

有长久的静默，只听得风声簌簌入耳。他的声音极缓极缓："你们身在后宫，有许多前朝的事，朕不便多说。但是如懿，你是皇后，也该知道一些。"

如懿见皇帝如此郑重，肃然道："皇上说，臣妾便听着。"

皇帝施施然立于窗下，一身松石蓝缂丝暗金柏纹的长袍，只用明黄带子松松系住，越发长身如岩下松，优雅中不失赫赫之气。然而他的面色却如那松石蓝的缎子，暗沉沉地发闷："前些日子北族来贺，提起朕是否有立太子之意。朕也不便多言，便打发了。谁知前几日朕单独召见北族使者，那人却说……"皇帝深吸一口气，语调更沉："却说起孝贤皇后生前两位皇子早夭，朕既爱重永珹，何不出继永珹为孝贤皇后嗣子，来日孝贤皇后灵前，也可有人祭祀供奉！"

海兰在皇帝跟前一直讷讷不肯多言，听到此节，亦隐隐失色："皇后娘娘已有嫡子，永珹若出嗣孝贤皇后为子，岂不宫中有两位嫡子，既是异母所生，又长幼有别。哪怕来日无事，只怕也要生出许多是非来！"

忻妃自是年轻，又出身官宦门第，自然晓得其中利害，陡然扬眉厉声："皇上，若四阿哥出继为孝贤皇后嗣子，那么得逞之后又想要得到什么呢？"

如懿靠在金丝攒海棠芍药厚缎软枕上，微笑如冬日湖上泠泠薄冰，纵然冰上暖阳融融，冰下却依旧水寒刺骨，汹涌流动："孝贤皇后为嫡后，臣妾为继后，臣妾的孩子自然不能与孝贤皇后之子比肩了。臣妾真的很想知道，皇上盛年，他们这般苦苦不放，到底是为着什么？"

皇帝的面上有着异乎寻常的平静，而眸中却有着凛然拒人于千里的冷漠。他继续道："自北族来见，朝廷里也渐渐不大安宁，总有那些不大安分的人窥探朕的心意，说起早立太子之事。"

如懿凝神片刻，掀开覆盖在身的湖蓝华丝锦被，凛然跪下道："皇上春秋鼎盛，年富力强，何须早立太子！何况自先帝爷起，即便有合意的储君人选，也是放置在'正大光明'的匾额之后，待到龙驭宾天后才能开启，以免再出现康熙爷时九子夺嫡的惨状。说这样话的人，岂非诅咒皇上？实在罪该万死！"

皇帝负手而立，手指的关节因为用力而泛出难看的苍白。他的脸上看不出一丝表情："说这样话的人，的确罪该万死。朕有嫡子，何须商议立太子之事。来日水到渠成之事，不必再有异议了。"

如懿的脸色白了一白，郑重俯首，恳切道："永璂才三岁，不比孝贤皇后的两位嫡子，幼年伶俐。哪怕是中宫嫡子，也得好好请师傅教导。能不能有出息，还得成年才看得出来。"

皇帝淡淡叹了一声，扶了如懿起身："皇后，你有身孕，不许这么跪着，仔细伤了自己。"他扶着如懿在床边坐下，似是无限感怀："也是。永璂还小，如今朕的儿子里，唯有永琪可堪重用。"

海兰吓了一跳，慌忙跪下，连连叩首道："皇上！皇上！永琪年长，合该为皇上分忧。但臣妾只有永琪这一个儿子，只盼他早日成家立业，臣妾也可以含饴弄孙，膝下承欢了。"

皇帝微微颔首，静静道："李玉，传嘉贵妃进来。"

李玉见皇帝脸上一毫神色也不露，有些不解，忙出去传了嘉贵妃进来。

皇帝看着她道："朕传你进来，是有件喜事要告诉你和愉妃。"

玉妍见海兰与忻妃早已跪着，忙也喜滋滋跪下道："皇上疼臣妾，臣妾明白，臣妾洗耳恭听。"

皇帝的目光温和些许，徐徐道："永璘和永琪的年纪也不小了。朕打算在朝中重臣家各选个好女儿，许配给两位皇子为福晋。但你们身为皇子的生母，可有心仪的人家，也可说来给朕听听。"

玉妍见海兰只是沉吟不定，施施然笑道："先帝在世时最重手足之情，与和怡亲王兄弟情深。和怡亲王的次女嫁于散秩大臣福僧额为妻，福僧额乃和硕额驸。听闻二人生有一位格格，聪慧美丽，大方高贵，配给永璘很是合适。而且格格有皇家血缘，凤子龙孙，这才般配么。"

皇帝的嘴角泛起一缕笑意："你的思虑倒很周详，凤子龙孙，时时事

143

事想着攀高处去，倒也像你和你儿子的性子。"他瞟一眼海兰："愉妃，你呢？"

海兰一脸的本分恭谨："只要女孩贤良淑德，能与永琪夫妻和睦，不拘什么门第，都是好的。臣妾心思，还请皇上成全。"

如懿对海兰的应答极为满意，递去一个含笑的眼色，心中暗暗赞许。

皇帝"嗯"了一声，脸上的笑容渐渐敛去："嘉贵妃，看来你比愉妃懂得选儿媳多了。四阿哥若明白你的苦心，倒真能成器了。"

玉妍见被冷落多时的儿子得了皇帝赞许，颇有意外之喜："皇上说得是。臣妾与永珹母子连心，他都明白的。臣妾总对永珹说，先帝爷为皇子时是四阿哥，皇上也是四阿哥。有这样的榜样珠玉在前，他若能用心做事，必然也能成一点气候，不叫皇上生气。"

皇帝听完，眉心骤紧，眼眸暗沉。如懿伴随皇帝多年，知他已是极为愤怒，却见玉妍难得出来后能与皇帝说上这么多话，犹自欢喜不知。

皇帝的暴怒随着一记响亮的耳光落在了玉妍面上，顿时起了五个血红指印，肿得高高。皇帝怒道："恬不知耻，罔顾人伦！儿子这样，额娘更是不堪！朕还活着呢，你们都打量着四阿哥当皇帝的福泽了！简直昏聩！"

玉妍吓得瞪大了眼睛，连连道："皇上息怒！臣妾冤枉，臣妾冤枉啊！"

额上几欲迸裂的青筋显示了皇帝愈燃愈烈的怒气："冤枉！朕冤枉你都觉得腌臜了自己！串通了北族使者想要自己的儿子去做孝贤皇后的嗣子，也不问问孝贤皇后在九泉之下是否答应！朕且问问你，你的儿子做了孝贤皇后的嗣子，成了嫡出，你们母子还想要谋算些什么？"

玉妍一时不曾悟过来，听到此处，不觉惊声呼道："出继为嗣子？臣妾全然不知啊！"她满脸泪水，失声唤道："皇上，便是臣妾母族来使这般说了，也不算全错！到底，到底孝贤皇后在时，也是极喜爱永珹，日日抱在跟前的！"

皇帝怒极，冷道："你是什么东西，也敢教唆着皇子觊觎皇位了！朕本来对木兰围场之事将信将疑，始终不肯相信朕的儿子会做出悖逆人伦、谋害君父的事情来，如今看来，有你这样的额娘，他不做这样的事倒反而意外了！"

玉妍面色煞白，如同五雷轰顶，紧紧抱住皇帝的双腿辩白道："皇上说什么木兰围场之事，永珹忠心救父，一心一意只为了皇上，皇上万不可听信小人谗言，诬陷了他呀！"

"朕诬陷他？是他要朕的命！"皇帝气得目眦尽裂，"朕宠爱你多年，倒宠得你们母子不知斤两了！你是为朕生了皇子，可生了皇子又如何？也要看孩子是从谁的肚子里出来！你不过是北族进献给朕的贡女，也敢仗着几分姿色仗着几个孩子在朕的后宫兴风作浪，谋害皇嗣！"

恍如被利剑戳穿了身体，玉妍像一个被风吹落的稻草人，顿时瘫倒在地："臣妾谋害皇嗣？明明是她，是她们，害了臣妾的儿子！"嘉贵妃形同疯狗，扑上前来，指着如懿与海兰凄厉地喊道："皇上！永珹被您冷落，臣妾可以不怨！但是永璇还那么小，他坠马的时候只有愉妃的儿子离得最近。愉妃，皇后！你们敢不敢发誓，不是你们的儿子永琪嫉妒永珹得宠，所以害了永珹被冷落，还想害死永璇！你们这些贱人！毒妇！"

三宝领着一众宫人手忙脚乱地拉住玉妍，可她像是发疯了一般，力气极大，拼命挣扎着呼喝不已。

海兰似是被玉妍吓坏了，忙忙地躲到一边，啜泣着道："皇上，臣妾从来没有想过害人，臣妾敢发誓，皇后娘娘也没有！"她举起三指，敬肃发誓："苍天在上，若我珂里叶特氏海兰与皇后有心加害嘉贵妃之子，便叫我不得好死，死后也永堕阿鼻地狱，不得超生！"

海兰的誓言发得惨绝，玉妍也不觉怔住。只这一瞬间，忻妃已经暴烈而起，厉声号啕："是你！果然是你害了我的六公主！"她扑向皇帝，声泪俱下："皇上，您一直不能确信嘉贵妃养的那条疯狗伤人是不是嘉贵妃指使，如今您可听明白了，除了她旁人再无要害咱们的心！一定是她恨极了皇后娘娘的养子五阿哥夺了四阿哥的宠爱，又有八阿哥坠马的嫌疑，所以要报复皇后娘娘，伤及十二阿哥。若不是那日五公主穿了红衣吸引了疯狗被误伤，可能如今便是您的嫡子十二阿哥不在了！而臣妾那日也在场而被误伤，累得六公主早产，先天不足惊惧而死！"她哭得几乎昏死过去："皇上啊皇上，都是嘉贵妃这个毒妇算计好了，害死了五公主和六公主啊！"

皇帝脸上的肌肉悚然抽搐，暴怒不已。他一把揪住玉妍的头发将她拖倒在地，眼里沁出鲜红的血丝，神色骇人："贱人！自己不过是一件贡品，也敢这样谋害朕的孩子！"

玉妍的嘴唇剧烈地哆嗦着，像是不可置信，茫然地睁大了眼，睁得几乎要裂开一般，喃喃道："贡品？皇上，您说什么贡品，是臣妾听错了，是不是？"

皇帝冷冷地踢开她抱着自己双腿的手，像踢开一块残破的抹布，嫌恶道："朕明明白白告诉你，你不过是一件贡品而已，你的儿子岂可担社稷重任？若你还不懂，朕就告诉你，当年圣祖康熙拒绝群臣举荐八皇子允禩为太子，理由只有一个，他的生母良妃卫氏是辛者库贱婢，出身低贱，所以她的儿子也不配做太子！今日也是一样，你不过是小国贡女，和一件贡品有什么区别？朕从来没想过让你的儿子做太子！"

须臾的静默，静得如死亡一般。

一声凄厉的呼号最后划破了这静默，如同泣血的杜鹃一般，耗尽心力，悲鸣不已。

皇帝的言语失去了所有的温情与顾念，冰得瘆人："李玉，传旨六宫。四阿哥永璇娶和硕额驸福僧额之女为嫡福晋。"他未顾忻妃诧异而不甘的目光，继续道："朕第四子永璇，出嗣履亲王允裪为后，再不是朕的儿子。"

玉妍身心俱碎，人已痴在了原地，如同丢了魂一般，听得皇帝此言，只是浑身战栗不已。

"朕满足你们母子的心愿，让你们再攀龙附凤一次，娶了想娶的女子，但是朕也绝了你们的狂妄念头。先帝与朕都是四阿哥，这一脉相承的福气，你们便不用痴心妄想了。朕只当再没这个儿子！"皇帝再未看玉妍一眼，以决绝的姿态背身道，"李玉！拖她回启祥宫，废为庶人，禁足至死。朕再不想见她！"

第十四章

伤金

这一年的夏天，便随着金玉妍的彻底失宠忽忽而过，漫漫沉寂了下去。

如懿的再度遇喜，让皇帝几乎将她捧在了手心里，连太后亦感叹："皇后年岁不小，这几年接连遇喜，可见圣眷隆重，当真羡杀宫中嫔妃了。"

这话倒是真的。大约是璟兕的早夭，又紧接着怀上了腹中这个孩子，连皇帝都与如懿并头耳语，总觉得是璟兕又回来了。而钦天监更是进言，道："天上紫微星泛出紫光，乃是祥瑞之兆，皇后娘娘这一胎，必定是上承天心，下安宗桃的祥瑞之胎，贵不可言。"

钦天监素来观察天象，预知祸福，又有过孝贤皇后与十阿哥之事，皇帝十分相信。且璟兕与六公主夭折后，皇帝也极盼望如懿腹中的孩子能带来更多的欢喜，冲一冲宫中的悲怨之气，故而更是大喜过望。这样的爱宠和怜悯，让皇帝待如懿如珠似宝，若非有紧急朝务，必定每日都来陪如懿用膳说话。

如懿虽不十分相信钦天监的喜报，总以为有几分阿谀奉承讨得皇帝欢心的意思，却也不愿说破，只是一笑而已。

宫中都沉浸在中宫有喜的喜庆之中，浑然忘记还有金玉妍这个人了。

永琏出嗣后，因着生母连累，连成婚的大喜场面都十分惨淡。那位皇四子福晋伊尔根觉罗氏是天之骄女，性子也颇为高傲，连向玉妍拜见也不肯，到了启祥宫门口便径自走了，只道："见了庶人金氏，我该如何行礼呢？总不成说是一个贡品的儿媳来给贡品请安了，还是我一个福晋去给庶人请安？"

永琏哑口无言，自己还想进去拜见生母，生生被福晋拉住："您原是好好的皇子，前途无量，都是被你生母连累的。再说了，没皇阿玛的吩咐，您也进不去。咱们快走吧。"

这样在启祥宫外闹了一场，玉妍知道了，更是绝望，渐渐连药也不吃了，只说"我一个贡品，不配喝官里的药"。除此之外，只是每日盼着北族来信。盼得两眼滴血，北族依旧是毫无动静。

秋风飒飒，黄叶落索。寒霜满天，霰雪如织。

乾隆二十年的初冬，十一月，小雪初至。

如懿的月份已经很大了，眼看着临盆之日逐渐近了，人渐渐慵懒，身子也越发笨重。翊坤宫中早已让人挖好了喜坑，如懿的额娘也进宫来陪着。而六官之人，也是日日前来陪侍。当真是门庭热闹，连门槛都要被踏破了。钦天监监正自然是一味地奉承，说这一胎是何等祥瑞，皇帝龙心大悦，到了人后，连进忠都盯着监正端详："你这舌头啊，说得皇上这么欢喜，就满心期盼着皇后娘娘的祥瑞之胎了。"

监正得意得紧："不是进忠公公和令妃娘娘要我说好听的哄皇上高兴，让皇上忘了五公主薨逝的伤心事么？说吉祥话还不会？咱们就靠着这个吃饭呢。皇上要是不信天象，咱们钦天监还能有好饭吃么？"

进忠扁着嘴笑："也是。不想想，只要是中宫肚子里落下的孩子，能不是祥瑞之胎么？是阿哥还是公主都无所谓。"他一顿，忽然发起愁来："不过，你说这祥瑞之胎能不能顺顺利利落地啊？万一有什么意外呢？你可怎么说？"

监正也是愣了一愣，很快不以为意地笑道："中宫娘娘生孩子还能有什么意外？就算真有，我们钦天监也自有说辞。"

进忠指一指监正的舌头，一拱手表示佩服，才掏出一沓银票："只要哄皇上高兴了，令妃娘娘自然有赏。"

下人们的议论只在背后，永远到不了帝后跟前。这一日如懿和皇帝正在下棋，李玉捧了十几幅画轴进来，见如懿在，便有些不好意思地扭头要走。

皇帝笑骂道："鬼鬼祟祟地做什么？"

李玉看看如懿，这才道是北族送了好多女孩子的画像来，请皇帝挑了，说是打发给宫里伺候的。如懿明白是北族看着金氏不成了，所以急忙又物色了新人来，生怕失了恩宠靠山，也不甚放在心上。倒是李玉有些急："皇上，这都送了三四次画像来了，您好歹挑一个。不能每回都将北族佳丽赐给各府的贝勒亲王们了。"

如懿闻言便笑："皇上这样三番五次拂了北族的颜面，怕是不大好。"

皇帝直摆手："朕是怕得很，再送进来一个金玉妍这般人物，朕的后宫也翻过来了。"

李玉取出其中一幅画卷打开："这回送来的女子多为贵族之女，还是北族王爷亲自挑选的美人。其中一位宋姓美人，更是天姿国色。"

皇帝看如懿一眼，见她并无不满之色，才皱眉道："罢了，就留下了宋氏封为贵人，挪去圆明园居住，不许住在宫里。朕若得空，自会去看她。其余的分送各王府就是。"他凝神片刻，拍拍如懿的手背："其实朕的后宫不缺一个摆设，也不多一个。留她，是圆了北族的面子。朕打心眼里不想再看见任何北族女子。"

李玉应承着退下了。皇帝便道："今儿午后看折子，还有一件更可笑的事呢。北族上书来说，查知金玉妍确是抱养来的女儿。北族嫡庶分明更甚于我朝，庶出之子尚且沦为仆婢，何况是不知何处抱来的野种？抱养金玉妍的夫妇二人，已被北族君主流放。又说金玉妍不知血缘何处，连是否是北族人氏也难分辨，只得叩请我大清上邦裁决。"

皇帝说得如同玩笑一般，如懿本该是解恨的，更应快意畅然，可字字落在耳中，她只觉得如重锤敲落，心中霎时凛然。明明是暖如三春的内殿，穿着华衣重重，背脊却一阵阵发凉，又逼出薄薄的汗。

凉薄如此！原来所谓博弈权术，她，或是拼上整个后宫女子的心术权谋，都不及那些人的万分之一！

金玉妍固然有错，但她拼尽一生，不过是为了母族之荣，却到头来，只是一枚无用的弃子，被人轻易抛弃，抛得那样彻底，再无翻身之机。

原来她们的一生，再姹紫嫣红，占尽春色，却也逃不过落红凋零、碾身尘泥的命数。

还是皇帝的声音唤回如懿的魂灵所在："这件事，皇后怎么看？"殿中光影幽幽，皇帝缓缓摩挲着大拇指上的绿玉髓赤金扳指："皇后若觉得金氏之事北族有脱不清的干系，那朕一定会好好问责，以求还皇后一个明白。"

如懿极力自持，凝眸处，分明是他极为认真的神色，可那认真里，却总有着她难以探及、不能碰触的意味。

若真要给她一个分明，何必要问，自然迫不及待去做。若要来问，本是存了犹疑，存了不愿探知之心。

她目光中有一瞬微冷的光，唇边的笑意越见深沉："金庶人落得这般地步，北族自然恨不得撇得干净，又送来佳丽新人示好。但金庶人一生所为只有北族，若说没有北族的悉心调教，也不至于此。"

皇帝的瞳孔微微紧缩："只是金氏血缘并非北族人氏，又身在大清，北族即便有主使，也没什么证据。且北族自归大清，一向敬服。若为区区一女子而兴问罪之师，有失我大国气度。"

她在心底里苦涩地笑，唇间只能换了更婉转的语调："臣妾明白皇上的意思，金氏混淆血统入宫为妃之事若传扬出去，庶民无知，还不知要如何揣测，多生妄语。"

皇帝的眼睛有些眯着，目光在柔丽日色的映照下，含了蒙眬而闪烁的笑意。他将她的手合在掌心，动情道："皇后能放下一己情怀，以朕的江山安稳为重，朕心甚是安慰。不过金氏心性狠毒，害死了朕的两位公主，想来老天也不会庇佑！"

说起金玉妍的病况，她所生的几位皇子辗转来恳求过，想要与金氏见面，或是请太医医治。如懿便道："听说金氏病着，也一直不肯吃药。几位阿哥倒是来求了臣妾几回，想见见金氏。"

皇帝听着就没好气："不必见，没的带坏了朕的儿子。由着她自生自灭

151

吧。"说罢便只关心如懿："再过三个月你就要临盆了，这一胎又是钦天监所言的祥瑞之胎，本该请你额娘入宫陪伴。"

其实如懿的母亲年迈，到底不能入宫陪产了。她便道："额娘身子骨不大好，臣妾也不敢劳动。左右也是第三回生孩子了，没那么怕。"

皇帝握一握她的手："朕只盼你好好儿把这祥瑞之胎生下来。"

她低着头，依偎在他身侧，感受着他的掌心握住自己手指的温度。分不清，究竟是他的掌心更凉，还是自己的肌肤更凉。

想着北族王爷的上书，回到翊坤宫中，她便有些腰酸体乏。恰巧江与彬来请脉，细细诊了才道："孩子在腹中一切都好，皇后娘娘月份渐大，起坐间要小心。因为您年纪略大，这孩子怕有早产之虞。"

如懿有些不安："会早多久？"

"只怕也快了。不过腹中孩子只要满了八个月，若是接生时顺利，想来也无大碍。"

容珮点头道："那总是小心点好。"

江与彬笑道："惢心在家中总这么惦记着娘娘。"

如懿抚着高高隆起的肚子，含笑道："难为惢心惦记着，如今自己都是两个孩子的娘了，还只为本官操心。"

江与彬道："惢心伺候了娘娘小半辈子，哪有不上心的。这些日子下雪，她腿脚不方便，不能来给娘娘请安，就只在家埋头做小衣服呢，希望能进献给娘娘腹中的小阿哥。"

殿中供着一溜盛开的水仙，盆盆花瓣十余片卷成一簇。花冠由轻黄颜色慢慢泛上淡白，映着翠绿修长的数百叶片，便称"玉玲珑"。此时水仙被殿中铜火盆中的银炭一熏，花香四溢，宛如甜酒醉人。

如懿笑吟吟道："你说是小阿哥，其他太医也说是小阿哥。真就这么准么？"

江与彬故意打趣："准不准的，总有五成。"

如懿正笑他滑头，海兰笑着道："不只太医这么说，这回连钦天监也开口，说皇后娘娘这一胎是祥瑞至极的福胎呢。"

如懿拂一拂身上盖着的桃紫苏织金锦被，被面上用银线彩织着和合童子嬉戏图，映着樱桃红锦帐上瓜瓞绵绵的花色，一天一地都是花团锦簇迎接新生的欢喜。连素来衣着素雅的海兰，鬓边亦簪了一朵胭脂红色重瓣山茶。如懿看着那金黄纷叠的花蕊，含着笑暗暗寻思：这一枝品种算是"赛洛阳"，还是"醉杨妃"？

都不要紧，左右都是喜悦的红。

湄若无限羡慕地小心翼翼地抚摸着如懿的肚子，眼里有晶莹的泪光："还是皇后娘娘的福气最好。臣妾想，这是五公主又回来了。"

如懿看着她，不觉怜悯，温柔道："你放心，六公主还会回来的。本宫入宫多年，才有如今连连有喜的福分。你还年轻，福报会更深的。"

湄若闪过一丝喜色，旋即切齿道："皇后娘娘说得是，臣妾相信福报，更相信报应。"她快意地道："听说金氏病入膏肓，皇上也没去看过。"

"皇上忙于朝政，并不得空儿。"湄若含了一缕痛快的笑色，双颊微红，"自从四阿哥出嗣，皇上再未去看过金氏了。何况永寿宫那位遇喜，皇上一得空儿，除了陪伴娘娘，也常去看她呢。"

湄若所指，是永寿宫的令妃嬿婉，多年的殷殷盼子之后，十一月间，太医终于为她诊出了喜脉，如何能不叫她欣喜若狂？连皇帝也格外爱怜。

海兰轻叹一声，如贴着地面旋过的冷风："自从娘娘遇喜，皇上召幸最多的便是令妃，遇喜也是意料之中了。"

湄若道："令妃微贱时总被金氏欺凌，如今金氏落魄，她却得意至此，真是世事轮流转。"

枕边有一柄紫玉琢双鱼莲花如意。那原是皇帝亲手赐了她安枕的，通身的紫玉细腻水润，触手生温。上部玉色洁白，琢成两尾鱼儿栩栩如生，随波灵活游弋。底部玉色却是渐渐泛紫，纹饰成繁绮的缠枝并蒂莲花模样，温润异常。

如懿抚着滑腻的玉柄，浅浅含笑，慵懒道："金氏落得今日，也多亏妹妹的阿玛济事。"

湄若切齿，含了极痛快的笑容："她既要了臣妾爱女的性命，落得如此地步，也是报应不爽！也怪她和北族的人都糊涂油蒙了心。臣妾阿玛在朝中为官多年，门生故旧总还是有的，只稍稍去那北族使者跟前提了一句若四阿哥出继为孝贤皇后嗣子，那人便巴不得去了，也不打量着皇上是什么性子！"她恨恨啐了一口："自作孽，不可活！"

如懿眼波婉转，看一眼江与彬："金氏真的不成了？"

江与彬道："微臣看过金庶人的脉案，油尽灯枯，只怕去留只在这几日了。"

如懿抚着睡得微微蓬松的鬓发，慵懒道："人都快去了，有些话不能不问个真切。备辇轿吧。"

启祥宫原在养心殿之后，离皇帝的居处只有一步之遥，可见多年爱宠恩眷。然而，如今却是长门一步地，不肯暂回车了。

雪中风冷，吹得那落尽秋叶的梧桐空枝簌簌有声。庭院里花草衰败，连原本该伺候着的官人们也不知去哪里躲懒了。唯有几株枫树堆落的残红片片，从薄薄的积雪里露出一丝刺目的暗红。

如懿扶着容珮的手小心地走着，明黄缠枝牡丹翟凤朝阳番丝鹤氅被风吹得张扬而起，在冷寂的庭院中如艳色的蝶，展开硕大华丽的双翅，越发显得庭院寂寂，重门深闭。

春来赫赫去匆匆，刺眼繁华转眼空。当年富贵锦绣之地，宠极一时的金玉妍，亦落得辘轳金井，满砌落花红冷的境地。

如懿进去的时候，启祥宫里暗腾腾的，好像所有的光都不能照进这个曾经风光无限的宫殿里。如懿微眯了一会儿眼睛，才能渐渐适应从明澈阳光下走进昏暗室内的不适。她心里有些诧异，才发觉原来并不是光线的缘故，而是所有的描金家具、珠玉摆设、纱帘罗帐，都像积年的旧物一般，灰扑扑的，没有任何光彩。仿佛这座金碧辉煌的宫殿，也随着它的主人一同暗淡了下去。

如懿虽然恨极了玉妍，但乍见此处凄荒，亦有些心惊。她不可置信地伸出手，手指轻抚之处，无不蓄了一层厚厚的尘灰。如懿忍不住呛了两口，容珮赶紧取过绢子替她擦拭了，喝道："人都去哪里了？"

　　这才有宫人急惶惶进来，像是在哪里偷懒取暖，脸都熏得红扑扑的。

　　容珮见有人来，越发生气："大胆！你们是怎么伺候贵妃的？"

　　宫人们吓得跪了一地，纷纷磕头道："皇后娘娘恕罪，容姑姑恕罪。不是奴才们不好好伺候，是小主自从病了之后，就不许奴才们再打扫这殿中的一事一物了。"

　　容珮蹙了蹙眉头，严厉道："放肆！金庶人是病着糊涂了，你们也跟着糊涂？分明就是你们欺负金庶人在病中就肆意偷懒了。要我说，一律拖去慎刑司重责五十大棍，看还敢不敢藐视！"

　　宫人们哪里禁得起容珮这样的口气，早吓得磕头不已："容姑姑饶命，容姑姑饶命，奴才们再不敢了。"

　　如懿听着心烦，便挥手道："你们都跪在这里求饶命，谁在里头伺候贵妃？"

　　宫人们面面相觑，唯有丽心是从潜邸便伺候金玉妍的，格外有脸面些，便大着胆子道："小主不许奴才们在旁伺候着，都赶了出来。"

　　如懿拿绢子抵在鼻尖，不耐烦道："金庶人生着病，不过是一时的胡话，你们也肯听着？"

　　丽心吓得脸都白了："皇后娘娘恕罪，不是奴婢大胆不伺候，是小主任谁伺候着，都要大动肝火，说奴才们是来看笑话的，所以奴才们没贵妃召唤，也不敢近前了。"

　　正在纷乱中，只听得里头微弱一声唤："谁在外头？"

　　如懿耳尖，立刻听见了，摆一摆手道："都出去！"

　　宫人们立刻散了候在外头，容珮扶了如懿缓步进去。寝殿比大殿中愈加昏暗不堪，隔着微弱的雪光，如懿看见瓶里供着的一束金丝爪菊已经彻底枯萎了，乌黑萎靡的一束斜在瓶里，滴落下气味不明的黏稠汁液。

如懿觉得有些恶心，便别过头不再去看。容珮想替她找个锦凳坐一坐，却也找不见一个干净没灰的，只好忍耐着挑了一个还能入眼些的，用绢子擦了擦，又铺上另一块干净的绢子，请了如懿坐下。

玉妍支着身子，仿佛看了许久，才能辨出她来，"咯"地笑了一声："原来是皇后啊！"那笑声像深夜里栖在枝头的夜鸦似的，冷不丁"嘎"的一声叫，让人浑身毛骨悚然。她见了如懿，并不起身，依旧懒懒地斜在床上，死死地盯着如懿高高的肚子，道："皇后娘娘的肚子都这么大了，怎么还肯大驾光临，走到启祥宫这么个晦气地方。"

如懿淡淡道："听说你病着，过来瞧瞧你。可好些了么？"

玉妍只剩了枯瘦一把，神情疏懒，也未梳头，披着一头散发，语气慵倦中含了一丝尖锐的恶毒："病着起不来身请安，也没什么好茶水招待您的，坐坐就走吧。您是有福有寿的贵人，害了人都损不到自己的福气的，别沾了我这个病人的霉气，沾上了您可赶不走它了！"

容珮听她出言不敬，连该有的称呼也没一句，不觉有些生气，但见如懿安然处之，也只得忍气袖手一旁。

如懿坐得靠近玉妍床头，鼻尖一清二楚地闻到她身上散发出来的气息。那是一个重病的人身上才有的行将糜烂的气味，如同花谢前那种腐烂的芬芳，从底子里便是那种汁液丰盈又饱胀得即将流逝的甘腐。还有一些，是如懿要掩鼻的，那是一股淡淡的腥臭味，是久未梳洗还是别的，她也说不清。如懿下意识地拿绢子掩了掩鼻子，忽然瞟见玉妍的寝衣，袖口都已经抽丝了，露着毛毛的边，像是被什么动物咬过似的，参差不齐，而袖口的里边，居然还积着一圈乌黑油腻的垢。

如懿冷眼看着，道："从前你是最爱干净的，如今怎么成了这个样子？"

玉妍睁大着眼睛看着她，懒懒道："再怎么干净，等到了地底下一埋，都是一样的。"

如懿道："哪怕是病了，好好看太医，拾掇拾掇，也能好的。何必这么由着自己作践自己？"

玉妍整个人是干瘦透了，像是薄薄的一张皮附在一把瘦嶙嶙的骨头上，冷不丁看着，还以为是一副骨架。袖口下露出的一截手臂，像一段枯柴似的，露着蚯蚓般突起的青筋。如懿依稀还记得她刚入府的时候，白、圆润，好像一枝洗净了的人参似的。再后来，那种婴儿似的圆润褪了一些，也是格外饱满的面孔，嫩得能掐出水来。哪怕是不久之前，玉妍的手臂还是像洁白的藕段似的，一串串玲珑七宝金钏子套在手上，和她的笑声一样鲜亮妩媚。

玉妍见如懿望着自己，冷笑连连："皇后娘娘何必这般虚情假意？是我自己来作践自己么？满宫里谁不知道皇上亲口说的，还是当着你的面说的，我不过是件贡品。一件贡品，扔了也就扔了，碎了也就碎了，有什么可作践自己的！"

玉妍是病得虚透了的人，说不了几句话，便大口大口地喘息着。她的头晃了晃，一把披散的青丝扫过如懿的手背，刺得如懿差点跳起来。玉妍的头发是满宫里最好的，她也极爱惜，每日都要用煮过的红参水浸洗，端的是油光水滑，宛如青云透迤，连上用的墨缎那般光洁也比不上分毫。可是如今，这把头发扫在手上，竟如毛刺一般扎人，借着一缕微光望着，竟像是秋日里的枯草一般，没有半分生气。

玉妍凄凉地笑了一声："我这一辈子，自以为是以北族宗女的身份入侍皇家，自以为是家族王室的荣耀。为了这个，我要强了一辈子，争了一辈子，终于争到了贵妃的荣耀，生下了皇子为依靠。结果到头来，不过是人家嘴里一句'一件贡品而已，你的儿子岂可担社稷重任'。"玉妍呵呵冷笑，悲绝地仰起头："我自己的尊严脸面全都葬送不算，连我的儿子们都成了贡品的孩子，还连累了他们一生一世。"

如懿看她如此凄微神色，不觉从满心愤恨中漾起几分戚戚之意："皇子们到底是皇上的亲生儿子，虽然也是皇上一时的气话，可皇上还不是照样疼爱。"

"疼爱？"玉妍的眼睛睁得老大，在枯瘦不堪的脸上越发显得狰狞可怖，"皇后，你是大清的女人，你应该比我更知道母凭子贵子凭母贵的道理！康熙皇帝在世的时候，八阿哥人称贤王，被满朝大臣推举为太子。结果呢，康熙爷以一句'辛者库贱婢之子'就彻底断送了这个儿子的前程。可不是，八阿哥的娘亲是辛者库的贱婢，低贱到不能再低贱。可是再低贱也好，还不是皇帝自己选的女人。我跟着皇上一辈子，结果临了还害了自己的孩子，给北族王室蒙羞！我这样活着，辜负了王爷的期待，还有什么意思！"

第十五章　悼玉

如懿逼近一些，迫视着她："多说这些也无益。今日来，本宫只想听你一句实话，本宫的璟兕，到底是不是你害死的？"

玉妍乌黑的眼眸如同两丸墨色的石珠，玲玲滚动。她讥笑一声："你的五公主死了，忻妃的六公主也死了。人人都算在我头上。你这么问，怕是自己也疑心不是我做的吧？我就明白告诉你，的确不是我做的！皇后，我活不了多久了，你也给我一句实话，我的永璇坠马，是不是你们指使永琪做的？"

如懿的泪一瞬间熨热了眼眶，攥紧了手，硬声道："不是！这句'不是'不仅是担保了本宫自己，也担保了愉妃和永琪！"

玉妍愣了一愣，倔强地梗着脖子，厉声道："那么我也没有害你的女儿，害忻妃的女儿！我也发誓，富贵儿咬了你的女儿，惊了忻妃的胎气，绝对不是我指使教唆的！"她的牙齿白森森的，死死咬在暗紫的嘴唇上，咬出一排深深的血印子，目光如锥，一锥子一锥子狠狠扎在如懿身上："我至死也不明白，富贵儿怎么会突然跑出来吓你们，宫里人只是告诉我富贵儿丢了。那时我一心一意都在永璇的伤势上……"

仿佛有巨石投入心湖，巨大而澎湃的波浪激得如懿心口一阵一阵发痛。她的璟兕，活泼可爱的璟兕，再也不能在她膝下欢笑，一声一声唤她"额娘"了。

良久的静默。喉头的酸涩从心底泛起，逼得如懿的声音如同泣血："不是你？还有谁会恨极了本宫，恨极了本宫的孩子？"

玉妍是虚透了的人，脖子上的青筋突兀地梗着，映着枯黄的脸色，恍若一片泥淖中的枯叶："要害你的孩子未必是为了恨，更多时候是为了利益吧。做了皇后，难免成为整个后宫的敌人，拉下了你，自己就更有机会。"

积郁在心底的往事和着尘烟被茫茫掀起。

如懿静静地注视着她道："你就是这么对付孝贤皇后的。明着依附她，实则指使着素练，哄她以为是为孝贤皇后尽心，借着孝贤皇后的名头做尽了害人的事，是不是？可最后你连孝贤皇后和七阿哥都没放过。"

玉妍满脸嘲讽地瞟着如懿，拢着自己枯草似的头发，妩媚一笑："连皇上都疑心素练的死是纯贵妃做的，你倒疑心起我来了？我还当你把什么事都算在了慧贤皇贵妃和孝贤皇后这两个替死鬼身上呢。"

如懿的面孔阴沉如山雨欲来的天空："慧贤皇贵妃一直疑问，她对玫嫔和怡嫔的胎下手得晚，为何朱砂的效用那么大。是不是你赶在她前头已经对二人的龙胎用了朱砂，再半途找人教她下手，掩藏你的手段。而且双喜既会驱蛇，何必还要用蛇莓在怡嫔宫里引来蝮蛇？另则孝贤皇后与慧贤皇贵妃并不懂得食物药性，怎么指使人用寒凉之物害得本宫与惢心饱受风湿之苦？"她凝神须臾，从袖中取出一个小小的纸包，递到玉妍跟前拆开道："这个东西，你自己总认得清楚吧？"

"到如今才想明白？人都死了多久了。"玉妍眉心剧烈一跳，转脸笑道，"玫嫔跟你说的？她话还挺多。可惜啊，人都死了，死无对证。你可赖不得我。"

"你利用的人够多的，玫嫔、纯贵妃、慧贤皇贵妃、素练、孝贤皇后……"如懿眼中的恨意更盛，"哲悯皇贵妃的死因，是你散布谣言，又去永璜跟前挑唆，他才会在孝贤皇后灵前无状，对么？"

玉妍轻蔑地撇了撇嘴："就算没有我挑唆，他们也有各自的私心。否则能被我利用么？"

如懿只觉得牙关阵阵发紧，咬得几乎要碎了一般："除了玫嫔与怡嫔的皇嗣，你还害海兰难产差点伤了永琪，又和玫嫔联手除了七阿哥，再引得永璜和永璋争夺太子之位被皇上厌恶。那都是为了你儿子的太子之位，可舒妃母子又碍着你什么了？"

玉妍鄙夷不已："舒妃生十阿哥时我母子地位已稳，我在意她做什么？"

"看来北族真是好好教会了你怎么争夺皇后和太子之位。本官原也想不通你是为了什么，要一个个除去这些人。直到你害得纯贵妃的儿子断了太子之路，本官便再明白不过。永璜失了生母，便再斗不过别的皇子。永璋又被娇生惯养，不得皇上喜欢。而那时你还没有身孕，玫嫔与怡嫔相继失了孩子，所以你的永珹一出生，便是皇上登基后的第一个孩子，得了皇上如此钟爱。"

玉妍不经意地努了努嘴："我千里迢迢从北族而来，虽然得宠，却也不算稳固无虞。孝贤皇后生了嫡子那是没办法，她自己对皇子之事也格外上心，实在无处下手，只得日后再筹谋。何况她虽无意要你性命，但人哪，一旦有了私心，再有在暗处利用的推动，也不难了。你们两虎相争，许多事皇上疑心是她做的，天长日久，总能拉她下来。且她的儿子那么命短，一个个都去了，倒省得我的工夫了。这么一来，除去那些想赶在我前头生下孩子的贱人，永珹便顺理成章得皇上喜欢了。"

"你打的算盘的确是好！慧贤皇贵妃受孝贤皇后的笼络，孝贤皇后却是你的替死鬼，连纯贵妃也是。要不是她们一个个倒下了，你藏了那么久的原形也显不出来。从你布下死局冤枉本官与国师暧昧之时，本官便知道，前头的一个个完了，真正害本官的人就得自己跳出来了。"

玉妍安静地听她说着，神色从容而安宁："玫嫔临死前告诉了你不少吧？你都已经想得那么明白了，还来问我做什么。"她唇边衔着一缕得意："我偏不告诉你，偏不承认。你再疑心，没有我的答案，你心里总是纠缠难受。这样，我最高兴。"

如懿的眼眶被怒火熬得通红，她想了想道："是挺高兴。本官也有一件喜事告诉你，前些日子，北族又送了一拨儿年轻的女孩子入宫，想要献给皇上邀宠。这些女孩子该是今年的第几拨儿了？"她倏然一笑，如冰雪艳阳之姿，口中却字字如针："不过也恭喜你，皇上盛情难却，已经选了一位宋氏为贵人，听说还是北族王爷千挑万选出来的美人，跟选你一样，不几日就要进宫了，有家乡人一起做伴，也不会像如今这般寂寞。这样千挑万选出来的女子，一定不逊于你当年的容色吧？只是本宫冷眼瞧着，她若是走了你的老路，再花容月貌也是没意思。"

玉妍原本静静听着，听到此处，唯见自己胸口剧烈地起伏着，像大海中狂湃的浪涛，骇然起伏："我知道你们都瞧不起我，瞧不起我四十多了还整日涂脂抹粉，穿红戴绿，不肯服老。瞧不起我拼命献媚，讨好皇上。"玉妍的身体猛地一抖，嗓音愈加凄厉，用力捶着床沿，砰砰道："可是他们凭什么！凭什么这么厌弃我！我一辈子是为了自己，为了我的儿子，可算起来都是为了北族，为了我嫁来这里前王爷的殷殷嘱托！从我踏出北族的疆土那一刻起，我的心从未变过！可我还没死呢，他们倒都当我死了，急吼吼地送了新人来，是怕我连累了他们的荣华富贵么？"

如懿直直地盯着她，一毫也不肯放过，迫近了道："你的心没变过，你的母族也是！你若有用，自然对你事事上心；一旦无用，就是无人理会的弃子。如今就算你还愿意对北族尽心尽力，你的王爷却还是不要你了。"

玉妍急了起来，发狠道："就算皇上当我是一个贡品，把我的尊严脸面全都被作践完了，连我的儿子们都不能抬头做人。可王爷怎么会不要我？你少来挑拨！"

"本宫便再告诉你一句，断了你的痴心妄想。今日皇上那儿已经得了北族王爷的上书，说你并非北族人氏，而是你金氏家族的正室不知从哪里抱来的野孩儿充当自己的女儿，甚至说不清你到底是北族人、汉人还是哪儿来的。所以你根本连北族人氏都不算，为他们拼上了性命算计旁人做什么？"

有良久的死寂，殿中只闻得涸泽之鱼一般艰难而混浊的呼吸。有长长的清泪，从玉妍的颊边无声滚落。她痴痴怔怔，似是自问："不！不可能的！我怎么会不是北族人？我就是流着北族的血！"她抓着如懿的手腕，像是害怕极了，轻轻地问："我一辈子都是为了北族，为了王爷的嘱托！"

如懿撇开她枯枝似的手，淡淡道："本官不知。"

玉妍紧紧地搂抱着自己，像是畏冷到了极处，蜷缩着，蜷缩着，只余下灰蒙蒙的床帐上一个孤独的影子。须臾，她仰天怒视，嘶哑的喉咙长啸道："那，我究竟是什么人？如果我不是金玉妍？我是谁？谁来告诉我啊！我是谁啊？"

玉妍低低地啜泣着，那声音却比哭号更撕扯着心肺。如懿抚着自己的肚子，冷笑着摇头道："世态炎凉，本就如此。本官不知道临行前你的王爷如何对你寄予厚望殷切嘱托，但想来如今也是一样嘱托了宋氏的。你为了这样凉薄之人害了那么多人，恶事做尽，赔上了自己的一辈子，真是不值得。"

玉妍几乎痴癫，眼神疯狂而无力："皇上说我是个北族的贡品，原来我连北族的也不是！"她仰起脸，无神地望着积灰的连珠帐顶，颓然道："我们北族王室风雨飘摇，一直依附大清，祈求大清庇佑。我……"玉妍猛然睁大了眼睛，气息急促起来："我一辈子都是北族的荣耀，可是到头来，却成了北族的耻辱！他们想要像甩了破鞋似的甩了我，他们！他们！"她不知想到什么，眼神忽地一跳，抓着胸前的玉扣，安慰似的道："王爷一定是对我死心了，才会故意撇清的，一定是！不！我不！王爷，不要对我死心！我还活着，我还有我的孩子，我是北族人，我是！我是……"她话未说完，忽然一口痰涌了上来，两眼发直，双手抓向虚空处，直直向后倒去。

如懿见状，也不觉吃了一惊，忙道："容珮，赶紧扶金庶人躺下。"

容珮见玉妍被褥油腻发黑，一时有些不敢下手。如懿蛾眉一蹙，也顾不得自己挺着肚子，伸手按了玉妍躺下，又取过一个软枕替她垫着。容珮急忙去倒茶水，结果发现桌上连一应的茶具都脏乎乎的，茶壶里更没有半滴水，不觉含怒道："在外头能喘气的人，赶紧送水来！"

容珮一声喝，立马有官人伺候了洁净的茶水进来，又赶紧低眉顺眼退出去了。容珮倒了一盏，发现也是普通的茶水，一时也计较不得什么，赶紧送到玉妍唇边。玉妍连着喝了两杯，才稍稍缓过气来。

玉妍躺在枕上，仰着脸像是瞪着不知名的遥远处，慢慢摇头道："不中用了！我自己知道自己，要强的心太过，如今竟是不能了。早知道自己不过是个贡品，不过是被人随时可以甩去的一件破衣裳，一双烂鞋子，当年何必要这般和你争皇后之位，这么拼了命生育皇子。这么费尽心机，到头来我连自己是谁都不知道，这些年何必要这么费尽心机，到头来还落了孩子的埋怨，都是一场空罢了。"

"人哪，难的是活到最后能活个明白。"

她长叹一声，忽然挣扎着揪过自己披散的长发。大概久未梳洗，她的一头青丝如干蓬的秋草，她浑然不觉，只是哆嗦着手吃力地编着辫子，慢慢笑出声来："当年，我的头发那么黑，那么亮，那么好看。我在北族，虽然只是个贵族之女，可是我那么年轻，什么都可以期盼，什么可以从头来过。我可以成为王爷的妾侍，守着他那么温柔的笑容过一辈子。算了，那样活着和这里也一样，也得不明不白地争一辈子。如今他们都不要我了，王爷连北族人都不让我做，让我死了都是孤魂野鬼。如果可以从头来过，我要选一个心爱的男子，一辈子不用争不用抢，一定是家中地位最尊崇的正妻，得到丈夫的关爱和尊重。我可以生好多好多的孩子，新年的时候，和他们一起打年糕跳春舞。我……我……这一生错了那么多的事，都是不值得啊。"

玉妍忽然说不下去了，喉头如哽住了一般，僵直地喘着气，眼角慢慢淌下两滴混浊的泪，脸上却带着希冀、憧憬的笑，仿佛有无尽的满足，只沉浸在自己的世界里。

如懿的心一下空落落的，恨了那么久，到了生命的最终，看着她行将死去，居然不是快意，而是无限心酸。她悄悄地扶起容珮的手，慢慢踱到门外。

外头的雪光太过明亮，亮得如懿几乎睁不开眼睛。有一瞬间的刺痛，不知为何，她竟然感觉眼中有汹涌的泪意即将决堤而出。忍了又忍，睁开眼时，如懿宛如平日一般端庄肃然。她看着满院子伺候的宫人，只留下一句话："好好伺候金庶人，务必尽心尽力送她终老。"

她的语落轻声，如细雪四散。有幽幽漫漫的昆曲声爬过宫墙重苑，仿佛

165

是嫣婉的歌声，清绵而不知疲倦，伴随着纷飞如樱翩落的雪花点点，拉长了庭院深深中梨花锁闭的哀怨。

"寒风料峭透冰绡，香炉懒去烧。血痕一缕在眉梢，胭脂红让娇。孤影怯，弱魂飘，春丝命一条。满楼霜月夜迢迢，天明恨不消。"

如懿隐约记得，那是《桃花扇》中李香君的唱词。冻云残雪阻长桥，闭红楼冶游人少。栏杆低雁字，帘幕挂冰条；炭冷香消，人瘦晚风峭。那些曾经花月正春风的人呵，从今都罢却了。

回到宫中，如懿也只是默默。皇帝照例过来陪她用膳，彼此说了些后宫的事，又送了她一只到了时辰便会蹦出鸟来的自鸣钟，却自始至终没有提起玉妍，好像完全不知道她重病似的。如懿便索性提了一句："今日上午，臣妾去看过金庶人了。"

皇帝淡淡地"哦"了一声，并无半分在意之色，只是温然叮嘱："如懿，你临盆之期将近，怀的又是钦天监所言的祥瑞之胎。咱们的永璟已经十分聪明可爱，你这一胎钦天监又极言显贵，这个孩子来日必成大器，所以这些不干净的地方，你便不要再去了。"

如懿低下温婉的侧脸，支着腰身道："臣妾明白。但嘉贵妃眼看着快不行了，臣妾是皇后，于情于理都该去看一眼。"她的眉梢染上郁郁的墨色："何况，人之将死，许多话，臣妾不去问个明白，也实在难以安心。"

有须臾的静默，只听得皇帝的呼吸变得滞缓而悠长，不过很快，他只是如常道："她肯说么？"

如懿咬着唇微微摆首："她有她的恨，她的怨，却至死不肯言明。"她深吸一口气，将胸腔里翻腾的怨恨死死按压下去："金氏否认害了璟儿和六公主，也否认害了舒妃母子。其余的事，金氏说，她便知道，也不会说，不会认，由得臣妾夜夜悬心，不得好过！"

他将手中银筷重重一搁，上头坠着的细银链子发出抖动的栗栗声，显然是动怒："她若说了，岂不是连累了她最牵念的母族北族？"

如懿轻声道："她的母族已经先抛弃了她。"

皇帝冷笑，微薄的唇角一勾："别的也罢了。素练死的时候，身边是纯贵妃的珠花，难道这个也是金氏做的？"

如懿沉吟道："许是栽赃也未可知。"

窗外一枝红梅旖旎怒放，皇帝凝眸片刻，眸中如同冰封的湖面，除了彻骨寒意，不见一丝动容之色："或许里头也有纯贵妃掺和的事，咱们不知道罢了。你留意着，若金氏真不行了，便叫内务府预备着后事吧。"

如懿便也仿若无事一般："皇上若不想问罪北族，外头也不知道金氏所作所为，后事不能太不顾及颜面。"

皇帝的眉宇间有淡淡的荫翳："还是得给她死后哀荣，别叫旁人生了无谓的揣测。不过你怀着身孕，别沾染这些背晦事，交给纯贵妃和愉妃料理便是。"

如懿凝神，笑得一脸婉顺，道："皇上，那金氏的两位阿哥总养在撷芳殿也不成事。尤其永璇，腿上落了伤，嬷嬷们再细心，怕也照顾得不够周全。"

皇帝随口道："永珹那个不孝子已经出去了，永璇腿脚不便，永瑆年幼，是该有个养母照顾便好。皇后的意思是……"

如懿道："撷芳殿的事一直是婉嫔帮忙料理着，婉嫔年长无子，人也细心温顺，交由她照顾也是好的。再者……"

皇帝点头道："也好。他们的生母阴毒不驯，养母是得格外安分的才好。婉嫔虽好，到底还是在这后宫里。朕的意思，是想交由寿康宫的太妃们抚养，让永瑆每日聆听佛音禅语，也好修个好心性。"

皇帝这般说，自然是不欲在宫中时常见到永瑆，才挪去了素日不必相见的太妃们那里。如懿心知皇帝对金玉妍是厌恶到了极处，也不便反驳，只道了会去安排。零星又说了几句皇子们读书的事，皇帝便回了养心殿处理政务。如懿月份渐大，起坐极不方便，便只送了皇帝到殿门口。因着家常，如懿只披了件雍紫毛边的银狐琵琶襟马甲，皇帝含笑替她紧了紧松的领口，温言道："今夜是十五月圆之夜，朕会再过来陪你，也陪陪咱们的孩子。"

这顿饭如懿无甚胃口，用完了膳慢慢啜着茶水看着宫女们收拾膳食。

容珮见收拾的宫人们都出去了，方才道："活该！皇上就早该这么不待见金庶人了，也省得她一副狐媚狠毒的心肠。奴婢看了心里真痛快！"

如懿衔了一丝快意："待见不待见，原本就在皇上一念之间。"她怔了怔，赤金护甲敲在紫铜手炉上叮当作响："容珮，本宫会不会也有那一天呢？"

说完，连她自己也吓了一大跳。容珮脸都白了，慌忙道："娘娘，您说什么哪？您是皇后，怎么会和她们一样！"

如懿有些惘然，心下迷迷瞪瞪的，脱口道："皇后也是女人，也不过是皇上的女人之一。今日待见的，或许也有不待见的一日。"

容珮吓得赶紧捂住她的嘴，急得赤眉白眼道："皇后娘娘，您是最尊贵的女人，不兴这样说的。还有啊，江太医总担心您这一胎会早产，您还是多歇着的好。"

如懿黯然片刻，静静地望着窗外突然乌沉的天空："天暗下来了呢。"

铅云低垂，暗暗压城，有簌簌的响声扑扑打在檐上。容珮望了几眼，便道："娘娘，是下小雪了呢。"

如懿这才觉得有些寒意，微微瑟缩道："是啊！十一月里了，是该下雪了。"

容珮便道："奴婢去替娘娘换个新手炉暖暖，再加两个炭盆进来。"

如懿点点头，听着外头的雪声沙沙，心里牵挂不已："你去阅是楼看看，永琪在读书么？若是在，让人给他添些冬衣和手炉。永琪只顾着读书，不在这些事上留心，伺候的奴才怕有不周到的。"

容珮答应着去了。如懿坐在那里，只觉得周身寒浸浸的，不知怎么，总是不安。她想了想，吩咐了三宝送了佛经去宝华殿请法师诵读祈求平安，又想着接生嬷嬷要来陪着了。昏昏沉沉的，才午睡了过去。

嬿婉自从遇喜，便常在宝华殿祈福求子，无比虔诚。这一日黄昏，天气一阵阵发寒，她才从宝华殿出来，只觉得天色昏沉，无比郁郁。嬿婉这一胎虽不比如懿中官有子这般矜贵，到底也是宠妃头胎，皇帝另眼看待。见得这般天气，便不愿多走，直往最方便的小路拐去。嬿婉带着春婵和澜翠才走了一段，便见田嬷嬷苦着脸垂头经过，还不及她问安，嬿婉便问："田嬷嬷怎么这么急匆匆的？皇后娘娘有七个月的身孕了，你们也该进宫伺候了。"

田嬷嬷还未说话，泪已经涌了上来，眼见四下无人，立刻跪下了求恳道："令妃娘娘，求您救救奴婢的女儿。"

嬿婉心知她如此，必是牵挂女儿，便是有数："包太医的药吃着不中用么？"

田嬷嬷哭丧着脸道："包太医的药一直吃着都还好。可这半年渐渐没了效力，奴婢的女儿每回病发都难受得死去活来，奴婢又见不到包太医，真不知道该怎么办了。令妃娘娘，求求您让包太医再换个药方吧。"

嬿婉怎不知那药方只是吊命，兼之缓解症状，并未能根治疾病，只是拖延而已。她沉吟片刻，转而笑着拉起田嬷嬷："田嬷嬷，本宫愿意救你的女儿，也接济了你那么多年。可眼下本宫有件为难事，你若帮本宫解了这难事，本宫自然救你女儿到底。"

田嬷嬷一怔，下意识地想缩回手。嬿婉怎肯松手，用力在她掌心一捏："本宫的为难事只有你有法子解决，只要你一双巧手便好。"

田嬷嬷受不住力似的，委顿在地，伏下了头。

第十六章

淑嘉

金玉妍是在日暮时分过世的。下着小雪的冬夜，宫人们自然疏懒了许多。到了夜间时分，伺候玉妍的宫人们才发现她早已没有了气息，像一脉薄脆的枯叶，被细雪无声掩埋。

似乎是预知到了死神的来临，玉妍难得地穿戴整齐了，梳洗得十分清爽干净，还薄薄地施了脂粉，犹如往常般明媚娇艳。她换了一身北族家乡的衣装，玫红色绣花短上衣，粉红光绸下裙，梳了整整齐齐的一根大辫子，饰以金箔宝珞，一如她数十年前初入王府为侍妾的那一日。

伺候她最久的丽心来如懿宫中报丧，哭泣着道："晌午过后，小主就命奴婢替她梳洗。奴婢还以为小主是听了皇后娘娘的劝，终于想开了。谁知梳洗完了小主说要静一静，到了傍晚咱们送晚膳进去时，才发现小主已经没气了。"

此时，如懿正在卸晚妆等着皇帝过来，听得这个消息，神色平静，波澜不兴。有快意的痛楚犀利划过心间，半晌，她才缓缓问道："金氏去的时候可安静么？"

丽心伤心道："很安静，如同睡去了一般，脸上还带着笑。"

如懿静了片刻，轻轻摆手："去禀告皇上吧。好好说，就说金氏去得安乐。"

丽心哭着退下了。如懿缓步走到窗前，外头积了一地的雪水，还不如下得大些，白白的，一片干净。如今望去，只觉得湿漉漉水汪汪的，很是黏腻汪荡，不尴不尬。就如同玉妍锦绣的一生，最后还是落了这样一个不尴不尬的结局。

次日是十一月十六，老天爷停了雪，却是淅淅沥沥地下起雨来。这样的寒冷天气，下雨更麻烦过下雪，愈加让人心情抑郁。苏绿筠、嬿婉和海兰等几个高位的嫔妃先赶到了皇后宫中问安。皇帝与如懿并肩坐着，两人都是郁郁不乐的样子。嫔妃们自然前晚就得到了金玉妍离世的消息，虽然金玉妍在宫中人缘极差，并无人喜欢她，但嫔妃们见了面总难免唏嘘几句，又着意宽慰了帝后一番，言语间尽是姐妹情深。

嬿婉微微红了眼眶："一早起来便看见下雨，想是老天爷也和臣妾一样感慨金氏离世。"说着她正要哭出声，如懿淡淡道："眼下也没什么好哭的，替金氏守灵的时候，有你们掉眼泪的。"

海兰捻着蜜蜡佛珠念了几句"阿弥陀佛"，只是静静垂首。绿筠便叹道："金氏也是错了主意，折腾自己也折腾孩子。若是安安分分的，也不至于折了自己的福气，落得这样的下场。只是如今就这么走了，听说梓宫已停在了静安庄。"

皇帝淡淡道："金氏身后的事总要办得好看些，毕竟她也生了三位皇子。朕打算追封金氏为皇贵妃。"

绿筠有些讶异："皇上不是废金氏为庶人了吗？"

皇帝眼皮也不抬："这个皇贵妃是做给外头看的。北族王爷虽然在私下极力推脱她的出身，为的就是自保。可朕真要让她以庶人身份下葬，朝野都会有无谓的揣测，污了皇家名声。朕想好了，赐她谥号为淑，便是淑嘉皇贵妃。"

如懿心头冷笑，好一个"淑"字！好讽刺的"淑"字！他竟也是那般嫌弃她，嫌弃到要拿她的身后来做个笑话。如懿这般想着，与海兰目光相接之时，只见她瞬即将眼中的鄙夷之色敛了，换将一副哀戚之色。

嬿婉极力忍着笑意，含泪戚戚，偏要再追一句："皇贵妃姐姐一生贤淑，皇上选的这个谥号是再贴切不过了。"

如懿心念一动，婉声道："淑嘉皇贵妃在世的时候，最疼爱几位皇子，但永城已经成年，又出嗣履亲王，永璇和永理虽然年幼，倒也都是懂事的孩子。皇上不若也给他们一些恩典，也叫没娘的孩子自己能顾全自己些。"

皇帝温然道："还是皇后想得周全。永瑆出继，已经是贝勒。永璇和永瑝，朕也会给他们贝子的爵位，且有太妃们照顾，一切无碍。"

如懿便起身正色道："太妃们久在宫中，熟知礼仪，一定会好好教导皇子。臣妾身为嫡母，也一定会从旁看顾。"

皇帝神色微微一松，微露几分倦色："有皇后这句话，朕也放心了。"

如懿轻声道："淑嘉皇贵妃的身世没有抖出去，那她面上总还是北族人。"

皇帝随口道："朕会将追封皇贵妃的恩典和加封皇子的消息传到北族，算是全了北族的面子，也别落人口舌，叫人议论朕是凉薄之人。"

如懿恭声答应了，皇帝回头看顾嬿婉："令妃，朕有些累了，去你宫中歇息。"嬿婉连忙答了句"是"。皇帝又道："皇后和令妃都有着身孕，不必去淑嘉皇贵妃的丧仪了，叫纯贵妃和愉妃帮衬着料理吧。"

二人依依谢过。如懿欠身将要相送，忽然念及金玉妍临死前的话，不觉一凛，若诚如她所言，她并未真心要害璱儿和六公主，那么会是谁？还会有谁？

这样的念头不过一转，全身已经寒透彻骨。

皇帝离去后，如懿打发了绿筠去办玉妍的后事，只留下海兰在身边陪着。两人进了暖阁，容珮送了茶点上来，便领着人退下了。

海兰亲自将茶盏递到如懿面前，温声道："皇后娘娘。今日的事，皇上显然原本只是想追封而已，您请了那两个恩典，皇上怕是会不高兴了。"她的疑惑更深："娘娘一向深恶金玉妍，怎的今日还要为她求情，保全她死后最后的一点颜面？"

如懿扶着微痛的额头，喝了一口热茶，才觉得心口暖和了一点："慎嫔、玫嫔、舒妃、慧贤皇贵妃之死都是如此。里头再难堪，外头都还算风光。皇帝最要颜面，宫里的事再污糟也只能烂在宫里。臣民百姓们眼里，紫禁城内的一切都该是体体面面的。只要不失了皇室的体面，皇帝会全她死后尊荣的。何况……"她摇摇头："三宝已经查知，送去静安庄梓宫里的，根本不是金玉妍！"

海兰惊得睁大了眼："是谁？"

如懿抚着额头，打量尾指上套的金护甲上嵌着冰色缠绿丝的翡翠珠子，闲闲道："在圆明园伺候过皇上的一个官女子上个月殁了，本是停了棺椁要送进妃陵里的，如今和金玉妍换了个个儿。"

海兰骇笑："那倒是个有福气的！从此身受香火，便是皇贵妃的哀荣了。"

如懿衔着一丝快意，然而涌到唇边的叹息如伶仃的雾水："金玉妍临死，绝不承认害了舒妃，更不承认用富贵儿害了本官的璟兕和忻妃的六公主。人之将死，其言也善。若她说的是真的……"

海兰骤然一凛，眼中有锋芒聚起："若不是她，还能有谁？"她眸中的锋芒仿若锐利的银针，闪着尖锐的寒光："是令妃，是庆贵人，是晋贵人，还有谁？"

如懿的唇边含了一丝犹疑："若是我们错了……若是这件事，从永璇坠马开始就是被人算计在内的，连着金玉妍，连着本官和忻妃，一个也不落下……"她的脸色越来越难看，几欲破裂："那么这个人的心思，实在是阴毒可怕！"

海兰见如懿呼吸越来越急促，忙劝道："金玉妍争了一辈子，算计了一辈子，做尽了恶事，死一百回都不足以抵她的罪过。何况五公主和六公主早夭，到底是和她脱不了干系。"

如懿的神思似乎有些飘远："当日金玉妍发疯一般要本官与你发誓，有没有害她的孩子。其实撇开了永璇坠马之事不算，咱们是算计过永城的。"

海兰定定神，镇静道："娘娘，臣妾已经发过誓了。哪怕要应誓，也只应在臣妾一人身上，与娘娘无关！"她爱惜地抚着如懿硕大浑圆的肚子："娘娘快要生了，钦天监都说怀的是个祥瑞的孩子，娘娘不要去想这些不吉利的事了。"

如懿默然片刻，缓缓点点头。两人看着窗外细雨纷飞，一时两下无言，便也默默了。

皇帝在嬿婉宫中睡了一会儿，醒来已是两个时辰后了。嬿婉早已换过一身家常的湖水蓝绣银线丹桂的锦袍，松松绾了一个弯月髻，见皇帝醒了，不由自主便含了几分甜笑，伺候着皇帝在榻上躺着，把新笼的一个暖炉放进锦被里。自己搬了个小杌子坐在近处，慢慢剥了红橘喂到皇帝嘴边。

皇帝握一握她的手，笑道："手冰凉冰凉的，躺上来朕替你焐一焐。"

嬿婉含着一笑，恰如春花始绽，盈盈满满："皇上爱怜，臣妾谢过。"她低首摸着尚且扁平的小腹，笑道："臣妾也想躺着呢，只是腹中的小阿哥不愿意臣妾躺下来，只愿意臣妾坐着。"

皇帝一笑："孩子的话是该比朕的话要紧。"皇帝接过她递来的橘子，还送到她唇边："你遇喜之后爱吃酸甜的，多吃些吧。"

嬿婉吃了两瓣，笑吟吟道："酸酸甜甜的，很是落胃呢。"

皇帝摸一摸她的小腹，笑道："你喜欢就好。只是才两个月，哪里就知道是阿哥了。"他的笑意顿敛，有些伤感："自从朕的五公主和六公主夭折，朕一直希望能再添个公主便好了。"

嬿婉微微一怔，旋即盈然笑道："小阿哥小公主都是好的。只是皇上不是说臣妾爱吃酸甜么。酸儿辣女，怕这一胎若是个阿哥，皇上可得答允臣妾，再给臣妾一个公主。有女有子，才算一个好字。"

皇帝笑着抚一抚她的脸，爱怜道："这有什么难的，朕答允你就是。"

嬿婉伏在皇帝胸前，乖顺得如一只依傍着暖炉的猫咪，蜷缩着身体，柔声道："皇上疲累，可是因为惦记着淑嘉皇贵妃的身后事？淑嘉皇贵妃死前，皇后去看过她，之后淑嘉皇贵妃就薨了。"

皇帝眼中微含几分笑意，伸手托住嬿婉小巧的下颔："淑嘉皇贵妃早就病入膏肓，皇后看与不看，她都是要薨的。还是皇后怜悯，以德报怨，肯去看看她。"

炭盆里的银霜炭"毕剥毕剥"地响着，冒着温暖的火星。嬿婉顺手将橘子皮扔进炭盆里，散出一阵暖暖的甘香。嬿婉看皇帝的神色极为温和，眼中便有了无限的柔情与温顺："听说淑嘉皇贵妃死前知道了自己并非北族玉氏的出身，若是皇后娘娘不曾告诉，想来淑嘉皇贵妃还能多活几日。幸好皇后娘娘还顾全淑嘉皇贵妃死后的体面，向您求了恩典，也算圆过了此事。"

皇帝松开握着她手腕的手，眼神瞬间冷了下来，道："你的话倒有意思，仿佛在说是皇后逼死了淑嘉皇贵妃。这样吧，朕带你去皇后跟前，把你这些话亲口跟皇后说说，也好叫她有则改之，无则加勉。"

嬿婉眼神一怯，脸色微微有些发白："皇上……臣妾是为了皇上思虑……"

"为了朕？为了朕就可以肆意刻薄皇后？"皇帝坐起身，冷冷道，"你刚才和朕说夫妻君臣，可见你是懂得尊卑的。既懂尊卑，皇后有什么不是，你大可当着她的面说。在她面前只说贤惠，到了朕跟前就说皇后的不是。那么朕要看看你这条舌头到底是怎么长的？"

嬿婉情知不好，立刻跪下，哀哀求道："皇上，臣妾不敢非议皇后，只是一切为皇上着想。臣妾自知人微言轻，有所谏言皇后也未必肯听，只当皇上是臣妾枕边夫君，才畅所欲言，无所顾忌。臣妾不是有心诋毁皇后，还请皇上明察。"

嬿婉一张清水芙蓉脸，一向最适合楚楚可怜的神情，如今苍白着脸哀哀相告，皇帝也不免有些心软。他的神气有些懒懒的："嬿婉，知道朕为什么喜欢你唱昆曲么？"嬿婉怯生生地摇头，一张脸如春花含露，皇帝的口气不觉软了几分："昆曲柔婉，最适合你不过。而皇后就像弋阳腔，有些刚气，不够婉媚。"

嬿婉抬着娇怯得能滴出水来的眼眸："那皇上喜欢什么？"

皇帝的笑意淡薄如云岫："各有千秋，朕都喜欢。令妃，别丢了你柔婉恭顺的好性子，学了淑嘉皇贵妃的挑拨生事。"皇帝说罢，便抬了抬腿，嬿婉即刻会意，替皇帝套上了江牙海纹靴子。皇帝起身道："你是不是有心，朕心里有数。好了，朕去看看淑嘉皇贵妃的丧仪。"

嬿婉一惊，忙含笑扯住皇帝的衣袖道："皇上，您方才说要在这儿用晚膳的。晚膳已经备下了，您用了再走吧？"

皇帝朝外扬声唤了一句"李玉",头也不回地出去,口中道:"皇后即将临盆,腹中所怀乃是祥瑞之子,朕得去陪陪她,你自己慢慢吃吧。"

嬿婉无可奈何地屈身福了一福,恭送皇帝出去。

皇帝走得远了,守门的小太监赶紧将团福弹花赤色锦帘放了下来。一阵寒气还是卷了进来,嬿婉仿若受不住冷似的,不自觉便打了一个寒战。进忠见皇帝走了,方敢从外头进来,端了一盏热热的红枣燕窝汤在手里,又朝外头使了个眼色,让伺候的人都退了下去。

进忠捧着红枣燕窝汤,氤氲的热气扑上脸来,又暖又湿:"刚熬的红枣燕窝汤,奴才伺候您用。"

进忠舀了燕窝汤吹凉了,喂到嬿婉嘴边,嬿婉别过头。

进忠沉吟道:"您生皇上的气啦?"

嬿婉黯然一笑:"有什么可生气的。本宫虽然是头胎,可比不上皇后的祥瑞之胎,皇上顾不上本宫也是应当的。"

进忠含了一缕笑意,端过嬿婉手边的红枣汤,问道:"这天兆祥瑞,皇上这般上心,那是好事。"

嬿婉拨着护甲上晶莹璀璨的珍珠粒,慢慢道:"当然是好事。"

进忠贴心地端着吹了又吹,才递到嬿婉手里:"您哪,好好安胎养着身子,奴才喂您喝两口,就得回去伺候皇上啦。听说皇后这一胎大有可能早产,皇上可不放心了。"

嬿婉看了进忠一眼,慢慢地小口啜着汤水,忽然会心一笑:"是么?看来祥瑞之胎想早点落地,那得接生嬷嬷早些伺候着了。"

进忠目光一闪,笑道:"奴才打听了一件事,田嬷嬷的宝贝儿子田俊又在京中捐了个九品修武校尉的官职,有了前程。"

嬿婉将一碗燕窝汤喝完,"咯"的一声轻笑,嫣然百媚:"是么?当了官是有了前程。只是啊,官场上的尔虞我诈不比后宫里浅半分,他们母子也得谨慎再谨慎才好啊!要不然都跟淑嘉皇贵妃似的,最后也不过落成个输家而已!"

第十七章

祥瑞

待满了七个月，因有早产的迹象，接生嬷嬷们便到了翊坤宫偏殿住下，准备着随时要接生。为首的田嬷嬷是如懿熟悉的，永璜与璟兕出生，都是她亲手接生。如懿见了她便笑："又要劳烦你一回了。上回正逢着舒妃过世，本官生育公主也没能好好打赏你们。这回本官记着，一定会补偿你们辛苦。"

田嬷嬷讪讪的，有些不安，忙谢了恩。

容珮道："太医只是诊脉。胎位是否正了，还得嬷嬷您摸过才知道。"田嬷嬷忙忙点头，带了三位嬷嬷在身后，服侍如懿在寝殿躺下。

如懿因有早产之疑，分外小心，不敢怠慢，只觉得田嬷嬷的手在隆起的肚腹上摩挲了一阵，手势渐渐加重。她心中不安，侧首见田嬷嬷眉头越皱越紧，不由得担心道："本官的孩子怎么了？"

田嬷嬷神色郑重："龙胎在皇后娘娘肚子里有些转偏了。生产的时候怕您要吃苦，奴婢得替您摩挲摩挲。"

容珮不觉担忧，忙问："那是怎么摩挲？"

田嬷嬷不疾不徐，按着如懿的肚腹轻轻推动："娘娘，就是奴婢轻轻摩挲您的肚子，让龙胎顺着力道转过来。而且您不能多走动了，一走怕龙胎又偏了位置。若等龙胎脚朝下头朝上，您要生可就难了。"

如懿生产过两回，自然知道所谓胎位正，是胎儿在腹中头朝下脚朝上，这才好生。否则就是难产的癥生，一个不好便是母子俱亡。如懿听得惴惴："可是江太医诊脉的时候没说胎象有问题呀？"

田嬷嬷肃然道："太医是男人，只能诊脉，不能碰您的肚子，偏了一点半点的他们怎么知道。接下来每日两回奴婢都会来给您摩正胎位的。"

这话却是不错。宫中若论接生，谁比得上田嬷嬷呢。

旁边的嬷嬷也帮腔："这宫里会摩挲肚子转正胎位的只有田嬷嬷，皇后娘娘放心吧。"

如懿顾念腹中胎儿心切，哪有不答应的，便依田嬷嬷所言，每日按时摩正胎位。如此过了十来日，田嬷嬷依旧是皱眉，直说龙胎祥瑞，性子太大，便加重了摩正胎位的力度。这般为腹中孩儿悬心，到了快八个月时，如懿日渐觉得腰肢酸软，孩子在腹中动得厉害。江与彬来搭脉时也皱眉："皇后娘娘的脉象急促，气血涌动，只怕快要生了。"

皇帝闻言很是忧心，毕竟如懿腹中孩儿还不满八个月，离生产还有些早。可江与彬也是无可奈何："没法子了。娘娘气血动得厉害，就算服安胎药也来不及了，定是就在这一两日。"田嬷嬷在旁脸色都变了，失声道："那怎么成？皇后娘娘的胎位还没正过来呢。"

江与彬再四搭脉，还是沉吟，总说胎位偏了，自己却诊不出脉来。

田嬷嬷比画了一下："已经摩腹了快一个月，眼下还偏了一个肩膀那么多。就怕生的时候不顺利。"

如懿满面忧色，只想着是不是自己年岁渐长，怀胎生产才这般不顺。

皇帝如何还顾得那么多，听闻这一两日就要生产，便让田嬷嬷与进忠一同去内务府准备东西接生。

田嬷嬷在皇帝跟前坐立不宁，巴不得这一句便离了翊坤宫才好。进忠陪着田嬷嬷出去，但见她满腹心事，不觉咳了一声，低声道："皇后娘娘早产就早产吧，您担心什么？"

田嬷嬷垂着个脸，很是惊怕，自知如懿是会早产，可早不了那么多。是自己日日给她摩挲胎儿，故意弄偏了胎位，促得宫缩胎动，所以很快就要生了。

进忠哪里顾她，一径嘟囔着："七个多月的孩子，生下来不一定活得了。可咱们不想冒这个风险，最好是胎死腹中，落得清静。"

田嬷嬷悚然一惊，抹泪不已："我做下这么伤天害理的事，是要遭报应的。"

进忠两只眼珠子一瞪，即刻沉下脸来："你还想不想拿到方子救你的女儿了。你就记着，皇后腹中的阿哥活下来，你的女儿就死定了。"

田嬷嬷想说什么，一张嘴，眼泪便流了下来，再不敢作声了。

如懿的生产是在十二月二十一日一早开始发作的。与往常不同，除了接生的嬷嬷和太医伴随在侧，连钦天监的监正与监副也守在偏殿，候着星象所昭示的祥瑞之胎的诞临。

一如江与彬与田嬷嬷所言，如懿是早产，更逢胎位不正，遇上了难产，久久拖延不下。催产药一碗接一碗地喝下去，总是不见动静。太医们也是疑惑，不足月的胎儿个子小，怎会一直下不来。田嬷嬷累得满头是汗，一整夜推腹摩肚，却始终未能见龙胎露头。

产程不顺是铁定的事了，生了这么久，绿筠带着婉茵在钟粹宫佛堂彻夜念经祝祷，却也不见翊坤宫中有喜讯传出。

冬夜深寒，皇帝坐在偏殿，听着如懿痛楚的呻吟声，连连搓手不已，急道："朕不便进产房，你去唤个嬷嬷来问问，是什么缘故，怎么还没动静？"

海兰一脸焦灼，一时按捺不住，陪着皇帝道："皇上，要不臣妾进去瞧瞧？"

皇帝的口吻不安且不耐，道："这话你方才就问过。"

钦天监监正忙赔笑："愉妃娘娘，皇后娘娘这一胎极为祥瑞，不可人多冲撞了，您安心等等吧。"

海兰无奈，不敢多言。

李玉看出皇帝的焦急与担心，忙劝道："皇上安心，皇后娘娘已经生产过两次，这次不会有碍，一定会顺顺利利生下一个小阿哥的。"

皇帝还是忧虑："可这孩子还不满八个月，一落地还不知道怎样呢。"

监正忙道："皇上，皇后娘娘胎气发动的时候也是个上上吉时呢。微臣已经算过，只要在日中前后出生，那么皇后娘娘这一胎无论男女，一定贵不可言。"

皇帝长嘘一口气，稍稍轻松几分："若是公主，朕便立即封为固伦公主。若是皇子，朕连名字都想好了，便叫永璟，取玉之华彩之意。"

监正连连道："璟，玉光彩也。皇子行永字辈，公主行璟字辈，皇上取此名，可见重视。且皇后娘娘怀上此胎之时，紫微星华光闪耀，皇上取此佳名，真是最合适不过了。"

天色将明时分，如懿的呻吟声随着一声痛厉的呼叫戛然而止。皇帝有过几多子女，听到这一声痛呼，便知是要生了。然而期待中的儿啼声并未响起，只是一片难堪的静默。

监正听得声音怔了怔："这是生了么？这么快？可还没到日中时分啊！"

李玉抻长了脖子向外探去，轻声道："听这声音像是生了呀？怎么还没儿啼声呢？"

他的话音未落，隐约有几声惊惶的低呼响起，海兰心里微微一沉，不知怎的，便觉得周身寒浸浸的，像是外头的寒气透骨逼进。可是殿内，分明是红箩炭烧得滚热，如置三春啊！

偏殿的门骤然被推开，接生的嬷嬷和太医们跌跌撞撞进来，哭丧着脸道："皇上恕罪！皇上恕罪啊！"

皇帝的脸色倏然如寒霜冻结，厉声道："怎么了？是不是皇后不好？"

为首的正是田嬷嬷，她吓得瑟瑟发抖，回禀道："回皇上的话，皇后娘娘产程不顺，折腾了许久产下了一位小阿哥。"

那监正一喜，一句"果然是个阿哥"正要脱口。皇帝神色一松，尚来不及迸出一个笑容，田嬷嬷又道："可是小阿哥胎位不正，逢娘娘难产，落地时已经没了气息。"

皇帝大惊之下踉跄几步，跌坐在紫檀座椅之中。海兰急得脸色大变，顿

183

足道："那皇后娘娘呢？皇后娘娘如何？"

江与彬跪在地上道："皇后娘娘因为生产时用力过度，气竭晕厥。微臣已经给娘娘服下山参汤，静养片刻就会好的。"

海兰眼中一热，泪水潸潸滚落。她用力捂着嘴，不让哭声从指缝间溢出。

皇帝忍不住落下泪来。他的气息像哽在喉头一般，抽搐着道："小阿哥怎会如此？"

一众接生嬷嬷吓得筛糠似的乱抖，如何说得出话来。还是田嬷嬷大着胆子道："皇后娘娘年近四十，身体自然不如年轻时适合养育，这也是娘娘早产和胎位逆转的缘由。"

海兰的心口像是被巨石死死压住，压得喘不过气来。她的脑中一片混沌，脸色难看极了，半晌才说得出话来，厉声道："小阿哥在皇后腹中一直安好，胎动如常，只是胎位稍稍不正而已，怎会在离开母体之时才发现没了气息？"

田嬷嬷的汗水滴落在地上，洇出油腻腻的水光。她惶然道："回愉妃娘娘的话，妇人生产，本就形同在鬼门关走了一遭。皇后娘娘年近四十，身体自然不如年轻时适合养育。且，且有五公主夭折之事伤怀，所以影响小阿哥也未可知。"

另一接生嬷嬷亦道："皇上，愉妃娘娘，孩子在母腹中，本来一切就只凭太医切脉诊断判定是否安好。然而生产之事险之又险，什么事都会发生，小阿哥的胎位又不太正，这样的事在民间也是常见，所以，所以……"

她话音未落，皇帝一眼瞥见立在一旁的钦天监监正。那监正本为如懿这一胎说尽了好话，只以为皇后生产，必是喜事，说大贵祥瑞总是无错。此刻听得阿哥夭折，早就吓坏了。皇帝心头怒起，立刻飞起一脚踹向他身上。那监正如何敢躲避，生生受了这一脚，滚落地上。

皇帝双目通红，既怒且伤心，道："你们不是说皇后这一胎怀的是祥瑞之子，上承天心，下安宗桃，还说紫微星泛出紫光，是祥瑞之兆！如今看来，全是一派胡言！"

那监正连滚带爬地跪起来，匍匐在地，磕头如捣蒜："皇上！皇上！微臣夜观星象，不敢胡言啊！这一胎的确是皇子，且微臣也说了，阿哥在日中前后出生是最吉祥的。至于为何天折……微臣实在不知啊。"

田嬷嬷一咬牙，大着胆子道："恕奴婢大胆，既然是胎死腹中，那就是被生母给克死的。"

监正痛得龇牙咧嘴，却实在不敢痛呼出声，听得田嬷嬷这一句，如同抓住了救命稻草一般，立刻顺着杆子道："这位嬷嬷没有胡说。小阿哥若是落地，自然大贵。可偏偏是生母克住了他，让他不能降生。

皇帝气得脸色铁青，如何说得出话来。海兰气得浑身乱颤，发髻间的珠花钗珞玎玲作响："小阿哥未生之时，你极尽阿谀，言说祥瑞。小阿哥出生天折，便将一切都推脱到皇后娘娘身上。"她直挺挺跪下："皇上，臣妾恳请皇上治钦天监监正妄言犯上之罪。"

田嬷嬷低声道："皇上，民间确有说法，若子亡母存，那就是母亲克死孩子；若是子活母亡，那是孩子命太硬克死了母亲。"

那监正吓得伏在地上不敢起身："俯仰有德，进退修为。是否皇后不曾修德，所以命数成了败象？若非有此不祥，五公主也不会一出生就有心疾，幼年天折。"

海兰惊怒交加，转首怒叱道："你胆敢污蔑皇后！简直罪该万死！"

皇帝的面色变了又变，两颊边的肌肉微微抽搐着，仿佛有惊涛骇浪在他的皮肉之下起伏而过。良久的静默，几乎能听到众人面上的冷汗一滴滴滑落于地的声响。火盆里的炭火熊熊地燃着，一芒一芒的火星灼烫了人的眼睛，偶尔"毕剥"一声轻响，几乎能惊了人的肺腑。

皇帝的声音极轻，像是疲倦极了，连那一字一句，都是极吃力才能吐出："十三阿哥赐名永璟，乃朕嫡子，朕心所爱。然天不假年，未能全父子缘分。追赠十三阿哥为悼瑞皇子，随葬端慧太子园寝。"他顿一顿："一众接生人等，照料皇后生产不力，永不再用。钦天监监正，妄言乱上，污蔑皇后，革职。"他说罢，遽然起身离去，衣袍带起的风拂到海兰面上，她无端端一凛，只觉拂面生寒。

皇帝的脸对着殿外熹微的晨光，唯余身后一片暗影，将海兰团团笼罩："朕去看看皇后。"

海兰忙陪着皇帝到了寝殿门口。里头生产的忙乱还未散去，却是一片被死亡笼罩的冷寂。宫人们垂泪劳作着，照顾着昏厥的如懿。皇帝只看了一眼，如何还敢进去，只道："让皇后多睡一会儿吧。愉妃，十三阿哥的事，你缓缓告诉她。"

海兰低低道："皇上不去看十三阿哥一眼吗？"

皇帝含泪："朕不敢，也不忍心目送自己的孩子离开人世。朕先去上朝了。"

海兰还要再说，一阵冷风卷着雪子飕飕扑上身来，皇帝已经跟跄着出去了。半晌，人都散尽了，连江与彬都出去为如懿熬药了。她木然地站在殿门前，身子无力地倚靠在阔大的殿门上，任由生硬的檀木雕花生生地硌着自己裸露的手腕，浑然不觉痛楚。

叶心赶忙扶住她道："小主，您别太伤心，仔细伤了身子。"

海兰吃力地摇摇头："姐姐又一个孩子没了，这样不明不白的，不知姐姐知道了，会伤心到何种境地。"

叶心将一个手炉塞到她手里，替她暖上了，道："小主关心皇后娘娘也得留心自己的身子啊，否则还有谁能陪着皇后娘娘劝慰呢？往后的日子，还靠小主呢。"

海兰望着外头雪子纷扬洒落，那一丁一丁细白冷硬的雪子落在殿外的青石地上，敲打出"噬噬"的响声。那雪白一色看得久了，仿佛是钻到了自己的眼底，一星一星的冷，冷得连满心的酸楚亦不能化作热泪流出。

也不知过了多久，她雪白而模糊的视线里终于有旁人闯入，那是闻讯匆匆赶来的绿筠和湄若。

湄若尚未来得及走近，已经满脸是泪，泣道："为什么保不住？为什么都保不住？"

　　绿筠连忙按住她的手，劝慰道："忻妃妹妹，这个时候别只顾着自己伤心了。"她四下张望一转，忙问海兰："皇上就这么走了？"

　　海兰默默点头："皇上只叫我陪着皇后娘娘。"

　　绿筠本就憔悴见老，一急之下皱纹更深："皇后娘娘还不知道吧？若是知道了，可怎么好呢？"她似乎有些胆怯，然而见周遭并无旁人，还是说道："皇上不在，可不大好啊！"

　　湄若雪白的牙齿咬在薄薄的红唇上，印出一排深深的齿痕："皇后娘娘痛失小阿哥，还要被钦天监的人诋毁，那临正被革职便宜了他！"

　　绿筠闻言，呆了片刻，念了句"阿弥陀佛"，轻声道："皇上这般处置，怕是不会信钦天监的胡言乱语了吧？"

　　海兰不知该如何应答，只是抬起满是忧惧的眼，深深看着绿筠，道："纯贵妃乃嫔妃之首，十三阿哥丧仪之事，就都有劳姐姐了。"

　　绿筠连连颔首，拭去眼角泪痕："出了这么大的事，我能做的也唯有这些了，一定会尽心尽力。"

　　三人正自商议，只见小宫女菱枝过来请道："三位小主，皇后娘娘醒了……"

　　菱枝为难地咬一咬唇，海兰会意："你且下去，咱们去瞧瞧皇后娘娘。"

　　殿内火盆燃得旺旺的，已经收拾了一遍，原本备着的婴儿的摇床衣物都已被挪走了，连产房中本会有的血腥气也被浓浓的苏合香掩了过去。

　　如懿已经醒转过来，身体尚不能大动弹，眼眸却在四下里搜寻，见得海兰进来，忙急急仰起身来道："海兰！海兰！我的孩子呢？孩子去了哪里？"

　　宫人们都静静避在殿外，连江与彬也躲出去熬药了，唯有容珮守在床边，默默垂泪不已。如懿焦急地拍着床沿，苍白的两颊泛着异样的潮红："皇上呢？皇上怎么也不在？我问容珮，她竟像是疯魔了，什么也不说！"

海兰分明是能看出如懿眼底的惊恐，她汗湿的发梢黏腻在鬓边与额头，一袭暗红的寝衣是残血般的颜色，衬得她的面色越发显出有衰老悄然而至的底色。当然，不细看是永远看不见的。她的青丝，失去了往日华彩般的墨色，有衰草寒烟的脆与薄。但她还是自己的姐姐，彼此依靠的人。

心念电转的瞬间，滚烫的泪水逆流而至心底。海兰定了定神，缓缓道："姐姐，十三阿哥与你缘分太浅，已经走了。"

绿筠急得连连跺足，在后轻声道："愉妃，你一向最得体，说得这么急，皇后娘娘怎么受得住！"

如懿的瞳孔倏然睁大，枯焦而煞白的双唇不自禁地颤抖着："你说什么？"

湄若不忍再听下去，掩面低低啜泣。海兰望着如懿，神色平静得如风雨即将到来前的大海，一痕波澜也未兴起："姐姐，您是难产，胎位不正，十三阿哥的产程拖了太久，结果没保住。"

如懿一句话也说不出来，只是死死地盯着海兰，目光几欲噬人。那颤抖像是会传染一般，从她的唇蔓延到她的身体，剧烈地、无法控制地颤抖着。她拼尽了全力，才发出含混不清的几个字节。海兰努力地分辨着，才勉强听清楚，那是如懿在唤："孩子，我的孩子！"

痛不欲生，真真是痛不欲生！如懿只觉得从五脏六腑中涌出一股撕裂的疼痛，随着每一口活着的喘息，蔓延到四肢百骸，蔓延到整个灵魂，掏肺剜心，排山倒海。

她所呼出的热气，所吸进的微寒的空气，仿佛两把尖锐的锋刃，狠狠剖开她的身体，一刀一刀清晰地划下。

海兰原以为如懿会大哭，会崩溃，会声嘶力竭，然而如懿极力地克制着，连泪也未曾落下，只是以绝望的眼无助地寻找："让我看他一眼，我的孩子，让我看他一眼。"

绿筠缓步上前，忍着泪道："皇后娘娘，未免您伤心，皇上已经吩咐送了十三阿哥出去，让您不必见了。您，您节哀吧。"

如懿缓缓地摇着头，一下，又一下，每一下都像是拼尽了全力一般，沙哑着喉咙道："不！不！他在我腹中，每一天我都感知到他的存在，怎么会没了？就这样没了？我不信，我不信我千辛万苦生下的孩子，会就这么弃我而去！我不信！"她死死地抓着海兰的手臂，眸中闪着近乎疯狂的光芒："钦天监不是说我的孩子是祥瑞之胎，贵不可言么？我的孩子怎么会死？不会的！不会的！"

湄若触动不已，伏在如懿床边，凄然落泪道："皇后娘娘，钦天监的舌头反复不定，一会儿说您的孩子贵不可言，一会儿又说是您克死了自己的孩子！他们的话听不得的！"她的泪汹涌而落，勾起痛失爱女的伤心："皇后娘娘，十三阿哥走了，您不见也好。多看一眼，只是多添一分伤心罢了。臣妾当日眼睁睁看着六公主走了，那种锥心之痛，不如不见。"

绿筠见湄若如此伤怀，只怕她勾起如懿更深沉的痛，只得扯过了她，对着海兰道："愉妃妹妹，忻妃如此伤心，不宜在这儿劝解皇后娘娘，我还是先陪她回去。"

海兰微微颔首，示意容珮送了出去。

殿中再无他人。如懿颓然仰面倒在榻上，眼中的泪水恣肆流下，却无一点哭声。海兰静静坐在她身边，拿着绢子不停地替她擦着眼角潸潸不绝的泪，浑然不觉那是一件徒劳无功的事。

如懿的眼无神地盯着帐顶，樱红的连珠帐上密密缀着米粒大的雪珠，闪着晶莹的微光。底下是"和合童子"的花样，两个活泼可爱、长发披肩的孩童，或手持荷花，或手捧圆盒，盒中飞出五只蝙蝠，憨态可掬，十分惹人喜爱，正是得子的喜兆。连被褥床帐上都是天竺葵、牡丹、瓜瓞和长春花的图案，一天一地地铺展开来，是瓜瓞绵绵、福泽长远的好意头。那样喧闹热烈的颜色，此刻却衬出如懿的面容如冷寒的碎雪，被绝望的黯灰覆盖。

如懿的声音像是从邈远的天际传来，幽幽晃晃："海兰，这是我的报应。"

海兰柔声道："姐姐，孩子已经没了，您的身子却还是要的。胡思乱

189

想，只会更伤身伤心。"

如懿并不看她，只是痴痴喃喃道："真的。海兰，这是我的报应。是我算计过旁人，才会落得这般地步。"

海兰的眼底闪过一丝锐色，紧紧握住如懿的手臂道："姐姐，若论报应，我一点也不信！宫中双手染上血腥的人还少么？说句不怕忌讳的话，太后娘娘如今稳居慈宁宫，当年也不知是如何杀伐决断呢！若有他日身为太后来做报应，姐姐有什么可害怕的？"她的神色愈加坚定，仿佛逆风伏倒的劲草，风过又屹屹而立："若真有下地狱的劫数报应，我总和姐姐一起就是了！"

如懿无声地啜泣，泪一滴滴从腮边滑过，带着滚烫的灼烧过的气息，仿佛皮肤也因此散出焦裂的疼痛。

二人正自说话，江与彬端了一碗汤药走进，恭声道："皇后娘娘，这是安神补血的汤药，您尽快服下吧。"

如懿仰起身，迫视着他道："江与彬，本宫怀胎七月有余，你日日诊脉，孩子是否一直无恙？"

江与彬朗然道："娘娘遇喜之时安稳无碍，微臣一切都可以担保。"他犹疑："但是生产之事，微臣虽然参与，但只能候在屏风之外，并不能靠近。只是听里头嬷嬷们说，小阿哥胎位不正，给您推了一夜的肚子才让小阿哥降生。"

如懿疑心更重："是。田嬷嬷一直说龙胎不正，为本宫推腹，疼痛万分，一直到龙胎几乎不动了，才生了下来。本宫也痛得晕厥过去，人事不知。"

容珮秀眉微蹙："娘娘生产有四位嬷嬷伺候，众目睽睽之下，应当不会有差错。"

"可是推腹之事，除了田嬷嬷谁也不懂。"如懿紧紧揢着胸口，竭力平复气息，"告诉皇上，咱们要查这些接生嬷嬷。"

第十八章

离析

这般请求，皇帝自然应允。正逢钦天监来报，说监正已经畏罪服毒，发现时尸身都凉了。毓瑚来禀报时皇帝含泪写完了给永璟的祭文，让进保拿去宝华殿焚化了。知道如懿醒来，他细问了几句，却也不敢亲去探望，只怕与如懿一见面，不可避免一定会说到永璟，怕惹如懿再度伤心，也怕自己受不住这丧子之痛。

毓瑚沉默片刻，终究还是忍不住问："皇上是信了钦天监的言语？"

皇帝望着面前大幅雪白的宣纸，刚刚才忍痛为永璟写下祭文。那是自己期待了许久的孩子，却这般没了，他如何不痛心失落。可这样的话，对着如懿是不肯说的。毓瑚侍奉他多年，他也回避不得："朕要是不信，也不会对皇后这一胎寄望那么深。毕竟当年舒妃之事，钦天监说得一字不差。再往前，孝贤皇后与七阿哥之死，钦天监也是字字言中。毓瑚，到底有没有生母克死孩子的说法？"

毓瑚为难了片刻，终究还是道："民间是有这样的说法。可是这回钦天监的话一会儿说是祥瑞之胎，一会儿自己也难自圆其说。皇上听过就罢了吧。"

皇帝张了张嘴，望着炉中淡淡飘出的一缕龙涎香，到底还是无言地沉寂了。

丧子之痛，几如锥心。心念苦苦缠逼于思绪的凌乱沉沦之间，逼得她几近疯狂。许久，如懿才勉力坐起，掠一掠鬓边蓬乱的发丝，咬着牙一字一字道："皇上怕是心里认定了钦天监的言说。皇上一向相信天象之言，之前以为本宫所怀之胎贵不可言，才如此欣喜。如今出了这样的事，才会格外失望。所谓登高必跌重，便是如此了。"

容珮垂下脸，谨慎的面容上含了一丝精明："这件事奴婢思来想去，总觉得不妥。之前娘娘遇喜，钦天监突然说娘娘这一胎如何祥瑞，如何贵重，等十三阿哥一过世，又说是娘娘与十三阿哥相冲才克死了阿哥。这一捧一砸，起伏太大，便是要人不信也难，所以，皇上才会冷落了娘娘。"她看着如懿，殷殷道："奴婢心里有个念想，若钦天监这些言语是一早有人安排了的……"

如懿骤然一凛，抓住容珮的手腕道："你也这么想？"

容珮望着如懿苍白如雪的面颊，唇上嵌着深深的印子，这些日子，如懿的心痛与自责，她无不看在眼里。思前想后，容珮只得微微颔首："奴婢只是胡思乱想罢了。"

长久的愕然之后，如懿的面容只余下惊痛骇然的沉影，她叹息的尾音带过一缕沉痛至极的悲伤，哀切道："容珮，原来你与本宫想到一处了。本宫素来与钦天监无甚来往，从前怀永璜与璟儿也并未有这些话传出，怎的突然这一胎便极其祥瑞了。若真是有人背后算计，便真真是可怕至极了。"

容珮道："只可惜钦天监监正已死，咱们也查不出什么了。但只要娘娘有了防备，咱们便不怕了。"

窗外的寒风簌簌地扑着窗上薄薄的明纸，仿佛有什么猛兽呼啸着想要扑入。沉默的相对间，如懿只觉得彻骨森寒，冷得她连齿根都在发颤。

容珮牢牢地扶着她单薄的身体，温言道："皇后娘娘，万事都得自己保重。养好了身子，才能替十三阿哥要个明白啊。"

此时，冬雪正盛，嬿婉畏寒，躲在暖融融的永寿宫中，她的肚腹还不明显，她惯性地扶着腰肢坐着，只穿着略略单薄的颜色锦衣，越发衬得一张脸娇嫩得能沁出水来。她听得如懿悲痛伤心，早在意料之中，只道："钦天监那儿首尾收拾干净了便好。"

春婵低声道："监正只当自己倒霉，听了小主的话极力捧着皇后娘娘这一胎，却不想皇后娘娘这般没福。奴婢给了他银票叫他数数……"

嬿婉嗤地一笑："他只要碰着那银票一数，便是个死。"

春婵忙着给嬿婉捶肩揉腿："那银票上是洒了毒粉的，他只要手指头一碰，再去蘸口水数，立刻就会毒发。奴婢再把银票收走毁掉，在他茶水里下了一样的毒粉，就人人以为他是畏罪自尽的。"

嬿婉笑着捏一捏春婵的脸："做得好。"

"不过……"春婵担忧道，"奴婢来时，听说接生嬷嬷们都被拉进了慎刑司，少不得严刑拷打。田嬷嬷会不会说出什么来？"

嬿婉瞥她一眼，冷着一张俏脸，淡淡道："皇后生产出事，你以为她能逃得了多久？左右有她的儿女在，她才不敢胡说什么。"

侍卫们手脚很快，立刻抓了田嬷嬷等人问话。田嬷嬷早知为了儿女作孽，便有这一日，早将药方交到乡间女儿手中，所得的银票交给了儿子，见慎刑司审问，倒也松出了一口气，开始受刑煎熬。

慎刑司的精奇嬷嬷们向来刑比狱官，做事十分精干利落，又见事关皇后与帝裔，如何敢不经心，慎刑司七十二道刑罚流水般用了上去不过一日一夜四位接生嬷嬷便遍体鳞伤，协从的三个都说接生时十三阿哥已经没气了，又说十三阿哥胎位不正，一直是田嬷嬷给皇后娘娘推腹正胎位的。可田嬷嬷总推说自己只是如常尽心，并未有错处。

这般推赖，自然受刑更重。皇帝又派了进忠亲自督阵审问。进忠一来，也懒得废话，便道："太医说皇后娘娘怀胎时是有早产之像，可早产应该落地很快。就算胎位不正，也不会难产到如此地步。于是咱们就怀疑皇后娘娘是被人故意拖延成难产，以致十三阿哥夭折。"田嬷嬷正要辩白，进忠朝她一使眼色："您若再不招，打您也没用。只好把您的家人请来，所有的刑罚都用在他身上。听说，您有一个儿子在京城住着吧？"

田嬷嬷惊慌失措，知道为了让自己认罪顶过，进忠是连她儿子也不会放过的，只得含泪喊道："我招！我招！"她抬头，见进忠皮笑肉不笑一张油脸，心头越加恐惧，只得死命咬牙，啐出一口血唾沫："上回皇后娘娘生了五公主，故意克扣我们的赏钱，我问了一声，皇后还当着人给我没脸，我真是气狠了……为了泄愤，我就一狠心推了皇后的肚子，想让她的孩子胎位继续不正，没那么快生下来。不过我只是想让皇后多痛一会儿，并没想害死十三阿哥。也是皇后年长早产，十三阿哥才会那么虚弱，产程一长就保不住了。"

精奇嬷嬷听她说得详细，便喝问："真的无人指使你？"

田嬷嬷梗着脖子，忍着一身伤痛："是我与皇后娘娘的私怨，无人指使。"她见进忠双眼微眯，知道精奇嬷嬷又要用刑，少不得还要拖自己儿子来逼问，若再找到她那个抱病的女儿，她如何舍得，只得道："一人做事一人当，皇后娘娘对不起咱们，我自然也对不住她了。"

她说罢，一咬牙，便咬舌自尽了。

进忠摇一摇头，道声"便宜她了"便抬脚回去向皇帝回禀。

皇帝知道消息时，正在宝华殿的佛音袅袅中慢慢捻着佛珠，为爱子超度。嬿婉陪着皇帝，小心翼翼地觑着他的脸色，柔声道："皇上，既然田氏都已经招了，您无论如何处置都不为过。只一样，您别气伤了龙体。"

皇帝气恨到了极点，只能是一声叹息："田氏已经咬舌自尽，朕还能如何处置？"

嬿婉雪白的粉颈微微低垂，似是叹惋："因果循环，有罪之人自有报应。"

"哪怕有因果，牵连孩子做什么。"皇帝握住佛珠起身，也不顾她，"你有着身孕，不必陪朕在这里久坐，回去吧。朕去看看皇后。"

如懿生产之后本就元气大伤，更满心牵挂着幼子夭折之事，只觉得度日如年，煎熬异常。虽然皇帝每日让人送来滋补之物，补身的汤药也一碗碗地喝下去，然而那酸涩而苦辛的气味像是永远地留在了喉舌之中，无论如何也不能洗去。连她自己亦觉得总是恍恍惚惚如在梦中，闭眼时仿佛还肚腹隆起怀着孩子，唯有在这样的梦中，那种丧子的切肤之痛，才会稍稍消减。而梦醒之时，她挣扎着摸到自己已然平坦的肚腹，而孩子却在即将降临时便已魂归九霄，便是心痛不已。

那明明是日日在她腹中踢着她的鲜活的孩子啊，更应该是睁开眼看得见这个人世的孩子，却连一声啼哭也不能发出，就这样凄惨地去了！

仇恨与哀痛绞在如懿心口，仿佛比着谁的气力大似的，拼命撕扯绞缠着。这样日日夜夜地伤神，让如懿迅速地憔悴下去。而皇帝，便是在这样的凄楚里见到了她伤心欲绝的面孔。

两下的默然里，彼此都有些生疏。唯有侍女们有条不紊地端上茶水与酥点，将往日做惯的一切又熟稔地再做一遍。

这样的彼此相对，依稀是熟悉的。皇帝的面色隐隐透着暗青色的灰败，仿佛外头飞絮扯棉般落着雪的天空。他关切地问："朕给你送的补品你都吃了么？人看着更憔悴了。"

如懿的脸色尚且平静无澜，嘴唇却不由得哆嗦，吃力地从榻上撑起身子来，切切地望着皇帝："谢皇上。臣妾只想知道，永璟夭折，可查问明白了？"

皇帝手为她掖一掖被角，温言道："田氏心性狠毒，已经畏罪咬舌自尽了。你别管这些事，顾好自己要紧。"

如懿的瞳孔倏然一跳，仿佛双眼被针刺了似的，几乎要沁出血色的红来："畏罪自尽？那么永璟真是她害死的？她为什么要这么做？"

皇帝犹豫着不肯说，奈何如懿又追问。他只得别过脸，将浮溢在眉间的怒意与伤心按捺下去："田氏死前说是你苛待于她，她心怀怨恨，才会在接生时起了歹念，故意拖延产程想让你受苦，谁知竟害死了永璟。"

她产后伤心，本是虚透了的人，如何禁得起这样的刺激，只觉得一阵晕眩。她的脑中嗡嗡地响着，那种喧嚣与吵闹像山中暴雨来临前卷起满地残枝枯叶呼啸奔突的烈风，吹打得人也成了薄薄的一片碎叶，卷起又落下，只余惊痛与近乎昏厥的目眩力竭。她的喉咙里翻出喑哑的"嗤嗤"声："臣妾如何苛待于她了？她要如此丧心病狂，害臣妾的孩子？"

过于激动的情绪牵扯着如懿消瘦的身体，她伏在堆起的锦被软帐之中，激烈地喘息着。

皇帝的眼角闪着晶亮的一点微光，那微光里，是无声的悲绝："璟兕出生之时，正逢舒妃之死。是你下旨说舒妃新丧，又逢水患，璟兕出生的赏赐一应减半，你就减了接生嬷嬷们的赏钱，而她那时正逢手头短缺，所以心怀怨恨。"

容珮忙递了水给如懿喂下，又一下一下抚着她的脊背。如懿好容易平复些许，仰起脸静静道："所以田氏才心怀怨恨么？臣妾自认这样做并无过错。"

皇帝抚着额头，那明黄的袖口绣着艳色的宝蓝、碧青，缠成绵延不尽的万字不到头的花样，却衬得他的脸色是那样黯淡，如同烧尽了的余灰，扑腾成死白的静寂。许是天气的缘故，许是内心的躁郁，他的嘴唇有些干裂的纹路，深红的底色上泛起雪沫般的白屑，让他的言语格外沉缓而吃力："你自然是以为并无过错。田氏说，她在你宫里伺候你生产辛苦，而你待下严苛，并无优容，也不曾额外赏赐众人。且田氏当日也为赏银之事求过你，你却不肯格外开恩。"

如懿怔怔地靠在容珮臂弯里，片刻才回过神来："彼时，舒妃新丧不宜大加赏赐，且水患当前，赈灾的银粮哪一项不是开销。后宫可以俭省些银子，虽然少，也是绵薄之力。臣妾不肯因自己皇后的身份而格外优容奴婢，正是怕不正之风由臣妾宫中而起，这样也有错么？"她死死地攥着手中的湖蓝色滑丝云丝被，那是上好的苏织云丝，握在手里滑腻如小儿的肌肤，可是此刻，她的手心里全是冷汗，涩涩地团着那块滑丝，皱起稀烂一团："一个人存心作恶，必定有万千理由。但所有理由叠在一起，也敌不过是她愿意作恶而已。田氏这样的话近乎搪塞，臣妾不信！"

皇帝额头的青筋如隐伏的虬龙，突突地几欲跃出："别说你不信，朕也不信！田氏以为一死可以了之，朕怎会如此便宜了她。即便死了，也要施以磔刑，以泄朕心头之恨。"

　　无尽的恨意在如懿胸腔里激烈地膨胀，几乎要冲破她的身体。她的牙齿咯咯地发抖："的确是千刀万剐死不足惜。但对已死之人用刑毫无意义。田氏不会为区区赏银谋害皇子，咱们应该追查下去，找出主使之人！"

　　"主使之人？"

　　她极力忍着泣血般的悲鸣，维系着那一缕冷静："是！钦天监监正畏罪服毒，田氏也畏罪咬舌，这一定有蹊跷！"

　　皇帝的泪忍了又忍，终于没有滚落下来，化成了几许灰心："人都死了，还往何处去查？"

　　如懿浑身哆嗦得不能自已："追根究底，必要查出！皇上，永璟是我们的孩子啊，他都不能来人世看一眼，便这般走了。咱们必得查出幕后之人安慰孩子在天之灵！"她说完，像是被抽去了所有的力气一般。她俯倒在轻软的锦被堆叠之中，仿佛自己也成了那绵软的一缕，轻飘飘的，没有着落，只是任由眼泪如肆意的泉水，流过自己的身体与哀伤至碎的心。

　　皇帝见她如此伤心，似是责怪自己一般，也有些怒意："朕怎会不疼永璟，他也是朕的孩子！是朕盼了那么久，寄予厚望的祥瑞之子！"

　　如懿怔了怔，脱口道："孩子没了，还何来祥瑞？做父母的，不过是想给他个交代。"

　　皇帝的声音有沉沉的哀伤："朕不想给永璟交代么？只是有些话太难听，朕不想你知道罢了。"

　　如懿的眼睛睁得极大，那心碎与疑问的神色如混在一起的瓷器的碎片，闪着寒冽的光，牢牢地黏着皇帝："皇上知道什么话？"她见皇帝神色有些闪躲，越发追问道："皇上可是查到了什么不肯告诉臣妾？"

　　皇帝缓缓地摇头，极缓却极用力，仿佛巨石沉沉叩在心间："还有什么可查的，子亡母存，就是被你克死了而已。当然，皇后若以为自己没有做错，朕也不能多指摘你什么。"他仰天长叹："朕的永璟，朕盼了那么久，本该是比永璜更有出息的孩子。"

　　皇帝的一字一句，沉闷得像是天际远远的雷声，隐在层层乌云之后，却有雷滚九天之势。巨大的愤怒席卷而来，如懿像是行走在滚滚雷电下的人，轰然而迷乱。模糊的泪眼里，皇帝绛金彩云蓝龙青白狐皮龙袍上堆出祥云金日的三重深浅绛金线，刺得她双眸发痛。那九条蓝龙各自张开犀利的爪，仿佛要腾云而飞，无孔不入地扑上身来。

皇帝见她如此，亦是有些悔了，轻轻唤了一声"皇后"。他极力掩饰着道："这是外头的说法，不足为信。"

更深重的失望迫得她抬不起头。一缕苦涩的笑缓缓在她唇边绽开如破碎的花朵，被暴雨拍打之后，从枝头翻飞落下。舌尖像是被咬破了，极痛，极涩："皇上信了？"

"没有。"他答得无比迅速。

"皇上信了。"如懿无比平静。

皇帝无言，不敢看她那沉静底下支离破碎的眼神："罢了，朕想到永璟就难过得紧，也不想再提。咱们彼此缓一缓伤心再见吧。"

他说罢，拖着沉沉的步子踱出殿外。如懿目送他离去，分明感知到他与她之间巨大而深绝的鸿沟在不断扩延。尖锐的痛感从心尖上划过，一刀，又一刀，是愧，是悔，还是难以抑制的伤痛欲绝？

官人们看着如懿的样子，吓得不知所措，慌忙跪了一地。也不知过了多久，还是容珮牵着小小的永璂来到如懿跟前，含泪道："十三阿哥没了，皇上是伤心过度，才会如此对娘娘说话，皇上迟早会明白过来的。"

如懿空洞的眼不知落在何处，只觉得满心怆痛，根本说不出话来。

容珮直挺挺地跪着，将永璂推到如懿跟前，道："娘娘，您还有十二阿哥呢。十二阿哥是翊坤宫的独苗，可万万不能再有任何闪失了。"

如懿怔忪间看着窗外白晕晕的雪光迷蒙，纷繁的雪朵如尖而锐的细细沙石，铺天盖地地砸着。她紧紧拥住了同样害怕而伤心的永璂，仿佛只有这样抱着他，才能攫取一点温暖自己的力量。

深深的宫苑回廊，冰雪深寒，唯余这一对母子凄冷而哀绝的哭声。

这一年的冬天仿佛格外寒冷。如同坠落在深寒冻冷的井底，如懿举首望见那样小小一团天空，而自己置身于黑沉局促之中，寸步难行。

太后自端淑长公主归来，早已不再过问六宫之事，只在慈宁宫颐养天年。太后偶尔来看如懿，亦不过叮嘱几句，要她保重自己。除此之外，也让福珈常来看望，送上补品要她进补养身。比照着深受恩眷的令妃，如懿的翊坤宫实在可算是门可罗雀。虽然无人敢亏待翊坤宫，但是像避忌着什么不吉利的瘟疫似的，人人不愿靠近半分。如懿索性免了每日嫔妃们的晨昏定省，连海兰、湄若和绿筠，如懿也不愿让她们来，只道："你们一个受皇上眷顾，一个有皇子和公主，何必来本宫这里，惹得皇上不痛快。"

绿筠讪讪离去，倒是湄若极不服气，且怨且叹："如今皇上的一颗心都在令妃那里，臣妾们算什么？来与不来，皇上都不放在眼里。"

如懿紧一紧身上的石青攒珠银鼠大氅，定定地望着檐下积水冻成的冰柱，尺许长的透明晶体，反射着晶莹的日光。可那日光，仿佛永远也照不进堆绣锁金的翊坤宫。如懿轻叹一声："何必倔强？不顾着自己，也得顾着孩子和母族。若受本宫的牵连，连你的恩宠也淡了，那你还怎么去盼着你未来的孩子呢？"

湄若眼底隐隐有泪光闪动："那……那臣妾去劝皇上。"她咬着唇，难过道："外头的那些话传得那么难听，都是说……臣妾真不想皇上听了这些难堪的话去。"

"难听？"如懿漠然相对，"无非是说本宫无福，克死了自己的孩子。世事炎凉，拜高踩低，本不过如此。本宫此番若是平安生下十三阿哥，自然人人奉承，锦上添花，说本宫是积福深重之人，所以折了一个女儿之后便得了一个皇子补偿。如今失子，自然有暗地里称愿的，满嘴可怜说本宫罪孽深重才牵连了孩子。落井下石，便是宫中之人最擅长的了。"

湄若到底年轻，哪里受得住这样的话，狠狠啐了一口道："这么说来，那些贱嘴薄舌的也是这么背后议论臣妾的么？臣妾一定要去告诉皇上，割了他们的舌头！"

如懿淡淡扫她一眼，摆首道："不用你去告诉，皇上要信，便已经信了。忻妃，好好顾着自己吧，你的父祖族人在准噶尔立下的功劳，可不能因为你的任性就淡抹了。"

湄若无声地张了张嘴，想说什么，终究还是忍住了。她懊丧道："皇后娘娘，臣妾一直养在深闺里，有什么说什么，从未有过这样的时候，想说什么却不得不闭上嘴。娘娘，臣妾知道进了宫说话做事不比在家，须得时时小心，臣妾进宫前阿玛和额娘也是千叮万嘱，可是到了如今，臣妾还是没有办法习惯。"

海兰爱怜地替湄若掠了掠鬓边蓬松的碎发，婉言道："忻妃妹妹，你是初来宫中不久，又一直都算得宠，所以不知道其中的厉害。有些事，哪怕没办法习惯，也必得逼着自己习惯。钝刀子割肉还挫着铁锈，谁不是一天天这么熬过来的。"

湄若沉不住气，气急道："可是这明明是莫须有的事……"

如懿瞥她一眼，斩钉截铁道："就是因为莫须有才最伤人。你不见宋高宗为何要斩岳飞，也就是'莫须有'三个字啊。人的疑心啊，比什么利器都能杀人！"

湄若被噎得瞪大了眼睛，愣了半天，无奈叹道："如今臣妾可算明白了。原先在家时总看阿玛当差战战兢兢的，原来咱们在宫里和在前朝没有两样。"

如懿低下头，看着淡淡的日光把自己的身影拖得老长老长，渐渐成了虚晃一抹，低声道："回去吧，好好伺候皇上。令妃有着身孕，皇上再宠她也不会让她侍寝。听说颖嫔她们一群蒙古妃嫔已经自成了一党，铆着劲争宠呢。你若有心，就得为自己打算。"

湄若低头思量了片刻，再抬起脸时眼中已没了方才那种激动与毛躁，只有着与她年龄不符的一份沉静。她恭敬施了一礼："多谢皇后娘娘提点。臣妾先告退，只待来日。"

第十九章

暗香

如懿轻抚额头，目送湄若离去。太阳穴突突地跳着，酸痛不已。她静了片刻，轻声道："海兰，你也走吧。"

海兰坐在如懿身前的紫檀雕番莲卷叶绣墩上，慢条斯理地理顺领子上垂落的米珠流苏，轻而坚决地摇了摇头："臣妾本就无宠，不怕这些。"

如懿望着她，叹息道："可是永琪……"

"永琪大了，皇上不会因为臣妾这个额娘无宠而不器重他，所以无论如何，臣妾都会陪着娘娘。"她顿一顿，眼底有泪光莹然，"就像从前一样。"

眼里有绵绵的感动，一波一波涌上心头。这么些年，从潜邸到宫中，唯有海兰，是未曾变过的，也唯有这份不变，才让人从森冷的壁垒里觅得一丝温暖。

海兰轻声道："臣妾方才已经让容珮送了十二阿哥去养心殿里请安了。皇上可以不愿意见娘娘，但不能不见自己的亲生儿子。或许见了十二阿哥，皇上心里也能念及娘娘的好。说到底，皇上也是在意十三阿哥的缘故，所以才这般介怀。男人啊，心里究竟是自己的血脉子嗣最要紧。"

如懿轻轻摇首："皇上素来疑心重，这个节骨眼上，何必……"她想再说，然而还是沉默了，只是盯着檐下冰柱闪烁的寒光，长叹道："这个冬天，怎么这么长啊！"

永璂被容珮拉着手进了养心殿书房，恭恭敬敬请了个安，稚声稚气道："皇阿玛万安，令娘娘安。"

嬿婉着了一件家常的春色锦缠枝葡萄纹长衣，领口细细的风毛衬得她孕中的脸如皎洁的月盘。嬿婉云髻半绾，斜着一支翠玉镂凤长簪，疏疏点着几朵琉璃珠花，正支着腰肢伏在案几上翻着一本书卷。她见了永璂，顾不得肚腹已经微微隆起，欠身回礼道："十二阿哥有礼。"

皇帝忙扶住嬿婉的手臂，眼中有关切之情流转轻溢，道："你有着身子，朕叮嘱过你，不必那么拘礼。"说罢又含笑看着永璂："来，起来。到皇阿玛这儿来。"

容珮看着永璂跑到皇帝身边，利索地爬到皇帝的腿上坐着，笑容满面道："十二阿哥惦记着皇上，一直嚷嚷着要来看皇上。这不，奴婢拗不过阿哥，雪才停就送了阿哥过来。"

皇帝心疼地搓着永璂微冷的小手："外头那么冷，仔细冻着。你额娘只有你这一个……"他下意识地停了嘴。

容珮机警道："皇上说得是，所以皇后娘娘任谁也不放心，只许奴婢带着照看阿哥。皇上瞧瞧，阿哥是不是又长高了？"

皇帝搂着永璂看了又看，道："是长高了。可是……仿佛也瘦了。"

永璂低下脸，一副快哭出来的表情："皇阿玛不来看儿臣，儿臣也想小弟弟。"

嬿婉面上微微一动，旋即又是谦卑柔和的神色，含笑温柔道："十二阿哥年幼，就深具孝悌之情，实在难得。说来也是可怜，十三阿哥本该是好好的和十二阿哥一块儿呢。田氏真是死不足惜。"

皇帝的脸色不由自主地沉了一沉，容珮听出嬿婉弦外之音，剜了她一眼，复又一脸恭顺地低着头，看着自己的脚尖。皇帝看着永璂道："皇阿玛忙于朝政，不能常去看你。你若想皇阿玛，就常来养心殿。"

永璂一脸天真地仰起脸："那额娘也想皇阿玛呢，她也能来看皇阿玛么？"

皇帝微微语塞，只是笑："你额娘未必想见朕。"他唤过李玉，吩咐道："天寒路滑，又刚停了雪，你和凌云彻一同送永璂回翊坤宫，仔细着些。"

205

永璂乖巧地跳下来，行了一礼："儿臣告退。"他转头看见长几上兽耳羊脂花瓶里供着老大一束红梅，巴巴地望着皇帝道："皇阿玛，儿臣想去御花园折梅花，额娘喜欢的。"

皇帝怔了怔，旋即笑道："当然可以。李玉，你们好好护送着去吧。"

永璂乖乖离去，嬿婉抚着腰肢，一脸爱怜欢喜："十二阿哥有皇后娘娘调教，这般懂事会说话，真是难得。只盼臣妾的孩子出生，也能赶得上十二阿哥半分乖巧，臣妾就心满意足了。"她因为遇喜而变得圆润的脸庞被领口雪白的风毛簇拥着，如十五饱满莹亮的月，散着格外柔和的朦胧的光。

皇帝唇角的笑意淡了下来："孩子天真，孺慕之思做不得假。"

嬿婉的笑意更柔，仿佛细细一弯弧线："皇上说得是。臣妾只是感慨，也是心有余悸。臣妾不过几月也要生产，真怕宫里接生的嬷嬷中还有如田氏这般心狠手辣的……"她按着心口，仿佛不胜柔弱："臣妾侍奉皇上多年，好不容易才怀上这个孩子，臣妾真是怕。"

皇帝也不接话，径自走回书桌前，牵过嬿婉的手："来，永璂来之前你和朕说什么来着？你的声音真好听，朕喜欢听你说话。"

嬿婉柔柔道："是。"她取过那卷书，依依念道："诸花及诸叶香者，俱可蒸露。"[1]她念了一句，忽而嫣然一笑，道："那日臣妾嘴馋，恰好内务府的桂花清露没有了，臣妾便叫澜翠折了新鲜桂花用热水冲泡，以为虽比不得桂花清露，但总能得十之二三的清甜，结果便被皇上取笑了。"

皇帝笑吟吟道："若以热水直接浇到香花上，只会坏了花朵的天然香气。也唯有你这般天真，想出这样的主意。"

嬿婉面上一红，十分忸怩："臣妾不懂风雅之道，但幸好皇上懂得，臣妾用心揣摩，也总算明白了些许，所以按古方所言制了几款花露放在宫中，

---

[1] 出自清顾仲编著的饮食著作《养小录》。《养小录》共三卷，成书年代约在康熙三十七年（1698年）。全书分"饮之属""酱之属""饵之属""蔬之属""餐芳谱""果之属""嘉肴篇"七部分。书中记载了饮料、调料、蔬菜、糕点、菜肴等一百九十多种，以浙江风味为主，兼收中原及北方风味。

以备皇上随时品用。"她掰着指头道："玫瑰花露柔肝和胃，百合花露滋阴清热，茉莉花露理气安神，碧桃花露养血润颜，梅花……"她沉吟片刻，自觉失言，终究没说下去，只是撒娇道："皇上是不是也觉得臣妾进益了？"

嬿婉如清水芙蓉般的面容在明亮的殿中被窗外雪光镀上了更为温婉的轮廓。有时候一个眼错，看到嬿婉，会让人想起年轻时的如懿的脸，只是完全不同于如懿的冰雪之姿。嬿婉的美，更凡俗而亲切，带着烟火气息，像开在庭院里一朵随手可以攀折的粉红蔷薇。

皇帝笑着揉一揉她的头发，眼神中尽是宠溺之情："是了。你聪慧伶俐，没有什么学不会，也没有什么学不好的。"他转过脸问："进保，今日备着什么点心？朕有些饿了。"

进保应了一声，便道："今日御膳房备着的是暗香汤和水仙白玉酥。"

皇帝皱了皱眉，便有些不悦："水仙白玉酥也罢了，好好的怎么想起做暗香汤了？"

进保见皇帝的气来得莫名其妙，只得答道："御膳房做的点心都是按着节气来的。暗香汤取腊月早梅所制，入口清甜。水仙白玉酥也是做成水仙花五瓣的模样，绵软松爽。若……皇上不喜欢，奴才就叫他们去换。"

皇帝不耐烦地摆摆手："罢了。都是吃絮了的东西，也没什么意思。"他看着嬿婉："你喜欢吃什么，朕叫御膳房送来，朕陪你一起吃。"

嬿婉含笑谢过，托腮想了几样，皇帝便嘱咐进保去御膳房拿了。嬿婉一脸欢欢喜喜的样子，温柔乖巧得叫人忍不住轻怜蜜爱。他牵过她的手，抚着她鼓起的肚子，絮絮地有一句没一句地嘱咐着什么。其实他并不知道自己说了什么，思绪跳宕的空隙间，他想起某一年的冬日，其实想不起是哪一年了，或许年年如是，如懿披着深红的斗篷，站在梅枝下仔细挑选着合适的初开的梅朵，以备来日泡成这一盏有暗香浮动的暗香汤。

连那汤方他都一字一句地记得清楚："腊月早梅，清晨摘半开花朵，连蒂入瓷瓶。每一两，用炒盐一两撒入。勿用手抄坏，箬叶厚纸密封。入夏取开，先置蜜少许于盏内，加花三四朵，滚水注入，花开如生。充茶，香甚

207

可爱。"

这是从《养小录》上得来的法子，如懿一见便喜欢得紧。她那样喜欢梅花，与梅花有关的都爱不释手。为表郑重，也为谢她的玲珑心意，是自己亲手抄录的方子，存在她的妆盒底下。如今这盏甜汤已经成了御膳房向例的点心。那么她呢？她可曾喝到这一碗她最爱的暗香汤？

如懿静静靠在花梨边座漆心罗汉长榻的银丝软枕上，螺钿小几上的一盏暗香汤已然凉透，不再冒着丝丝缕缕氤氲的乳白热气。如懿的心思有些飘忽，侧耳听着窗外冰柱融化时点滴的淅沥微声，滴落在冰冷坚硬的砖地上。

海兰坐在长榻的另一侧，取了一管紫毫，低头仔细抄录着一卷佛经，抬头看了如懿一眼，道："这暗香汤都凉透了，姐姐都没喝上一口，看来真的是没什么胃口。等下我亲自下厨，去做几个姐姐喜欢的小菜吧。"

如懿宁和一笑，那笑容却只是牵动了嘴角的弧度，内里却是黯然无色："那便是我的口福了。"她说罢，将自己手里一个平金素纹手炉塞到海兰怀里："抄了半天的佛经了，虽说殿里有火盆，但手总露在外头，仔细冻着。"

海兰叹口气，柔声道："十三阿哥走得早，我们没能为他做些什么。虽然我平素不信六道轮回，但此刻却真心盼望十三阿哥能早日超脱轮回之苦，登上西方极乐世界。"

如懿眼中微有晶莹之色，颔首道："这些日子你陪着我抄录了九百九十九卷经文，若是永璟有知，也可稍稍安慰。"

二人正坐着说话，庭院中骤然有响亮的脚步声响起。如懿听得动静，不由得抬起头来。

三宝在外头欢欢喜喜道："十二阿哥回来了。瞧这小脸儿红的，别是冻着了吧？来，奴才替您烧个暖炉暖暖。"

却是听得乳母嬷嬷们簇拥着永璂进来，请了安道："皇后娘娘万安。"

永璂亦跟着道："额娘万安。"他一说罢，扑入如懿怀中，扭股糖似的拧着。

如懿搓着他的小手，笑嗔道："越发没规矩了。手这么冷，快下去添件衣服。"

永璂点点头："儿臣折了额娘最喜欢的梅花，额娘记得要看啊。"

如懿含笑看他跟着乳母去了偏殿。海兰忙起身道："也不知十二阿哥的话说得圆满不圆满？臣妾去瞧瞧。"如懿见她急急出去，裙摆都闪成了一朵花，轻轻摇摇头，复又低首去理那千丝万缕、色彩纷呈的丝线。

如懿见凌云彻站在门边，不觉微笑："凌大人来了。"她唤过容珮："给凌大人看座。"

凌云彻手里抱着大束的白梅，一时不便坐下。那些梅枝显然是精心挑选过，傲立的舒枝之上每朵梅花都是欲开未开的姿态，盈然待放，还有脉脉细雪沾染。只是殿中温暖，那细雪很快化作晶莹水珠，显得那朵朵白梅不着尘泥，莹洁剔透。

如懿微微失笑："瞧本宫糊涂了，你抱着这些梅花，如何能坐下。"她显然被这些清洁莹透的花朵吸引，眸中微有亮色："如今翊坤宫的人不大出去，虽是冬日，好久不见梅花了。"

容珮接过凌云彻手中的花，抿嘴一笑，欢喜道："凌大人有心了。我们娘娘最喜欢梅花了。"

凌云彻将花递到容珮手里，看她抱了花朵去偏殿寻合适的花瓶，方才不好意思地笑笑："是十二阿哥的一片心意，微臣只是帮十二阿哥摘了送来。希望皇后娘娘看在十二阿哥的孝心上，可以稍稍展颜。"

如懿欣慰道："永璂很是孝顺。"

如懿偏着头，鬓边一支镏金碧玢瓒凤钗上垂落一串白玉，那玉色洁白，与她苍白的面孔殊无二致。她的形容清减了不少，淡妆素容的样子更显出眉目间难掩的一丝忧郁。凌云彻不知怎的，就觉得心口微微哆嗦，陡然酸楚不已。他情不自禁道："皇后娘娘身子可养得好些了么？一直惦记着，也不能……"他觉得自己说得不恰当，赶紧道："其实皇上也惦记着。"

如懿淡淡一笑，那笑容像是浮在碎冰上的阳光，细细碎碎的，没有丝毫暖意："境遇再坏，坏得过从前咱们在冷宫的那个时候么？本宫不会不要自己的身子，一定会养好的。"

凌云彻面庞上紧绷的弧度随着这句话而松弛下来："皇后娘娘喜欢梅花就多看看。微臣也喜欢梅花。"

如懿注目于那些洁白无尘的花朵，口中不经意道："难得听你说起喜欢什么花啊草的。"

凌云彻安静片刻，道："梅花已开，寒冬虽在，但也快是春天了。微臣知道皇后娘娘喜欢梅花，所以新学了一首诗，在娘娘面前班门弄斧了。"

如懿颇有兴致，长长的睫毛扬起，眸中有星子般的亮色："你也学诗了？"

凌云彻有些难为情："从前好歹也上过几年私塾。皇后娘娘别笑话微臣。"他清一清嗓子，朗然念道："冰雪林中著此身，不同桃李混芳尘。忽然一夜清香发，散作乾坤万里春。"

翊坤宫的暖阁宽阔良深，几近无声的静谧让空气里有种凝固的感觉，几乎能听清铜掐丝珐琅八角炭盆里红箩炭"毕剥"燃烧的轻响。嗯，那种轻响，也是温热的，如同他此刻的心情。他不是不知道她这些日子的清冷幽闭，无数次想要寻个机会来看看她，哪怕只是说上几句话，就如当年在冷宫时一般。可是人在眼前，他能想到的，竟是幼年时学过的这首诗。他不知道自己是怎么说出这些话的，或许是这个寒冷的冬日颇为应景，或许是那束白梅正好勾起了他封闭而压抑的情思。他暗暗自嘲，果然自己是不擅长安慰别人的，连找一首写她喜欢的梅花的诗，也是这样简单而朴素。

如懿的声音清凌凌的，若不细听，几乎难以察觉那一丝即将痊愈的沙哑。她极客气地道："是王冕的《白梅》，和眼前这束花倒应景，难为你记得。有心了。"

凌云彻一脸诚挚，动容道："微臣知道自己是个粗人，但冬去春来，只是一瞬之间，还请娘娘暂且忍耐。"他挠了挠额头，苦苦思索片刻，眼中骤然一亮，如熠熠的火苗："微臣还背过一首，前头不大记得了，但后面几句真是好，微臣看过久久记在心里。'横笛和愁听，斜枝倚病看。朔风如解意，容易莫摧残。'①微臣也希望朔风解意，让娘娘能顺心如意。"

如懿的笑意渐渐淡下去，成了幽微一抹，仿若落日时分即将被夜色吞没的最后一缕霞光："你的好意本宫心领了。但是朔风如何能解意，只盼自己熬得住风势强劲，莫被容易摧残罢了。"

他微微抬首，不敢直视着如懿，只是以眼角的余光瞥见她梅子色缀绣银丝梅朵紫狐长衣，那样暗沉的红的底色像是展不开的一个笑颜，凝在了那里，并无一丝欢喜的气息。连那银丝绣簇的梅花，也像一滴滴斑驳的泪痕，闪着剔透的水光。她长长的裙幅透迤在紫檀足榻上，文着浅蓝凤尾的图案，一尾一尾的翎毛，是飞不起来的翅膀，在略显幽暗的暖阁内幽幽闪烁着月牙般的光泽。

这样的默然相对，于他是极难得的奢求。森严的宫里，他每每侍奉十二阿哥或五阿哥至翊坤宫，或是极偶然地陪伴她回宫，才能稍稍有较近的距离。这样的距离，已是极大的温暖。他忽然想起冷宫的岁月里，他有他的心有所属，她亦有她的心之所在，而那时，隔了一扇冷宫旧门，青苔深重的距离，他和她吹着同一阵风，看过同一片云彩，反而能随心所欲地说说心底事。

这样的记忆，如今看来，如同天山上的雪莲一般弥足珍贵。

如懿的思绪仿佛悬挂在遥远的云端，渺渺不可触摸。许久，她忽然道："凌云彻，除了当值之外，你还常出宫去吧？本宫要托付你一件事。"

凌云彻旋即肃然，端正神色道："微臣听命。"

如懿的眼眸明明沉静如水，却有着碎冰浮涌的凛冽："田氏已死，但这件事本宫总是不安心。若你能在出宫时替本宫彻查此事，那便最好不过了。"

凌云彻心领神会："微臣知道田氏尚有一子，爱之逾越性命。或许可以

① 出自唐代崔道融的《梅花》。全诗为："数萼初含雪，孤标画本难。香中别有韵，清极不知寒。横笛和愁听，斜枝倚病看。朔风如解意，容易莫摧残。"

211

从他身上探知一二。"

如懿松了一口气，眸中闪过一点感激之意："多谢你。这件事很难，或许已经死无对证，或许不小心还会让你牵涉其中，有损你的青云之路。你肯帮本官，是成全了本官与永璟一番母子之情。若真的到田氏为止再无任何隐情，那么永璟在九泉之下，也可以稍稍瞑目。"她再度郑重谢过："在宫中近乎半生，本官可以信赖的人不多，可以托付的人更不多。幸好还有你和愉妃。凌云彻，多谢。"

凌云彻微微一震，似是被她最后的一声呼唤触动，疏朗的眉目间骤然有了一丝难以言喻的温柔。情思空白的须臾，他忽然闻到一缕淡淡的梅香，清芬馥郁，幽幽间教人心醉神驰。他分不清那幽醉的暗香来自何方，他只是一心一意地盼望，哪怕能够暗香如故，也不要有零落成泥碾作尘的那一日。

他不知哪里来了这样大的勇气，抬起头望着她，专注地，目光明朗而清澈。他的声音沉郁朗朗："微臣没有别的办法。从前冷宫岁月，彼此落魄，还可以相互关照。如今云泥有别，微臣能做的，只有守在宫门外不远不近的距离守护娘娘，或是偶尔伴随娘娘身边，踏着娘娘的足印去走娘娘走过的路，读着娘娘爱读的诗词，看着娘娘喜欢的梅花，微臣才觉得，与娘娘之间的距离可以没有那么远。"

心底的冷漠，仿佛被这些话语一一震动，漾起微微的涟漪，闪着零星的银色的光晕，如春日的樱花散落于湖面。那种轻触的温柔，也是震惊。

她恍惚地想，是多久以前，曾经有人也对她说过这样绵而暖的话。

夕阳笼罩了整个紫禁城，暮霭宛如潺湲的宽广河水，流溢过起伏的殿台楼阁；流溢过飞翘的檐角，盘踞的鸱吻；流溢过每一座寂寞而无声的宫墙。殿内静得恍若一池秋水。如懿唇角抿出一丝了然的笑意。旋即，她便觉得那是不应当的，连笑也是不合宜的。她蹙了蹙眉心，静静地挤出疏离而客气的神色，将他显而易见的温情以自己疏冷而高华的母仪姿态隔绝于外。

红尘紫陌，俗世迢迢，他自有他的举案齐眉，她亦有她的难以割舍。他与她之间，是错了季节的花朵，连一丝绽放的可能也无。

第二十章　异变

　　须臾的死寂似乎并不给殿中的这两人少许回旋的余地，反而有重重的畏惧从如懿的心底溢出。她的理智和直觉提醒着她这些温情背后可能的残酷后果，并且在她目睹凌云彻渐渐变成云霞红的耳根和瞥见帘外不知何时进来袖手而立的海兰时，那股畏惧与警醒更加凛冽地如冰雪覆上发烫的额头，灌入脑缝。

　　她的身份，是这个王朝所有者的女人。永不能改变，至死也不能！

　　如懿的神情瞬间庄肃而冷然，含有几分矜持之意："多谢凌大人关怀。昔年彼此照顾的情谊，本宫与愉妃都铭记在心。"

　　海兰听得提到自己名字，不觉款款上前，软声道："自然了，皇后娘娘念及旧恩，时时事事不忘提携凌大人，凌大人也要知恩图报，不要陷娘娘于危墙之下。"

　　海兰的容色安宁平和若平湖秋月，却字字句句都落在身份尊卑的天壤之别上。凌云彻眼中的火焰如被泼了凉水，瞬息黯淡不见。他退后一步，依足了规矩道："愉妃娘娘字字句句，微臣都懂得，不敢逾越忘恩。"

　　海兰沉着而矜持地颔首，保持着优雅的仪态："有凌大人这句话，本宫与皇后娘娘也可安心了。"她端然一笑："对了。凌大人成日忙碌于宫中，难得出宫，既不要忘了皇后娘娘吩咐的差事，也别忘了安慰家中娇妻。毕竟，那是皇上钦赐的姻缘呢。"

　　凌云彻克制地黯然一笑，衔住眼底的一丝苍凉孤绝，躬身告退。

　　海兰见他出去，方在如懿身边坐下，屏息静气，凝视不语。

　　如懿知她心思，便道："有什么话，但说无妨。"

海兰不自觉地靠近如懿，眼里有浮沉不定的疑惑："姐姐真的不觉得凌侍卫对您格外亲厚？"

如懿的目光停驻在她身上，伸手掠去她鬓边发丝所沾的一星浮尘，淡淡一哂："我与他彼此救助扶持，自然格外亲厚。"

海兰斟酌着词句，仿佛极难启齿："姐姐，我的意思是，凌侍卫对姐姐的亲厚，更多的是……男女之情。"

如懿蹙眉："不要胡说，凌云彻已有妻室。"

"但他们夫妻并不和睦。"海兰微微迟疑，见如懿眸中颇有探询之意，索性道，"听说茂倩仗着是满军旗上三旗的出身，并不怎么将凌云彻放在眼里，所以夫妻间屡屡争执不睦。"

如懿不以为意，浅浅一笑漾起几分感慨："哪有夫妻不争执吵闹的，外头人家也有外头人家的好处，夫妻拌嘴也是当着面的。不比宫里，夫妻君臣，什么都搁在心里，思量了许多遍也不能直说出来。"

海兰盯着如懿，轻声细语间夹着犀利的锋锐："我要说的不是这个。姐姐聪慧，难道真的从未察觉凌云彻对姐姐有意？姐姐，难道您一点也不知？"

如懿清婉一笑，向着海兰道："许多事，你若不想知道，便永远也不会知道。有时候视而不见，比事事察觉要自在许多。"

海兰轻嘘一口气："姐姐果然是知道的。"她眼中多了一丝松快的笑意："因为姐姐不喜欢，才故作不知，对不对？"

如懿轻叹："我已暗示过，要他善待妻室。我自有我自己曾经中意之人。"

海兰微微一怔，继而笑："姐姐是说皇上？多少年夫妻了，眼看着新人蜂至，姐姐还说这样的话。"

如懿敛容，沉静的容色如带雪的梅瓣，莹白中有薄薄的寒透之意："海兰，我知道你要说什么。在我嫁给皇上为侧福晋为妾室的那一日，我就知道皇上身边永远不会只有我一个女人，他所爱恋怜惜的，也绝不只我一个。自从成为皇后，我便更明白这个道理。所以我可以容忍，容忍自己在年华老去的同时皇上的身边有越来越多的女人，因为我知道我争不了，也争不到，只是枉然而已。不只是皇后的身份束缚着我，更是因为我比谁都明白，愿得一心人，在这个宫里是永世不可得的梦想。"

海兰微微扬眸，凝视着如懿："所以姐姐就可以这样忍让到底？"

悠长的叹息静默得如同贴着金砖旋过的带着雪子的风，如懿望着朱壁墙上自己削薄的侧影，那暗淡的影色也不免有憔悴零落之意："皇上身边的人再多，我们毕竟是少年夫妻。哪怕我什么都不求，亦求一点信任，一点尊重，仅此而已。这，便是我的底线。"

"人传欢负情，我自未尝见。三更开门去，始知子夜变。"①海兰鬓边的一朵碎玉银丝珠花随着她蝤首轻摇，颤颤若风中细蕊，"皇上对姐姐的信任和尊重，在封后那一日，连我也差点相信了。可是如今呢，那些所谓的信任和尊重，能换来对姐姐一句丧子之痛的安慰么，还是姐姐一定要到覆水难收那一日，才能真正死心？"

如懿默然不语，只是看着海兰鬓边那一朵珠花出神。海兰虽然向来无宠，但终究身在妃位，儿子又得皇帝欢心，所以也略略妆饰。且皇帝登基多年，性子里喜好奢华的本意渐渐流露，也看不惯嫔妃衣妆过于简素，所以海兰饰在燕尾上一朵翠翘明珠压发，那明珠便也罢了，不过是拇指大的光润浑圆一颗，有目眩迷离的光晕，那翠翘是用上好的翠鸟的羽，且是软翠②，细腻纤柔。

---

① 出自《子夜变歌·其一》。子夜歌，乐府曲名，现存四十二首，收于《乐府诗集》中，以五言为形式，以爱情为题材，后来延伸出多种变曲。《唐书·乐志》曰："《子夜歌》者，晋曲也。晋有女子名子夜，造此声，声过哀苦。"

② 点翠工艺是中国一项传统的金银首饰制作工艺。它是首饰制作中的一个辅助工种，起着点缀美化金银首饰的作用。据传翠羽必须由活的翠鸟身上拔取，才可保证颜色之鲜艳华丽。翠羽根据部位和工艺的不同，可以呈现出蕉月、湖色、深藏青等不同色彩，加之鸟羽的自然纹理和幻彩光，使整件作品富于变化，生动活泼。其中软翠是翠鸟颈部的羽毛，质地格外细柔。

那样雍容而精致的翠蓝，映着她白净的容颜，有泠泠的冷光翠华，让人无端便生了清冷涩意。她唇边有酸楚的笑色，如秋风里枝头瑟瑟的叶，轻轻吟道："弹破庄周梦，两翅驾东风，三百座名园，一采一个空。谁道风流种，唬杀寻芳的蜜蜂。"[①]她的声音脆脆的，落在殿中有空响的回音，"姐姐熟读宋词元曲，自然知道这支曲子。"

如懿的笑意萧疏得如一缕残风："你是说，我们爱的男人，不过是一只寻芳花间不知疲倦的大蝴蝶？"

海兰的笑容转瞬如初雪消逝："姐姐，那是您爱的男人，不是我们。"她的话语清晰如薄薄的刀锋，划下不可逾越的冷淡："我只是皇上的妃妾，与他同眠数载，育有一子，仅此而已。"

在连续失去了爱女和幼子之后，如懿再粗心，亦发现了衰老的不期而至。那是一样无法抗拒的东西，原本她提着一口气，以为可以摒得住失去孩子的伤心，以为可以用佛经偈文来安抚自己的痛心与责备，可是这样日里夜里忍着泪，清晨醒转时，还是能抚摸到泪水浸淫过枕被的痕迹。

红丝穿露珠帘冷，百尺哑哑下纤绠。翊坤宫寂寥冷清的日子里，时光仿佛机杼声声中经穿纬度般枯燥与死板。如懿愈加懒于梳妆，只得在逢十日嫔妃不得不拜见的日子里，她才勉强打起精神草草应对。对着妆镜时，哪怕光线再晦暗，她都能敏捷地发现隐蔽在发间的银丝，原本只是一丝，一根，渐渐如被秋霜掩映后的枯蓬，一丛一丛密密地长出。当容珮不得不一次次用桑叶乌发膏为她染黑发色的时候，如懿亦颓然："掩住了白发，眼角的细纹又该如何呢？"

---

① 出自元初散曲家王和卿的一首小令《醉中天·咏大蝴蝶》。全曲为："弹破庄周梦，两翅驾东风，三百座名园，一采一个空。谁道风流种，唬杀寻芳的蜜蜂。轻轻飞动，把卖花人扇过桥东。"在这首散曲中，作者几乎是用荒诞的夸张手法，塑造了一只大蝴蝶的形象，并赋予它比喻和象征的意义。此曲还借用"庄周梦蝶"的典故讽刺贪色的花花公子的劣迹恶行。

那细细的纹路，仿佛是轻绵的蛛网，幼细无声地蔓延在眼角和面颊。再多的脂粉，也敷不上干涩的肌肤，那是昨夜思子的泪痕划过，无法再吃住脂粉的滑腻与香润。

闲来无事时，太后也会偶尔来看她，亦会温言安慰："皇后莫要如此伤心了。"

这是如懿与太后之间难得的平静而略显温情的相处。自从端淑长公主归来，太后仿佛一夜之间变回了一个慈爱而温和且无欲无求的妇人，含饴弄孙，与女儿相伴，闲逸度日。她身上再没有往日那种精明犀利的光彩，而是以平和的姿态，与她闲话几句。自然，太后也会带来皇帝的消息。虽然几乎不再见面，皇帝也有慰藉的话语传来。

她并不曾体会到那些话语之后的温度，因为这样的话，客气、疏远、矜持有度，太像是不得不显示皇家礼仪的某种客套。她只是仰视着太后平静的姿容，默默地想，是要行经了多少崎岖远途，跋涉了多少山重水复，才可以得到太后这般光明而宁和的收梢。

虽然有太后这样的安慰，也有皇帝的话语传来，但皇帝终究未曾再踏入翊坤宫中。孩子的死，终究已经成了他们之间难以解开的心结。自然，比之一个中年丧子丧女的哀伤女子，他更乐意见到那些年轻的娇艳的面庞，如盛开的四时花朵，宜喜宜嗔，让他轻易忘却哀愁。而她，只能在苔冷风凉的孤寂里，紧紧抱住唯一的永璜，来支撑自己行将崩溃的心境。

此时的热闹，只在嬿婉的永寿宫中。哪怕是冰天雪地时节，那儿也是春繁花事闹的天地。嬿婉正怀着她的第一个孩子，开始她真正踌躇满志的人生。无论腹中是男孩还是女孩，都意味着曾经以为不能生育的梦魇的过去。她终于能抬头挺胸，在这个后宫厮杀惊雷波动之地争得自己的一席之位。

真的，多少次午夜梦回，嬿婉看着锦绣堆叠的永寿宫，看着数不尽的华美衣裳、绫罗珠宝，寂寞地闪耀着死冷的华泽。她死死地抓着它们，触手冰凉或坚硬，却不得不提醒着自己：这些华丽，只是没有生命的附属，她只有去寻得一个有生命的依靠，才不至于在未来红颜流逝的日子里寂寞地芳华老去，成为紫禁城中一朵随时可以被风卷得凌乱而去的柳絮。

哪怕是皇帝在身边的夜里，她同样是不安心的。此时此刻自己唯一的男人在自己身边，下一时下一刻，他又会在哪里？就好像他的心，如同吹拂不定的风一般，此刻拂上这朵花流连不已，下一刻又在另一朵上。尤其是年轻的妃嫔们源源不断地入宫，她更是畏惧。总有一日，这个男人会成为一只盲目的蝴蝶，迷乱在花叶招展之中。

所以，当月光清冷而淡漠地一点一点爬过她的皮肤之时，她在伸手不可触摸的黑夜中，一次一次闭紧了喉舌，紧抱住自己："一定，一定要有一个自己的孩子。"

所以，这一次的遇喜，足以让嬿婉欣喜若狂。

嬿婉在这欣喜里仔细打量着东西六宫的恩泽如沐。如懿的恩宠早已连同永璟的死一同消亡，即便有皇后的身份依凭，容颜和精力到底不如往日了。昔日得宠的舒妃也跟着她的孩子一起香消玉殒，连宿敌嘉贵妃都死了。颖嫔和忻妃虽然得宠，到底位分还越不过她去。因此，嬿婉几乎是毫无后顾之忧地在宫中安享着圣宠的眷顾。

这是她最春风得意的时刻，连宫人们望向她的目光都带着一种深深的艳羡与敬慕。那才是集万千宠爱于一身的宠妃啊。

比之于永寿宫的门庭若市，翊坤宫真真是冷寂到了极点。除了海兰还时时过来，绿筠和忻妃也偶有踏足，除此之外，便是年节时应景的点缀了。并且凌云彻并没有再入翊坤宫来，大约是没有合适的时机，或是御前的事务太过繁重，容不得他脱开身来，渐渐地也没有了消息。而这些日子，因着时气所感，永璂的身体也不大好，逢着一阵春潮反复便有些发热咳嗽，如懿一颗心悬在那里，便是一刻也不能放松。

是太知道不能失去了。璟儿、永璟，一个个孩子都连着离开了自己。她是一个多么无能为力的母亲，所以，便是违反宫规，她也不得不求了太后，将永璂挪到了自己身边。

太后自然是应允的，只是望着如懿哀哀的神色，生了几分怜悯之意：

"皇后，永璂既然不大好，何不求了皇帝将孩子挪去你身边照顾？见面三分情，说说孩子的事，夫妻俩的感情多少也能扭转些。你与皇帝只有这一个永璂了，皇帝不会不在乎的。"

心底的酸楚与委屈如何能言说，更兼着积郁的自责，如噬骨的蚁，一点一点细细咬啮。如懿只能淡淡苦笑："儿臣不是一个好额娘，如何再敢惊动皇上。只求能照顾好永璂，才能稍稍安心。"

太后静静凝视她片刻："有些事，皇上不肯迈出那一步，难道你就不肯么？哀家看得出来，皇帝对你并非全不在意。"

仿佛是谁尖利的指甲在眼中狠狠一戳，逼得如懿几乎要落下泪来。她只是一味低首，望着身侧黄花梨木花架上的一盆幽幽春兰，那细长青翠的叶片是锋锐的刃，一片一片薄薄地贴着肉刮过去。良久，她亦只是无言。不是不肯倾诉，而是许多事，忍得久了，伤心久了，不知从何说起，也唯有无言而已。

太后无法可劝，也不愿对着她愁肠百结，只得好言嘱咐了让她退下。还是福珈乖觉，见如懿这般，便向着太后道："太后娘娘，恕奴婢直言，只怕皇后心里有苦，却是说不出来。"

太后沉着脸看不出喜怒，徐徐道："皇后是苦，从前一心一意对付着孝贤皇后和慧贤皇贵妃，以为事散了，淑嘉皇贵妃又挑着头不安分。如今淑嘉皇贵妃去了，孩子又接二连三地出事。也罢，说来本宫也不大信，从前孝贤皇后什么都有，何必事事跟嫔妃过不去，又说是淑嘉皇贵妃的挑唆。难道哀家真是老了，许多事看不明白了么？"

福珈忙忙赔笑道："太后是有福之人，哪里有空成日去琢磨她们那些刁钻心思。这么多年，怕是看也看烦了。"

太后叹道："从前哀家是不大理会，由着这潭浑水浑下去，如今看来，皇后自己也福薄。"

福珈道："宫里是潭浑水，可太后不是还有令妃娘娘这双眼睛么？"

太后默默出了会儿神，缓缓道："那是从前。如今哀家有女儿在身边安享天伦，理这些做什么。留着令妃，也是怕再生出什么事端，防着一手罢了。但令妃那性子，表面乖顺，内里却自有一套，也不是个好拿捏的。哀家且由着她去，省得说得多了，反而叫她留了旁的心思。”

福珈口中答应着，眼里却是闪烁：“失了儿女是天命，嫔御不谐是常理，这都是说得出来的苦。可皇后她……”

太后从细白青瓷芙蓉碟里取了一块什锦柳絮香糕，那碧绿莹莹的糕点上沾着细碎的白屑，真如点点柳絮，雪白可爱。太后就着手吃了小半，睨了福珈一眼：“有话便直说，闪不着你的舌头。”

福珈忙恭谨道：“太后这几日嫌春寒不大出去，岂不知宫里正流传着一首诗呢。”

太后垂首拨弄着檀色嵌明松绿团福纹样蹙金绣袍的镏金盘花扣上垂落的紫翡翠鸟明珠流苏，笑容淡淡地问：“什么诗？”

福珈笑了笑，不自然地摸了摸鬓边一枝烧蓝米珠松石福寿花朵，有些僵硬地学着背诵道：“独旦歌来三忌周，心惊岁月信如流。断魂恰值清明节，饮恨难忘齐鲁游。岂必新琴终不及，究输旧剑久相投。圣湖桃柳方明媚，怪底今朝只益愁。”

太后面色一冷，牵扯得眉心也微微一蹙：“这诗像是皇帝的手笔，是怀念孝贤皇后的么？”

福珈恭声道：“太后娘娘明鉴，正是皇上怀念孝贤皇后的旧诗。只不过诗中所提的三忌周，是指孝贤皇后崩逝三年的时候。”她悄悄看一眼太后的神色，不动声色道：“所以奴婢说，是旧诗。”

太后静默片刻，扯出矜持的笑容：“孝贤皇后崩逝三年，那个时候，如今的皇后才与皇帝成婚吧。立后是皇帝的意思，写下‘岂必新琴终不及，究输旧剑久相投’的也是皇帝。旧爱新欢两相顾全，这才真真是个多情的好皇帝呢。”

福珈见太后笑得冷寂，便道：“孝贤皇后如见此诗，想来九泉之下也颇安慰。孝贤皇后生前是得皇上礼遇敬重，但令妃所得的儿女情长，鬓边厮磨

221

怕也不少。有句老话便是了，妻不如妾，妾不如偷。未承想人去之后，皇上却写了那么多诗文祭悼，可见皇上终究是念着孝贤皇后的。"

"皇帝一生之中，最重嫡子，自然也看重发妻。最不许人说他薄情寡义。"太后薄薄的笑意倒映在手边一盏暗红色的金橘姜蜜水里，幽幽不定。此时，斜阳如血，影影绰绰地照在太后身形之后，越发有一种光华万丈之下的孤独与凄暗："只是写写诗文便可将深情流转天下，得个情深义重的好名声，真是上算！只是哀家虽然对如今的皇后不过可可，可皇帝那诗传扬出来，哀家同为女子，也替皇后觉得难堪。且所谓妻不如妾，妾不如偷，本是说天下男子好色习性，放在咱们皇帝这里，却又是多了一层忌惮皇后与他并肩分了前朝后宫的权位之事了。你便看不出来么，皇后还是贵妃皇贵妃的时候，皇帝待她到底亲厚多了。反而一成皇后，却有些疏冷了。"

福珈亦有些不忍："是。本来皇后就比不得嫔妃能放下身段争宠，又事事能与皇上商量说得上话，不必那么事事遵从。皇上为了十三阿哥之死疏远了皇后，如今又有这诗传扬出来，也难怪皇后不愿与皇上亲近了。"

殿中点着檀香，乃是异域所贡的白皮老山香，气味尤为沉静袅袅。熏香细细散开雾白清芬，缠绕在暗金色的厚缎帷帐上，一丝一缕无声无息，静静沁入心脾。闻得久了，仿佛远远隔着金沙淘澄过后的沉淀与寂静，是另一重世界，安静得仿佛不在人间。太后搁下手里的糕点，淡淡道："这糕点甜腻腻的，不大像是咱们小厨房的手艺。"

福珈忙转了神色赔笑道："真是没有太后娘娘不知道的。这柳絮香糕是令妃娘娘宫里进献的。也难为了令妃娘娘，自个儿是北地佳人，却能找到那么好的手艺做出这份江南糕点来。咱们皇上是最爱江南春色的，难怪皇上这么宠着她。"

殿中开阔深远，夕阳斜斜地从檐下如流水蜿蜒而进，散落游蛇般的暗红光影。太后的面孔在残阳中模糊而不分明："说来，令妃也算个有心人。哀家调教过那么多嫔妃，她算是一个能无师自通的。从前因着家中教养的缘故略显粗俗些，如今一向要强，也细致得无可挑剔了。做起事来，往往出人意表却更胜一筹。"

福珈不知太后这话是赞许还是贬低,只得含含糊糊道:"那都是太后教导有方。"

"是她自己有心。哀家没有点拨的事,令妃都能自己上赶着做在前头了。她日日陪在皇帝身边,皇帝写的诗,她能不知?有意也好,无心也罢,帝后不和,总是她渔翁得利。哀家只是觉着,令妃有些伶俐得过头了。"太后轻轻一嗅,似是无比沉醉,"今儿吩咐你点的是白皮老山香,檀香之中最名贵的。福珈,知道哀家为何多年来只喜欢檀香一品么?"

福珈思忖着道:"檀香性收敛,气味醇和,主沉静空灵之味。"

太后的唇角泛起一朵薄薄的笑意:"诸香之中,唯有檀香于心旷神怡之中达于正定,证得自性如来,最具佛性。"她双眸微垂,冷冷道:"只是哀家在后宫中辗转存活一生,看尽世情,这个地方,有人性便算不错,往来都是兽性魔性之人,乃是离佛界最远之地。你岂不知,本在天上之人最不求极乐世界而辛苦求拜者,都是沉沦苦海更甚为身在地狱之人,所以你别瞧着后宫里一个个貌美如花、身披富贵,都是一样的。"

福珈有些不知所措:"好端端的,太后说这些做什么。您是福寿万全之人,和她们不一样。"

"都是一样的。今日的她们,上至皇后,下至嫔妃,在她们眼里,只有到了哀家这个位子才算求得了一辈子最后的安稳,所以她们拼尽全力都会朝着这个位子来。令妃固然是聪明人,懂得在皇帝和皇后如今的冷淡上再雪上加霜一笔。但,哀家的女儿已经都在膝下承欢,哀家只希望借她的耳朵、她的眼睛多知道些皇帝,以求个万全。如今她的手伸得那么快,那么长,倒教哀家觉得此人不甚安分。"

福珈想了想道:"奴婢想着,令妃到底没什么家世,因为这个才得了皇上几分爱怜信任。也因为这个,她翻不过天去,咱们不必防范她什么。太后求了多年的如今都得了,何必多理会后宫这些事。儿孙自有儿孙福,您操心什么,且享自己的清福便是。"

第二十一章　海兰

冬日时光便这么一朵朵绽放成了春日林梢的翡绿翠荫。今年御苑春色最是撩人，粉壁画垣，晴光柔暖，春心无处不飞悬。却原来都是旁人的热闹，旁人的锦绣缀在了苍白无声的画卷上，绽出最艳最丽的锦色天地。

容珮长日里见如懿只一心守着永璂，呵护他安好，余事也浑不理会，便也忍不住道："皇后娘娘，皇上倒是常常唤奴婢去，问起十二阿哥的情形呢。只是奴婢笨嘴拙舌的，回话也回不好。奴婢想着，皇上关怀十二阿哥，许多事娘娘清楚，回得更清楚呢。"

如懿低头仔细看着江与彬新出的一张药方，不以为意道："本宫不是不知，本宫往太后处请安时，皇上也偶来探望永璂。永璂病情如何，他其实都一清二楚。"

容珮见如懿只是沉着脸默默出神，越发急切道："皇后娘娘，恕奴婢妄言一句，如今十二阿哥这么病着，娘娘大可借此请皇上过来探视，见面三分情，又顾着孩子，娘娘和皇上也能借机和好了。"

如懿心下一酸，脸上却硬着，并无一丝转圜之意："永璂这么病着，皇上若是自己不愿意本宫在时来，强求也是无用。"

容珮咬着唇，想要叹，却强忍住了，气道："这些时日皇上都只在令妃小主宫里，只怕也是令妃设计阻拦了！"

日影将庭中的桐树扯下笔直的暗影，这样花香沉郁的融融春色里，也有着寂寞空庭的疏凉。望得久了，那树影是一潭深碧的水，悄然无声地漫上，渐渐迫至头顶。她在那窒息般的脆弱里生了无限感慨："想要来的谁也拦不住，你又何必这般替皇上掩饰？"

容珮素来沉着，连日的冷遇，也让她生了几分急躁，赤眉白眼着道："可皇上若不来，岂不是和娘娘越来越疏远了？"

如懿闭上了眼睛，容珮的话是折断了的针，钝痛着刺进了心肺。她极力屏息，将素白无饰的指甲折在手心里，借着皮肉的痛楚定声道："借孩子生病邀宠，本宫何至于此？"

容珮一时也顾不得了，扬着脸道："不如此，不得活。这后宫本就是一个泥淖，娘娘何必要做一朵出淤泥而不染的白莲？"她觑着如懿的神色，大着胆子道："娘娘是后宫之主，但也身在后宫之中。许多事，无谓坚持。夫妻之间，低一低头又如何？"

"白莲花？"如懿自嘲地笑笑，在明灿日光下摊开自己素白而单薄的手心，清晰的手纹之中，隐着多少人的鲜血。她愧然："身在混沌，何来清洁？满宫里干净些的，怕也只有婉嫔。可来日若洪水滔天，谁又避得过？所以本宫低头，又能换来什么？眼前一时安稳，但以后呢？以后的以后呢？"

容珮猛然跪下，恳求道："不顾眼前，何来以后？皇后娘娘万不能灰了心，丧了意！"

"不灰心，不丧意。夫君乃良人，可以仰望终身！可本宫身为皇后，痛失儿女，家族落寞，又与夫君心生隔阂。本宫又可仰望谁？"一而再，再而三，勉力自持，但深深蹙起的眉心有难以磨灭的悲怆。如懿的眼底漫起不可抑制的泪光，凄然道："如今满宫里传的什么诗你会不知？皇上拿着本宫与孝贤皇后比，且又有什么可比的。活人哪里争得过死人去！"

容珮从如懿指间抽过绢子，默然替她拭了泪，和声劝道："皇上这诗听着是挫磨人的心，多少恩爱呢，只在纸头上么？但一时之语作得什么数？且这些年来，皇上想念孝贤皇后，心中有所愧怍，所以写了不少诗文悼念，娘娘不都不甚在意么？说来……"她看一眼如懿，直截了当："说来，这宫里奴婢最敬服的是愉妃小主。她若见了这诗，必定嗤之以鼻，毫不理会。所以论刚强，奴婢及不上愉妃小主半个指头。"

如懿听她赞海兰，不觉忍了酸涩之意，强笑道："海兰生性洒脱，没有

227

儿女情长的牵挂，这是她一生一世的好处。而本宫从前不在意，是心中有所坚持。经了这三番五次的事，本宫难道不知，自己只占了个皇后的名位，在皇上心里，竟是连立足之地都没有的。本宫还能信什么，坚持什么？不过是强留着夫妻的名分，勉强终老而已。"

"娘娘可勉强不得。您这心思一起，不知要遂了多少人的心愿呢。宫里多少人传着这诗，尽等着瞧咱们翊坤宫的笑话。奴婢已经吩咐了下去，不许底下的人露出败色来，也不许与人争执，只当没长耳朵，没听见那些话。"

如懿含了一丝欣慰，拍拍容珮的手："你在，就是本宫的左膀右臂，让本宫可以全心全意照顾永璂。伺候过本宫的人，阿箬反骨，蕊心柔婉，你却是最刚强不过的。有你，本宫放心。"

容珮着实不好意思："奴婢哪里配得上皇后娘娘这般赞许。奴婢能挡的，是虾兵蟹将。娘娘得自己提着一口气，墙倒众人推。咱们的墙倒不得，只为了冤死的十三阿哥的仇还没报，十二阿哥的前程更辜负不得！"

心似被什么东西撞了一下，隐隐作痛，鼻中也酸楚。日光寂寂，那明亮里也带着落拓。这些日子里，面子上的冷静自持是做给翊坤宫外的冷眼看的，心底的痛楚、委屈和失落，却只能放在人影之后，缩在珠帘重重的孤寂里，一个人默默地吞咽。这样的伤绪，说不得，提不得。一提，自己便先溃败如山。所以没有出口，只得由着它熬在心底里，一点点腐蚀着血肉，腐蚀得她蒙然发狂："本宫知道，这诗突然流传宫中，自然是有古怪。可毕竟白纸黑字是皇上所写，否则谁敢胡乱揣度圣意。本宫自知不是发妻，却也不愿落了这样的口实，叫皇上自己比出高低上下来。"

容珮望着如懿倔强而疲倦的容颜，静了半晌，怔怔地说不出话来，良久方叹息不已："皇后娘娘，奴婢算是看得分明了。在这宫里，有时候若是肯糊涂些浑浑噩噩过去了，便也活得不错。或是什么也不求，什么也不怕，倒也相安无事。可若既要求个两心情长，念着旧日情分，又要维持着尊荣颜面，事事坚持，那么，真当是最最辛苦，又落不得好。"

仿佛是暮霭沉沉中，有巨大的钟声自天际轰然传来，直直震落于天灵盖上。曾几何时，也有人这样执意问过："等你红颜迟暮，机心耗尽，还能凭什么去争宠？姑母问你，宠爱是面子，权势是里子，你要哪一个？"

　　那是年少青葱的自己，在念转如电间暗暗下定了毕生所愿："青樱贪心，自然希望两者皆得。但若不能，自然是里子最最要紧。"

　　不不不，如今看来，竟是宠爱可减，权势可消，唯有心底那一份数十载共枕相伴的情意，便是生生明白了不得依靠，却放不下，割不断，更不能信。原来所谓情缘一场，竟是这般抵不得风摧雨销。用尽了所有的力气，终于有了与他并肩共老的可能，才知道，原来所谓皇后，所谓母仪，所谓夫妻，亦不过是高处不胜寒时彼此渐行渐远的冷寂，将往日同行相伴的恩情，如此辗转指间，任流光轻易抛。

　　这夜下了一晚的沥沥小雨，皇帝宿在永寿宫中，伴着遇喜而日渐痴缠的嬿婉。这一夜，皇帝听得雨声潺潺，一早起来精神便不大好。嬿婉听了皇帝大半夜的辗转反侧，生怕他有起床气，便一早悄声起来，嘱咐了小厨房备下了清淡的吃食，才殷勤服侍了皇帝起身。

　　宫女们端上来的是熬了大半夜的白果松子粥，气味清甘，入口微甜。只用小银吊子绵绵地煮上一瓮，连放了多少糖调味，亦是嬿婉细细斟酌过，有清甜气而不生腻，最适合熨帖不悦的心情。

　　皇帝尝了两口，果然神色松弛些许，含笑看着嬿婉日益隆起的肚腹："你昨夜也睡得不大好，还硬要陪着朕起身。等下朕去前朝，你再好好歇一歇。"

　　嬿婉半羞半嗔地掩住微微发青的眼圈，娇声道："臣妾初次遇喜，心内总是惶惶不安，生怕一个不小心，便不能有福顺利为皇上诞下麟儿，所以难免缠着皇上些，教皇上不能好好歇息。"

　　她的笑容细细怯怯的，好似一江刚刚融了冰寒的春水蜿蜒，笑得如此温柔，让人不忍拒绝。这样的温顺驯服教人无从防范，更没有距离，才是世间男子历经千帆后最终的理想。年轻时，固然不喜过于循规蹈矩、温顺得没有自我的女子，总将目光停驻于热烈灼艳的美，如火焰般明媚，却是灼人。而这些年繁花过眼，才知聪慧却知掩藏、顺服而温柔风情的女子，才最值得怜惜。恰如眼前的女子，分明有着一张与如懿年轻时有几分肖似的脸，却没有她那般看似圆滑实则冷硬的距离和冷不防便要刺出的无可躲避的尖锐棱角。有时候他也在后悔，是不是当时的权衡一时失了偏颇，多了几许感性的柔和，才给了如懿可以与自己隐隐抗衡的力量，落得今日这般彼此僵持的局面。

这样的念想，总在不经意间缓缓刺进他几乎要软下的心肠，刺得他浑身一凛，又紧紧裹进身体，以旁人千缕柔情，来换得几宵的沉醉忘忧。皇帝伸出臂膀，揽住她纤柔的肩，温柔凝睇："你什么都好，就是凡事太上心，过于小心谨慎。朕虽然愿意多陪陪你，多陪陪咱们的第一个孩子，可是朕毕竟是国君，不可整日流连后宫。"

嬿婉娇怯怯地缩着身子，她隆起的肚腹显得她身量格外娇小，依在他怀中，一阵风便能吹倒了似的。她脸上的笑意快撑不住似的，懂事地道："皇上说得是，晋贵人也常常这般劝解臣妾，要臣妾以江山社稷为重，不要顾一时的儿女情长。晋贵人出身孝贤皇后母族，大方得体，有她劝着，臣妾心里也舒坦许多。"

皇帝安抚似的拍了拍她圆润明亮的脸庞："难得晋贵人懂事，倒不糊涂。只是这说话的口气，倒是和当日孝贤皇后一般地正经。"他似有所触动："为着璟兕之死，晋贵人和庆贵人从嫔位降下，也有许久了吧。朕知道，你是替她们求情。"

嬿婉寒星双眸微微低垂，弱弱道："皇上痛惜五公主与十三阿哥，晋贵人和庆贵人的错也是不能适时安慰君上的伤怀，失了嫔御之道。只是小惩大戒可以整肃后宫，但责罚过久过严怕也伤了后宫祥和。毕竟，晋贵人出自皇上发妻孝贤皇后的母族，庆贵人也是当年太后所选。"

皇帝听她软语相劝，不觉道："这原该是皇后操心的事，如今却要你有身子的人惦记。罢了，朕会吩咐下去给晋贵人和庆贵人复了嫔位。"

嬿婉笑语相和，见皇帝事事遂愿，提着的一颗心才稍稍放下，又夹了一筷子松花饼，仔细吹去细末，才递到皇帝跟前的碟中。那是一个黄底盘龙碟，上写殷红"万寿如意"四字，皇帝的目光落在"如意"二字上，眼神便有些飘忽，情不自禁道："如懿……"

嬿婉心口猛地一颤，陡然想起昨夜皇帝辗转半晌，到了三更才蒙眬睡去，隐约也有这么一句唤来。夜雨敲窗，她亦困倦，还当是自己听错了，却原来真是唤了那个人的名字。

嬿婉心头暗恨，双手蜷在阔大的绲榴花边云罗袖子底下，狠狠地攥紧，攥得指节都冒着酸意，方才忍住了满心的酸涩痛意，维持着满脸殷切而柔婉的笑容，柔声道："前几日内务府新制了几柄玉如意，皇上还没赏人吧？臣妾这几夜总睡不大安稳，起来便有些头晕。还请皇上怜惜，赏赐臣妾一柄玉如意安枕吧。"

皇帝听她这般说，果然见嬿婉脂粉不施，脸色青青的，像一片薄薄的钧窑瓷色，越发可怜见儿的了。他有些怜惜地握一握她的手腕："身上不好还只顾着伺候朕？等下朕走了，你再好好歇歇，朕嘱咐齐鲁来替你瞧瞧。再者，若得空也少和别人往来，仔细伤了精神应付。左右这几日你额娘便要入宫来陪你生产，你安心就是。"

嬿婉再三谢过，却见守在殿外的一排小太监里，似是少了个人，便问道："一向伺候皇上写字的小权儿上哪里去了？这两日竟没见过他。"

皇帝的脸色瞬即一冷，若无其事道："他伺候朕不当心，把许多不该他看见不该他留心的东西传了出去。这样毛手毛脚，不配在朕身边伺候。"

嬿婉暗暗心惊，脸上却是一丝不露，只道："也是。在皇上身边伺候，怎能没点眼色，倒叫主子还迁就着他！"

皇帝慢慢喝下一碗红枣银耳，和声道："你怀着身孕，别想这些。这几日你额娘快进宫了吧？朕叫人备了些金玉首饰，给你额娘妆点吧。"

嬿婉喜不自胜地谢过，眼看着天色不早，方才送了皇帝离去。那明黄的身影在细雨蒙蒙中越来越远，终于成了细微一点，融进了雨丝中再不见踪影。嬿婉倚靠在镂刻繁丽的酸枝红木门边，看着一格一格填金洒朱的"玉堂富贵"花样，玉兰和海棠簇拥着盛开的富丽牡丹，是永生永世开不败的花叶长春。

那么好的意头，看得久了，她心里不自禁地生出一点软弱和惧怕，那样的富贵不败到底的死物，她拼尽了力气抓住了一时，却抓不住一世。

这样的念头才转了一转，嬿婉忍不住打了个寒噤。春婵忙取了云锦累珠披风披在她肩上，道："小主，仔细雨丝扑着了您受凉。"

嬿婉死死地捏着披风领结上垂下的一粒粒珍珠水晶流苏，那是上好的南珠，因着皇帝的爱宠，亦可轻易取来点缀。那珠子光润，却质地精密，硌得她手心一阵生疼。那疼是再清醒不过的呼唤，她费了那么大的心思才使得如懿和皇帝疏远，如何再能轻纵了过去。

就好比富贵云烟，虽然容易烟消云散，但能握住一时，便也是多一时就好。

也不知过了多久，皇帝早已远去，桌上残冷的膳食也一并收拾了干净。小宫女半跪在阁子里的红木脚榻上，细细铺好软绒绒的锦毯，防着她足下生滑。澜翠端了一碗安胎汤药上来，挥手示意宫人们退下，低声道："安胎药好了，小主快喝吧。"

那乌沉沉的汤汁，冒着热腾腾的氤氲，泛着苦辛的气味，熏得她眼睛发酸。她银牙暗咬，拿水杏色绢子掩了口鼻，厌道："一股子药味，闻着就叫本宫想起从前那些坐胎药的气味，胃里就犯恶心。"

澜翠笑色生生，道："从前咱们吃了旁人的暗亏，自然恶心难受，却也只能打牙齿和血吞。可如今这安胎药，却是别人求也求不来的，保佑着小主安安稳稳生下龙子，扬眉吐气呢。"

嬿婉被她勾得撑不住一笑，啐道："胡说些什么？龙子还是丫头，谁知道呢？"

澜翠笑道："小主福泽深厚，上天必然赐下皇子。哪怕是个公主，先开花后结果，也一定会带来个小阿哥的。"

嬿婉骄傲地抚着肚腹，莞尔道："你说得也是。来日方长，只要会生，还怕没有皇子么。"她微一蹙眉，那笑容便冻在唇角："只是过两日额娘进宫，怕又要絮叨，要本宫这一胎定得是个皇子。"她说着便更烦心，支着腮不肯言语。

澜翠思忖着道："小主与其担心这个，不如多留意皇上。方才早膳时，奴婢可瞧着皇上似乎又有些惦记着皇后娘娘了呢。"

嬿婉轻哼一声，拨弄着凤仙花染过的指甲，泚生生地映着她绯红饱满的脸颊："有那首诗在，皇上纵然不以为意，但皇后心里会过得去么？是个女人都过不去的呢。只可惜了小权儿，才用了他一回，便这么没了。"

澜翠替她吹了吹安胎药的热气，道："皇上不是好欺瞒的人，进忠公公让小权儿顶上去也不坏。"

嬿婉微微颔首，接过安胎药喝下："皇上身边有进忠安排便是。"她想了想，又嘱咐道："额娘喜欢奢华阔气，她住的偏殿，你仔细打理着吧。"

这一日苍苔露冷，如懿披了一件半新不旧的棠色春装，隐隐的花纹绣得疏落有致，看不出绣的是什么花，只有风拂过时微见花纹起伏的微澜。她静静坐在窗下，连续数日的阴霾天气已经过去，渐而转蓝的晴空如一方澄净的琉璃，叫人心上略略宽舒，好过疾风骤雨，凄凄折花。

水晶珠帘微动，进来的人却是蕊心。她的腿脚不好，走路便格外慢，见了如懿，眼中一热，插烛似的跪了下来，哽咽道："奴婢恭请皇后娘娘万安，娘娘万福金安。"

如懿一怔，不觉意外而欣喜，忙扶住了她的手道："蕊心，你怎么来了？"

蕊心如何肯起来，禁不住泪流满面道："奴婢自从知道娘娘和十三阿哥的事，日夜焦心不安，偏偏不能进宫来向娘娘请安，只得嘱咐了奴婢的丈夫必得好好伺候娘娘。今日是好容易才通融了内务府进来的。"

如懿忙拉了她起来，容珮见了惢心，亦是十分欢喜，忙张罗着端了茶点进来，又叫三宝搬了小杌子请惢心坐下。惢心反反复复只盯着如懿看个不够，抽泣着道："奴婢早就有心进宫来看望娘娘，一则生了孩子后身子一直七病八痛的，不敢带了晦气进宫；二则江与彬反复告知奴婢，娘娘身在是非里，只怕奴婢来再添乱。如今时气好些，奴婢也赶紧进宫来给娘娘请安。"

如懿拉着她的手道："自你嫁人出宫，再要进来也不如从前方便。"她打量着惢心道："你轻易不进宫来，这趟可是有什么要紧事？"

惢心神色一滞，看了看旁处，掩饰着喝了口茶道："没什么要紧事，只是惦记着娘娘，总得来看一看才好。"

如懿与惢心相处多年，彼此心性相知，如何不知道她的意思，便指了指四周道："如今我这里最冷清不过，容珮也不是外人，你有什么话直说便是。"

惢心听得如懿这般，眼看着四下里冷清，便不假思索道："凌大人得娘娘嘱托，不敢怠慢，竭尽全力彻查了田氏之事，才发觉原来在娘娘怀着十三阿哥时，田氏的独子田俊曾经下狱，罪名便是宵禁后酒醉闹事，被打了四十大板，扔进了牢里。"

如懿疑道："宵禁后除婚丧疾病，皆不得出行。田俊酒醉闹事，打过也罢了，怎么还关进了牢里？"

惢心道："若是平日也罢了，凭着田氏在宫里的资历，费点银子也能把人捞出来。偏那一日是皇上的万寿节，可不是犯了忌讳。便是大罗神仙，也难救了。"

容珮听着，一时忍不住插嘴道："既然难救，难不成眼下还在牢里？"

惢心摇头道："凌大人也是多番打听了才知道，原来田俊被关了几个月，神不知鬼不觉地就被放了出来。"

容珮握紧双拳，焦灼道："这么蹊跷？"

惢心点头道："凌大人就是怕中间有什么关节，便找机会与田俊混熟了。两人喝了几次酒后田俊便发牢骚，说自己和他老娘倒霉，便是得罪了人才落到今日这个地步。凌大人故意灌醉了他再问，才知道当日田俊闹事，是和几个狐朋狗友在一块儿人家故意灌的他。其中灌他最厉害的一个，便有远房亲眷在官里为妃为嫔。他与他老娘，便是斗不过那个女人，才中了暗算。"

如懿的心像被一只大手紧紧揪住提了起来，冲口问道："为妃为嫔？是谁？"

惢心的脸上闪过一丝难以置信的苦涩，屏息片刻，重重吐出："田俊所言，是愉妃！"她顿一顿，咽了口口水，又道："别说皇后娘娘不信，奴婢也不信。但凌大人细细问过那日与田俊喝酒的人的姓名，其中为首的扎齐，果然是珂里叶特氏的族人，愉妃小主的远房侄子。"

海兰？！

有那么一刹，如懿的脑中全然是一片空白，仿佛下着茫茫的大雪，雪珠夹着冰雹密密匝匝地砸了下来，每一下都那么结实，打得她生生地疼，疼得一阵阵发麻。是谁她都不会震惊，不会有这般刺心之痛！为什么，偏偏是海兰？

如懿不知自己是如何发出的声音，只是一味嘶哑了声音喃喃："海兰？怎么会是海兰？"

容珮瞪大了眼，一脸不可思议："旁人便算了，若说是愉妃小主，奴婢也不敢信啊！"

惢心为难地道："凌大人查出了这些，又去关田俊的牢房打听，才知道扎齐不仅灌醉了田俊，而且在田俊入狱后特意关照过衙门，若是轻纵了田俊这般不尊圣上罔顾君臣的人，他便要找他的姑母愉妃小主好好数落数落罪状，所以衙门里才看管得格外严厉，田俊也吃了不少苦头。但到了后来，通融了官府放出田俊的，竟也是扎齐。这一关一放很是古怪，难不成是田氏答应了什么，她儿子才能平安无事了？因为连田俊自己也说过，他出狱后他母亲总是惴惴不安，问她也不说，问急了便只会哭，说一切都是为了他才被官中的人胁迫。田俊再问，田氏却怎么也不肯说了。"

蕊心看着如懿逐渐发白的面容，不觉有些后怕："皇后娘娘，您别这样。凌大人查知了这些，也知事关重大，不敢轻易告诉娘娘，只得与奴婢商议了，托了奴婢进宫细说。"

如懿只觉得牙齿"咯咯"地发颤，她拼命摇头："不会！海兰若真这么做，于她有什么好处？"

容珮应声道："皇后娘娘说得不错，愉妃小主一直和皇后娘娘交好，皇后娘娘又那么疼五阿哥。情分可比不得旁人！"

蕊心沉吟片刻，与容珮对视一眼，艰难地道："熟识扎齐之人曾多次听他扬言，若有皇后娘娘的嫡子在一日，五阿哥便难有登基之望。如果扎齐所言是真，那么愉妃小主也并非没有要害娘娘的理由。"她迟疑片刻："皇后娘娘看纯贵妃便知道了，她那么胆小没主意的一个人，当日为了三阿哥的前程，不是也对娘娘生了嫌隙么？如今三阿哥、四阿哥不得宠，论年长论得皇上器重，都该是五阿哥了。可若有娘娘的嫡子在……"她看了如懿一眼，实在不敢再说下去。

如懿满心满肺的混乱，像是谁塞了一把乱丝在她喉舌里，又痒又烦闷。正忧烦扰心，却听外头的小宫女菱枝忙忙乱乱地进来道："皇后娘娘，宫里可出大事了呢！"

容珮横了菱枝一眼，呵斥道："你不是去内务府领夏季的衣料了么？这般沉不住气，像什么样子？"她停一停，威严地问："出了什么事？"

菱枝忙道："奴婢才从内务府出来，经过延禧宫，谁知延禧宫已经被围了起来，说愉妃小主被皇上禁足了。连伺候愉妃小主的官人都被带去了慎刑司拷问，说是跟咱们十三阿哥的事有关呢。"

如懿神色一凛，忙定住心神看向蕊心："是不是凌云彻沉不住气，告诉了皇上？"

蕊心忙摆手道："皇后娘娘，凌大人就是不知该如何处置，才托了奴婢进宫细细回禀。若他要告诉皇上，便不是今日了。"

无数个念头在如懿心中纷转如电，她疑惑道："你才刚入宫，连我也

236

是刚刚知晓这件事，怎的皇上那儿就知道了？实在是蹊跷！"如懿看一眼容珮："你且让三宝仔细去打听。"

容珮答应一声便出去了，如懿想了想，又叮嘱道："惢心，今日你入宫，旁人怎么问都得说是只来给我请安的。旁的一字都不许提，免得麻烦。"

惢心连忙答应了，担心地看着如懿道："皇后娘娘，奴婢不知道该怎么说。从前日日陪着您倒也不觉得什么，不过是兵来将挡水来土掩罢了。如今在宫外过了几年安稳日子，回头来看，真觉得娘娘辛苦。娘娘憔悴了那么多……唉，若在寻常人家，孩子没了这种事，哪有夫君不陪着好好安慰的。可在这里，一扯上天象国运，连娘娘的丧子之痛也成了莫须有的罪名。奴婢实在是……"她说不下去，转过头悄悄拭去泪水，又道："奴婢不能常入宫陪伴娘娘，但求娘娘自己宽心，无论如何，都要自己保重。奴婢会日日在宫外为娘娘祈福的。"

惢心不能在宫中久留，只得忍着泪依依不舍而去。

第二十二章　妄事

　　宫中骤然生了这样的变故，如懿也无心留她在这是非之所，便让容珮好好送了出去。这样纷乱着，到了午后，宫中的嫔妃们也陆陆续续来探望，忻妃与纯贵妃固然是半信半疑，然而余者，更多是带了幸灾乐祸的神色，想要窥探这昔日好姐妹之间所生的嫌隙。

　　如懿倒也不回绝，来了便让坐下，也不与她们多交谈，只是静静地坐在暖阁里，捧了一卷诗词闲赏。如此，那些聒噪不休的唇舌也安静了下来，略坐一坐，她们便收起了隐秘而好奇的欲望，无趣地告退出去。

　　面上的若无其事并不能掩去心底的波澜横生。容珮一壁收拾着嫔妃们离去后留下的茶盏，一壁鄙夷道："凭着这点微末道行就想到娘娘面前调三窝四，恨不得看娘娘和愉妃小主立时反目了她们才得意呢。什么人哪！娘娘受委屈这些日子她们避着翊坤宫像避着瘟疫似的，一有风吹草动，便上赶着来看热闹了。"她啐了一口，又奇道："今儿来了这几拨儿人，倒不见令妃过来瞧热闹？"

　　微微发黄的书页有草木清新的质感，触手时微微有些毛躁，想是翻阅得久了，也不复如昔光滑。而自己此刻的心情，何尝也不是如此？像被一双手随意撩拨，由着心思翻来覆去，不能安宁。如懿撂下书卷，漫声道："令妃怀着第一胎，自然格外贵重，轻易不肯走动。"她揉一揉额头："对了，三宝打听得如何了？"

　　容珮有些愧色："御前的嘴都严实得很，三宝什么都打听不到。好容易见着了凌大人，凌大人也不知是何缘故，这事便一下抖了出来。"

　　如懿沉吟片刻："那永琪呢？人在哪里？"

容珮道："听三宝说五阿哥一直把自己关在书房里，什么动静也没有。"她想了想道："娘娘，您觉着五阿哥是不是太沉得住气了，自己额娘都被禁足了……"

如懿垂首思量片刻，不觉唏嘘："若论心志，皇上这些阿哥里，永琪绝对是翘楚。这个节骨眼上，去求皇上也无济于事，反而牵扯了自己进去，还不如先静下来瞧瞧境况，以不变应万变。"

京城的晚春风沙颇大，今年尤甚，但凡晴好些的日子，总有些灰蒙蒙的影子，遮得明山秀水失了光彩，人亦混混沌沌，活在霾影里。偶尔没有风沙砾砾的日子，便也是细雨萧瑟。春雨是细针，细如牛毫，却扎进肉里般疼。疼，却看不见影子。

细密的雨丝是浅浅的墨色，将白日描摹得如黄昏的月色一般，暗沉沉的。分明是开到荼蘼花事了的时节，听着冷雨无声，倒像是更添了一层秋日里的凉意。那雨幕轻绵如同薄软的白纱，被风吹得绵绵渺渺，在紫禁城内外幽幽地游荡，所到之处，都是白茫茫的雾气，将远山近水笼得淡了，远远近近只是苍茫雨色。

慎刑司日日传来的消息却一日坏于一日，不外是今日是谁招了，明日又是谁有了新的旁证，逼得海兰的境况愈加窘迫。终于到了前日午后，皇帝便下了旨，将海兰挪去了慎刑司，只说是"从旁协问"。

这话听得轻巧，里头的分量却是人人都掂得出来的。堂堂妃位，皇子生母，进了慎刑司，不死也得脱层皮。何况那样下作的地方，踏进一步便是腌臜了自己，更是逃不得谋害皇嗣的罪名了。

永琪自母妃出事，一直便守在自己书斋中，不闻不问，恍若不知。到了如此地步，终于也急了，抛下了书卷便来求如懿。奈何如懿只是宫门深闭，由着他每日晨起便跪在翊坤宫外哀求。

容珮捧着内务府新送来的夏季衣裳，行了个礼道："皇后娘娘，五阿哥又跪在外头了呢。真是……"如懿头也不抬，只道："这些经幡绣好了，你

241

便送去宝华殿请大师于初一十五之日悬挂殿上，诵经祈福。"

容珮一句话噎在了喉头，只得将衣裳整理好，嘟囔着道："这一季内务府送来的衣裳虽然不迟，但针脚比起来竟不如令妃宫里。"又道："今日令妃的额娘魏夫人进宫了。真是好大的排场，前簇后拥的，来宫里摆什么谱儿呢。忻妃和舒妃临盆的时候，娘家人也不这样啊。"

如懿短短一句："要生孩子了，这是喜事！"

"十三阿哥才走，令妃不顾着皇后娘娘伤心，也不顾尊卑上下么？这么点眼！"

"有喜事来冲伤心事，都是好的！"

容珮正要说话，忽然定住了，侧耳听着外头，失色道："这是五阿哥在磕头呢。他倒是什么也不说，可这磕头就是什么都说了。五阿哥是在求皇后娘娘保全愉妃小主呢，可如今这情势，他开不了这个口。"

"开不了就别开。他就该安分待在书房里，别把自己扯进去。"

"不怪五阿哥，亲额娘出了这个事，他年纪小，是受不住。"她小心翼翼看着如懿，"皇后娘娘撒手不管，可也是信了慎刑司的证供。也是，一日一份证词，众口一说，奴婢本来不信的，也生了疑影。皇后娘娘，您……"

"本宫？本宫信与不信有什么要紧？全在皇上！"

任凭外头流言四起，蜚语扰耳，她只安静地守在窗下，挑了金色并玄色丝线，慢慢绣着"卍"字不到头的经幡。那是上好的雪色密缎，一针针拢着紧而密的金线，光线透过薄薄的浅银霞影纱照进来，映在那一纹一纹的花色上，一丝一丝漾起金色的芒，看得久了，灼得人的眼睛也发酸了。

日子这么煎熬着，外头闹腾如沸，她便是沉在水底的静石，任着水波在身边蜿蜒潆洄，她自岿然无声。倒是人却越发见瘦了，一袭九霞绡长衣是去年江宁织造进贡的，淡淡的雨后烟霞颜色，春日里穿着略显轻软，如今更显得大了，虚虚地笼在身上，便又搭了一件木兰青素色锦缎外裳，只在袖口和衣襟上碧色夹银线绣了几枝曼陀罗花，暗香疏影，倒也合她此时的心境。

容珮看她这般冷淡，全然事不关己似的，也不知该如何说起了。容珮听着外头的叩求声，满目焦灼："五阿哥孝心，听着怪可怜的。皇后娘娘，这个事，怕只有您能求一求情。好歹，别让她们苦着愉妃小主。"

如懿瞥她一眼，冷冷淡淡道："你的意思，是也觉着这事不干愉妃的事了？原本皇上只是禁足了她，如今人都要带进慎刑司去了，你叫本宫还有什么颜面求情，岂不怕对不住本宫枉死的孩儿？"

容珮素知她疼爱永琪不逊于亲子，从未见过她如此冷硬面孔，一时也不知该如何应对，只得道："奴婢不敢。"

"不敢，便安分守己吧。多少官非，便从那不肯安分上来的。"

二人正说话，却听外头遥遥有击掌声传来，守在外头的小宫女芸枝喜不自胜地进来，欢喜得手脚都不知道往哪儿放了："启禀皇后娘娘，皇上、皇上过来了呢。娘娘赶紧预备着接驾吧。"

容珮一怔，忽然啐了一口，呵斥道："皇上来看皇后娘娘，这不是极寻常的事么？瞧你这眼皮子浅的样子，叫外人看见，还真当娘娘受尽了冷落，皇上来一次都高兴成这样。别人怎么议论那也是别人的事，自个儿先没了一点骨气，才叫人笑话呢！"

芸枝被劈头盖脸地说了一通，也自知失了分寸，脸上一阵红一阵青，忙赔笑道："姑姑教训得是。奴婢们也是为娘娘高兴，一时欢喜过头了。奴婢立刻出去吩咐，叫好生迎驾便是。"

容珮这才赞许地看她一眼，又恭恭敬敬对如懿道："皇上来了，奴婢伺候娘娘更衣接驾吧。"

如懿微微沉吟，见身上衣衫着实太寒素了，便换了一袭浅杏色淡淡薄罗衣衫，才出来，便见皇帝已经进了正殿。数月里寥寥几次的相见，都是在不得不以帝后身份一起出席的场合。彼此隔着重重的距离，维持着应有的礼仪，她的眼角能瞥见的，不过是明黄色的一团朦胧的光晕。此刻骤然间皇帝再度出现在眼前，是触手可及的距离，她只觉得陌生，一股在春暖时节亦不能泯去的冰凉的陌生。

皇帝倒是极客气，对着她的笑容也格外亲切，只是那亲切和客气都是画在天顶壁画上的油彩花朵，再美，再嫣，也是不鲜活的，死气沉沉地悬在半空里，端然妩媚着。

如懿依足了礼仪见过皇帝，皇帝亲自扶了她起来，小心翼翼地关切着："皇后可还好么？"

同床共枕那么多年，一并生活在这偌大的紫禁城中，从养心殿到翊坤宫并不算遥远，可是到头来，却是他来问一句："可还好么？"

若是有心，他想知晓关于她的一切，是何等简单之事，却原来，这么简单，也要问一问。鼻尖的酸楚随着她游荡的思绪蔓延无尽，她只得绷着笑脸按着规矩给出不出错的答案："皇上关怀，臣妾心领了。臣妾一切安好。"

皇帝穿着一身天青色江绸长袍，因是日常的衣衫，倒也不见任何花哨，只用略深一色的松青色丝线绣了最寻常不过的团福花样，最是简净不过。可细细留意，却隐约倒映着帘外黄昏时分的日影春光，愈加显得他身量颀颀。

皇帝迟疑着伸出手，想要抚摸她的脸颊，那分明是带了几许温情的意味。在他指尖即将触上肌肤的一刻，如懿不知怎的，下意识地侧了侧脸，仿佛他的指尖带着几许灼人的温度。

皇帝便有些尴尬，恰好容珮端了茶来，见两人都是默默坐着，便机警道："昨儿半夜里皇后娘娘便有几声咳嗽，想是时气不大好的缘故，所以奴婢给娘娘备的茶也是下火的金线菊茶。"她端过一盏甜汤放在皇帝跟前，恭谨道："一直都说御膳房也学了咱们翊坤宫的暗香汤去，奴婢私心想着，御膳房别的都好，可论这一盏暗香汤，想来是比不过翊坤宫的。"她悄悄看一眼皇帝："到底，是皇后娘娘的一点慧心。且如今春燥，喝这个也是润肺生津的。只皇上别怪奴婢准备得不合时宜便好。"

容珮说着便要告罪，皇帝往素瓷汤盏轻轻一嗅，慨叹道："果然清甜馥郁，便是御膳房也比不上的。"他抿了一口，看了眼容珮，道："既是心意，又哪儿来什么不合时宜。你这丫头一向快人快语，如今怎么也瞻前顾后起来了？"

"奴婢能不瞻前顾后么？"容珮轻叹一声，仿佛一言难尽似的，便垂手退了下去。因着这一声叹息，连着整个翊坤宫都蕴着满满的委屈似的。皇帝看着宫人们都退了下去，才道："朕原以为是你苛待了田氏才惹出后来种种事端，那么固然田氏该死，朕心里却总也有道过不去的坎儿，所以哪怕记挂着你，总迈不出那一步来看看你。"他的嗓音沙沙的，像风吹过树叶的沙沙声响，又好似春夜里的细雨敲打着竹枝的声音一般："可若朕与你的孩子是被你身边最亲近的人假借田氏之手暗算，那么如懿……朕不只是委屈了你，更是委屈了自己。委屈着自己不来看你，不来和你说说话，不来和你一起惦记咱们的孩子。"

他的语气那样伤感，浑然是一个经历着丧子之痛后的父亲。可是如懿明白，他的伤感也不会多久的，很快就会有新的孩子落地，粉白的小脸，红润的唇，呱呱地哭泣或是笑着。那时，便有了更多新生的喜悦。

檐下昏黄的日影，静静西移无声。庭院中有无数海棠齐齐绽放，香气随光影氤氲缭绕，沁人心脾。花枝的影子透过轻薄如烟的霞影绛罗窗纱映在螺钿案几上，斜阳穿过花瓣的间隙落下来，仿佛在二人间落下了一道无形的高墙。

若在青葱年少时，听到他这样的话，一定会感动落泪吧？然而此刻，如懿还是落泪了。不为别的，只为她的思子之情。她悄然引袖，掩去于这短短一瞬滑落的泪水，问道："皇上所说的亲近之人，是指愉妃么？臣妾很想知道个中原委。"

皇帝蹙了蹙眉，道："朕一早得到刑部的上疏，说田氏之子田俊于前日突然横死家中，是被人用刀刃所杀。找到他的尸身时，在他身边发现一枚女子所用的金丝镯，像是打斗时落下的。因田俊身份特殊，他母亲田氏牵涉宫中之事，当地官府为求慎重，便上报了刑部。刑部派人去看时发觉这金丝镯像是内务府的手工，便不敢怠慢，忙找了内务府的记档，才发现那是愉妃的东西。而杀人者也很快被找到，正是愉妃的远房侄子扎齐。扎齐一用刑便招

245

了，说是愉妃如何指使他杀了田俊灭口，又说愉妃曾指使他让田俊下狱，以此要挟田氏在宫中残杀皇后幼子，便是咱们的永璟。"

那一字一句的惊心动魄，难以从字里行间去寻出它的疏漏。如懿仔细倾听，忽然问："杀了田俊灭口？为何从前不杀，要到此时才杀？"

皇帝静默片刻，凝视着如懿道："那便要问皇后了。皇后可曾让朕跟前的凌云彻出宫查访此事？"

他的目光里有难掩的疑虑，如懿一怔，便也坦然："是。臣妾生怕田氏之事背后有人指使，更不欲打草惊蛇，想起皇上每每提及凌侍卫干练，所以曾托他出宫方便时探知一二。"

皇帝这才有些释然，颔首道："据扎齐所言，他按照愉妃的吩咐，一直暗中留意田俊的行迹。凌云彻与田俊接触之事，他也眼见过一二，便向宫里传递过消息，得了愉妃的叮嘱，才动了杀机。谁知事出慌乱，便把愉妃赏赐的一个金丝镯落下了。而朕也命人细搜过田俊家中，他在与他姐姐的家书中，甚是愤愤不平，道自己与田氏都是为愉妃所害。朕来翊坤宫前，又问了凌云彻，果然无二。只是凌云彻说，他查得这些后一直未能深信，所以并未来得及将此事禀报于你。"

如懿目光一凛，当即道："是。凌侍卫一向谨慎，若不得万全并不会告知臣妾。今日臣妾听皇上所言，即便扎齐所说的这些还对付得过去，那么愉妃又为何要害臣妾的孩子？"

皇帝头痛不已，扶着额头唏嘘道："如懿，朕的儿子中，永琪的确算是出类拔萃，哪怕朕不宠爱愉妃，也不得不偏疼永琪。可是如懿，难道就因为朕偏疼了永琪，才让愉妃有觊觎之心，想要除掉朕的嫡子来给永琪铺路么？看了这些证词，朕也会疑惑，愉妃虽然不得宠，但的确温柔静默，安分守己，也从不争宠。可就是因为她从不争宠，朕才想，她心里要的到底是什么？不是荣华，不是富贵，还是朕看不透她，她真正要的，是太子之位。"

有风吹过，庭前落花飞坠，碎红片片，落地绵绵无声。在红墙围成的局促的四方天地里，孩子是她的骨血相依，海兰是她的并肩扶持，而皇帝，是她曾经爱过的枕边人。这些都是她极不愿意失去的人，若是可以，可以再多得到些，她也想得到家族的荣光，夫君的爱怜，还有稳如磐石的皇后的地位。

有一瞬间，连如懿自己也有了动摇。人情的凉薄反复，她并非没有看过，甚至很多时候，她已经习以为常。做人，如何会没有一点点私心呢？只是她的孩子只剩了永琪和永璂，她的夫君能给予的爱护实在微薄得可怜。若连海兰都一直在暗处虎视眈眈……她不自禁地打了个寒战，若真是如此，那往后的漫长岁月，她还有什么可以信赖？

如懿静静地坐在那里，只觉得指尖微微发颤，良久，她终于抬起脸，望着皇帝道："这件事说谁臣妾都会信，但若说是海兰，臣妾至死不信。因为臣妾若是连海兰都不信，这宫里便再没有一个可信之人了。"

皇帝的唇角衔着一丝苦涩："是么？如懿，曾经朕年少时，也很相信身边的人。相信皇阿玛真心疼爱朕，只是忙于政务无暇顾及朕；相信朕身为皇子，永远不会有人轻视朕。朕曾经相信的也有很多，但到后来，不过是镜花水月而已。"

如懿的神色异常平静，宛如日光下一掬静水，没有一丝波纹："刑部做事缜密，又人证物证俱在，臣妾也会动了疑心。只是臣妾更疑心的是此事太过凑巧。田氏母子已经死无对证，扎齐的确是海兰的远房侄子，可也未必就真的忠于海兰。若是真正忠心，咬死了不说也罢了，他倒是一用刑就招了，还招得一干二净。这样的人，一点点刑罚可以吐口，那就有的是办法让他说出违心的话。"

皇帝沉吟着道："你便这样相信愉妃？"

如懿郁郁颔首，却有着无比的郑重："海兰在臣妾身边多年，若说要害臣妾的孩子，她比谁都有机会。当时十三阿哥尚在腹中，未知男女，哪怕有钦天监的话，到底也是未知之数。若是她忌惮臣妾的嫡子，永璂岂不是更现成，何必要单单对永璟先下手？臣妾身为人母，若没有确实的答案，臣妾自己也不能相信！"她郑重下跪："皇上，这件事已然牵涉太多人，既然已经到了如此地步，但求可以彻查，不要使一人含冤了。"

伶仃的叹息如黄昏时弥漫的烟色，皇帝沉声道："这件事，朕必定给咱们的孩子一个交代。"他靠近一些，握住她的手道："到用晚膳的时候了，朕今日留在翊坤宫陪你用膳，可好？"

他的掌心有些潮湿，像有雾的天气，黏腻，湿漉，让人有窒闷的触感。如懿强抑着这种陌生而不悦的触感，尽力笑得和婉得体："臣妾今日见到纯贵妃，听她说起永瑢十分思念皇上，皇上若得空，不如去看看永瑢。小儿孺慕之思，臣妾身为人母，看着也于心不忍。"她顿一顿："再者六公主离世后，忻妃一直很想再有一个孩子，皇上若得空……"

皇帝面容上的笑意仿佛窗外的天光，越来越暗，最后凝成一缕虚浮的笑色："皇后垂爱六宫，果然贤德，那朕便去看看忻妃吧。"他说罢便起身，再未有任何停留，身影如云飘去。唯有天青色袍角一旋，划过黄杨足榻上铺着的黄地蓝花锦毡，牵动空气中一卷卷旋涡般的隔膜。

如懿屈膝依礼相送，口中道："恭送皇上。"

她一直屈膝保持着恭敬婉顺的姿态，懒得动弹。直到容珮匆匆赶进，心疼又不安地扶着她坐下，道："娘娘这是何苦？皇上愿意留下来陪娘娘用膳，这又不是什么坏事。您也知道皇上的性子，一向最爱惜颜面。您这样拒人于千里，岂不也伤了皇上？"

容珮絮絮间尽是关切心意，如懿倦乏无比，道："皇上留下的确不是坏事，可于本宫而言，是太累的事。不只人累，心也累。若彼此间终有隔阂，心怀怨怼，何苦虚与委蛇，假笑迎人。若真这样勉强，以皇上的心性，到头来，只怕更伤了颜面。"

容珮半跪在如懿身边，替她抚平衣上的折痕："为了十三阿哥的死，皇上与娘娘便隔膜至此吗？有时候夫妻间，不过是你退一步我退一步的事，马马虎虎也就过了。"

忧色如夜雾无声无息地笼上如懿的面颊，她慨叹道："只是永璟离世后，本宫才发觉，纵然有骨肉情深，有夫妇之义，在皇上心里，也终究在意虚无缥缈的天象之言。"

容珮犹疑着道："皇家历来重视钦天监之言，也怪不得皇上。而且那时候十三阿哥刚离世，皇上心里不好受，又听了田氏的诬陷之词，难免心里过不去，才疏远了娘娘。"她叹口气，无可奈何道："可皇上就是皇上，除了娘娘让步，难道还有别的法子么？"

如懿怔了半晌，恍惚道："这样的天家夫妇，还不如民间贫寒之家，做对寻常夫妻来得容易。"

容珮吓了一大跳，赶紧捂住如懿的嘴，失色道："娘娘说什么呢！这话若被人听见，可轻可重。何况贫贱夫妻就好么？奴婢只要一想起自己的额娘……唉，咱们女人就是这么个命！"

如懿自知失言，忙掩饰着道："本宫也是一时失言。"

她望着窗外，天色暗沉下来，宫人们在庭院里忙着掌起影罗牛角宫灯。那红色的灯火一盏一盏次第亮起来，虚弱地照亮茫远的黑暗。

第二十三章　巫蛊（上）

海兰的事一审便审了许久，自海兰入了慎刑司，事情便一日日拖延了下来，渐渐泥牛入海，无甚消息。

慎刑司里瞒得上下不透风，根本漏不出一点消息来，连海兰是生是死，是否受刑也无从得知。如此一来，永琪更是急得如热锅上的蚂蚁，只是无计可施罢了。

偶尔嫔妃们有一句没一句地在太后跟前提起，便是慈和避事如太后也沉下了脸呵斥："这是什么体面的事么？皇上尚未有任何处置，你们便闲话连篇，当真讨嫌！"

如此，明面上无人再敢言语，暗地里却愈加私语窃窃。

这一日，众人正聚在如懿宫中请安，忽而容珮急急转进，焦灼了声音道："皇后娘娘，慎刑司里传来消息，愉妃……"她稍一沉吟，换了口气道："珂里叶特氏求见皇后娘娘！"

颖嫔是蒙古人，性子最直，当下就问道："求见？怎么求见？难道请皇后娘娘玉步踏入慎刑司么？这算什么道理！"

忻妃自女儿夭折后，也失了往日的活泼，近日里总是沉默。她陡然听了这一句，闷了片刻，眸中不觉一黯："珂里叶特氏？难道皇上已经褫夺了海兰姐姐的妃位？"

嬿婉绞着绢子，细细柔柔道："珂里叶特氏做出这般伤天害理的事，便是没有褫夺妃位，忻妃姐姐，咱们哪里还能与她姐妹相称？"

忻妃旋即红了脸，待要争辩，只见一旁数着蜜蜡佛珠的绿筠悄悄摆了摆手，便只得按捺了性子，再不多言。

末了，还是如懿以漠然的语气，隔断了一切希望的可能："珂里叶特氏有谋害本宫孩儿之嫌，一切交由慎刑司处置，本宫见她也是枉然！"

一时间，嫔妃们皆知端底，怀揣着关于海兰命运的揣测都散了，唯忻妃与如懿交好，陪着闲话一二。嬿婉待要扶着笨重的身子起身，如懿独独唤了她留下。

嬿婉见了如懿便有几分不自在，但她素来在皇帝跟前软语温存做小伏低惯了，对着如懿也是温温软软一笑，娇不胜力一般。如懿温言道："听得你额娘入宫来陪你待产。也好，你是头胎，有额娘陪着也安心些。"她唤过菱枝："这儿有几匹江宁织造进贡来的缎子，本宫瞧着颜色不错，便赐予你额娘裁两身新衣。"

嬿婉扶着腰肢娇怯怯谢过，面色微红："多谢皇后娘娘关怀。前些日子臣妾额娘刚进宫，皇后娘娘便赐了两支老山参，臣妾额娘欢喜得不知怎么才好。偏皇后娘娘身子不适，额娘不敢打扰，不能亲自来谢恩。为着这事，额娘一直挂心呢。"

如懿取过茶盏轻抿一口，漫不经心道："这两支老山参极好，魏夫人年纪大了，补身很是相宜。"如懿深深地望她一眼，忽而一笑："希望魏夫人服了山参，可以长命百岁，享享儿女福分！"

嬿婉不知怎的，只觉满心里不舒服，脸上却不肯露出分毫，掬了满盈盈的笑意正要行礼谢过，容珮一把用力扶住了她，笑得壁垒分明："令妃娘娘心中顾着尊卑善恶就好，礼数不在一时。可得仔细着，这是您的头胎，荣华富贵都在上头呢。"

嬿婉哪里敢分辩，容珮又是那样肃杀的性子。待要向如懿软语几句，见她只是悠悠地饮着一盏茶，与忻妃闲话一二，不知怎的，就觉得自己的气焰矮了几分。

待回到自己宫里，嬿婉满腹无从诉说的委屈便平复了好些。嬿婉的额娘魏夫人已然入宫陪产，暂居于永寿宫偏殿。比之上回的挑剔，这回入宫的魏夫人慈祥又大方，对着嬿婉更是有扯也扯不下的殷殷笑容，恨不得鞍前马后事事都替她伺候了周全。此时魏夫人正坐在窗下饮着一盏冰糖金丝燕粥，喜滋滋地看着金海棠花福寿大圆桌上堆着小山似的物件，金灿灿地眩了眼眸。嬿婉懒懒问：“是内务府送来的么？”

魏夫人扬扬得意地起身，小心翼翼地扶过嬿婉往榻边坐下：“这么晚没回来，还当皇后留你说话用夜宵了。”

嬿婉扬一扬绢子，不耐烦道：“晨昏定省，这是规矩。女儿再有着身孕，皇后不也要我站就站，坐就坐，一味地立规矩么。”

魏夫人不屑地笑笑，狡黠道：“皇后可不敢为难你！如今你的肚子多金贵呢，她还能不分轻重？如今皇上待她好些，也是可怜她罢了。”她挽住嬿婉的胳膊，亲亲热热道：“你瞧皇上多疼你，这些都是晚膳后送来的赏赐呢。”

嬿婉一眼扫去，料子有上用金寿字缎二匹，江南的绿地五色锦八匹，轻容方孔纱八匹，各色彩绣的云锦蜀缎共十八匹。另有金镶珊瑚项圈一对，金松灵祝寿簪一对，榴开百子镶嵌珠石翠花六对，赤金点翠镶抱头莲四对，一匣子白净浑圆的南珠，半尺高的紫檀座羊脂白玉观音并一对以玛瑙、珊瑚、玉石和金银打造的和合二仙盆景，模样活泼，几可乱真……

魏夫人“哎哟”一声，捧着一对晶光琉璃的水晶玻璃瓶闻了又闻，奇道：“这是什么东西，摸着冰凉，闻着怪香的。”

澜翠看着魏夫人高兴，便也越发助兴道：“这是西洋来的香水，从前便有，也是只给皇后娘娘宫里的。如今咱们宫里可是独一份的呢。”

魏夫人喜得看个不住，满口道：“西洋来的东西，可金贵了吧？额娘听说皇后宫里有个西洋来的自鸣钟，可会叫唤了，只是皇后怕吵给收起来了。这个没福气的，有好东西也不知道稀罕，哪里比得上你讨皇上喜欢！”

嬿婉瞧着欢喜，口中却悻悻道：“额娘的眼皮子也太浅了，皇上三五日便有赏赐，额娘来了几日，还不知道么？有什么值得高兴成这样子的！”

“你不高兴，额娘高兴！额娘八辈子都没见过这样的富贵。”魏夫人拉着她的手细细摩挲着，无限疼惜的样子，"女儿啊，你进了宫，不就为了这泼天的富贵么？终于有了这一天啊！可别忘了额娘和你兄弟，都倚仗着你呢。"

嬿婉瞥她一眼，索性道："额娘看中了什么，直说吧！"

"你兄弟到了说亲事的年纪了，自然得挑门富贵的好亲家，咱们也不能太逊色了！"她见嬿婉不大搭理的样子，赔笑道，"自然了，最要紧的是你肚子里的那位，有了他，咱们就什么都不怕了！"

暖阁里一盏盏红烛次第点起。宫人们轻轻取下云影纱描花灯罩，点上一支支臂粗的花烛，又将灯罩笼起，殿内顿时明亮。那是河阳所产的花烛，因皇帝喜好宣和风雅，遂仿宋制，用龙涎、沉香灌烛，焰明而香郁，素来也只在宠妃阁中用。魏夫人深吸两口气，连道："好香！好香！"遂仔细端详嬿婉的肚子。她的笑容藏也藏不住似的，全堆在脸上，真是越看越爱："哎呀！这肚子尖尖的，准是个阿哥！"

嬿婉抚着高高隆起的腹部，吃力地斜靠在檀香木雕花滴水横榻上，手边支着几个杏子红绫洒金花蔓软枕，上头花叶缠绵的花纹重重叠叠扭合成曼妙的图样，如烟似雾般热热闹闹地簇拥着越见圆润的嬿婉。嬿婉有些烦心，赌气似的道："额娘，你喜欢儿子喜欢得疯了，眼里只瞧得见儿子么？在家时对弟弟是这般，如今盼着我也是这般。"

魏夫人收了笑容，讪讪道："额娘也是为你好。难道你不盼着是个阿哥么？"

嬿婉瞥了魏夫人一眼，撑不住笑道："我在宫里，自然是盼望有位皇子，才能立稳脚跟。可若是个公主，却也不错。我瞧着皇上也很是喜爱公主的呢。"

魏夫人念了几句佛，连连叹息："哎呀，若只是一个公主，有什么用啊？若是个阿哥，那该有多好！"

嬿婉不耐烦地看了魏夫人一眼，恨声道："我何尝不知道公主无用？可是额娘担心什么，这一胎哪怕是个公主，我也能再生皇子。额娘没听戏文上说么，汉武帝的皇后卫子夫，便是先生了三个公主才生的太子。只要我能生，就不怕没有生出皇子的那一日。"也不知是不是说得急了，她呻吟一声，吃力地扭了扭腰肢，嗔道："这孩子，只顾在我腹中顽皮了。"

魏夫人爱怜地看着女儿，爱不释手地捧着她的肚子道："我的好娘娘，你可千万小心些，数不尽的荣华富贵都在他身上呢。你又是头胎，万万仔细着。"她欲言又止，想了想还是道："这几日额娘在宫里，旁的没什么，生儿育女的艰难倒是听了一肚子。"她皱着眉头，拔下一枚镀金莲蓬簪子挖了挖耳朵，叹道："从玫嫔、怡嫔没了的孩儿，到愉妃生子的艰难，那可算是九死一生。忻妃的公主生下来不多久就没了，前头淑嘉皇贵妃的九阿哥也是养不大。还有皇后，别看她高高在上，那十三阿哥不是一出娘胎就死了么？"

嬿婉目光一烁，有些不自在地撑了撑腰，啐道："额娘说这些不吉利的做什么？"

魏夫人忙赔笑道："额娘是担心你。"

嬿婉从绣籽盘花锦囊中掏出一把金锞子捏在手中把玩，那冰凉的圆润硌在手心里，却沉甸甸地叫人踏实。她梨涡微旋，漫不经心笑道："额娘，人家没福是人家的事。你且看看咱们，虽说嫔妃遇喜至八月时母家可入宫陪伴，可到底也要看皇上心疼谁。忻妃纵然是贵家女，可父母不在身边，到底也是独个儿生产的。愉妃更不必说，早没至亲了。哪里像您，能进宫享享福。"她说罢，微微蹙起眉头，娇声道："额娘，你到底是心疼我，还是心疼我腹中的孩子？"

"疼你和疼他不都一样！"魏夫人弓着腰身，"哎哟！我的小祖宗，可盼着你赶紧出来伸伸胳膊腿，好跟着你舅舅耍耍，赶上喝你舅舅一口喜酒呢。"

嬿婉沉吟片刻，凑近了魏夫人道："上回说弟弟的亲事，可如何了？"

魏夫人不提则罢，一提便懊恼满怀："不是额娘惦记着你生个阿哥，实在是如今的人势利。你只得宠却没个可以依靠的阿哥，那起子眼皮子浅的人都犹豫着不肯给你兄弟许个好亲事呢。所以啊，一切都在你的肚子上。"

嬿婉闲闲地摆弄着一套新的赤金嵌琉璃滴珠护甲："额娘，你别贪心不足。佐禄几斤几两你还不知道，能寻个富足人家的女儿便不错了。"

魏夫人最听不得只言片语说爱子的不是，当即沉下脸道："你兄弟如今是不济事，就指望着有个好岳家拉扯拉扯他。你这做姐姐的却这般不上心，难怪外头都瞧不起他，原来就是从你这儿起的！"

嬿婉知道她额娘最疼幼子，也不敢在这件事上顶嘴，只得道："好了好了，我都知道了。一定万事先替弟弟筹谋。"她说着，只见魏夫人盯着那堆赏赐眼红，不觉怨道："额娘，你别拿眼珠子只看着这些，谁不知道我是官女出身，没的被人笑话咱们没见识。哪次出宫时您不是大包小包带给弟弟，也忒不知足了些！"

魏夫人蹙着浓眉，一张圆盘富态脸气得愈加涨大："什么有见识没见识的话。旁人寒碜咱们，你也寒碜自己。你就把腰杆挺起来，就冲着你的肚子，谁敢瞧不起咱们？"她神神秘秘地凑上来："东门最有名的仙师给你算了，你有皇后的命呢！"她喜滋滋地捧着嬿婉的肚子，看也看不够："看来，都落在这肚子上了。"

嬿婉哪里肯当真："说了什么？哄了您不少银子吧？"

魏夫人欢喜道："算命的仙师说了，你是有运无命，皇后是有命无运！她的皇后能不能当到底，还两说呢。"

嬿婉直皱眉头，嫌弃道："额娘，这不是好话！你真是糊涂了！"

"糊涂什么？"魏夫人昂起头，"糊涂什么？只要你能做皇后，命啊运啊都不怕！仙师说了，皇后的运数已经跌到底了。只要再加把劲，就能把她拉下来……"

嬿婉也听上了心，脱口道："怎么拉下来……"

魏夫人恶狠狠道："拿银针按着生辰八字扎她，就……"

嬿婉白着面孔立起身来，道："额娘，宫里最忌讳巫蛊，您怎么敢……这些话传出去，可要害死了我。"

257

魏夫人见她疾言厉色，身形又隆重，一时被压倒了气势，慌不迭拢了一把金银宝珠在手，讷讷道："知道了，知道了。额娘再不说就是了。"

嬿婉见母亲神情委顿，举止猥琐，纵然穿金戴银，却掩不住一股市侩气，只觉得一阵心酸，纵有万丈雄心，此刻也消了一半了。春婵见母女二人难堪，忙笑吟吟引了魏夫人道："夫人，库房正在点存东西，新送来一批上好的瓷器，奴婢陪您去瞧瞧，有什么好的咱们挑些给公子娶亲时用。"

魏夫人听得高兴，立刻一阵风去了。春婵忙扶了嬿婉坐稳，轻轻巧巧替她捏着肩膀道："夫人这脾气也不是一日两日了，您犯不着为这个生气，仔细动了胎气可是伤自己的身子。"

嬿婉伸手取过一个描金珐琅叠翠骨瓷小圆钵，蘸了些许茉心薄荷露揉着额头，叹息道："你打量着额娘便是疼本宫肚子里的孩子么，只瞧着他能带来富贵罢了。"她说着便又是恼又是伤心，丢下手中的圆钵，狠狠道："嘴上没个门把儿，心里又没个成算。一会儿说什么扎小人，一会儿说要拉皇后下来，也不怕传出去，皇后正好要了我的命。"

春婵赔笑道："夫人也是为您着想嘛，她没有恶意。"

"人人都有个好娘家，只我是这些不成器的！有这样的家里人，本宫便是要寻个依靠也难。"嬿婉万般烦难，揉着心口气急道，"有些亲缘是血肉上的，可不是骨子里的。骨子里的打不断，血肉……"她咬着牙，含泪道："岂不知哪天就被割舍了呢？"

春婵好声好气劝慰道："小主急什么，您的依靠在肚子里呢。与您血肉相连，骨血难分。您顺顺当当生下来，便是比皇后娘娘都有福了。您瞧皇后，费尽心思，十三阿哥到底没睁开眼来。"

嬿婉的面色渐渐阴沉，长长的丹蔻指甲敲在冷硬的金珠玉器上发出叮当的清音："一想到皇后这些年挫磨本宫的样子，本宫心里便跟油煎似的，熬得生疼。"

春婵低声道："小主的依靠在肚子里呢，与您血肉相连。"她凑近道："对了。进忠公公悄悄来回过话了，说愉妃一直不肯招，扎齐受不过刑，快熬不住了。扎齐是为了银子，又恨愉妃，才替我们做事，他要是反口……”

嬿婉轻描淡写道：“反正已经有供词了，扎齐活着倒是个累赘。吩咐进忠做事，就算扎齐畏罪自裁啊！本宫如今什么都不动，什么都不想，只等着孩儿落地，万事再做计较。”二人信手翻着内务府送来的赏赐，挑了好的往库房里存着，余者都留着赏人用。

这般过了几日，嬿婉只顾着安养。慎刑司里传出扎齐撞墙畏罪自尽的消息，嬿婉得知只是一笑，知道是进忠安排的手脚，便更安心。魏夫人百日里殷勤伺候嬿婉的肚子，到了晚间，只躲在自己住的偏殿里不出来。嬿婉遇喜困乏，也懒得过问。魏夫人便更落得自在，悄悄在佛龛底下供了个小布包，藏着布偶，写着如懿的生辰八字，日夜扎针默念，只求嬿婉生下贵子，成为皇后，让拦路的都死了才好，佐禄才有一辈子的荣华富贵。

这日到了午后，皇帝跟前的毓瑚姑姑入内，打了个千儿道：“请令妃娘娘安。”

因着常日里皇帝遣人过来，若非李玉，便是笑眉笑眼的进忠。毓瑚姑姑是积年的老嬷嬷，又不爱说笑，难得出养心殿外的差事。嬿婉乍然见了，颇有些意外，当下站起身笑道：“今儿难得，怎么是姑姑您来了？”

毓瑚淡淡一笑，中规中矩道：“皇后娘娘知道魏夫人进宫来陪伴小主，所以召夫人一见，也可叙叙话。”

嬿婉颇为意外，扬了扬春柳细眉，轻笑道：“姑姑难得来，先坐下喝口水吧。本宫即刻去请额娘出来。但不知皇后娘娘急着传召，所为何事？”

毓瑚含了淡淡的笑，躬身道：“皇后娘娘说小主是第一胎，难得魏夫人亲自入宫陪产，皇后娘娘特意请几位生育过的小主与魏夫人说叨，以便小主顺利诞下皇嗣。”她一顿：“其实皇后娘娘也不急，小主让夫人慢慢来也可。”

毓瑚是皇帝身边积年的老姑姑，轻易难使唤。嬿婉知道轻重，一向又敬畏，忙不迭嘱咐道：“快请额娘出来！”

魏夫人甫到宫中，因着女儿遇喜得宠，受尽了奉承追捧，最是飘在云尖上的时候，一路上又见毓瑚虽然年老体面，举止尊贵，但对着自己和颜悦色，便越是受用，倚了软轿慢悠悠地打量着周遭琉璃金碧。连绵宫殿的轮廓是重重叠叠的山峦的影，一层层倾覆下来，她也挥洒自如，丝毫不惧。

第二十四章 巫蛊（下）

待到了翊坤宫外，魏夫人下了轿，捶了捶腿脚道："坐惯了轿子，难得站一站，真是腿酸脚乏。"说罢伸出手来，极自然地往毓瑚臂上一搭，昂然立稳了。

后头抬轿的小太监早已吓得面面相觑，忙提醒道："魏夫人，毓瑚姑姑是皇上的贴身人儿，轻易不伺候人的。您……"

魏夫人满不在乎，"哦"了一声，拖出长长疑问的语调。

毓瑚笑得和缓："不妨事。令妃小主孝顺夫人，事事让您享福了。夫人，您抬尊步，这就是翊坤宫了。"

小太监但见二人言笑晏晏，赶紧吐着舌头候在了外头。

才入了透雕垂花仪门，只见迎面赫赫朗朗五间正殿，檐角梁枋皆饰以金琢墨苏画，沥粉贴金，如云蒸霞蔚，烟云叠晕。此时，正午的日头高悬于碧蓝天空，明烈倾泻而下，流在黄琉璃瓦歇上，泼剌剌跃出，掠过一扇扇万字团寿纹步步锦支摘窗，落在玉阶下陈设的铜凤、铜鹤之上，泛出大片如针毡般刺目而锐利的锋芒。

魏夫人愣了片刻，像是睁不开眼一般，拿绢子揉了揉眼角，道："阿弥陀佛！原以为老身女儿的宫里算是龙宫一般了，没想到皇后娘娘宫里才是王母娘娘的瑶池哪！怪道人人都要进宫，人人都念着做皇后了。"

毓瑚见她说话这般着三不着两，也懒得与她多言，径直道："皇后娘娘在候着了，咱们别晚了才是。"

魏夫人贪看景致，摇头晃脑着，忽地被吓了一跳，捂着心口道："哎哟！怎么站了一溜的阉人，连个笑影也没有，跟活死尸似的！还不如老身女儿宫里，笑眉笑眼地看着喜庆，该叫皇后娘娘好好调教调教，吓着皇上可怎么好！"

毓瑚转首见不过是侍立的两溜宫人，按着本分如木胎泥偶般立着，听得她越说越不成样子，急忙扯了她进殿去了。

魏夫人进了暖阁，犹自絮絮叨叨，陡然间闻得莲香幽幽然然，静弥一室。阁中静谧得恍若无人一般。她不知怎的便生了几分惧意，抬起头来但见暖榻上坐着一对璧人，座下分列着数位衣香翩影的丽人。毓瑚骤然松脱了她的手，自顾自屈膝道："奴婢见过皇上皇后，两位主子万安。"

魏夫人这才意识到暖榻上着湖水蓝绡金长衣、轻袍缓带的男子，正是自己入宫后未曾谋面的皇帝贵婿。而他身侧并坐的女子，云鬟用随金镶青桃花白玉扁方绾起，鬓上簪着一对垂银丝流苏翡翠七金簪，余者只用大片翡翠与东珠点缀。她着一袭表蓝里紫的蹙银线古梅向蝶纹衣，其实魏夫人并不大分得清那是什么花，影影绰绰是一枝孤瘦的绯色梅花，却也像是杏花，抑或桃花。可是日光隔着窗棂落在那女子身上，留下一痕一痕波縠似的水光曳影，无端让人觉得，那隐隐的清寒气息，应该不是姿容亲昵的花朵。

因是在盛夏，殿中并未用香，景泰蓝的大瓮里供着新起出的冰块，取其清凉解暑之意。袅袅腾起的白色氤氲里，那女子侧着脸端坐，唯见雪白耳垂上嵌珍珠花瓣金耳饰纹丝不动，明净的容颜仿如美玉莹光，熠熠生辉。

魏夫人从她服色上推知她的身份，不觉暗暗腹诽，比之女儿的春华秋茂、风姿秀媚，眼前这位皇后显然带上了岁月不肯长久恩顾的痕迹。

这般一想，魏夫人只觉得心头畅快。她头一次面见着皇帝，情不自禁笑出来，拍着腿高喊了一声："贵婿哟——万福万福——"

阁中众人惊得目瞪口呆，一时齐齐怔住。还是李玉反应得快，一把拉住魏夫人跪下道："夫人快快行礼，这是宫中，并非民间，万万错不得礼数。"

魏夫人这才想起毓瑚叮嘱的礼数，忙扯直了身上酱红色绲六色指宽彩绒边的万福裳，用手指拈起深青色缠枝菊花马面裙，扭着身子道："妾身魏杨

263

氏拜见皇上皇后，皇上万安，皇后娘娘万安。"

皇帝不动声色，伸手示意李玉扶起魏夫人，自己只捧着一盏描金青瓷盏徐徐轻啜甘茗，留出一个镌刻般深沉的剪影。

皇帝左手边的花梨木青鸾海棠椅上坐着一位着牙黄对襟蕊红如意边绣缠枝杏榴花绫罗旗装的年轻女子，一张俏生生团团笑脸，拈了丝绢笑吟吟道："夫人果然与皇上是一家人，见面就这般亲热，仿佛咱们与皇上倒生疏了，不比与令妃姐姐一家子亲热！"

另一年长女子穿了一袭浅碧色锦纱起花对襟展衣，裙身上绣着碧绿烟柳。虽然年长些许，但神色极是柔和，观之可亲。她笑着道："什么一家子不一家子，皇后娘娘与太后的娘家才是和皇上正经的一家子呢。咱们都是皇上的嫔妃罢了，家人也是奴才辈的，要生了自狂之心，算什么呢！"

魏夫人听得不悦，但哪里敢发作，少不得忍气听李玉一一指了引见："这是纯贵妃娘娘，这是忻妃娘娘。"魏夫人一一见过，却听得上首端坐的如懿轻声道："皇上，难得魏夫人入宫来，听闻魏夫人府上与珂里叶特氏府上同住城东，想必也常常来往吧？"

魏夫人不意如懿问出这句来，连忙道："妾身与愉妃娘娘家中并无来往。"

如懿似也不在意，只道："哦。魏夫人博文广知，定有许多新鲜玩意儿说给咱们听。想必令妃也一直耳闻目染，听得有趣！"

魏夫人喜滋滋张口欲言，却见湄若扬一扬头，撇嘴道："皇上，皇后娘娘，这般磨牙做什么，咱们问了她便是。"

魏夫人以为皇帝要问嫜婉生产之事，正备了一肚子话要说，也好为自己先讨些辛苦功劳。却见皇帝微微侧首，一旁的李玉会意，从袖中取出一枚小小的布偶，扎得五颜六彩，一张脸也红红绿绿，肚子滚圆突出，显得格外古怪。李玉道："这个东西，夫人见过吧？"

魏夫人见李玉递到自己跟前，心头一惊，扭开头，有些害怕："什么娃娃，做得这般难看！"

如懿坐在上首，一张清水脸容并无妆饰，幽幽道："这样难看的东西，有人觉得，给本官倒是正好！"

魏夫人愣了愣，僵着脸道："哪儿能呢！"

李玉从袖中摸出三枚粗亮银针，一针针插在那布偶的肚腹上，又一卷拇指粗的布条，上头写着生辰八字，正是戊戌年二月初十日酉时三刻。

魏夫人眼珠一眨，忙低下头道："这个东西……妾身没见过，更不知道是什么。"

皇帝慢慢饮了茶水，平视着她，不疾不徐道："这是皇后的生辰八字。这个布偶肚腹隆起，又刺银针于腹上，乃是在皇后遇喜之时对她施以坐蛊之术。朕已经使人问过钦天监监副，乃知这是民间巫术，一可害人，二可伤子，三求断子绝孙之效。"

皇帝并不问她是否知晓，只是轻描淡写说过，仿佛只是一桩小事一般。倒是绿筠一脸不忍道："皇上，这害人伤子已是罪大恶极，可断子绝孙，岂不也绝的是皇上的子孙！其心之毒，闻所未闻。"

魏夫人越听越是害怕，想要抬头却不敢看旁人的脸色，只得结结巴巴道："皇上，皇后娘娘，这个怎么会有皇后娘娘的生辰八字？妾身不知，妾身……"

湄若鄙夷地横她一眼，冷冷道："这布偶共有四个，分别埋在魏府东南西北四角，皇上派人在你宅中搜到了。你倒不知？难道魏府私宅，不是你做主么？"

魏夫人越听到后头，越是心惊肉跳。阁中的清凉逼进皮肉里，一阵阵打摆子般森寒，和着自己失措的心跳，"怦怦"地似要蹦出嘴来。她几乎是乱了心神，立刻道："魏府？没有，没有，这种东西都贴身藏着，谁敢埋在府里？"

湄若冷笑一声："是么？"

她终于惊慌失措地抬起头来，才发觉四周之人虽然个个含着宁谧笑意，可那笑容却是催魂索命一般厉厉逼来，逼得她目眩神迷，心胆俱裂。

如懿的神色冰冷至极，如同数九寒霜，散着凛凛雪色冰气。她端坐于榻，魏夫人瞧着她容色分明，眉目濯濯，唯有尺步距离，却有冷冽星河的遥遥之感。只听她语声分明："本宫不知如何得罪了夫人，竟被如此诅咒？便是如此，稚子尚未见得天日，又有何辜？方才夫人一入门便唤贤婿，难道害了皇上子孙，夫人才欢喜？"

如懿语气和缓，却句句如钢刀，逼得魏夫人难以言对。

湄若微微侧首，朝着魏夫人粲然一笑。那笑意分明是极甜美乖巧的，她的口吻却紧追而来："夫人莫说不知皇后娘娘生辰。今岁皇后生辰，您托令妃送来的礼物还在库房中呢。"

容不得她有片刻的思量，湄若又挑眉"咯咯"笑道："莫不然当日为皇后娘娘生辰送礼为虚，蓄意诅咒谋害才是真？夫人倒真有心思啊！"

魏夫人突遭重责，一时冷汗夹着油腻嗒嗒而下，晕在水磨金砖地上，像雨天时汪着泥泞污浊的小水泡。她团着发福的身子，在地上揉成滚圆一团，讷讷声辩，虚弱地唤道："妾身没有！妾身没有！皇上明鉴啊！"

"皇上明鉴？"绿筼声音轻绵，充满了无奈的怜悯，"扎齐曾去你府上，与你密谋陷害愉妃之事，也曾亲眼见你做了布偶扎银针施法，埋于府中四角诅咒皇后与皇子。难道他还会冤了你么？"

魏夫人尖声惊叫起来："天杀的扎齐那混小子，来我府里混吃混喝也罢了，还要满嘴胡说！我什么时候扎针做布偶埋在府中四角了，给我天大的胆子我都不敢啊！"她又哭又喊："皇上啊！一定是扎齐那小子羡慕咱们府上有宠，替他姑母愉妃不平，所以陷害妾身啊！"

如懿幽幽一叹，一弧浅浅笑窝旋于面上，衬着满殿烛光，隐有讥色："是么？方才魏夫人不是说与珂里叶特氏府上素无来往么，怎么扎齐又去贵府混吃混喝了？"

魏夫人大怔，尚未回过神来，湄若又犀利道："皇后娘娘方才只问你是否与珂里叶特氏府上有来往，你却想也不想便说与愉妃府中并无往来，可见你所识所知的珂里叶特氏唯有愉妃母家而已。如此前言不搭后语，还敢抵赖说不识扎齐么？"

魏夫人张口结舌，慌不迭伏拜："皇上，皇上，扎齐已经死了！他可都是死前胡言乱语冤枉妾身的啊！什么巫蛊，什么密谋陷害愉妃，妾身全都不知！"

"不知？"湄若满脸不信之色，"扎齐替他姑母愉妃杀人灭口，还串通接生嬷嬷田氏杀害皇后娘娘的十三阿哥！扎齐死前可是招了，他是与你商议过此事的，不是么？"

魏夫人纵是慌乱，眼下也明白一二，呼天抢地赌咒道："扎齐那混账只知吃酒赌钱，他说的话怎么能信？皇上，攀诬皇亲这是大罪啊！妾身敢向神明起咒，绝不曾谋害过皇后娘娘、愉妃娘娘和十三阿哥！"

魏夫人声高气直，晃着胖大的身躯，一时气势不减。绿筠胸前佩一串明珠颈链，底下缀着拇指大的碎紫晶镶水绿翡翠观音像。她自年长失宠，又屡屡受挫，一心只寄望神佛，每日虔心叩拜，此时听得魏夫人对着神明赌咒，一时气不过，摘下颈链重重撂在暗紫锦莲毡上，端然正色道："你既要对着神明起咒，也罢，本宫这个翡翠观音由高僧加持，最灵验不过。你既要起咒，不如对着它发下毒誓。若是心存良善，未曾伤生便罢，否则便坠入十八层地狱，永受轮回之苦。"

魏夫人眼神一闪，拧着脖子犟声道："起誓便起誓，妾身不怕！"她说罢，便要举起两指起誓。湄若"咯"的一声轻笑，冷绵绵道："你既要起咒，不如发下毒誓。若你曾害人，那么你的儿子佐禄沦为贱奴，受刀剑砑身之苦；你的女儿死于非命，生生世世成为紫禁城的冤魂。如何？"

湄若的笑意促狭而刻毒，与她恬美娇俏的容颜并不相符。皇帝闻言微有不悦："忻妃，你是大家子出身，何必与她一般见识？"

魏夫人原也镇定，待听到拿她儿子做咒，不禁气得满面涨红，眼中闪烁不定，又听皇帝出言，一时壮了胆子道："忻妃娘娘纵然不喜妾身，也不用如此恶毒，拿人儿女做咒，难不成忻妃娘娘便没有儿女么？"

这话不说便罢，湄若幼女夭折，乃是毕生大痛，登时跪下道："皇上，

267

巫蛊之事出于魏宅，何人可以冤屈？扎齐出入魏府，也有人眼见。另则魏府中搜出的金银珠宝多出自宫中，可见令妃虽然身在宫中，但与家中密切，保不齐也参与此事！"

绿筠不禁恻然，取了绢子拭泪道："皇上，可怜天下父母心。魏夫人与皇后娘娘、愉妃有何冤仇，不过是为了女儿的缘故。这件事若说令妃能撇清，臣妾也不信。"

皇帝略略沉吟，安抚地搭上如懿的手，轻声道："令妃遇喜后日日拜佛，便要作恶也不敢在这时候。"

如懿忍着心头隐怒，含了一缕凄恻之意，勉力笑道："皇上安心。臣妾敬重魏夫人年长，令妃遇喜，也不敢过于责问，免得惊着她们，所以已让凌云彻带了佐禄入宫盘问，想来也快有结果了。"

皇帝听得说起佐禄，细想了片刻，方道："是令妃的弟弟？朕见过他一回，不是大家子弟的风度，便也不曾与他说话。"

如懿心中微微平定，淡淡瞟了忻妃一眼，将她唇边将溢未溢的一丝喜色弹压下去，欠身道："人谁无过？只在罪孽大小。臣妾的孩子固然死得不明，但也不可让旁人受屈。请佐禄来问一问，一则免得惊吓女流，二来听闻佐禄在外一直倚仗国舅身份，给他几分教训也好。"

绿筠颇有惊诧之意，摆首道："什么国舅？正经皇后娘娘的兄弟还未称国舅呢，他倒先端起架子来了。"她横一眼底下跪着的魏夫人，撇嘴道："纵没有谋害皇子与皇后之事，巫蛊之罪你总是脱不得的。且又教子无方，纵着儿子横行霸道。算得什么额娘！"

魏夫人本还充着气壮，待闻得佐禄已然入宫别置，神色大变，只得硬着头皮求道："皇上，佐禄年幼无知，受不得惊吓，只怕胡言乱语，污了圣上的耳朵。"

皇帝捧了茶盅在手，心不在焉道："胡话也是话，朕倒要听听，他能说出什么来！"

魏夫人自知无法，只逼得满头沁出细密冷汗，又不敢伸手去擦，窘迫不已。

不过半炷香工夫，凌云彻恭身入内，将一张鬼画符般的布帛交到皇帝手中，肃然立于一旁。

皇帝展开布帛，凝神望去，越看脸色越青。那佐禄大字不识几个，字迹歪七扭八，看着本就吃力，又兼文理不通。皇帝只读了个大意，见他语中颠三倒四，虽不说事涉嬿婉，总不离七八，又说起与扎齐喝酒赌局之事，倒也看出个大概。

魏夫人愤怒不已，尖叫道："凌云彻！你对佐禄用刑了，是不是？凌云彻你这臭小子，你……"

凌云彻眼中闪过一丝不忍。毓瑚喝道："翊坤宫中，谁敢咆哮！"魏夫人哪还敢言语，立刻缩了头回去。

凌云彻见皇帝恼怒，恭恭敬敬道："佐禄一进慎刑司便吓得尿了裤子，什么都说了。微臣问了几句，巫蛊之事大约是女流之辈所为，他并不清楚。但说起与扎齐喝花酒赌钱，如何听扎齐对愉妃表示不满，酒醉后又说要去杀了田俊，倒是有地方也有人物，想来不假。"

魏夫人听得佐禄供词，又气又恼，更兼神色仓皇，满面油汗滴答，强辩道："和扎齐来往我早就说过佐禄了，少结交狐朋狗友，可那也不算是个罪名吧？"

凌云彻道："可佐禄要是帮夫人把令妃娘娘给的银票送去扎齐那里，又帮您叮嘱扎齐说银票得拿去银号存着，一旦有人问起，就说是愉妃娘娘给的银票呢。"

魏夫人急急打断："那又怎么了？"

绿筠愤然道："难不成愉妃要给侄子银两，还要转一道您和令妃的手？还是此事根本就是夫人您与令妃所为，栽赃愉妃！"

魏夫人只差要蹦起来："当然不是！当然不是！"

绿筠冷笑一声："您说不是，可佐禄说是。看来佐禄不老实，咱们还是得对佐禄用刑啊。"

魏夫人听得这话，如揪心一般："皇上！佐禄什么都不知道啊！他是冤枉的！"

湄若冷然道："那就算不是知情的主谋，也是个帮凶，还有知情不报的隐瞒之罪，打死也不为过。"

有片刻的静默，魏夫人张口结舌，辩不出来。

如懿转脸看向皇帝："皇上，不知进保那儿查得如何了？"

毓瑚点点头，击掌两下，进保捧着一个盘子进来，上面放着一个搜来的布偶，手艺相差无几，一样写着如懿的生辰八字，只是密密麻麻地扎满了银针，令人毛骨悚然。

绿筠只看了一眼，便觉厌恶不已："皇上，这巫蛊布偶和从魏府搜来的一样。扎着这么粗的银针，是有多恨皇后娘娘啊！"

魏夫人已经说不出话来，浑身如雷劈一般瑟瑟发抖。

进保回禀道："皇上这是从魏夫人的住处，永寿宫偏殿的佛龛底下搜来的。"

皇帝望着她，眼底全是森然寒意："魏杨氏，你还有什么可说的？"

魏夫人身子一软，整个趴在了地上，像被抽去了骨头一般，呻吟着道："皇上，魏府那四个，不是妾身做的，真的不是……"

她才说罢，只听得一声锐呼："额娘！你怎会背着女儿做出这般不堪之事？"

那声音甚是尖锐，带了悲切而惊异的哭腔，将殿中的紧张锋利划破。进忠在后头扶着嬿婉，急得赤眉白眼道："令妃娘娘，您小心肚子啊！"

魏夫人看见女儿，立刻期待地喊了一声："令妃娘娘！"

嬿婉跌跌撞撞进来，顾不得行礼，扑倒在魏夫人身侧，满面是泪："额娘，你怎会背着女儿做出这般不堪之事？诬陷愉妃，害死皇后娘娘的孩子！额娘，女儿真不能相信，您为何如此？"

魏夫人本就惊慌，听得嬿婉如此说，更是吓得面无人色，颤颤失声："令妃……嬿婉……你这样说额娘！不是我……不是……"

嬿婉扑在魏夫人跟前，紧紧握着她的手："额娘，这件事是不是你做的？你万万想明白，一步行差踏错，连累女儿不算，更害了佐禄啊！"

魏夫人面上一阵红一阵青，慌不迭摆手："嬿婉……你别……"她咬着牙，急欲撇开嬿婉的手："你别冤枉额娘！"

嬿婉死死掐着魏夫人的手，泣道："额娘！女儿知道，没做过的事您不能乱认！可这件事到底真相如何，您可别害了女儿和弟弟啊！"嬿婉将"弟弟"二字咬得极重，拉扯着魏夫人的衣袖，一双澄清眼眸瞪得通红，似要将她苍白浮肿的面孔看得透彻："额娘，佐禄还小啊，他什么都不知道。他只是一时糊涂，才会和扎齐有所牵连。额娘，您别害了弟弟，他还有得救，只要女儿好好管束，不像您一味宠溺，弟弟他会好的。"

嬿婉的情绪过于激动，满面血红欲滴。春婵紧紧扶牢了她，含泪劝道："小主，小主您别急！您肚子里可还有龙胎呢……"

魏夫人哽着嗓子大口大口喘着气，似乎不如此便要立时魂断当场。只见她满脸泪水止不住地潸潸而落，惊惶地大力摇着头，一任泪水湿透衣襟，却说不出半句话来。

第二十五章　断腕

湄若一径蹙眉："令妃妹妹，皇上面前，你这般拉拉扯扯算什么样子，难不成你还要逼迫你额娘吗？"

也不知过了多久，魏夫人的神色终于渐渐平静，只是那平静如同死亡般枯槁幽寂。她无声地抽泣着，忽地甩开嬿婉紧紧攥着的手，匍匐着膝行到皇帝跟前，抱住皇帝的腿，用尽全力呼道："皇上！都是妾身糊涂，是妾身的罪过！"

皇帝目光微凉，淡淡道："罪过？你有什么罪过？"

魏夫人的唇被白森森的牙齿咬破，沁出暗红腥涩的血液："一切罪孽都是妾身做的！皇上明察秋毫，妾身无可抵赖。但这件事……"她狠一狠心："这件事与佐禄和令妃都无关系，令妃身怀六甲，根本不知道妾身做的这些事，佐禄也是蒙在鼓里。他……他就是个糊涂人，年纪又小，只知道听妾身的话，什么都不明白！"她说着，不由得痛哭失声。

嬿婉跪伏在地，吃力地托着腰身，嘤嘤而泣："额娘……你怎会做出这些丧尽天良之事！"

魏夫人红着双眼，推开嬿婉即将触到自己身体的手，恨声道："事到如今，还说这些做什么！你怀着身孕不便知道这些事，额娘替你料理了，也是成全你的前程。这样的事，你从前不知道，现在也不必知道！"

如懿全然不信："魏杨氏，你与本宫无冤无仇，何必做下这些孽事？"

绿筠犹自愤愤，且又惊疑："你与皇后娘娘无冤无仇，何必做下这些孽事？"她瞥一眼嬿婉："若说是令妃，倒有争宠作孽的嫌疑！"

"令妃有什么本事争宠？从来都是个窝囊东西，不然还怎么需要我这个老婆子操心。"她喘息着，狠狠盯着嬿婉，"咱们是出身微贱，可你也不能就由着别人看不起，处处作践欺负你。你这些年受的苦，哪件又和皇后脱得了干系了，你几度失宠，都是皇后使的手段！你蠢钝愚笨，糊涂无能，任人欺凌，你咽得下这口气，额娘我可咽不下这口气！"

湄若禁不住倒吸一口凉气："这话说得没道理！令妃得宠失宠，与皇后和十三阿哥何干？自己生性狠毒，却要扯上旁人！"

如懿又问："那么愉妃也是你指使所害么？本宫不信你有这般本事勾连内外！"

魏夫人双拳紧握，看也不看掩面痛哭的嬿婉，扬着脸道："皇上，一人做事一人当。扎齐是妾身所害，愉妃是妾身所冤，皇后和他腹中皇子也是妾身买通了田嬷嬷所害！妾身无话可说，甘愿伏诛！"她眼中流出混浊的泪，凄厉道："可是皇上，这件事与妾身的儿子佐禄无干！他只是个不成器的孩子，什么也不知道！也……"她瞥一眼娇弱欲坠的嬿婉，极力忍着道："也与令妃娘娘无干！"

嬿婉嘤嘤啜泣不止："额娘……额娘……"

如懿望向嬿婉的目光毫无温度，语意冰冷："令妃，用自己和弟弟的前程来要挟你额娘，本宫倒是没想到，你有这般胆气！"

嬿婉素日红润的面庞泛着苍苍微青，她伏在地上，仰起脸看着如懿，似一缕卑微到极处的尘芥，盈盈含泪，无限委屈道："额娘罪有应得，便是伏法当诛，臣妾也不敢有二言。但皇后娘娘此言，莫不是一开始便要借额娘之错来索臣妾之命。若是如此，臣妾便将腹中孩儿与臣妾之命一并送给了皇后娘娘吧！"

皇帝恼道："令妃，你敢冒犯皇后？"

她的眸中尽是苍茫的委屈与哀伤，如白茫茫的洪水，汹涌而出。可是那眼底分明有一丝深深的怨毒，锥心刺骨，向如懿迫来。

绿筠性子再温和也忍不住打了个寒噤，道："你腹中孩儿是皇家血脉，不过借你肚腹十月，你有什么资格断他生死，还要送给皇后娘娘！你倒拿着皇上孩儿的性命予取予求么？"

湄若亦嫌恶道："怀胎十月的辛苦谁不知晓，拿着孩子说嘴，是要以此要挟皇上和皇后么？"

皇帝断然喝道："令妃，你太放肆！"

如懿以温然目光相承，悲悯而淡然："你真的要以腹中孩子轻言生死么？"

嬿婉亦知自己出言轻率了，然而如懿的目光看似温润，却如利剑逼得她无所遁形。她心下更急，只觉得腹中抽痛，她一咬牙，猛地抬起腰肢，一个不稳又跟跄斜倒于地上。剧烈的起伏扯动她腹中隐隐的疼痛，心头闪过一丝暗喜，这个孩子，是来救她的，居然此时此刻动了胎气。她死死地抵着疼痛蔓延而上的脱力感，拼着全身的力气厉声唤道："皇上，臣妾出身寒微，便是谋害皇后娘娘与愉妃，于自己在宫中又有什么好处？！蒙此冤屈，臣妾不甘啊！"

她的哭喊撕心裂肺，更兼着满脸痛楚，实是凄绝！

如懿深吸一口气："皇上。若真是魏杨氏一人可以犯下如此大罪，臣妾断不会冤枉令妃，更不会迁怒她腹中无辜的皇嗣。可令妃没有自证清白之举，反而言语间以皇嗣性命要挟撇清。若说今日魏杨氏下的手可以让臣妾的皇子死得冤屈，而令妃连自己的孩子都可以诅咒，那么皇嗣的生死都要落于令妃母女手中么？"

有片刻的寂静，所有人的眼光都聚焦于皇帝，殿中只闻得嬿婉极度压抑、痛楚的呻吟。那呻吟声渐渐难以忍耐，还是进忠发觉异样，一把扶住了嬿婉，惊呼道："皇上！血！血！"

众人凝眸望去，只见嬿婉裙脚隐约有血色蜿蜒。她捧腹蹙眉，冷汗淋漓，凄楚道："皇上！皇上！"

进忠不由得有些着慌，变了脸色道："皇上，看样子，令妃娘娘怕是动了胎气，要生了！"

湄若纵然气盛，可看着嬿婉临产痛楚，不免也软了神色。

嬿婉的目光缠绵而悲切，迟疑地看着皇帝，唤道："皇上……皇上……咱们的孩子……"

皇帝略一迟疑，深深望一眼忍痛不已的嬿婉，斑驳的血色似未能打动他的冷峻："祸乱宫闱者，不可不严惩！魏杨氏狂悖，谋害皇嗣，即刻拖出去，赐毒酒！"他的眼底有无法掩饰的为难，投映于如懿眸中："令妃即将临盆……皇后，那也是朕的孩子。"

如懿微微点头："皇上，那就让令妃先生下孩子，再继续查问。"

皇帝无言，只是颔首应允。

嬿婉听得皇帝之令，几欲昏厥，却在惊痛中极力撑住了自己，压抑着哭泣："臣妾谢皇上留额娘全尸。"

魏夫人面如死灰，被小太监拉扯着往外拖去。在经过嬿婉时，她骤然暴起，死死抓住嬿婉裸露的手腕，想是用劲太大，嬿婉腴白的肌肤被抓出深深的印痕。魏夫人目眦尽裂，凄厉道："你说的！是你说的！佐禄……你会好好管束佐禄！"

嬿婉哽咽着连连顿首，急欲脱开魏夫人的牵扯："额娘，皇上留您死后的体面，不让您身异处，您要谢恩。"她的眼底蓄满了泪，叩首连连："皇上，臣妾会拿一辈子谢您的恩情和体面！"

魏夫人再无言语，直挺挺倒在地上，被进忠拖了出去。嬿婉掩袖欲哭，禁不住腹中刀绞般疼痛，终于呜咽着痛呼出声："皇上，皇上，臣妾是无辜的，救救臣妾和孩子呀……臣妾好痛……"

皇帝的眼风都没有落在她身上："痛就生。你自个儿心虚害怕，要害得腹中的孩子生不下来，朕饶不了你。春婵，带令妃回去，传太医和接生嬷嬷。"

如懿微微定住，到底无法说出口。她真是恨，恨得牙齿都咬碎了，硌着满口的碎棱坚角，一口口往下吞。即便魏杨氏被赐死，丧子之痛，如何能得淡去。

这样的静寂，还是绿筠率先打破。她捻着手腕上十八子蜜蜡珊瑚珠手串，面色微白："去母留子，也是可行之道。"

如懿瞬间睁眸，意识到皇帝是不会这般做的，不为别的，只为皇帝亦是失母之人。她深深呼吸，压制住功亏一篑的颓败感，轻缓道："找个妥当的接生嬷嬷，照顾令妃生产。"她欠身："皇上，那么臣妾，亲自去接愉妃出慎刑司。"

皇帝颔首，微觉歉然："愉妃无端受此冤屈，是该皇后亲自迎接，才可平息流言。"

嬿婉被王蟾扶着上了软轿，浑身被巨大而陌生的疼痛绞缠着，忍不住哭出声来。春婵两手发颤，抓着嬿婉的手道："小主放心，即刻就到永寿宫了。太医和接生嬷嬷很快就会到！"

嬿婉扭着脖子看着身后渐行渐远的翊坤宫，泣道："皇上，皇上……"

春婵难过而不安："小主，皇上是不会来的。您安心，安心生下一个皇子，事情便会有转机的。"她说罢，又急急催促抬轿的太监："快些！快些！没看小主受不住了么！"

太监奔走时衣袍带起的风显得杂乱而灼热，而另一种绝望的哭泣声，唤醒了嬿婉疼痛的神经。她慌慌张张直起身子，寻觅着那哭声的来源，戚戚唤道："额娘！额娘！"

甬道的转角处，嬿婉骤然看到魏夫人被拖曳的身体，她再忍耐不住，放声痛哭。春婵见机，忙上前几步，拉住为首的进忠，切切道："进忠公公，看在往日的情分上，您让小主和夫人再说两句话吧。就当送夫人最后一程。"

进忠为难地搓着手，看见软轿上的嬿婉又是疼又是哭，到底是舍不得。他跺了跺脚，退到一旁道："好吧！可得快点，否则连我的脑袋也得丢了。"

春婵忙忙答应，示意小太监们轻稳放下软轿。嬿婉忍痛扑向魏夫人的身体，哭道："额娘，额娘，对不住！女儿保全不了你！"

过于沉重的绝望让魏夫人保有了难得的平静，她目光凌厉："我不只为了你肚中的孩子，更为了佐禄！"

嬿婉热切的悲哀倏然一凉："原来到了这个时候，额娘最放心不下的还是佐禄！"

魏夫人狠狠地盯住她："你为了自己，连亲娘都可以要挟！哼哼！早知道女儿是靠不住的！"她迫视着嬿婉："佐禄，他是魏家唯一的男丁，唯一的血脉。你给额娘发誓，无论如何，都会保全他，护着他，就像护着你肚子里的这块肉，护着魏氏满门未来的希望！"

一语催落了嬿婉无尽的热泪，她咬着唇，极力道："额娘，女儿听您的话，您不会白死！但女儿也得先保住了自己呀！"她伤心欲绝，忍不住低低呼痛。

魏夫人强打起精神，喘着粗气道："嬿婉！是你蠢！是额娘蠢！咱们一直费尽心机，想要铲除一个个障碍，殊不知却舍大取小，走了无数弯路！"

嬿婉咬得唇色发紫，急切道："额娘，您说什么？"

魏夫人照着自己的面孔狠狠抽了一个耳光，抽得嘴角淌血。她嘶哑着声音道："嬿婉，额娘算是看清楚了！除去谁都没有用，绞尽脑汁，用尽手腕，还不如专心对付一个！"

嬿婉惊呼："皇后！"

魏夫人切齿道："是！除去她的孩子算什么，她照旧是皇后！还不如一了百了，将她扳倒。算命的仙师说了，你是有运无命，那贱人是有命无运！就凭着这句话，你一定要夺了她的皇后之位，让她生不如死！"她还欲再说，进忠忍不住催促："小主，拖不得了！您也得留着奴才的脑袋好给您效力啊！"

魏夫人灰心到底，泫然含悲，被进忠拖着，一壁低呼："嬿婉，额娘能帮你的，只有到这里了。你好好护着佐禄，别负了额娘用命换的……"

带着暑气的风潮湿而黏腻，将她悲切的尾音拖得无比凄厉。嬿婉想要追上去，却被身体的剧痛扯住，险险摔倒。春婵与澜翠慌得相对哭泣，拼命扶住了嬿婉，茫然四顾，忽然叫起来："小主，包太医来了！小主，包太医来了！"

海兰扶着宫女缓缓走出，有些跌跌撞撞，不大稳当。她精神倒还好，瘦了一圈，也憔悴了不少，好像一夜之间便苍老了五六岁，但眉目间那种濯濯如碧水春柳的淡然却未曾淡去，还是那样谦和，却透着一股什么也不在意的气韵。

她的脚步有些滞缓，慢慢地，一步又一步，好似许久不下床的人终于踏到了坚实的地面，脚步却是那样绵软。叶心与春熙一边一个扶着她，也甚是吃力。

如懿领着永琪候在慎刑司门外，见了她出来，忙伸手稳稳扶住她的手肘。永琪早已泪流满面，跪下叩首道："额娘！额娘！"

海兰深深地看他一眼，伸手拉他起来："还好，尚不算过于毛躁。"

如懿握着她薄如寸纸的手腕，不觉深皱了眉心："瘦了好些，都能摸着骨头了。"

海兰见了如懿，想要展颜笑，却先是落下泪来："姐姐。"她见如懿一脸担忧，忙道："这些日子你也不好过吧？"

如懿爽然一笑，眸中闪过一点流星般微蓝幽光："撒网收鱼，总比浑浑噩噩任人鱼肉好得多。"

海兰半靠在如懿身上，低声道："我听叶心学舌，似乎是为了巫蛊之事？"

如懿不以为然，面上笑窝一闪："药引子而已，否则怎见药力？"

"真有其事？"

"永寿宫中的巫蛊是真，李玉顺势而为，去搜魏府时做了些手脚加重罪名，也不算冤了他们。皇上相信天象祸福之说，那么更会相信巫蛊毒害之论。"

海兰颔首，含了安定之意："是。我们已经忍得太久。只是枉死了姐姐的一个阿哥，才赔了她额娘的一条命，实在太不上算！"

如懿毫不动摇满心的怀疑："那日见令妃与她额娘说话的情形，总觉得事情不是她额娘一人所为那么简单，本宫也不信令妃在其中完全无辜。"

海兰冷笑："令妃厉害，亲额娘都舍得出去，只是未必就有用了！"

风里远远传来几声女人凄厉的惨叫。海兰她侧耳倾听："是谁在叫喊？是令妃要生了，是不是？"

如懿无端生了几分疲累："容她生完孩子，本宫得继续查下去，否则对不住永璟。"

海兰沉声道："姐姐说得是，仇不能只报一半。尤其是令妃那般的性子，一旦生下孩子有了喘息之机，万一再是个皇子，她一定借子邀宠、卷土重来。"

"我明白。先不说她了，你才出来，回宫好好歇歇要紧。"她怜爱地看着海兰，伸出手为她细细理顺凌乱鬓发，柔缓道，"在慎刑司受苦了，本宫让容珮炖了你最喜欢的山药莲子炖水鸭，此刻估计烂烂的了，正好入口。"

海兰轻笑，神色亦活泛许多："有姐姐的嘱咐，虽然所住牢笼窄小，不便伸开手足，但心里安宁，倒也不算受苦。"她看着跟着如懿身后的永琪，一双明眸似要看得他成了个水晶人："听说你到底沉不住气，去求了皇额娘救我，是么？"

小小的少年面上尽是赧色，忸怩不堪。

海兰凝视着他，笑影渐渐收敛："你这般做，便是不信你皇额娘会真心救助于我，才做出这般丑态，是么？"

如懿按住她的手，微微摇头："到底是小孩子，咱们什么都瞒着他，他是你亲生子，难道无动于衷？也幸好他急得日日来叩首，旁人才信本宫真厌恨了你，才能被咱们找到蛛丝马迹。"

海兰盯着羞愧的永琪，见他越发低下头去，摇首不已："你皇额娘疼你，才为你说话。今日额娘告诉你明白，你的错，一是轻信人言，二是疑心嫡母，三则救助亦无方向。你知道额娘是因十三阿哥缘故而进慎刑司，皇后

281

为十三阿哥生母，若无额娘与你皇额娘情分，你求之何用？"

永琪满眼是泪，强忍着不敢去擦，只得生生忍住道："可是求皇阿玛和太后娘娘也是无用的。"

"当然无用！"海兰断然道，"乱花渐欲迷人眼，此时你更要留心你皇额娘与皇阿玛的举动，看看是否有可以助益之处。再不然，李玉和凌云彻处都可旁敲侧击一二，何至于做出这般慌乱无用之举。要知道，为人处世，一旦过于急切，便会乱了方寸，败象尽现。"

永琪被训得面红耳赤，嗫嚅分辩道："儿子当然是信皇额娘的……"

海兰深深剜他一眼，含了沉沉的失望，道："虽然信任，却不能一信到底，不能贯彻始终，便是你最大的错处！"

永琪喃喃着想要辩白，如懿温和地目视他，抚着他的肩膀："皇额娘知道，你虽年幼，却饱经世态炎凉，知道一切要靠自己，要信自己。但，本宫虽是皇后，是永璂额娘，也是从小养育着你的额娘。"

永琪俊逸的面庞涨得通红，深深叩首，默然不言。

嬿婉的七公主的诞落，已经是一夜之后。

此时的永寿宫已经人仰马翻，人人自危。只春婵与澜翠两个大宫女还在旁殿勤服侍，底下的人全不知避到何处去了。放眼阁中，唯有几个接生嬷嬷，有一搭没一搭地忙着。幸好进忠陪着留了一夜，求遍了满天的菩萨、佛爷护佑嬿婉，才算等到了儿啼声。儿啼声响起，进忠热泪长流："生下来了，我们来日的指望，落地了。"待得接生嬷嬷们出来，进忠又是打赏又是问询，像是自己的孩儿落了地。接生嬷嬷却是摇头："胎气乱窜，生了一天一夜，令妃娘娘都出大红了，结果是个公主。唉！"

进忠一下子软下来："只要平安生下来。令妃娘娘的出红止住了吗？"

"忙活了一夜，勉强止住了，可也太伤令妃娘娘的身子了。令妃娘娘宫体有损，两年内不能再遇喜，否则勉强生育，孩子也会因体弱而难保住。"

进忠一张脸耷拉下来，又急着回养心殿报喜，便道："唉。先不管什么两年后了，把眼下保住再说吧。"

嫄婉从阵痛中苏醒过来，才知道魏夫人已然赐死，尸身送出了宫。佐禄则发配边疆戍守，得哪天皇恩浩荡，才能放回来。她眼底干涸得没有一滴泪，不能再为母弟的下场多发出一句声响。她凄惶地望着阁顶绡金菱花图样，那点点碎金成了落进眼底的刺，深深扎进软肉里。她的喉咙因为长时间生产时的疼痛呼喊而沙哑，却依旧喃喃："怎么会是公主？怎么会？"

春婵怯怯宽慰："小主别这么着，您刚止了出大红的险事，身子太弱，经不起伤心啊。公主，公主也好。公主贴心呢。"她极力转着脑子："小主您忘了，比起皇子，皇上也更喜欢公主呢。"

嫄婉听得"皇上"二字，微微挣出几分力气："皇上，皇上知道了吗？"

春婵与正端进热水的澜翠对视一眼，还是道："进忠公公回去复命了。"

嫄婉眼底的热切被浇灭殆尽："这算什么喜啊？生了公主，皇上不在意，皇后更会立刻要了本宫的性命。"她慌乱得不能自已："不！皇上和本宫一样，都盼着是位皇子！为什么偏偏是个没用的公主？若是皇子，本宫便有办法脱出困境了！皇后一心要本宫死！我只生下了公主，保不了本宫啊。"

春婵吓得赶紧捂住她的嘴："小主！小主！公主也好，皇子也好，您总算母女平安，也不枉夫人……"她有些畏惧："方才王蟾来回话，夫人已经上路。小主，您可别忘了夫人临终嘱托，一定得善待自己啊！"

正说着，七公主嘤嘤哭了起来，她的哭声极其微弱，也怕吵着伤心烦难的嫄婉似的。不知怎的，这小儿的哭声便触动了嫄婉的心肠，终于叹口气道："抱来给本宫瞧瞧。"

澜翠见嫄婉有兴致，忙抱了七公主上前，喜滋滋道："小主快看，七公主长得多好看！这是皇上的七公主。前头的公主出嫁的出嫁，夭折的夭折，七公主能得皇上喜欢的。"

嫄婉恹恹地瞥一眼红锦褓褓中的婴孩，皱眉道："脸皱巴巴的，没有本宫好看，也不大像皇上。"

澜翠吐了吐舌头："孩子小时候都这样，长大就好看了。女大十八变哪！"

嬿婉随意抚了抚七公主的小脸，疑道："怎么哭声这么弱？是不是饿了？"

乳母是早已挑好的韩娘，她上前福了一福，抱过公主哄着道："回小主的话，公主喝过奶了，就是身子弱。小主是头胎，生得缓慢，公主也遭罪些。"她掰着指头："哎哟！今儿已经是七月十六了。公主是昨夜生下的，正好是七月十五的中元节！"

另一个乳母"哎哟"一声，嘴快道："中元节，可不就是鬼节嘛！"

春婵凶凶地横了乳母一眼，怒道："嘴里胡嚼什么！公主也是你们能议论的？还不赶紧抱下去喂公主！"

乳母们抱着公主讪讪退下，外头隐约还有谁嘟囔："神气什么！生了公主皇上也不来看一眼，早就失宠了的，还威风八面的！"

"七公主出生的日子可不好，和前头淑嘉皇贵妃的八阿哥一样，都是鬼节生的。"

"你们瞧八阿哥，那条腿好了也是一瘸一拐的。咱们七公主也可怜，令妃娘娘又是这个境地，可见是被她额娘连累透了。"

"一辈子就只能得这么一个公主了，公主能算什么依靠呢？连愉妃都不如，只怕这辈子都完了。"

所谓的绝望，大概就是这样毫无希望。原本意料中的锦绣人生，会因为突如其来的失算，全盘崩溃。

她望着窗外凄寒如雪的月光，揉了揉干涩的眼，哑然哭泣。

嬿婉抱着小小的、瘦弱的婴孩，听着她哀哀的像病弱小猫般的哭声，仿佛也在替自己申诉着无尽的委屈、失望、惊恐与愤恨。

人人都以为她完了，是么？恍惚的一瞬间，连她自己也这么觉得，却又很快安慰自己，还年轻，一切还可以重头来过。

嬿婉无声落泪。仿佛只有这温热咸涩的泪水，才能抵触四面八方汹涌而来的惶惑。正默默念想间，却见李玉带着两个小宫女进来，恭恭敬敬向她请了安道："奴才请令妃娘娘安。"

嬿婉几乎是欣喜若狂，慌慌张张擦了泪，忙不迭起身道："李公公来了，可是皇上想念公主，要公公抱去么？"

李玉的笑容淡淡的，维持着疏离的客气，像冬日里的毛太阳，明亮，却没有热度："回小主的话，皇上是惦记着七公主了。但想着小主还在月子中，亲自照拂不便，所以特命奴才带了去。"

嬿婉一怔，大为意外："公主还那么小，便要抱去撷芳殿了么？"她慌里慌张："公主还小，离不得额娘。"

"小主此言差矣。宫中规矩，若非皇上特许可由亲娘养育，皇子和公主都会交由乳母在撷芳殿带着，或是交给身份更尊贵的嫔妃为养母。"李玉道，"皇上的意思，颖嫔娘娘膝下无子却出身高贵，可以替小主抚养七公主。"

澜翠失声唤道："怎么会？颖嫔只是嫔位，我们小主可是妃位啊！"

李玉沉下脸道："颖嫔娘娘虽然是嫔位，却出身蒙古贵戚，其母族于社稷有功。颖嫔娘娘又是诸位蒙古嫔妃之首，其贵重爱宠，岂能只按位分序列。而且您也不是妃位了。皇上有旨，令妃褫夺封号，降为答应，按规矩身边只许留一个太监两个宫女，其他人都得带走。"

嬿婉叫起来："我刚给皇上生了公主呀。皇上不能如此绝情！"

李玉淡淡道："没让您跟着魏夫人一起去了，就是皇上无比宽仁了。"

澜翠深知嬿婉对七公主身为女儿身颇为失望，但也知道这个孩子的要紧，欲再分辩，但见李玉神色冷淡，也只得噤声了。

第二十六章　女心

嬿婉惨白着脸，紧紧拥住怀中的孩子，一脸不舍。她是再清楚不过了，从此之后，皇帝若想起这孩子，自会去颖嫔处探望。便是养在撷芳殿还好些，她可以买通了乳母多多美言，引得皇帝来看自己。若是去了颖嫔处，又有哪个乳母敢多言。自己的血脉，到最后竟成了为他人作嫁衣裳了。她凄声喊起来："李公公，我千辛万苦生下的血脉倒成了别人的女儿？不成的！求您告诉皇上，颖嫔与我不睦，她怎么会照管好我的孩子，公主还是留在我这儿吧。"

李玉恭谨垂首，不疾不徐道："皇上倒是想把公主送去其他位分高的娘娘那儿，可又有几个是与您和睦的呢？皇上顾虑着公主的前程，选了颖嫔，您要还觉得不成。那奴才只好去回话，您静听皇上的处置吧。"

嬿婉久在皇帝身边，自然明白李玉话中的厉害，忍了又忍，只得哀哀道："李公公，没有旁的法子了么？"

李玉摇头道："皇上还肯费心为七公主找位养母，便算是尽心了。"他一抬下巴，两个小宫女晓得厉害，动作利索地请了个安，径自从嬿婉怀中抱过了孩子，便去招呼乳娘们跟上。

嬿婉见状便要哭。李玉笑吟吟道："小主别急，你先当着答应，还能坐个月子养身体。等皇后娘娘查清了十三阿哥被害的事，您呀就有着落了。奴才先告退，不打扰您静养了。"说罢，便抱着公主，自行告退。

嬿婉直直噎住，欲哭无泪。恩宠，她哪里还能指望恩宠呢，连最后一道博得垂怜的法子都被收去，还要生生承受这般锥心之语。连生死，生死都在皇后一言一念之间。

她低低啜泣，无语望天："额娘，我连您都顶出去了，可皇上和皇后还是不放过我，我没有办法了，我还能怎么办呢？"

澜翠见她伤心，忙递了绢子为她擦拭，手忙脚乱劝道："小主，嬷嬷交代了，月子里不能哭，伤眼睛呢。"她说着，便急着看一旁的春婵："素日你最会劝小主了，今日怎么都不作声？！"

春婵立在门边，暗红朱漆门勾勒得她穿着暗青素衣的身量格外醒目而高挑。她袖手旁观："小主如今成壮士了。壮士断腕固然痛，可只有痛才能提醒自己还活着。小主忘记当年和奴婢在花房受苦的日子了么？皮肉之痛已然熬过，再受得住这离丧之苦，小主便再无畏惧了。"

嬿婉泪眼婆娑："壮士断腕？"

春婵定定道："是。小主舍得夫人，舍得与凌大人旧日的情意。从花房的奴婢到启祥宫的宫女，从官女子的位分上开始熬起，都是为了什么？不为别的，只为自己。"

嬿婉喃喃嗫嚅："对，是为了自己。"

春婵应声道："对。为了自己的尊荣和高兴，不惜一切。这也是奴婢跟着您死心塌地的原因，咱们都盼着自己好。说白了，您的娘家、凌大人都帮不上小主分毫。甚至夫人还偏心眼，帮倒忙，才连累了您。往后您就想开了，就是为了自己。"

"是。"可她仍是泄气，"可是虽有额娘担着罪名，皇上还是带走了公主，还夺了封号降我为答应，我连翻身的余地都没有了。还有皇后，她根本就是要我死了才算数。"

春婵取过象牙妆台上一瓶青玉香膏递到嬿婉手中，柔声道："没被废位赐死，就是皇上还顾着您的情面，还有转机。若皇上全然信了是您指使安排害死了十三阿哥，您早就没命了。而且奴婢和澜翠都伺候着您，王蟾也不走。您静心等待机会就是。"

嬿婉怔怔道："那皇后呢？"

"皇后在查，可若查不出什么，她也拿您没办法。"她笑了笑，"听嬷嬷说，月子里的女子气血两虚，面浮眼肿，必得好好调养，才能美艳如昔。"她看一眼澜翠："澜翠，还不恭喜小主？"

澜翠浑然不知，奇道："恭喜？"

春婵笃定笑着道："小主一直希望有所生养，为此费心多年。如今得偿所愿，生下公主，可知小主体健，以后生养无碍。且民间说，先开花后结果，小主能生公主，就能生皇子。"

嬿婉的容色渐渐坚定："是了。只要本宫还能得到皇上的恩宠，便总有一日能生出皇子来。

嬿婉用手指拨开凌乱垂落的发丝，心神渐定："额娘说得对，皇后她断了本宫的荣耀、家族的指望。额娘死了，家也没了，可只要本宫剩着，就不算完！"

盛夏漫过，天气渐凉。皇帝来翊坤宫的时日渐渐多了，日子，仿佛又回到了从前不咸不淡的时光，就如那些惊涛骇浪的起伏，从来没有发生过。

抬头望去，红粉盛年，流淌于红墙碧苑。因着委屈了海兰，皇帝也去延禧宫看她，还将土尔扈特部入贡的黄玉特特赏了海兰，又嘉许永琪接见土尔扈特部很是得体，得内外交口称赞是海兰教导有方。海兰只是不喜不悲的恬淡模样："臣妾虽生了永琪，但他一直在皇后娘娘膝下长大。若有寸功，也是皇后娘娘的教导之力。"

皇帝叹道："你什么都想着皇后，皇后待你也是。上回的事若无皇后一力坚持，朕难免委屈了你。饶是如此，还是让你在慎刑司受苦了。"海兰怎会将皇帝的话放在心上，只是恳求道："臣妾的委屈不过是蒙冤，一旦查清楚就无事了。可皇后娘娘的委屈是失了亲生的孩子，是怎么也弥补回来的。如今能做的，唯有彻底查明害了害死十三阿哥的凶手，才能对皇后娘娘稍稍安慰。但求皇上不要心软，因魏答应生下公主而怜悯。"

皇帝见她如此心念如懿与永璟，也颇为感动；又见她还是那么落落大方，谦和自持，仿佛从未有过慎刑司的困辱与窘迫，反而愧疚。然而海兰却对琳琅满目的赏赐付诸一笑："臣妾侍奉皇上多年，牙齿也有磕着舌头的时候，何况长久相处呢。皇上不提，臣妾都忘记了。"

如此，皇帝讪讪之余，对海兰也越发敬重。

无人时，如懿便笑她："真能心无芥蒂，忘却蒙冤不白之苦？"

海兰横眉："自然不能。我从未忘记，我所有的辛苦颠沛、荣华寂寞，都是拜他所赐。必得感恩戴德，铭记于心，终生不忘。"

那边厢蒙古嫔妃们见颖嫔得了七公主，就如众人都得了女儿抚养一般，欢喜不已。恪贵人满心羡慕："还是颖嫔姐姐好福气，得了这么可爱一个女儿。"

颖嫔笑道："七公主可爱，那是人家魏答应会生，本宫不过养着有趣罢了。"

恭常在最喜跟着这两位蒙古嫔妃，也凑趣道："生娘哪及养娘亲，将来七公主有个好人家，难道是因为魏答应的面子？当然是因为颖嫔娘娘了。"

禧常在亦道："听说魏答应一直想来看七公主？"

颖嫔性子高傲，却也爽朗，一向对嬿婉很是看不上，当下鄙夷道："说起过几回，但本宫回绝了。后宫中人人都不喜魏答应品性不佳，七公主既归了本宫，就不要沾染了生母的习气，免得被带坏了。"

恪贵人连连点头："这回皇上让您抚养七公主，是看得起咱们蒙古来的嫔妃。回去告诉自己的族人，皇上心里有蒙古，蒙古四十九旗必得效忠皇上。"

众人一齐答应，对皇帝更是心悦诚服。

海兰还是常常来与如懿闲话，二人并肩立于廊庑之下，远眺着殿脊飞檐，重叠如淡墨色的远山，看黄叶萧萧，飘零坠坠。

海兰看如懿，颇有问询之意："魏嬿婉降为答应，又失了女儿，姐姐有没有稍稍安慰？"

"没有。丧子之痛，日日夜夜都记在心里，没有一刻忘记。我只是恨自己还是查不出真相，无法给永璟清明。"如懿伸手接住一片坠落于枝头的黄叶，"而且不只永璟，我还记得，金玉妍死前，告诉我她并没有想害死璟儿和六公主。"

海兰大为紧张："姐姐是怀疑，五公主和六公主的事，也和魏嬿婉有关？"

如懿念及璟儿，不觉泪眼潸然："那日若不是璟儿换了庆嫔送来的衣物，被害的是永瑆才对。魏嬿婉母女会对尚在腹中的永璟动手，会不会也对永瑆动手？我实在怀疑。"

海兰颔首，挽住如懿的手臂："富贵儿走失，金玉妍一直说她不知。若真如此，也很有可能是魏嬿婉做的手脚。"

如懿触动心思，连忙道："金玉妍死前否认的还有一事，就是害舒妃肾气衰弱。我在想，金玉妍确实与舒妃不算有仇，舒妃有孕时她早已接连生子，若说她觊觎太子之位会有，是否会对舒妃腹中尚不知男女的十阿哥动手却未必，而舒妃母子事中，却都与这回永璟之事一样，和钦天监所言的天象有关……"

海兰长叹一声："我与皇上，虽不敢称夫妻，但也是妾侍。非得以前朝君臣之道来维系保全，实在也累得慌。"她望着如懿的眼："可我知道，姐姐比我更难。我的委屈，不过是蒙冤，而姐姐，却实实在在饱尝丧子之痛，还被皇上冷落疑忌。姐姐真的可以释然么？否则每日强颜欢笑，也是辛苦。"

"钦天监监正言语蹊跷，事发之后又服毒自尽，说是畏罪也可能，说是被人灭口也可能。真若如此，魏嬿婉的额娘，是没有这样串通、摆弄钦天监监正的本事的。"

"如此看来，许多事在背后阴谋布局、接连谋害皇嗣的人，都可能是魏嬿婉。这样的人，不可轻易放过。"海兰忧虑不已，"但是姐姐，钦天监监正已死，田嬷嬷、魏夫人都已死，魏嬿婉肯定什么都不会说……"

如懿沉思片刻，唤过三宝："包太医那儿查出什么来没有？"

三宝摇头道："没有。包太医就收了魏答应的钱财替她调理身子，也帮着生产，其余真没有什么。"

"那就再查她身边的人。"如懿正色道，"三宝，你自己去。"

海兰见三宝离去，叹了口气道："自十三阿哥离世，历经风波，姐姐对皇上似乎也有所不同？"

"能有如何不同？不过是明白你多年劝导终究成真。许多夫妻无情无爱，也可以平淡一生。省得爱恋纠葛，在乎越多，伤得越深。"她感伤不已，"多年夫妻，有时候皇上如此疑心，真叫人心寒。"

海兰默然片刻，只为如懿心酸："姐姐真是辛苦。"

会辛苦么？如懿不答，却辗转自问。朝夕相对时，他与她客气、温和，越来越像一对经年长久的夫妻，懂得对方的底线所在，不去轻易触碰。那是因为实在太知道了，许多溃疡烂在那里，救不得，治不好，一碰则伤筋动骨，痛彻心扉。只好假装看不见，假装不存在。

所以，也算不得强颜欢笑，而是明知只能如此，才能抵御伤痛之后渐行渐远的疏离与不能信任。

永寿宫里的日子如慢火煎油一般，一日比一日不堪。皇帝迟迟没有发落，如懿那儿亦始终在追查，永寿宫孤清荒落，唯有嬿婉如幽魂一般游荡着，每日坐着等死，不知道哪一天刀就落在自己脖子上了，真是生不如死。可皇帝似乎早已将她忘记了，便是想靠近养心殿也不能。进忠来来回回照应了好几趟，也是无计可施，想要为嬿婉探听消息，但见李玉时时伺候在皇帝身边，也不敢开口了。她实在无奈，只好抽了个无人在意的时候去慈宁宫求见太后。

到了慈宁宫宫前已是近晚时分，秋日的雨说下就下，瓢泼而至，凄寒迫骨。嬿婉躲在伞下，却也禁不住风雨逼人。福珈拦在宫门外，并没有放她进去的意思："太后留着魏答应，不是让你与你额娘做出这样的恶事来。太后如今潜心修佛，听不得这样的龌龊事，也不会见您，魏答应还是请回吧。"

嬿婉急得跪下，拉住福珈的衣襟，苦苦求道："姑姑，还请您让太后怜惜我……当初太后愿意帮我去了木兰围场，我记得太后恩典，会为太后尽忠的。"

福珈小心地扯开被嬿婉握过的袍子，冷着一张面孔，毫无表情："魏答应，太后要你办事，不是要你自作主张，还纵容你额娘谋害皇嗣。想起这事太后就后悔。您的忠心太后不敢受，您往后也不必来慈宁宫了。"

福珈说完，立刻转身进去，示意太监们关上了门。朱红大门深锁，嬿婉急白了脸，不停拍门求恳："求求太后救臣妾，求求太后呀。"

门再打开一条缝隙。福珈的不满简直溢于言表："魏答应，您再深夜吵扰太后，太后也不能容您了。"

嬿婉哭得满面是泪："我实在无计可施了，才来求太后呀。"

福珈厌恶至极，皱眉道："嫡孙惨死，太后一口恶气正没地方出呢，你还敢纠缠不休！这般恳求，旁人还以为太后和您有什么勾连呢？来人，魏答应惊扰太后歇息，赶出去。"

还容不得嬿婉反应，几个中年仆妇闪身出来，拖过了嬿婉便拉了出去，扔在了台阶下，嬿婉汪在满地污浊的雨水中，眼看着大门再度紧闭，才无望而吃力地爬起身来。

嬿婉回到永寿宫中，便着了风寒大病了一场。宫中事务多半是绿筠帮着如懿料理，她心中不喜嬿婉母女这般残害皇嗣，便嘱咐了内务府不许理会永寿宫上下，便有什么月银赏赐，也挪去颖嫔那里，只当照顾七公主用。若非进忠暗中接济照顾，眼看着汤药都不济。只是永寿宫上下和进忠无论如何求恳，太医却不肯轻来，只草草开了方子，按方抓药吃着罢了。这一病兼着产后失调，便缠绵了许久。一直到和敬公主入宫拜见皇帝，她也未能起身。

这一年入秋，和敬公主璟瑟自蒙古归来，回京探视皇帝，暂住京中公主府。和敬公主乃孝贤皇后嫡出亲女，地位尊崇。她相貌深肖孝贤皇后，素性节俭，不喜妆饰，大有亡母之风，深得皇帝宠爱，宫中亦无不敬畏。

和敬入养心殿时，皇帝正新裱了一幅《洛神赋图》，那原是东晋顾恺之所作，描绘曹植渡洛水时与洛水神女相遇相恋，终因人神两隔而无奈分离。

皇上甚为钟爱曹植痴恋洛神之情，令如意馆出类拔萃的画师临摹习作，选出好的裱画起来，看到欢喜处，便盖上宝印，再赏赐画师。这次的一幅，也是如意馆一名青年画师所为，难得的是画得惟妙惟肖，神韵毕见。皇帝喜爱不已，便留在了养心殿。

和敬便笑着进来大大方方行礼："皇阿玛，儿臣给您请安。"她见皇帝赏画，便凑到皇帝身边："皇阿玛心烦的时候总爱赏画，这幅《洛神赋图》描绘洛水神仙，真是有朝霞明媚之态。"

"洛神固然风神妙姿凌绝九天，可若无曹植深情，也不过是寂寞仙子。"

"皇阿玛看画喜欢水中仙，赏花喜欢水仙，都是凌波清绝之物。"

皇帝听得爱女对自己的喜好了若指掌，更是欢喜。"还是璟瑟最懂皇阿玛。"他拉过和敬，细细打量，"朕的璟瑟从没变过，永远是我大清最娇艳的一朵玫瑰。"

和敬不好意思地摸摸脸："瞧皇阿玛说的，儿臣连孩子都生了。"

皇帝细看和敬，一张脸容与已故的孝贤皇后颇为相似，打扮也是清贵朴素，古雅大方，发髻间除了少少松石珊瑚珠子点缀，不过是几朵通草七菊和凤仙花，少御珠翠，皓腕上也只是一对赤金镯子，无镂无花。皇帝鼻中微微一酸，想起自己喜好奢华，如懿选衣用料虽不算名贵，但也别出心裁，嫔妃们出身大族的夸耀华丽，寒门小户出身的亦有自己赏赐，满宫已数十年不见这般质朴打扮。他不觉感叹："璟瑟，朕瞧你长得越来越像你额娘孝贤皇后。"片刻，他只是无限疼惜地看着和敬："朕这次召你入宫，也是希望可以共叙父女天伦。你把庆佑带来宫里，朕也好好看看这个外孙。你呢，得空也去给皇后请安，别失了礼数。"

和敬应了一声，便拉着皇帝细数宫外趣事，直哄得皇帝十分欢喜。

待和敬正式入后宫拜见，已是次日清晨。

嬿婉大病初愈，才稍稍好些，便不敢被人寻了错处，挣扎着起身，换了一身略体面的衣裳，要进翊坤宫向如懿问安。谁知才到了门口，三宝便是冷着一张脸，浑不理睬。嬿婉大是无趣，想入内，三宝也没有放她进去的意思，只得讪讪走了。

嬿婉才行几步，忽见赫赫一行人来，心中一悚，忙避在路边。为首的崔嬷嬷不屑道："谁戳在这儿？挡了公主的路。"嬿婉已经退到了墙根上，实在无处可退。她穿惯了妃位的华服，骤然只能按答应穿戴，已经满面羞惭。听得崔嬷嬷这般发问，只觉得脸上火烧一般，只得带着病容强笑道："公主……"

和敬见她小眉小眼，甚是看不上眼，连眼风都懒得落到她身上去，只是抚着手指上三寸长的素银护甲，懒懒道："你是谁？"

嬿婉见她如此高傲，更是自惭形秽，低头如蚊细语："我是皇上的魏答应，七公主的生母。我从前是给长春宫送花的花房官女，所以认得公主。"

和敬轻笑一声："哦，官女出身的嫔妃啊——"她的尾音拖得极长，毫不掩饰语气中的鄙薄。嬿婉风光一时，又得皇帝恩宠，最不喜有人取笑她官女出身。奈何为讨和敬公主喜欢，只得拿出旧事来以表亲近，不想公主却是这般不给脸面。

和敬有些好奇："看你连翊坤宫的门都进不去。你是给皇后添了什么恶心，她这般不喜欢你？"

嬿婉见机，忙上前一步，委委屈屈道："从前孝贤皇后顾惜过我，所以我格外不入皇后的眼。"

她一袭暗蓝旋波银花袍子，一头青丝只以一个铜扁方绾起，缀一两朵脆薄的绒花，低调得几与官人无异。和敬见她这般怯弱示人，忍不住讥笑道："后妃争宠，这点子挑拨离间的把戏别往我跟前凑。"

嬿婉满心热切，希望得和敬公主怜惜助益，不想她这样一盆冷水当头浇下，不觉又急又窘，切切道："公主若得空，容我细说分明。"

崔嬷嬷伸手一拦，笑吟吟道："魏答应是什么人，也配往公主跟前凑，还要与公主细说什么？"

嬿婉见那老嬷嬷脸上含笑，可那笑比冰霜还冷，半分接近不得，只能讷讹退下了。和敬再不看嬿婉，只当没看见这个人，径自往翊坤宫去。春婵见嬿婉受辱，忙劝道："小主，我们回去吧，和敬公主虽然与皇后娘娘不睦，但我们也指望不上啊。"

嬿婉咬住嘴唇，隐忍道："我便不信，谁都帮不了我。"

第二十七章 沉浮

　　宫中的日子平静无澜，若过得惯，一日一日，白驹过隙，是极容易过的。可是曾经得过宠却又失去的人，最是难熬。

　　长门一步地，不肯暂回车。连带着池馆寂寥，兰菊凋零。至此，宫车过处，再无一回恩幸。

　　嬿婉的日子，便是如此。

　　她的失宠，随着七公主养于颖嫔膝下，变成了水落后突兀而出的峭石，人人显而易见。她不是没有想过要回七公主，但被进忠婉转拒绝："小主何苦碰这个钉子。上回奴才不小心提了一句，皇上就横了奴才一眼。幸好师傅没听见，皇后娘娘也不在旁，否则奴才的性命早没了。"

　　穷途末路，大抵如是。

　　宫中嫔妃众多，得宠失宠也是寻常。若换作婉嫔，多年来宠遇寂寂，不过是拿日子熬位分而已，皇帝来与不来，她也云淡风轻。可嬿婉偏是得过盛宠之人，骤然失宠等死，且在生女之后，哪里熬受得住。宫中人一时离得远了，莫不拿跟红顶白之态对她。送来的饮食，应季的衣料，莫不馊冷腐坏。永寿宫人多，哪里顶得住这样的花费。嬿婉少不得拿出体己银子来填补。一开始旁人尚看在银钱分儿上敷衍，但嬿婉的体己以珠宝玉器绫罗绸缎为多，典当不易。手头的银子流水价出去，渐渐内囊也尽上来了，又跌落至叫天不应的境地。

　　如此一来，永寿宫的人心也散了。除了春婵、澜翠和王蟾还算尽心，其余人等或攀高枝，或被内务府寻个由头拨去再不回来。永寿宫里越发冷清，连宫人们路过也避着走，只怕沾了晦气。嬿婉坐困愁城，终日无奈，却也不得其法，只见得人也憔悴了下去。

待到入冬，适逢这回和敬带着独子庆佑入宫长住，庆佑长得虎头虎脑，皇帝格外疼爱，便叮嘱和敬时常带在养心殿中。

如懿让三宝细细查访宫中，连洒扫的杂役也不放过，一个个都盘查过，终于得知当日有人在火场见王蟾抱着一只狗儿，那样子与富贵儿极为相似。三宝立刻禀报到如懿跟前，如懿丧女之痛逼上心头："王蟾是魏嬿婉的人，会不会是魏嬿婉抱走了富贵儿，唆使它扑咬本宫的孩儿。"

海兰恨声道："事关五公主，必得查问清楚。姐姐，我让叶心在接生嬷嬷里一个个问，有人见魏嬿婉和田嬷嬷私下说过话，田嬷嬷也曾由王蟾传话召去永寿宫。"

如懿微一点头，三宝立刻带人将王蟾带进了慎刑司审问。王蟾不想自己有这一日，见三宝带人来抓，拼命挣扎不已，只被捂着嘴按住，发出呜呜声挣扎着。恰巧进忠从养心殿出来，见了如此情状，不由得心下一沉，上前关切道："青天白日的嚷嚷什么呢？哟，三宝公公，您怎么在这儿？"三宝见是御前的人，也不疑有他，只简略说了几句，进忠忙让到一旁，看了王蟾一眼，似笑非笑道："王蟾，进了慎刑司可老实些。有什么说什么，说错了一句话，那谁都救不了你了。"说罢，在他屁股上踹了一脚，便向三宝拱手离开了。

因是翊坤宫交代要审问了人，慎刑司的精奇嬷嬷们打起了十二分的精神，由三宝亲自审问，一水儿人陪着同审。王蟾被倒吊着，早停了饭食饮水，挨了几十鞭子，正苦不堪言，听着每一句都是问自己在火场抱着富贵儿之事，又惊又怕，怎么也不肯认罪。三宝被他气得火性上来，拎起鞭子又打了好一顿，喝道："说！你在火场抱着的狗是不是富贵儿？是不是魏答应要你抓走了富贵儿调教它扑人？"

王蟾痛得哇哇乱叫唤，可每动一下，痛楚更剧："不是啊不是。火场那儿有野狗，我是抱了一只丢出去，免得在宫里闯祸。可那不是富贵儿啊！哎哟，放我下来吧！"

他被倒吊着，说话本就吃力。这么一折腾，只觉得浑身的劲都没了，就是火烧火燎一般。

三宝哪里理他这般分辩，喝道："那魏答应召田嬷嬷入永寿宫所为何事？当时魏答应还未生产，难道就急着要与接生嬷嬷说话？"

王蟾张口结舌，脑子里飞快地转着，辩道："小主未雨绸缪不成嘛！"

他才喊完这一句，鞭打处皮肤绽开的地方落下血珠子来，一滴滴落在他鼻腔里，又是酸楚，又是血腥。王蟾环顾四周，颠倒破碎，人人是狠厉的一张面孔，真不知谁能来救自己。可是做过的那些事是不能说的，哪怕招认了逃过了慎刑司的一劫，进忠那里哪是好饶过的。一想到进忠对嬿婉的痴心，他就能猜到进忠能做出多狠辣的事来。

三宝见他如此强辩，如何还能忍，立刻唤了精奇嬷嬷来，让人搬了凳子爬上去扎王蟾的脚心。凄厉的惨叫一声接一声地高过去，闷在了慎刑司里，怎么也散不出去。

王蟾没了影踪，嬿婉身边缺人，一时也找不到他。进忠虽知道王蟾被三宝带去了慎刑司，奈何这一日一夜皇帝身边都离不得人，李玉又盯得紧，他想抽空离开去告知嬿婉一声也是不能，直急得如热锅上的蚂蚁一般。皇帝在暖阁中坐着，毓瑚伺候着焚香，那香气里大约是添了薄荷和冰片的气味，解着暖阁里因烧着地龙和火盆带来的燥热气息。皇帝手里握着一张供状，那脸色如苦寒玄冰一般。一双眼直直盯着那供状，似要在上头钻出两个洞来："皇后，王蟾说他替魏答应召唤田氏入永寿宫，是关心你的胎。呵，当时你还未生，要她关心做甚？确是显得多余。"

"之前臣妾因魏答应擅自前往木兰围场之事而责罚她，她怀恨在心才对，怎会关心臣妾的身孕。便是关心身孕，问太医就是，问一个接生嬷嬷做什么？"

皇帝撂下供状，由得它黑字白纸轻飘飘落在猩红色百花簇锦厚绒毯上："王蟾抱着的狗说是野狗，他也不认与璟兕之死有关。"

三宝有些沮丧："回皇上的话，王蟾嘴硬，一直只肯认这些。"

如懿心中哀痛稍解，当下便言王蟾的话大有漏洞，力主皇帝立刻召魏答应入慎刑司对质。

皇帝凝神片刻，目视毓瑚："你与三宝同去，立刻带魏氏入慎刑司问话。"

毓瑚放下手中香箸，将香炉盖上，又在火盆里添了几枚松果与橘皮，利落做完一切，方才行礼出去。

彼此相对间，如懿凝神片刻，才看到了皇帝眼底的一丝犹豫。她盯着他，并没有转首回避的意思。有时候她真不明白皇帝的犹豫是从何而来，对着害死腹中爱子的嫌疑者，一再优容，一再顾虑，哪怕已经贬为答应不闻不问了，终究还是没有处置她。皇帝看懂了她眸中不肯退让的询问，终于叹了口气道："皇后，朕有一句话一直想问，你觉得魏答应是主使之人，那么真有人会以生母的性命来顶罪么？"

他的话幽幽的，仿佛无比邈远而疏离。如懿一字一字迸出："旁人或许不会，但魏氏心性狠毒，一定会。"

皇帝微微摇了摇头。嬿婉是怎样的女子，他是有数的。娇美、柔软，如一只翩跹的蝴蝶，为了让他高兴，可以俯身到尘埃里去，甚至甘之如饴。这样的女子，曾经是粗俗的，宫女出身，小门小户，什么都不大懂，但是有着罕见的小聪明。偶然他点拨一二，她就能拼命习得。从御前宫女起，到自己的嫔妃，从见识低微到如今颇有所学，都是自己一手调教，完全是因自己而成为如今这样一个颇有风情的人。这样自己一手点拨出来的，会是这般狠毒辣手的女人？不，他都难以相信。

她隐忍的泪意，难以抑制的伤痛。他都懂得，也怜悯。片刻，他只得道："朕明白你的丧子之痛，朕亦悲痛。你要带魏氏就去吧。"

嬿婉困坐宫中无趣，便领着春婵往御花园湖边去。此时正是午睡时分，园中冷清。春婵为她披了件风毛斗篷，心疼道："小主的病才好些，怎么不在自己宫里待着？"

303

嬿婉坐在太湖石边，悲望而无助，道："永寿宫冷冷清清的，像个囚笼，我不要待在那里等死。"她转首并不见澜翠，心下便有些责怪："怎不见澜翠？昨日就不见王蟾了，澜翠是不是看我不能脱身，和王蟾都走了。"

春婵叹口气："王蟾找不见，澜翠被赵九宵缠着呢。"

嬿婉记得那个魁梧的汉子，曾与凌云彻同在冷宫当差，又因着凌云彻被抬举，也去了坤宁宫守卫。可到底是个坤宁宫当差的人，是她做花房宫女被欺侮时才不得不寻的出路，也惦记起宠妃身边得脸的大宫女了。是了，看来人人都见她落魄了，才敢这样高攀。她轻蔑地笑笑："澜翠会看上他？"

春婵沉默片刻，抻了抻鬓边少了几片花叶的绢花，窘迫地道："小主，从前澜翠不搭理赵九宵，是因为她是您的近身侍婢，更是因为您是皇上的宠妃，有能力也可以为她指个好人家。如今她虽然还是您的侍婢，可您却失宠了。作为一个宫女，主子失宠，她总得给自己找一条退路。"

嬿婉的眉头越皱越紧："你是说，澜翠愿意嫁给赵九宵那个没出息的小子？"

春婵拿捏不定："或许是。但澜翠刚肯和他说话，也未必到求嫁与赵九宵的份儿上。"

嬿婉的眉毛越拧越紧，气得身子微微发颤。因着产后圆润，入冬的新裳依旧未能做下来，她穿的还是去岁的锦袍。半新不旧的桑染色绣桃叶风毛琵琶襟锦袍裹在身上，绷得有点发紧，越发显出她的愤怒与无奈："那么春婵，你是否也要给自己找条好的出路了？"

春婵连忙跪下："奴婢不敢！"她仰着头，抓着嬿婉的衣袖，恳切道："小主，奴婢比澜翠年纪大些，早过了出宫的年龄，没这些个想头，只想一心一意伺候小主。再者，奴婢坚信小主非池中之物，一定有法子东山再起的！"

嬿婉听得几欲落泪，扶起她，动容道："你的心我都知道。春婵，我也只有你了。"

主仆二人正说掏心窝子的话。进忠惨白着面孔，满头大汗淋漓地跑过来。他吁吁地喘着气："小主怎么在这儿，叫奴才好找。大事不好了，王蟾被带进慎刑司了。"

嬿婉一时没有站稳，差点从太湖石上跌下来，幸得春婵和进忠一边一个扶住了，斥道："什么时候的事？你怎么如今才来说？"

春婵哪里敢在这时候得罪进忠，忙赔笑道："小主急糊涂了，进忠公公要是早知道，定是来告诉您了。"

进忠忙扶正跑歪了的帽子，抚着胸口道："奴才昨儿撞见皇后身边的三宝带走了王蟾，奴才已经提醒过王蟾别乱说话了。他应该懂事惜命。奴才早要来禀报的，可惜师傅盯得紧，皇上身边奴才又脱不得身。这不得空就立即跑来了么？这样的事，奴才也不放心托给旁人啊。"

嬿婉拼命抓着自己的手，极力镇定着自己道："皇后定是要从王蟾下手拷问我害十三阿哥的事。幸好，幸好，许多事王蟾不知道的。"

进忠见她一面花容在冷风中逐渐失去艳色，形同凋零，满心疼爱怜惜，却又不得不提醒："可总有他知道的吧？"

嬿婉越想越怕，嘶哑了喉咙说不出声："有，有。皇后抓了王蟾，无事也要生出事来，一定不会放过我的。"她的手心不住地冒着滑腻的冷汗，想捉着自己的手也是无能为力。她心慌得很，一颗心怦怦地跳着，每一下都那么沉，生疼生疼。她害怕起来，那种害怕甚至比听到额娘被处死的消息更甚。她丢开自己的手，不知所措地像抓着求生浮木一般，紧紧抓住了进忠的手，凄切地问："进忠，怎么办？怎么办？"

她从未这般抓着自己的手，这样无助地信赖自己。被她抓着的地方，她柔腻的肌肤与他白而松软的肌肤毫无缝隙，如烙铁一般灼热。进忠的呼吸粗重起来，在这样的危急里，竟会有他这样的一刻。他几乎是要哭出来，他什么也顾不得了，只要被她这样倚靠着，他什么都是愿意的。

进忠拉过嬿婉，轻轻地抚着她的背。嬿婉本能地想抗拒，却什么也说不出来，只觉得疲倦到了极处，有个朽木可以靠一靠也是好的。春婵早扭过了脸，面着太湖石站着。只听"咚"的一声，湖中溅起尺高的水花，落到进忠衣上。太湖石后传来男童快活的笑声，嬿婉如同大梦初醒一般，立刻推开了他，拍了拍衣裳，保持着主子的尊严和体面。进忠登时有些恼，正欲喝问，想起自己不过是太监，先气短了三分，低低怨道："谁这般胡闹，惊着小主可怎么好？"

春婵慌不迭探头过去，只见一个三岁大的孩子，一个人爬在湖边横出的太湖石上掷石子玩。那孩子长得壮实，衣着华贵，揪着小小的辫儿，辫上结着一大把松石和蜜蜡的珠珞，甚是憨态可掬。

春婵蹙眉道："不是宫里的阿哥，怕是哪家的福晋带进来的不懂事的孩子。"她看了看，又道："真是不懂事的孩子！那石头上积满了青苔，又高又滑，仔细摔下来才是。"

进忠气恼而不甘，忙看了一眼，却是惊讶："啊呀！是和敬公主的独子啊。"

正说着，又有几颗石子落入湖中，溅起雪白的水花，赢来那孩子欢快的鼓掌声。嬿婉连连皱眉，扶着春婵的手便走。才行几步，只听得远远有数人唤道："世子！世子！别躲啦！快出来吧！"

进忠啧啧摇头，一时也不敢出去，只是道："唉！那石头滑腻，世子万一掉下来，可怎么好？"

嬿婉一怔，问道："世子？"

春婵"哎呀"一声，压低了声音道："小主，听说和敬公主带着世子庆佑入宫，这孩子得多尊贵呀。"

二人凝神远眺，只见翠叶落尽的柳枝懒洋洋地斜垂着，那孩子爬在太湖石的青苔上，手舞足蹈地乐着，浑不顾足下青苔滑腻。春婵不大放心："小主，奴婢赶紧去抱下来，别出了什么事。"

春婵正要出去，嬿婉寻思片刻，眼底闪过一道冷光："别！咱们有救了！"她推一把进忠："进忠，你先走，记得帮我向皇上求情。"

电光石火间，进忠忽然明白了她所想，猛地点点头，拔腿就跑。

嬿婉细白的牙齿死死咬在暗红的唇瓣上，一下按住春婵的手臂，轻轻嘘了一声。她腰肢轻折，捡起一枚石子，瞅准那孩子足下，用力一掷，那孩子显然被突如其来的异物吓到，足下一跌。

只听得有重物落水之声，扑腾的哗啦声，夹杂着断续的哭喊呼叫。春婵吓得脸都白了，还来不及反应，只觉得按着自己手臂的重压倏然抽去，又一声重响，水花扑溅。她定睛之时，嬿婉已然落到了水中，死死拉住了那孩子的手。

春婵吓得两腿发软，她拼命逼迫自己镇静下来，尖声呼道："救命！救命啊！"

为首的崔嬷嬷正寻庆佑，闻声一阵风地赶过来，果然见嬿婉扑腾在水里捞着庆佑。崔嬷嬷尖叫一声，侍从们纷纷跳落了水里。春婵拼命地呼喊着："快，快救魏答应啊！魏答应在救孩子哪！"

官人们是怎么赶来的，怎么捞起了嬿婉和那孩子，春婵已然不太记得了。她只记得，湖里溅起的水夹杂着冬日里的碎冰迸到了她的面孔上，擦得她脸皮生疼生疼的。她抢过去抱着嬿婉，嬿婉力竭倒在她怀里，浑身都在滴水。嬿婉的全身都在发抖，抖得不可遏制。并无太多人理会她们，他们都簇拥着那个孩子，忙乱地叫唤着，夹着哭腔："世子！世子！"或是："庆佑！"

嬿婉的眼睛在听到"庆佑"二字时倏然亮起，像被点亮的烛火，明媚地闪着神采。嬿婉低低道："幸好！赌赢了！"

春婵看着嬿婉冻得惨白的面孔，想起她曾经柔润的面庞，含春的眼角，只觉得无限心酸。她自小是宫女出身，受过万般委屈，只想凭着嬿婉的恩宠可以出人头地，却不想，身为宫妃，嬿婉也是那样难。那样难，反叫她生出相依为命的依赖。已经走上了这条路，除了争宠，毫无退路。

春婵努力想笑，手碰触到嬿婉冰冷的面孔，只觉得那股寒意顺着指尖渗到她心里。她凄惶地哭着："太医呢？太医！谁来救救小主！"

皇帝见到嬿婉时，已经是两个时辰后了。官人们簇拥着庆佑了，幸好

307

还有人记得嬿婉，找来棉被裹了她抬回永寿宫中。

嬿婉裹着厚厚的棉被，牙齿都在打战。纵然殿阁中点了十数火盆，那暖气仍然驱不走她落水后的寒意。那寒意是长着牙齿的，细细地、一点点地啃着她，无处不在似的。嬿婉坐在那里，看着烧得红彤彤的炭盆围着自己。大约人到了一定的泥淖深渊里，连呛人的黑炭烧在炭盆里，都会让她觉得踏实。

真的，她从来不知道，这些曾经拥有却不曾在意的东西，有着如此现实而强大的力量。譬如，皇帝衣上沾染的龙涎香，炭火轻声的"毕剥"，织锦云罗的绵软，羽缎鹅绒的轻暖，这些能让她愉快的东西，也让她心生贪婪。

皇帝从门外进来时，带着蒙蒙的阳光的颜色，沐着金色的光辉。她眷恋地看着，蓦地俯身下去。她明白自己的卑微和脆弱，没有他的眷念与宠爱，她便是枝头摇曳的黄叶，只有坠落一途。

她几乎是滚落在地，俯拜在他足下："皇上……臣妾久不见您了，臣妾向您请安。"

皇帝也不看她，只是环顾四周，见永寿宫破落灰败，早不是从前模样，连身边也只有澜翠和春婵伺候。

嬿婉自知生死便在此间，痛哭道："皇上，皇后娘娘带走王蟾，无非是想从王蟾嘴里问出什么罪名来再对付臣妾。臣妾的额娘做了恶事害了皇嗣，女儿被人带走，臣妾实在生不如死。"

进忠跟在皇帝身后，叹息不已："生不如死还救了世子，魏答应您这是功德。唉，魏答应真是喜欢孩子的人，这样的人怎么会害十三阿哥呢。"

春婵膝行上前，磕了三个头，求恳道："皇上，不是奴婢为小主辩白，害十三阿哥真的是老夫人的恶行，与小主无关啊。皇后娘娘拷问王蟾，就是不肯放过小主，非要置小主于死地。"

皇帝微微蹙起眉头，漠然道："王蟾要没为非作歹，不怕皇后拷问。"

嬿婉哭得如梨花带雨："臣妾知道。臣妾侍奉皇上多年，承蒙恩宠，惹皇后娘娘不快，这是臣妾的罪过。皇后娘娘丧子，是额娘的过错，臣妾身为女儿也该替母受责。只是皇上，额娘已经伏法，臣妾也受刑，皇后娘娘怎样才肯相信臣妾并未参与其中呢。"

皇帝寻了一方干净的榻坐下："听说你额娘只疼佐禄，从不爱惜你？"

"是。可即便如此，额娘还是额娘。皇上可以查问，臣妾这些年在宫中，所得的大半给了额娘。天下无不是之父母，臣妾自该孝顺。臣妾从未怨恨过额娘，更不会舍出自己的亲娘为自己顶罪，否则臣妾真是禽兽不如了。"

生母偏心，这是她素来的伤心事，便也说得动情。

"那你为何私下要见田氏？要你这般多此一举？"

"臣妾召见田氏，真的只是关心舒妃和皇后娘娘生产。尤其是皇后娘娘那次，臣妾自知不得皇后娘娘喜欢，屡屡受罚，所以特意叮嘱田嬷嬷照顾皇后娘娘生产，以期皇后娘娘生下十三阿哥后听得田嬷嬷禀报，会饶恕臣妾，善待臣妾。臣妾这么做，只为在皇后娘娘手下过得安稳些。"

皇帝的眼波淡然一转，忽地疾言厉色起来："那璟兕之死，富贵儿可是你让王蟾抱走唆养的？"

"皇上！"嬿婉激烈地叫起来，"臣妾与五公主何干？更与忻妃与六公主无仇！为何要让王蟾抱走富贵儿谋害五公主？"

皇帝冷然如窗外的天气，有着不可接近的森寒之意："那日璟兕与永璂换了衣裳穿，否则你要害的不是永璂么？"

"皇上，臣妾对天发誓，绝无此心。"嬿婉披散着满头青丝，拼命叩首不已，"皇上您细想，臣妾并无皇子，为何要谋害您的嫡子，对臣妾又有什么好处？若臣妾生下皇子要争宠，还说得过去些。臣妾没有害人的理由啊！"

皇帝心中一动，半晌无言。嬿婉拼尽了浑身的力气，匍匐到皇帝足边，死死抓着他的袍角。皇帝穿着家常的松绿团寿纹暗金洒点袍，那刺绣轻绵的针脚熟悉而亲切。还是四执库宫女的时候，她不就每日打理着皇帝的衣衫袍服么。不，到了如今的境地，便是再想安生做个小宫女也不能了。不能再爬到皇帝身边，便是死路一条。她含着一口气，以泪眼相望："皇上，臣妾从前是无知宫女，亏得您一手调教，臣妾才有长进。难道您调理出来的人会是心如蛇蝎么？皇上，你要相信臣妾呀。"

零落的叹息就如浓重的夜雾中倦鸟沉重的翅膀。皇帝按了按眉心："朕相不相信你很要紧么？你在这里好好思过。"他半支起身子："进忠，你去看看，慎刑司要问不出什么，先让王蟾回永寿宫伺候。"

进忠忙答应着出去。皇帝瞅了她片刻："庆佑顽皮，趁璟瑟午睡，偷偷溜出来玩耍。幸得你瞧见救了他。"

嬿婉听得皇帝如此说，知道是无处死之意了。她如逢大赦，正要嘤嘤诉说自己如何救了庆佑。只见帷帘一掀，身后红影摇曳，一个女子爽朗笑道："皇上为了外孙揪心，看着庆佑无恙，就过来看魏答应了。"

嬿婉如何听不出她话里的意思，不过是指她在皇帝心中无足轻重而已。她却不能反驳，因为实在太清楚地知道，自从七公主养在颖嫔身边，颖嫔更得宠爱。嬿婉觉得喉咙里一阵阵发紧，那原该是属于她的宠爱。

嬿婉笑得欣慰，打着战道："孩子无恙就好。"

颖嫔挑着眉眼，似笑非笑地看着她："也真是巧。庆佑偷溜出来，偏魏答应瞧见了，偏魏答应跳下水去救。当真无巧不成书，好像天意是要成全魏答应似的。"

春婵眼珠一转，抱了个汤婆子递给尚未完全缓过气的嬿婉暖着，难过道："可不是！小主从未见过世子，却能不顾自己不懂水性就往下跳。唉，小主真是喜欢孩子的人。"

皇帝的面色柔缓了几分："这么冷的天，你也不当心自己，亏得近旁的宫人们发觉得早把你们捞上来。"皇帝说着，凝视着她，徐徐问："对了，你怎么在那儿？"

嬿婉一滞，未语，泪却潸潸而落，楚楚可怜。

春婵何等机警，眼角亦湿了几分："皇上有所不知。自从七公主养在颖嫔宫中，小主日夜思念，总盼着见一见公主才好。御花园离颖嫔宫里不远，小主就盼着颖嫔能抱公主去御花园玩耍，小主能远远看上一眼也好。"

颖嫔轻嗤一声，媚眼如丝："皇上，那个时辰正是午睡的时候，冬日里风大，臣妾再不懂事，也不会抱着公主往风口上去呀。"

皇帝眼睫一闪，微有疑色。嬿婉凄然开口："皇上，如今是冬日吗？风很大吗？臣妾都不觉得。臣妾甚至分不出白天黑夜的区别，臣妾只想自己的孩子，臣妾的孩子……"

春婵含泪道："皇上，自从七公主抱养在颖嫔宫中，小主日夜思念，神思恍惚……"她犹豫着看了一眼嬿婉，难过道："小主的神志与往常不同……"

皇帝的眼底闪过一丝不忍："儿女养在别的嫔妃处是常有的事。颖嫔出身高贵，性格大方……"他叹口气："别称呼七公主，颖嫔给她起了名字，叫璟妧。"

"璟妧，璟妧……"嬿婉喃喃呼唤，眼泪肆意而出，紧紧地裹着被子，颤抖着声音道，"璟妧，璟妧……皇上，臣妾知道自己不是一个好额娘。出身微贱，学识浅薄。但是皇上，臣妾的爱女之心并不曾因为臣妾的罪过有所缺失，臣妾对不住璟妧。"

颖嫔听出她话中之意，急急道："臣妾幸得皇上垂爱，将璟妧养在膝下。每日亲自照顾，如同己出，臣妾实在舍不得送璟妧回来。"

皇帝安抚地握住颖嫔的手，柔声道："上次你父王入宫觐见，特特提起你为膝下虚空苦恼，所以朕特意将璟妧养在你身边，也好略做宽慰。"

颖嫔粲然一笑，反牵住皇帝的手，颇为安心。

颖嫔觑着嬿婉浑身湿腻腻的样子，满脸关切之意："谢皇上。皇上，魏答应落水，得好好养一阵子才好。您应允了臣妾一起用膳，时辰不早，咱们早些回去吧。"

皇帝朝着颖嫔温柔一笑，转身意欲离去："魏答应，朕谢你救了庆佑。璟瑟只有这一个儿子，科尔沁部也只有这一个嫡孙，幸好他没事，幸好……"

311

"皇上，和敬公主只有一个儿子，臣妾也只有一个女儿璟妧。皇上，璟妧有颖嫔悉心养育，臣妾不敢奢求能将璟妧接回身边，让颖嫔备受分离之苦。但求皇上垂怜，让臣妾能再有一个自己的孩子吧！"

颖嫔微微冷笑。皇帝脚步一缓，却未出声。龙袍的一角拂过深红色的门槛，旋起浅金色的尘灰，将他身影送得更远。

嬿婉趴在地上，久久不肯起身，哀切恳求："皇上，臣妾求您垂怜……"

皇帝的声音远远传来："你说的太多了，求的也太多了。"

嬿婉失望的泪坠落在飞蓬般的烟灰里，落成晶亮的不完满的水滴。

很快，科尔沁部也得知了消息，王爷与额驸纷纷上奏，言及此事。

皇帝指着案几上科尔沁部王爷的请安折子，沉默不言。如懿看得明白，那是他代表科尔沁部上下，谢了魏嬿婉救庆佑的恩典。

仿若一颗石子重重坠入水面，激起无数圈涟漪，如懿的眸光渐次转冷："皇上的意思是要顾及科尔沁部，不能将他们的恩人处置了。"

皇帝转首看着别处，仿佛在避开她的直视："王蟾在慎刑司受刑，不是什么也没招认么？而且魏答应也说了，她是想讨好你，才召见了田氏。"

不是不尴尬的。如懿还是道："魏答应要讨好臣妾，她额娘就敢要臣妾孩儿的性命。这母女俩心性也太不同了。"

皇帝清了清嗓子："魏答应孝顺其母，这么多年供奉孝敬，从无怨言，怎会舍出生母去？朕也让慎刑司对她用刑了，她实在招无可招。再接下去用刑，只能是屈打成招了。"他叹口气，颇为无奈："如懿，朕知道你的恨，也知道你想为永璟追回一个明白。可魏答应的生母已死，弟弟也发配边疆。不许她养育公主，朕答允；要她的奴才进慎刑司，朕也依你。"

她眸中燃起一点锐色的星芒："皇上依臣妾，是因相信天象之言觉得亏欠臣妾，而非真心相信魏答应心怀叵测。所以到了最后，您还是想饶她。"

皇帝的口吻有些急："魏答应救的是科尔沁部王爷的亲孙子，满蒙联姻的硕果。若庆佑出事，将来谁承继科尔沁部？朕的江山安定，不能缺了科尔沁部的安稳。"

唇角的恭敬渐渐绷不住，如懿清澈如水的眼眸里有着洞悉一切的锐利。她再忍不住，声音如金石相击般尖锐："难道皇上眼里，永璟的冤屈是可以割舍的？臣妾知道，皇上不想认为是自己看错了人，不想觉着自己多年来调教出的不是一个讨自己喜欢的女人，而是一个害了您子嗣的毒妇，是么？臣妾就怕皇上过于相信自己，才宽纵了魏答应。"

皇帝的语气里尚有余温，不是不无可奈何的。他还是极力劝勉："你是皇后，听朕一句，顾全大局，先不要为难魏答应了。"

如懿泪眼婆娑，拼命忍耐着心底的不甘与痛楚："皇上，永璟是我们的孩子。为了大局，臣妾就可以舍下为母之心吗？"

"你是皇后，朕的中宫，天下之母，而非永璟一人之母。"

他的声音很轻，可是重若千钧。

终于稳了稳心神，掩去所有的苦痛与酸楚。如懿一步一步缓缓退开，每一落足，都仿佛踩在自己心的碎渣上："皇上，皇后乌拉那拉氏可以应承您，永璟的额娘不能应承。臣妾羡慕平民尚有法度可以依靠，但在宫里，法度也大不过皇上的大局。"

皇帝还想说什么，只见她在自己的目光尽处，一步步消失无踪。皇帝吞咽下自己呼之欲出的呼唤，颓然坐在了椅中。

过了些日子，进忠那边传来消息，皇帝对她的态度倒是和缓了一些，至于要如何惹起皇帝旧情，那便是嬿婉的本事了。

嬿婉也想过再唱起袅袅的昆曲，引来昔日的宠遇与怜惜。却才歌喉一展，颖嫔那儿已然打发人来："魏答应要唱也别这个时候，您的亲女儿七公主听不得这些动静。等下哭起来，皇上怪罪，可叫咱们小主怎么回呢？小主替您受着累，您却快活，皇上知道了，可要怎么怪您？"

嬿婉听着嬷嬷义正词严的话，只得讪讪闭了口笑道："颖嫔妹妹甫带孩子，怕有不惯。我亲手做了些小儿衣裳，还请嬷嬷送去给公主。"

偏嬷嬷满脸是笑，却半分不肯通融："魏答应自己都紧巴巴的，何必还替公主操心，一切都有颖嫔呢。"

一忍再忍，总有机会可觅。

不久便是立冬，是合宫陛见为太后庆贺的正日子，皇帝自然也会来。她依稀是记得的，曾经的舒妃，叶赫那拉意欢，便是重阳菊开合宫夜宴之时，一曲清歌，凌云而上。

嬿婉早两日便准备了起来，取出尚未穿过的新衣，比着镏银铜镜揽衣自观。才试了两件，春婵便婉转劝："小主，这两件新衣还是和敬公主刚给的，咱们应当应分的，内务府一直迁延着不曾送来。哪怕您救了世子……"

她听得出春婵的难处，因着她的失宠，内务府早停了送每季的衣裳首饰。唯剩的两件体面冬衣，也是和敬看她可怜给的。宫中所用的绫罗是天边溜转的云彩，风吹云散，每一日都是新的针脚，艳的花纹，迷了人的眼睛，看也看不过来。

孝贤皇后过世后，后宫女眷早不肯那么简素。便是皇帝，也是穷奢极欲之人，爱她们如花朵招摇地绽放，每一朵都晕彩迷离，每一日又胜过昨日的样子。如懿亦是，她是锦绣堆叠里长大的闺秀，什么稀罕物儿没见过，什么也不放在心上，也甚少在衣衫、首饰、器皿上约束嫔妃，所以素日相见，无不穷尽奇巧。

去岁的衣衫啊，若是被人瞧出，必是要惹笑话的。

女人的争奇斗妍，便是这一针一线上的镏铢必较。长一寸，短一分，细碎，琐屑，却无比认真，付尽心力。

所以嬿婉愈加精心，虽然被贬为答应，但外头的体面不可失，怎么也得给自己留住最后一点颜面。好容易择定了浅浅橘瓣红含苞菊蕊挑银纹锦袍，一色翠榴石米珠花簪，倒也美得收放自如，含蓄温媚。只盼皇帝见了自己顾念一点旧情，可在皇后的威势下保住自己。

等嬿婉打扮得恰如其分，正要出门时，等来的却是一脸为难的进忠。进忠看着嬿婉的清丽妆容，苦涩地摇头，道："小主别费这个心了。皇上说，今日的立冬家宴小主不必去了。"

嬿婉登时急了，那红晕浮过胭脂的娇艳，直直逼了出来："怎么会？今日是合宫陛见的日子。我是皇上的嫔妃，我得在啊。而且……而且我救过和敬公主的独子啊，皇上会垂怜我的。"

进忠的脸越发黄了，期期艾艾道："小主，今儿夜宴，纯贵妃根本没安排您的座次，皇上也不希望您去。"

似腊月冰水兜头浇下，彻骨寒凉。她足下的水粉色柳荫黄鹂花盆底一个不稳，险险跌倒于地，还是进忠眼明手快扶住了："小主，下回吧。总有下回。"

嬿婉犹不肯死心，攥着进忠的袖子，痴痴问："进忠，有没有法了？见面三分情，皇上见了我，会原谅我的。你想个法子，让我可以去立冬家宴，好不好？"

进忠摇头："奴才不过是个伺候人的家伙，能有什么法子？奴才也想帮您，不舍得您受苦哇。"

春婵赶紧上来扶着，嬿婉坐在榻上，满眼的泪争先恐后地出来，一口气却上不下下，涌到了喉头。

最后，看不下去的还是和敬公主，再三劝道："皇阿玛，儿臣瞧着魏娘娘可怜。她额娘的确有错，但彼时魏娘娘怀着七妹妹，懵然不知情，替母受过半年也够了。还有皇额娘也太揪着不放，不顾您的心情。"

皇帝不喜她议论如懿，言辞无状，才微微变色，和敬却顾不得了，继续道："儿臣耿直，看不下去。不就为了那个王蟾在火场抱过一只和富贵儿相似的狗么？那种野狗火场那儿常有，儿臣小时候也见过，作不得数。再说了，要十三弟死的人怎会救庆佑？皇阿玛，魏娘娘之前没见过庆佑，更不知道他是儿臣的孩子。魏娘娘救的何止是儿臣的孩子，更是科尔沁部的寄望和未来。她有这份善心，是因为您的调教。魏娘娘的额娘粗鄙贪婪，想来和她生母不是一路人。"

皇帝对着女儿，总是肯说些真心话："魏答应有嫌疑，但嫌疑有多深，朕也很怀疑。"

315

和敬摇头不已："莫须有之罪。只看皇阿玛怎么想。儿臣是可怜魏娘娘，她盼着孩儿的心思，跟额娘当年是一样的。"

是夜，皇帝本欲独自歇在养心殿中。在合上奏折之后，他唤来了李玉。

李玉的毕恭毕敬似乎惹来皇帝的不甚耐烦，他问："敬事房是否送绿头牌来？"

李玉道："敬事房的人正候在外头呢。"他击掌两下，徐安捧着绿头牌进来。灯火明耀之下，红木盘中牌子泛着绿幽幽的华彩，仿佛是招人的手，引着皇帝的目光凝住。

皇帝的手如流水般划过，在"魏答应"的牌子上略略一停，复又梭巡，末了停在"婉嫔"的绿头牌上。

徐安愕然，还是李玉赔笑："皇上真是长情之人，您是有些日子未见婉嫔了。"

皇帝看他一眼："去吧。"

徐安哈着腰道："奴才这就去接婉嫔小主。"他迈开步子，才走到殿门口，只听身后郁然一声长叹："换魏答应来吧。"

徐安不知皇帝为何心意忽变，却也不敢多问，赶紧答应着去了。

这一夜翻牌子的风波很快湮没在日常生活的琐碎里，似乎谁也没有放在心上，那是因为，实在也不值得放在心上。而下一个月，皇帝又召幸了她一次。此后，皇帝对嬿婉仍是不加理会，连答应的开销也未改变。一切，仿如旧日。

而嬿婉，却因着皇帝这两次宠幸，实实有了身孕。很快地，湄若在失了六公主之后，也跟着嬿婉有了三个月的身孕。比之湄若那儿的金尊玉贵，被皇帝捧在手心，嬿婉却是抚着日渐显山露水的肚子不敢张扬。她日夜忧愁不已，就怕自己再生个公主，湄若却生了皇子，皇帝眼里没自己，再难苟延残喘。她的担忧也不无道理，自从胎气安稳，足足到了五个月，终于敢禀报了遇喜，皇帝对她也是不闻不问，更没问过半句。春婵只得以天意眷顾安慰，盼着嬿婉生下皇子，皇帝也能回心转意。可嬿婉肚腹日隆，偶尔腹痛腰酸，连包太医都提醒，其实当日您生七公主时，接生嬷嬷就说过您出大红，两年内是不宜遇喜的。

可那又如何？嬿婉悲观地想起，皇帝再度宠幸她那夜对她说的那句"你想要孩子，朕成全你，但别的你也不用多指望"。是啊，即便有和敬公主保着，也只能保一时，不能一世。就算不宜遇喜，自己也得拼力一搏，直到搏出个皇子来。

她低头抚摸着肚子，那是她仅有的，最大的指望。

容珮传嬿婉遇喜五月的消息入翊坤宫的时候，骀荡春光正无声地落在螺钿小几上新折的一捧尺多高的绚烂海棠枝上。花卉如绣锦，却是无香，极是雅静。

熏风微来，曳动珍珠垂帘的波縠越发缱绻而温媚。春衫薄媚，软缎衣袖悄然褪至皓腕之上，如懿只是静静落下一枚白玉棋子，淡淡含笑。

容珮皱眉不已："江太医来消息说魏答应遇喜五个月了，一直到胎象稳了才说出来。"

海兰坐在如懿对面，拈了一枚黑子浅浅蹙眉："魏嬿婉这般小心，是怕咱们害了她这辛苦怀上的孩子吧？谁都会像她那般心思歹毒。而且哪怕知道魏嬿婉又有了身孕，皇上也不曾去看过她。不像忻妃，一遇喜皇上便金尊玉贵地捧着。"

如懿挑眉："忻妃没了六公主，这回好容易遇喜，皇上自然格外心疼些。"

容珮又递上消息："听说魏答应生育七公主时出了大红，加之产后受责，屡受刑罚，身子大有亏损，其实是不能急着遇喜的。"

如懿抬起手，整理燕尾髻子，上面簪了新鲜芍药花，衬着棠色胭云缎长衣上大蓬素色的暗纹，越显得容色清淡："她自己的身子自己知道，还要这般强求，就只能自求多福。"

海兰的眸色趋于平静："但姐姐也不能对魏嬿婉掉以轻心。还有和敬公主，姐姐也得留心。毕竟她是皇上最钟爱的公主，为着魏嬿婉救了爱子，她

317

也会有所援引。"

白玉子落在碧玉棋盘上余音微凉，恰似如懿此刻的感慨："有时候死亡或许真的算一件好事，可以弥补曾经的不完美。孝贤皇后离世日久，皇上的愧疚越深，便越是怀念。这些年皇上为孝贤皇后所作的挽诗还少么？连几近济南都不肯进城，只因是孝贤皇后崩逝之地。对和敬公主，也越是看重爱怜。魏嬿婉若不是救了和敬公主的独子，皇上也不会那么轻易放过她。"

海兰静默不语，只是以懂得的沉默来安慰彼此的孤凉。半晌，她才轻语："和敬公主背后还有科尔沁部。外有大部，内有嫡后嫡女的情分，和敬公主开口，皇上才宽纵魏嬿婉。一想到这个，我就气恨难平。"

殿内美人对坐珠帘帘卷，殿外是绵绵袅袅的晴光万缕。宝鼎香暖，花竹葱茏，也不过是寸断了的时光里荒荒的影子。翊坤宫琼楼玉宇，琪花芝草，其实与废旧千年的伽蓝寺又有何异？心落了灰，如经卷蒙尘，再难翻动。

如懿苦笑："要本宫放下永璟、璟儿的事，本宫放不下。可王蟾在慎刑司咬死不认，皇上为了顾全大局要我暂且忍耐，如今魏嬿婉又有了身孕，眼下除了暂且忍着，只怕也没有别的法子。"

"那我们就暂且忍一忍。魏嬿婉这般强行有孕，她能平安生得下这个孩子才算。"

许多事其实再明白不过，即便有着皇后之尊，即便有着彼此原谅后的再度信任，可唯有经历过此间的骇浪惊涛，才知自己所有的一切是如何脆弱，甚至不堪一击。如懿再不能也没有力量去施行过去那等的决绝。

如懿的话说完不过三月，嬿婉便于七月十七日早产了一位皇子。此子序列十四，取名永璐。皇帝依言将永璐留在嬿婉身边抚养，复了她贵人位分，也在洗三之日按照寻常皇子诞生的规矩赏赐，并无半分另待。

和敬去看过了永璐洗三，回来又请皇帝去看令贵人母子。皇帝搁下手中的书卷，冷肃了面孔："璟瑟，朕知道你谢她救了你的儿子庆佑，也会觉得朕无情。可永璟也是朕的儿子，就算与令贵人无直接干系，也是令贵人的额娘害的。换了你，谁要伤了你的孩子，你会轻易原谅她女儿么？"

和敬哑口无言。皇帝微微松了语气，复又道："朕可以让她有孕生子，也可以稍稍抬她位分。可朕也是永璟的阿玛，皇后的夫君，朕不能全然不顾他们。"

嬿婉的喜悦并没有维持多久，这个过早降临于人世的孩子便因先天不足，发起了高热。

初生的孩子甚是娇嫩，嬿婉衣不解带，日夜不眠，守在永璐身旁。比之七公主璟妸，永璐更似她的命根，值得她穷尽所有力量守护。然而孩子持续的高热与抽搐让嬿婉数度惊厥，在求医问药之余，也请来萨满法师于永寿宫中作法。

萨满的世界里，病痛的一切来源都是妖邪作祟，便也直言，让嬿婉将孩子挪于宫中阳气最重之地暂养。

春婵闻言便明白，一味搓手为难："阳气最重，莫过于养心殿。只是……"

嬿婉看着怀中气息微弱的永璐，睁着哭得如红桃的眼，鼓足了勇气便往外冲："我去求皇上！"

第二十八章　新秀

京中夏日炎炎，夜来也有不退的热息。微风不起，水晶帘止，唯有殿中供着的满捧蔷薇，缀着艳红莹透的花瓣，被冰雕的凉意凝住郁郁花香。

皇帝在暖阁翻阅书卷，如懿相伴在侧，往青玉狮螭耳炉中添入一小块压成莲花状的香印，又加以银叶和云母片，使香气均匀。那袅袅淡烟，溢出雨后梧桐脉脉翠色的清逸，衬得四周越发安宁。

嬿婉跪伏在外已有一刻，她的哭声哀哀欲绝："皇上，请您眷顾永璐。皇上阳气甚足，可以抵御一切妖邪。臣妾恳请您将永璐暂养于养心殿，求您龙气庇佑，让永璐渡过这一劫。"

她的哭求声撕心裂肺，足以让任何一个路人动容。如懿伴在皇帝身侧，轻声询问："皇上，令贵人如此哭求，您不答应么？"

殿外的哭求带着寒绝的气息："皇上！皇上！臣妾父母俱亡，兄弟戴罪。除了您的怜悯，除了永璐，臣妾便无依无靠。若是永璐不保，臣妾宁可跪死在宫门前！"

皇帝的眼底有着罕见的哀伤与迷茫："如懿，朕很难去断定永璟之死是否一定与令贵人有关，但朕真真切切地知道，若非朕这般宠爱她，她的额娘也不会生了妄心来谋害你的孩子。朕一直很愧疚，也很难过……"

如懿定定望着皇帝："臣妾不敢多言，但求皇上明白。"

皇帝的面上闪过一丝软弱："可在门外病着的也是朕的儿子，朕不能完全置之不理。"

如懿颔首，侧身坐于他身边："令贵人的请求不算过分。可若说永璟之死她完全无辜，臣妾也不能信。"

皇帝握住她的手,他的手心是潮湿的,在夜风依旧熏热之下,触觉微凉:"皇后……朕知道你的委屈。可永璟到底已经去了,眼前的永璐却不能不理会。"

她轻轻叹息:"皇上固然应该救永璐,不为别的,只为他是您的血脉。臣妾不会拿稚子的性命报复。既然臣妾许永璐生下来,自然也许他好好活着。但……"她定神:"但臣妾至死不接受令贵人无辜,作恶之事皆在魏夫人的说辞。臣妾以为,令贵人有害死永璟之疑,这样的人不配养育孩子。"

皇帝微微有些错愕,明白她话中所指:"你要令贵人可以生,但不许养?"

如懿甚是坚定:"是。只许生,不许养,更不许见。"

皇帝点头:"好吧。永璐病着也罢,若是见好,立刻送去寿康宫给太妃们养育,与令贵人无干,往后也不许令贵人见面相认。若令贵人再有侍寝生育,一律如此处置。朕就只许她做个生孩子的女人。"他打开殿门,居高临下地望着怀抱永璐哭得妆容凌乱的嬿婉:"永璐留下吧。"

接下来的十数日,嬿婉与永璐暂居于偏殿臻祥馆内,留太医数名一同照顾。皇帝每日必探视永璐,却甚少与嬿婉说话。嬿婉亦不多求,只是衣不解带悉心相守,夜来目不交睫,白日便跪在佛像前祝祷,人也消瘦不少。

不过半月,嬿婉便添了心悸之症。接连的生产对她的身体损伤颇大,又兼两次都未曾好好坐月,气恼忧烦。她起初还不敢明言,只是忍着照顾永璐,直到不能起身,才不得不于永璐病榻之侧再添一床,方便就近医治照顾。

这一来,便是和敬公主也添了怜悯之心,入宫时瞧见一二,便嘱人送了山参燕窝过去。偶然没有宫人伺候在前时,和敬怀抱小儿,引袖哀哀求道:"令娘娘千错万错,爱子之情是不错的。令娘娘再有不是,皇阿玛也该看在儿女的分儿上。再者永璐早产,令娘娘卧病,怕都是当日令娘娘救庆佑时落下的病根。"

皇帝只疼爱地摸着庆佑绯红滚圆的小脸，仿佛未曾听见与令妃相关之语："庆佑只是小名。"他沉吟："得起个压得住的大名。嗯，像他父亲一般是个英雄。就叫鄂勒哲特穆尔额尔克巴拜！"

和敬含笑："是钢铁的意思，真是个好名字。"

皇帝笑语："大难不死，必有后福。上次落到水里都能无恙，是个后福无穷的孩子。"

和敬眼中泛起一层泪光，婉声劝道："皇阿玛，女儿的孩子固然后福无穷，可永璐还躺在侧殿呢。且令娘娘生下永璐，也不过还她贵人位分，母子俩以后的委屈大着呢。"

皇帝脸色微沉，侧身坐下端过茶水抿了一口："璟瑟，你替令贵人说的话够多了。皇后许她生子，已经是极大的让步，无比宽容忍耐。"

和敬颇有恻然之色："一个女人没有夫君的恩宠，想要安然度日是何等艰难。当年皇阿玛忙于政事，陪伴额娘的时候不多，额娘贵为皇后，有时也不得不防着嫔妃僭越，何况令娘娘连个好母家都没有。"

皇帝微有不豫之色，对着和敬仍是语气温然："璟瑟，后宫中许多事，你并不明白。往后不要再插嘴了。"

和敬低头，拂弄着衣角垂落的银丝串碎玛瑙珞子："女儿不明白，皇阿玛也未必明白。额娘崩逝之后，皇阿玛才知许多事原是误会。可是与额娘生死两隔，许多事终究也来不及了。若令娘娘之事真有误会在其中，却牵连母子三人，皇阿玛是否也觉得无辜？"

和敬所言，字字锥心，几乎勾起皇帝心底的隐痛。他拍一拍和敬的手，温和道："璟瑟，皇阿玛年纪大了，只有你会这么对皇阿玛说话。"

和敬嫣然一笑，却不失端庄风范："女儿是皇阿玛的长女，也是唯一的嫡女，是皇阿玛抱着长大的。"她凝神片刻："而且，女儿也是心疼皇阿玛。十三弟夭折，皇阿玛一定很希望十四弟可以康健成长。"

皇帝叹口气，沉默片刻，终于道："朕不会苛待令贵人母子的。"

和敬神色安娴，静静施礼。她胸前镏金莲苞扣上垂落的流苏是琉璃蓝色，长长地拂落在她云蓝暗纹闪金片樱花衣袖上。她行动间腰肢轻曲，流苏却纹丝不动。

皇帝看着她姣好容颜，气质玉曜，不觉黯然："璟瑟，你与你额娘长得很像。她嫁于朕的时候，也很喜欢这样笑。"

和敬如樱红唇抿起一抹温娆笑意："额娘在天有灵，一定明白皇阿玛对她的记挂。"二人言罢，皇帝便去湄若宫中。此时湄若已然遇喜，皇帝甚为关怀。而湄若也因为六公主的早夭，格外地小心翼翼，几乎闭门不出，安心养胎。

和敬转曲廊，入偏殿，见了正在督促乳母给永璐喝药的嬿婉。嬿婉见了和敬，忙忙迎上来，笑中却带了泪："公主，您来了。"

和敬细黑的眉微微蹙起："不必这样哭丧着脸，我知道永璐快好了。"

嬿婉殷勤劝坐，又从春婵手中亲自接了茶盏奉上，颇为赧然："臣妾身边没什么好茶，这是去岁的毛尖，还请公主将就着喝。"

和敬接过茶盏，看也不看一眼，连半点品尝的意愿也没有，只是随手搁于一边。嬿婉会意，示意春婵带了众人退下。乳色的水汽将和敬端正的脸模糊出一点柔和的神色，她淡淡笑道："恭喜。以后皇阿玛会常来看你们母子。"

嬿婉泪盈于睫，却怕和敬不喜，只得忍住了，伏身就要叩谢："多谢公主大恩。"

和敬也不看她，捻着绢子端坐着："行礼便大可不必了，你毕竟是我的庶母。要皇阿玛知道，还以为我不懂得尊敬长辈。"嬿婉答应着便要起身，和敬又道："若是额娘还在，你们都是侍奉她的妾侍，我也不会对你另眼相看。要知道，能救庆佑，虽是我要谢你的，但也是你的本分。"

嬿婉连连诺诺："我也不过是巧合。能救了世子，是积善积福之事，是公主成全了我。"

"积善积福？额娘生前倒是驭下和善，温柔勤俭。"和敬轻轻地叹息一声，无限怅惘，"可惜，额娘这么早便不在了。"

嬿婉谦卑而恭敬："我曾有幸侍奉过孝贤皇后，孝贤皇后温和端庄，气度高华。我心里只有她一人才是垂范天下的皇后。"

和敬瞟着她："我成全你，并非因为你这些话。我只是不喜欢看那个人霸占了额娘的后位。那个位子，不是她的，也不必叫她安稳坐着。"

嬿婉低首敛眉，不敢应答，只是谦卑地道："皇后终究是皇后……"

和敬冷冷打断："我相信你不是无用之人。你可以凭着孩子的病况住进养心殿得到皇阿玛的宠爱，就不会辜负我的期望。"

嬿婉扬起惨白的素颜，望着和敬笃定的笑意，将它深深记在了心里。

到了十二月间，北风正劲，忻妃湄若便生下了一个女儿，序第八，取名璟姗。湄若自得此女，以为六公主再度而来，欣喜若狂，将玉团似的女儿疼得不知该如何才好，将余事都撇在一边，专心养育公主。

而此时，嬿婉已然再度遇喜，并于次年生下皇九女璟妘。虽然自此皇帝对她的宠幸不比往日，但接连三年生下子女，二十一年七月十五日所生的皇七女璟妧，二十二年七月十七日生皇十四子永璐，二十三年七月十四日生皇九女璟妘。连续的生育到底巩固了嬿婉的地位，让她成为与纯贵妃一般生育最多的嫔妃。

纵然如此，皇帝对她所生的皇子皇女，都是一生下便抱去寿康宫养育，养在撷芳殿中，逢五之日还可相见，进了寿康宫，太妃们团团围着，想见一面也不得。嬿婉纵然苦苦哀求，皇帝也不理会。如此，嬿婉只得低头，战战兢兢做人。

因着嬿婉的谨小慎微，生下九公主百日后，嬿婉复位令嫔。她殊无欢喜，只是令嫔而已，皇帝对她不过每月一二幸，并不多加垂怜，若非自己私下变本加厉地服用催孕之药，哪里来这么多的运气。可这样的接连生产，她的心悸之症也愈加厉害，不得不着意安养身体。

而诸位皇子之中，永璟逐渐长大，皇帝对他也越发督促得紧。凡到晚膳之后，必要亲自过问功课，每逢旬日，便亲自教习马术武艺，端的是一位慈父。

如此一来，人心反倒安定了。

自从端慧太子与七阿哥早夭，皇帝爱重四阿哥永珹，连着他生母淑嘉皇贵妃也炙手可热，颠倒于后宫。而后永珹失宠，五阿哥永琪深得皇帝信任倚重，又是如懿养在膝下，引得人心浮动，难免将他视作储君。如今如懿自己的儿子得皇帝这般用心照拂，落在外人眼里，毕竟是中宫所出，名正言顺，又可遂了皇帝一向欲立嫡子之心。可是身为亲母，如懿是知道的，永璂年少体弱，经历了丧弟风波、人情冷暖之后，小小的孩童愈加沉默寡言，学起文韬武艺，自不如永璜与永琪年幼时那般聪慧敏捷。

待到无人时分，夫妻二人枕畔私语，如懿亦不觉叹惋："说到文武之才，虽然永璂得皇上悉心调教，可比之永琪当年，却显得资质平平了。"

皇帝温和道："哪有你这样的额娘，旁人都偏心自己的儿子也来不及，你却尽夸别人好。永璂才多大，永琪多大，你便这般比了！"

如懿轻轻啐了一口："什么别人不别人的，永琪、永珹他们，哪个不是臣妾的儿子了？"

皇帝笑声朗朗："有皇后如此，是朕的福气。"

如懿见他正在兴头上，是最好说话的时候，便道："父母之爱子，则为之计深远。皇上爱重永璂，臣妾心里固然高兴，可臣妾是他额娘，也比旁人更清楚不过。永璂，他的天资不如永琪，甚至，连永璜当年也比不上。"

皇帝颇为惊异："朕疼自己的儿子，你怎的好好地生出这般念想来？"

如懿感慨道："皇上疼他，臣妾欢喜不已，可就怕是太疼爱了，过犹不及。臣妾瞧皇上这些日子给永璂读的书，大半是君王治国之道。永璂年纪尚小不说，落在旁人眼里，还当皇上动了立储之意，反倒生出许多无谓的是非来。"

皇帝闻言亦是唏嘘："朕年轻时是念着嫡子的好处，想着若是兄弟众多，嫡子是最名正言顺的。如今自己为人父，年纪渐长，却也发觉，国赖长君也是正理。可到底如何……"

　　如懿轻声道："老祖宗的教训最好，国赖长君。若长中立贤，更是不错。"她谦和道："皇上，妇人不得干政，臣妾无心的。"

　　皇帝道："如懿，你没有干政。你是朕选的皇后，懂得在最合适的时候说最合适的话，做最合适的事。朕希望你，一直如此。"

　　如懿心底微微一沉，面上婉然一笑："所以有件事，臣妾不得不提了。皇上，永璜与永琏早逝，永璋与永珹一个出宫建府，一个出嗣，但都已成家。如今永琪已然成年，也到了成家立业的时候。皇上可曾考虑过，要为他选一个什么样的福晋？"

　　皇帝眉眼弯弯，笑看着她："愉妃倒是向朕提过一次，说自己出身寒微，不敢娶一个高门华第的媳妇儿，只消人品佳即可。你既是嫡母，又疼永琪，你是如何打算的？"

　　如懿一笑："皇上是慈父，岂有思虑不全的，非要来考较臣妾。"她略一沉吟："愉妃的话臣妾不爱听，动辄牵扯家世，连累永琪也自觉卑微。依臣妾看，福晋的德容言功须得出众，才配得上永琪。至于门第，不高不低，可堪般配便好。"

　　皇帝不觉失笑："咱们已是皇家，还要般配，哪儿有这么好的门第？你呀，心里还是偏疼永琪。"

　　如懿偏着脸，青丝软软垂落："皇上的话臣妾不爱听，永璋的福晋难道不是臣妾与皇上商量着细细挑的，便是他的侧福晋也出身完颜氏大族。纯贵妃一见几个媳妇儿就高兴。"

　　皇帝凝神道："永琪的婚事朕细想过了，已有了极好的人选，便是鄂尔泰的孙女，四川总督鄂弼之女，西林觉罗氏。"

　　如懿闻言，不觉一怔，强笑道："鄂尔泰是先帝留给皇上的辅政大臣，本配享太庙，入贤良祠。若不是被胡中藻牵连，也不会被撤出贤良祠，还赔上了侄子鄂昌的性命，累得全族惶惶。"她悄悄望着皇帝："娶这样人家的女儿……"

　　皇帝慨然含笑："正是合适。永琪娶鄂尔泰的孙女，一则以示天家宽宏，不计旧事；二则宽慰鄂尔泰全族，也算勉力他在朝为官的子侄；三则，这样的人家家训甚严，教出来的女儿必定不错，又不会煊赫嚣张，目中无人。"

如懿深以为然，亦不得不赞叹皇帝的心思缜密。若非这样的老臣之后，如何配得上永琪。且又是曾打压过的老臣，既对指婚感激涕零，又不会附为羽翼，结党谋权。

她望着他闭目静思的容颜，有那么一瞬，感到熟悉的陌生。还是那张脸，她亲眼见证着他逐渐成熟，逐渐老去的每一分细节。可是那样陌生，或许她还是爱着这个人，这副皮囊，但他的心早已不复从前模样。曾经的爱渐次凋零，就像她越来越明白，或许他真的是一代天骄，只是，也真的不算一个钟情的夫君吧。

或许，这样的明白也是一种警醒，她会与他这样平淡老去，日渐疏离，再无年轻时痴痴的爱恋与信任。

岁月逐渐摧毁的，不仅是饱满丰沛的青春，也是他与她曾经最可珍贵的一切。

乾隆二十三年秋，因着宫中嫔妃渐长，皇帝少有可心之人。嬿婉连续生育，难免损了身体，不得不暂停了侍寝，卧床养息。而向来得宠的湄若也因生下八公主产后惊风，便缠绵病榻，亦不便再侍奉君上。内务府便提议要广选秀女充斥后宫，也好为皇家绵延子嗣。

这一年九月，便由如懿和太后陪着皇帝主持了殿选。这次入选的，除了太后母家的远亲钮祜禄氏为诚贵人，礼部尚书德保之女索绰伦氏为瑞贵人，最为出挑的，应当是蒙古霍硕特部亲王送来的女儿蓝曦格格。另有几位位分较低的常在，都是江南织造特意送入宫中的汉军旗包衣，虽然身份低微，但个个都是容貌昳丽的江南佳丽。霍硕特氏蓝曦一入宫便被封为恂嫔，格外受皇帝恩宠。大约也是如前朝所言，霍硕特部不如大清的姻亲博尔济吉特氏一般显赫出众，并且因为曾经暗地里资助准噶尔部作乱而被皇帝怒目，为求一席保全之地，也不得不与其他部族一般献上自己的女儿与大清共结姻亲之好来寻得庇护。

恂嫔的一枝独秀，连着十六年选秀入宫的颖嫔巴林氏、恭贵人林氏、禧贵人西林觉罗氏、恪贵人拜尔果斯氏，成为妃位以下的嫔妃中恩眷最盛的女子。亦因为她们年轻的美与活力，格外受到皇帝的垂怜。帝王的垂爱，便常常流连在她们这些娇然盛放的花朵之上。

宫中的选秀，向来不过是循例而已。把这天下的美人都收罗一遍，才是尽了皇家的权势了。其实皇帝宫中妃嫔的来源，选秀不过是一小拨儿，有宫女承恩侍上的，有外头大臣亲贵进献的，有蒙古各部选的，林林总总，总是有新的美人一朵一朵地开在御花园里头，谢了一朵再开数十朵，永远没有凋零的时候。

这一日是选秀后的第三日，一切新人的封号住所都已安排妥当，如懿便携了容珮去养心殿书房看望皇帝。

这一年入冬早，十月间便下了几场大雪，御苑中的梅花早已绽了好些花苞，盈盈欲放。皇帝看了欢喜，便命人折了几枝最好的白梅，供养在清水瓶中。

书房里静悄悄的。皇帝坐在堆积如山的折子后头，李玉带了两个机灵的小太监随侍在旁。金鼎香炉里悠然扬起一缕白烟，如懿轻轻一嗅，便知是皇帝常用的沉水香，旋即请了一安道："沉水香辛、苦、温，暖腰膝，去邪气，有温中清神之效，这个时节用是再好不过了。"

皇帝见她来了，搁下笔含笑道："好是好，但是沉水香是暖香，闻多了难免昏昏欲睡，若是开窗，也不合宜。"

如懿折下瓶中几朵白梅的花苞放进香炉里，再盖上鹤嘴赤金香炉盖，道："梅花有清冽之气，尤以白梅为甚。暖香中有清气，皇上可喜欢么？"

她转首，见皇帝案几上铺着幅《洛神赋图》，知他近年来对此画甚是喜爱，闲来便要细细赏阅。如懿凝神看了几眼，只觉洛神轻灵飘逸，果然极美，只可惜是曹植对洛神一厢情愿。世间情事，再热烈的心思，也并非两情相悦，两心相知，实在可叹。可皇帝喜爱的偏偏就是曹植满心诚挚，热烈向往，才会记下与洛神相见之景，成为传世经典。

皇帝含了欣悦之意，起身携过她的手道："外头刚下过雪，怎么还过来，也不怕着了寒气？"

如懿扬一扬脸，容珮端出一盘焦香四溢的烤羊肉和一壶白酒来。如懿道："想起从前在潜邸中，和皇上偷偷烤了羊肉喝酒，今日就特意烤了这个，以慰当日豪情。"

皇帝惊喜道："正好外头下过雪，咱们移到窗下来，边看雪边吃这个。"说罢又笑："折了白梅来这般清雅，原来也是个酒肉之徒。"

如懿一笑："喝酒吃肉，原来就是人生雅事，皇上何必把它说俗了。难不成还不许臣妾'老夫聊发少年狂'么？"

李玉和容珮立刻布置，二人挪到暖阁的窗下，将酒肉搁在小几上，将长窗支了起来。如懿冷得一哆嗦，笑道："可受不了，这么大的风。好冷！"

皇帝倒了一杯酒送到她嘴边："来，赶紧喝一口暖暖。喝下就不冷了。"

如懿一仰脖子喝下，见皇帝只顾着吃那烤羊肉，不觉得意："皇上是不是吃着觉得不太一样？"

皇帝连连下筷，笑道："没有腥膻气，是口外的肥羊。肉质细嫩，应该还是小羊。"皇帝闭上眼细细品了片刻："有松枝的清香，还有菊花的甘洌……"

"全中了！"如懿拊掌，"就是用松枝烤的，烤的时候羊肚子里撒了经霜的菊花瓣。皇上是个吃客！"

皇帝扬扬自得："每日处理着天下的朝政，也该享用这天下的美食、美景与美人。"

如懿连连摇头，鬓边一支赤金凤东珠发簪的红宝琉璃流苏沙沙地打在鬓边，仿若迎风的红梅点点，越发衬得人面桃花："皇上刚选了秀女，还嫌这美人不足么？"

皇帝笑吟吟道："你以为朕选进来的一定是年轻貌美的女子？"他扬声唤道："李玉，把朕案上的第三份折子拿来。"

如懿喝了一盅酒，抱着手炉取暖，只见李玉递了一份折子上来。皇帝吩咐道："李玉，给皇后瞧瞧。"

如懿却不伸手去接："不算干政？"

皇帝失笑："后宫之事，不算干政。"

如懿呵了呵手，打开一看，不觉失笑："这个根敦是怎么想的？他在科尔沁也算位极人臣，三十岁的女儿还要送进宫为嫔妃，还说不求名分高贵，只求侍奉皇上身侧。寨桑大人家的格格，草原上的明珠，哪里找不到好人家了？"

科尔沁部的寨桑位次仅在王爷之下，形同部族智囊宰相，一人之下，万人之上。这根敦任寨桑之职，便是科尔沁王爷的左膀右臂，主动提出这般举措，送女儿入宫，实在有点有失体面。

皇帝亦是摇头："据说根敦的女儿厄音珠格格曾经许配过三次人家，都是未过门男方就暴毙了。草原上的喇嘛替她算过，要嫁世间最尊贵之人才能降得住她的克夫之命，所以根敦一拖再拖，就拖出了一个三十岁还云英未嫁的女儿。"

如懿沉吟片刻，夹着一筷子羊肉却不吃，倒被冷风吹了一阵，直吹得银筷子的细链子簌簌作响，却只瞧着皇帝不作声。

皇帝道："你想到什么？直说便是。"

如懿抿了抿唇道："为何从前不提喇嘛的传说，如今却突然提起来？若不是霍硕特部的蓝曦格格被皇上册为嫔御，恐怕科尔沁部也不会如此焦灼吧？玉氏只好送来寨桑根敦的女儿这个年到三十的女儿，说出这般传说想人信服。"

皇帝饮了一口酒，脸上微微泛起晕红光彩："你再说便是。"

"臣妾听闻草原各部一直不睦，虽然都臣服于大清，但私下里争夺烧杀之事也时有耳闻。霍硕特部与科尔沁部不睦已久，科尔沁部是爱新觉罗氏的姻亲，若要选妃，本就该科尔沁部为先。估计霍硕特部亲王也是看准了科尔沁部无适龄的少女可选，所以才会送上女儿蓝曦格格，以求来日若有纷争，可得皇上庇护。且自从准噶尔之事后，霍硕特部自知见罪于大清，也是示好之举。这样一来，科尔沁可不是要着急了？选来选去，只根敦有一个三十岁的亲生女儿，也只好忙不迭地送来了。"

皇帝朗声笑道："皇后见微知著。那么皇后以为，朕该如何？"

如懿起身行礼道："皇上胸怀天下，视蒙古各部若掌中之物，区区女子之事，怎会要问臣妾，自然是早有定夺了。"

皇帝执过她的手笑道："你是皇后，朕自然要知道你与朕是不是一心。"

这话却是问得险了。她是皇后，自然不能心胸狭窄，落了个妒忌的恶名。何况……她有六宫之主的位子，宫中多一个人，只好比御苑里多开了一朵花，便有什么可怕的。她悄悄打量着皇帝的神色，他还是悠然自得的样子，仿佛是毫不在意。可是如懿却知道，他这样的神情，便是什么都拿准了的，偏偏，他又是那样多情的性子。

如懿沉思片刻，思量着慢慢道："其实只要是科尔沁寨桑的女儿，不管是三十老女还是丑若无盐，皇上都不会在意。因为皇上的心胸里，选秀进来的，不只是一个女人，而是蒙古各部的平衡之势。"

皇帝的眼幽深若潭水，一点一点地绽出笑的涟漪："不愧是朕的皇后。"

如懿含笑道："那么，皇上如何定夺？"

"朕看重的不是一个女人，而是与蒙古的联姻。朕取的不是一个女子、一个嫔妃，而是蒙古的科尔沁部。"他咬重了口音，拿手指蘸了白酒在小几上写了个"取"字，"是取，而不是娶，取一女子在宫中，多一个不多，少一个不少。"

如懿浅浅失笑："皇上如今正宠着恂嫔，倒不怕她吃味？"

皇帝轻哼一声："朕便是要所有人都知道，即便是朕宠着谁，也不是高枕无忧。既然都是朕的奴才，权衡一些，也叫他们好自为之。"他停下，夹了一筷羊肉慢慢嚼了："有了蓝曦和厄音珠在宫中，便是平衡了霍硕特部和科尔沁部在宫中的势力。而朕，未必要给恩宠，只要是礼遇即可，就如一个摆设一般。"

如懿心中微寒，仿佛是殿外的风不经意吹入了心中，吹起了一层冰瑟之意。

容不得她多想几分，皇帝的声音已经在耳边："朕已想好，给博尔济吉特氏厄音珠嫔位，与霍硕特氏位分相同。"他微微沉吟："便封为豫嫔。皇后看看还有什么宫殿可以安置？"

如懿旋即回过神来，笑容如常平和："这次的新人里，恂嫔和诚贵人住在景仁宫，便是恂嫔为主位。瑞贵人、白常在、陆常在跟着忻妃住在景阳宫。承乾宫暂时无人住着。"

"承乾宫与你的翊坤宫相对，地位至高，没有合适的人，朕也宁可空着。"他略略缓和，提高了唇角扬起的弧度，"豫嫔么，不拘哪个宫里，先让她住着，当个主位就是。"

如懿思忖着道："永和宫自玫嫔死后尚无主位，只有几个位分低的贵人、常在住着，倒也合适。"

皇帝拨着盘中的羊肉，漫不经心道："那就是永和宫吧。"

第二十九章

豫嬪

春日迟迟之时，新入宫的恂嫔霍硕特蓝曦和豫嫔博尔济吉特厄音珠恰如红花白蕾，平分了这一春的胜景韶光。

对于皇帝的宠爱灼热，已经三十岁的豫嫔厄音珠自然是喜不自胜，恨不能日日欢愉相伴，不舍皇帝左右。厄音珠虽然不算年轻，但相貌甚美，既有着蒙古女子奔放丰硕的健美，也有着痴痴切切地缠着皇帝的娇痴。不同于豫嫔对雨露之恩的眷恋，恂嫔的容色浅静得近乎淡漠，仿佛岩壁上重重的青苔，面朝阳光的照拂，来也承受，去也淡淡，并不如何热切与在意。而她的美，只在这冷淡的光晕里如昙花一般在幽夜里悄然绽放。

自然地，以皇帝如今的心肠，一个浑身绽放着热情的、无须他多动心思去讨好的女子比一个对他的示好亦淡淡的女子更讨他喜欢。

而出身博尔济吉特后族的豫嫔，也因着皇帝的宠爱而很快骄横且目空一切。所以当如懿对着敬事房记档上屡屡出现的"豫嫔"的载录而心生疑惑时，海兰悄声在旁告知："皇后娘娘有所不知吧？豫嫔太会拔尖卖乖，有几次明明是恂嫔在养心殿伺候，可是豫嫔也敢求见皇上痴缠，惹得恂嫔待不下去，自己走了。"

如懿蹙眉："有这样的事？本宫怎么不知？"

海兰摇首道："恂嫔那个人，倒真像是个不争宠的。出了这样的事也伤脸面，大约是不好意思说吧。臣妾也是听与恂嫔同住的诚贵人说起，才隐隐约约知道一些。"

外头春色如海，一阵阵的花香如海浪层层荡迭，将人浸淫其间，闻得香气绵绵，几欲骨酥。如懿点点头，撩拨身旁一丛牡丹上滴下的晶莹露珠，凝神道："其实本宫一直也觉得奇怪，霍硕特部与科尔沁部积怨已久，各自送女儿入宫也是为了宫中平衡，怎的恂嫔倒像不把这恩宠放在心上似的，全不似豫嫔这般热切，也不愿与宫中嫔妃多来往，倒与她阿玛的初衷不一了？"

海兰笑言："或许是每个人的性子不一样吧。可臣妾冷眼瞧着，恂嫔倒真不是做作。也许她出身蒙古，心思爽朗，不喜这般献媚讨好也是有的。"

"心思爽朗？"如懿一笑，撂下手中的记档，"本宫看恂嫔总爱在无人处出神，怕是有什么不能见人的心思，倒真未见爽朗。至于不能相争，霍硕特部自从暗中相助准噶尔之后，皇上冷眼，他们部落一日不如一日，恂嫔不能与博尔济吉特氏相比倒是真的。"

海兰抿嘴一笑，将切好的雪梨递到如懿面前："娘娘你这个人呀，眼睛比旁人毒就罢了，看出来便看出来了，何必要说出来呢。皇上收了恂嫔，已经是安了霍硕特部的心了，还要如何？"

如懿细细的眉尖拧了一拧，仿佛蜷曲的墨珠："恂嫔也罢，看来是豫嫔不大安分。"

海兰拨着指尖上凤仙花新染的颜色，那水红一瓣，开得娇弱而妩媚："博尔济吉特氏的出身，当然不肯安分了。寨桑王爷留着这个宝贝女儿到了三十岁，可是有大用处的呢！"

如懿道："都说豫嫔三十了，其实貌美得很，别有一番成熟风韵。"

"哪里是成熟，分明是妖娆。"海兰忽而一笑，凑到如懿耳边，低语道，"听说豫嫔第一回侍寝，居然不肯出来，又缠了皇上好久。"

如懿听得面上绯红，半是诧异半是不信，嗔道："你又胡说！这些事你怎能知道？"

海兰面色微红，低低啐了一口："敬事房的伺候太监们从未见过这般自请留下再度侍寝的，都在底下传呢。听说但凡豫嫔侍寝，养心殿的人守夜，耳朵里都得塞棉花才行。为了这个，蒙古嫔妃都抱怨她狐媚子呢，嫌她没脸面，不肯搭理她。不过臣妾也觉得此话有七八分真，否则豫嫔怎如此得宠。寨桑根敦养了她三十年，自然是个和咱们不一样的大宝贝。"说着二人也笑了。

话虽这样说，豫嫔到底是得宠，且是一枝独秀的风光无限。豫嫔颇得脸面，她出身蒙古科尔沁部，其余的蒙古嫔妃不喜欢她，她与嫁在科尔沁的和敬公主却是亲近的，和嬿婉也说得到一块儿去。和敬到底是科尔沁的儿媳，很肯敷衍豫嫔："既然进宫了，豫娘娘你和我就是一家人。"

豫嫔倒也不客气，安然受了这一句"豫娘娘"的庶母称呼，大咧咧道："公主是科尔沁部的儿媳，我是科尔沁部的格格，自然都是一心的。"

和敬瞥一眼嬿婉，见她如此言语，心中大是不耐烦，索性略带讥刺："知道你是出身大族，你就该给母族争气。历代进宫的科尔沁部的格格，不是当了贵妃就是当了皇后乃至太后的。"

和敬说得不差。大清开国以来就与科尔沁部世代联姻，博尔济吉特氏的格格们，出过天聪帝皇太极的孝端文皇后、孝庄文皇后，顺治帝福临的两任皇后与淑妃，那可是显贵至极。豫嫔极为骄傲："阿爸说了，我这个年岁才进宫，不是只为了当个小小嫔位的。"

这般雄心壮志，嬿婉想着若非自己落水又兼产后失调，哪里就会得了心悸之症，轮到豫嫔得意了。面上却拉过她的手亲切无比："那就盼豫嫔妹妹你多得圣宠了。"

这一日午后，如懿陪着皇帝在养心殿里，斜阳依依，照出一室静谧。外头的辛夷花开得正盛，深紫色的花蕾如一朵朵火焰燃烧一般，恣肆地张扬着短暂的美丽。那真是花期短暂的美好，艳阳滋暖，它便当春发生，可若一夕风雨，便会零落黄损，委地尘泥。

但，那是顾不得的。花开正好，盛年芳华，都只恣意享用便好。

如懿与皇帝对坐，握一卷《诗经》在手，彼此猜谜。不过是猜到哪一页，便要对方背诵，若是有错，便要受罚。皇帝与如懿都习读汉文，《诗经》并难不倒他们，一页一页猜下来，皆是流利，倒把永璂惹得急了。每每猜一页，便抢着背诵下来。稚子幼纯，将那一页诗文朗朗诵来，当真是有趣。也难为他，自《桃夭》至《硕鼠》或《邶风》，无不流利。

皇帝连连颔首："永璂很好。这都是谁教你的？"

永璂仰着脸，伏在皇帝膝上："皇额娘教，五哥也教。"

皇帝越发高兴："永琪不错，有了妻室，也不忘教导兄弟。"他抚着永璂额头，谆谆叮嘱："你五哥自小学问好，许多文章一读即能背诵，你能么？"

永璂倒是老实："不能，大多要八九遍才会。若是长，十来遍也有。"

皇帝微微摇头，又点头，笑道："你比你五哥是不如。但，这么小年纪，也算难得了。"说罢又赞永琪："此子甚好，成家立室后敬重福晋，又不沉溺女色，很是用功。"他说罢，仿佛有些累，便支了支腰，换了个姿势。

如懿打心底里欣慰，不觉笑道："永琪年长，自是应该的。要不骄不躁才好。"

正说话间，江与彬向例来请平安脉。他向皇帝和如懿请了安，搭了脉，欲言又止道："皇上脉息康健，一向都好。"

如懿知他老练，不动声色："本官瞧皇上面色，最近总是萎黄，可是时气之故？"

皇帝轻咳一声，如懿便默然，牵了永璂告退："等会儿永琪的福晋还要进宫请安，臣妾先行回去。"

皇帝应准了，如懿牵过永璂的手盈盈告退。到了殿外，她将永璂交到容珮手中，扬一扬脸，容珮即刻会意，带了永璂往阶下候着。

如懿临风廊下，只作看着殿前辛夷花出神。荡漾的风拂起她花萼青双绣梅花锦缎外裳，鬓上一支红纹缠丝玛瑙响铃簪缀着玉珠子，玲玲地响着细碎的点子，里头的话语却隐隐入耳。

皇帝道："朕腰间日渐酸乏，前日那些药吃着并无大用。可有别的法子？"

江与彬道："皇上肾气略弱，合该补养。微臣会调些益气补肾的药物来……"

"要用好药。"

"是。不过药虽有效，皇上还得善自保养。"

里头的声音渐次低下去。

如懿眉心皱起来，看了候在外头的李玉一眼，缓步走下台阶。李玉乖觉跟上，如懿轻声道："皇上近日在吃什么药？"

李玉为难，搓着手道："这些日子的记档，豫嫔小主不如往日多了。可……皇上还是喜欢她。别的小主，多半早早送了出来。"

这话说得含蓄，但足以让如懿明白。她面上腾地一红，便不再言语。

到了是日夜间，皇帝翻的是恪贵人的牌子。这本也无奇，皇帝这些日子，尽顾着临幸年轻的嫔妃。如懿向来困倦晚，因着白日里永琪的福晋来过，便留了海兰在宫里，二人一壁描花样子，一壁闲话家常。

那本不是接嫔妃侍寝的凤鸾春恩车经过的时辰，外头却隐隐有哭声，夹杂在辘辘车声里，在静寂的春夜，听来格外幽凄。

容珮何等精明，已然来回报："是凤鸾春恩车，送了恪贵人回来。"

时辰不对。

如懿抬起头，正对上海兰同样狐疑的双眸，海兰失笑："难不成有人和臣妾当年一样，侍寝不成被抬了出来。那是该哭的。"

年岁滔滔流过，也不算什么坏事。说起曾经的窘事，也可全然当作笑谈。

如懿睇她一眼，微微蹙眉："什么了不得的大事，哭哭啼啼的，明日便成了宫里的笑话。"

容珮会意："那奴婢即刻去请恪贵人回来。"

不过片刻，恪贵人便进来了。她本是温顺的女子，如今一双眼哭得和桃子似的，满面涨得虾子红，窘迫地搓着衣襟，却忍不住不哭。

如懿赐了她坐下，又命菱枝端了热茶来看她喝下，方才和颜悦色道："有什么事，尽管告诉本官。一个人哭哭啼啼，却成了说不出的委屈。"

恪贵人张了张口，又把话头咽下，只是向隅嘤嘤而泣。海兰抚了抚她肩头，"哎呀"一声："春夜里凉，你若冻着了，岂不是叫家里人也牵挂。在宫里举目不见亲，有什么话只管在翊坤宫说，都不怕。"

恪贵人双目浮肿，垂着脸盯着鞋尖上绣着的并蒂桃花朵，那一色一色的粉红，开得娇俏明媚，浑然映出她的失意与委屈。她的声音低低的，像蚊子咬着耳朵："臣妾也不知自己怎么了，伺候了皇上多年，如今倒不懂得伺候了。"

这话有些糊涂，如懿与海兰面面相觑，都有些不安。如懿索性劝她："话不说穿，除了自个儿难受，也叫旁人糊涂。"

恪贵人盯了如懿一眼，扑通跪下，抱着如懿的裙裾哭道："皇后娘娘，臣妾也不知哪里伺候得不好。皇上处理政务想是累了，精神气不好，臣妾也不敢狐媚皇上，便劝皇上歇息。谁知皇上推了臣妾一把，怪臣妾不懂伺候。"

暖阁里的都是侍过寝的嫔妃，自然懂得"精神气不好"是什么意思。海兰怕恪贵人不自在，索性看着别处的影子装聋作哑。

如懿听了这话头，便知不好劝说，只得拉了她起身："好了，这事也不怪你。皇上的心自该在前朝，如今西陲的战事揪着皇上的心呢。"

她不劝尚好，一劝，恪贵人哭得越发厉害："臣妾向来不是很得皇上喜欢，不过每月侍奉皇上一两回。可这些日子，不只臣妾，许多姐妹都瞧了皇上的脸色。是不是豫嫔一入宫，臣妾等都没有立足之地了呢？"

如懿听得话中有话，便问："除了你，还有谁？"

恪贵人掰着指头道："恭贵人、瑞贵人、禧贵人，连颖嫔姐姐都吃了挂落儿，只不过都咬着被角偷偷哭罢了。唯有恂嫔，她也被送了出来，只她不在意。"

她说起的，多是蒙古嫔妃，一向又要好，闺房里自然可能说起。如懿听得心惊肉跳，只维持着面上平和："那又干豫嫔什么事？"

恪贵人眼神一跳，有些胆怯，旋即咬着手里的水红绢子恨恨道："皇上

341

只说豫嫔会伺候人，唯她没有被早早送出来。"

如懿安慰了恪贵人，便叫好好送回去。海兰睨她一眼，摇了摇头，只道："恪贵人一说，臣妾可越发好奇豫嫔了，可是什么来头呢？"

这一日逢着李玉不当班，如懿便唤来了他细细追问。李玉忸怩得很，浑身不自在，吞吞吐吐才说了个明白。原来这些日子侍寝，唯有豫嫔最得眷宠，皇帝一时也离不开，而若换了旁人，次日皇帝便有些焦躁，要去唤江与彬来。

事已至此，如懿亦不能再问，又细细问了皇帝饮食睡眠，倒也如常，也只得打发李玉走了。

恪贵人这般不得皇帝的意，到了午后，皇帝便唤了豫嫔来伺候自己午睡。豫嫔与皇帝厮闹了一回，拔着皇帝手指上的扳指缓缓地拔下又戴上，只是吃吃地笑。皇帝有心逗她，奈何身上困倦，便也不与她胡闹，豫嫔便只好服侍皇帝躺下了。过了一炷香时分，豫嫔看皇帝鼾声渐起，轻轻咬着皇帝的耳朵唤了几句，见皇帝始终不作声，一味睡得香甜，才放心往暖阁走去。她从皇帝方才凝神看的奏折里抽出一本，默默诵读："寒部地处偏远，乃是雪山大部，臣请皇上留意……"她心下一惊，回头看皇帝依旧熟睡，心想难道皇帝留心上了寒部，得赶快告诉阿爸和王爷知道才好。想罢，她悄然步出养心殿，看侍女朵颜守在外头，便将方才所知用蒙文写下纸条，交给朵颜着人送出去，也好叫科尔沁部上下来日在皇帝跟前应对得当，为母族换得无上好处，另则又催了药，眼见朵颜离开，才放心回了寝殿继续侍奉皇帝。

这一日，如懿查完敬事房的记档心事重重，海兰知她忧心，论起御花园春色繁盛，特意便带了她一同往园子里去。

如懿与海兰挽着手，漫步园中看着春光如斯，天桃娇杏，色色芳菲，不负春光，怡然而开，便道："好好的闷坐在宫里说旁人的闲事，还不如来这里走一走呢。春色如许，可莫辜负了。"

海兰笑吟吟道："皇上不肯辜负六宫春色，雨露均沾，咱们也且乐咱们的便罢。"

花木扶疏，荫荫滴翠，掩映着一座湖石假山。山前一对狮子石座上各有一石刻龙头，潺潺清水从中涌出，溅出一片蒸腾如沸的雪白水汽。假山上薜荔藤萝，杜若白芷，点缀得宜。一座小小飞翼似的亭子立在假山顶上，一个着茜桃红华锦宫装的女子正坐亭中，偶有笑语落下。

"咱们科尔沁部历来都出皇后，最不济也是个淑妃，本宫仅为嫔位，自然是委屈了。"

似乎是宫女的声音："皇上不是答应了小主会即刻封妃么？咱们赶在恂嫔前头成了妃子，可不是打了霍硕特部的脸？小主可是为寨桑大人争气了！"

豫嫔的声音趾高气扬："不仅是妃位，贵妃，皇贵妃，本宫都会一一得到。左右皇上宠爱本宫，不喜旁人，本宫有什么可怕的。"

那宫女道："皇上如此宠爱小主，旁人都成了东施丑妇，看也不看一眼。即便哪日废了皇后由您顶上也是有的，谁叫咱们博尔济吉特氏专出皇后呢！"

豫嫔笑得欢喜而骄傲："太宗的孝端皇后、孝庄皇后，世祖的孝惠皇后都是咱们博尔济吉特氏的女子。皇上唯一的嫡公主和敬公主当年也是嫁到了咱们科尔沁部来。如今的皇后也不过是继后，那中宫的宝座能不能坐稳，还是两说呢。"

二人笑语得趣。海兰驻足听了半晌，冷笑一声："皇上要封豫嫔为妃？怎的娘娘与臣妾都不知晓。"

如懿低头拨弄着护甲上缀着的红宝石粒，不咸不淡道："这样的话自然是枕畔私语了。当然了，科尔沁部的格格，封妃也是应当的。"

海兰蹙眉，嫌恶道："小小妃妾，也敢凌辱中宫！姐姐也该让她知道天多高地多厚。"

如懿蕴起一抹笑色，清怡如天际杏花淡淡的柔粉："此刻豫嫔是皇上心尖子上的人，本宫何必去惹这个不痛快。且一次传杖就能灭得了一个人的野心么？"她神色淡然，转脸道："听说这阵子纯贵妃身上一直不大好，咱们去瞧瞧她。她也可怜，日夜为了儿子熬心血，也是撑不住了。"

海兰虽然着恼，但如懿这般说，也只得随着她去了。

二人看过绿筠，已是傍晚时分。陪着皇帝用膳的是嫚婉。如懿行经永寿宫，看着传菜的太监陆陆续续鱼贯出入，十分齐整安静。皇帝用膳，想来满、蒙、汉菜色齐全，一时流水价往来。海兰眼尖，忽然努了努嘴，见对面长街的转角根下，一个小宫女伸着半个脑袋盯着永寿宫门口。那宫女本掩着身子，若非偶尔被风卷起浅绿裙角，暮色四合之际，倒也不易察觉。

容珮撇了撇嘴，不屑道："如今底下人越发没规矩了，争风吃醋都派人盯到别人宫门口了，也不管教管教。"

如懿便问："你认得她？"

容珮点头："鬼鬼祟祟的主子便有鬼鬼祟祟的奴才，上不得台面，是豫嫔带来的宫女朵颜。"

如懿也不多留，只作没瞧见，对三宝道："留神着点。"三宝应承着，众人照旧回宫不提。过了两日，三宝便有了消息："朵颜什么都没做，只看着皇上用膳完毕，便走了。"

如懿思忖片刻："皇上近日用了什么菜色，你都查了么？"

三宝抹着额上的汗："都问了。御膳房的规矩，皇上每顿所用菜色大多不同，十日之内绝不重样。倒是皇上喜欢御田米煮的白米饭，每日都用。"他靠近，低声道："奴才还查了，为皇上做御田米饭的，是与豫嫔小主沾亲带故的。"

如懿眼神一跳，旋即淡然，挥了挥手："下去吧。"

次日，皇帝下朝，来翊坤宫看过了永璂，便与如懿说起豫嫔封妃之事："恂嫔虽然年轻，但总是冷冷淡淡的，不如豫嫔温柔热情，又出身高贵。"

如懿脸上瞧不出分毫不悦之色："说来科尔沁部本是比霍硕特部尊贵些。"

皇帝以为她赞成，便也中下怀："朕给豫嫔妃位，也是给她母族科尔沁部脸面。所以皇后，豫嫔封妃的礼仪，一定要格外隆重。"

如懿答应着，一脸欢愉得体："豫嫔既得皇上心意，臣妾一定会好好办妥封妃之事，务求体面风光。毕竟是满蒙联姻，和敬公主也嫁在了科尔沁。"

皇帝走后，如懿便唤来豫嫔密密商量封妃之事。如懿的谦和之色，让豫嫔愈加得意，连容珮奉上的一对金凤双头珊瑚珠钗亦不客气地笑纳："皇后娘娘如此厚爱，臣妾也不敢推辞了。"

如懿含笑："本宫年纪渐长，看你们几个年轻的伺候皇上如此妥帖，本宫自然高兴。"

外头有乐声传进，如丝如缕，悠扬清逸，反反复复只唱着同一首曲子。

"宝髻偏宜宫样，莲脸嫩，体红香。眉黛不须张敞画，天教入鬓长。莫倚倾国貌，嫁取个，有情郎。彼此当年少，莫负好时光。"①

"……莫倚倾国貌，嫁取个，有情郎。彼此当年少，莫负好时光。"如懿闻声侧耳倾听，不禁轻吟浅唱。

豫嫔听了数遍，也生了好奇之心："怎么皇后娘娘很喜欢这首歌么？外头的歌姬一直在唱这首呢。"

如懿温柔的面庞泛起无限怅惘："这首曲子是唐玄宗的《好时光》。本宫与皇上多年相处，皇上最爱在晨起时分听这首曲子。如今本宫年长，不比你们时时能见到皇上，所以唤来歌姬解闷罢了。"

豫嫔"哎哟"一声，眸中晶亮一转，侧耳听了片刻，掩唇笑道："娘娘是中宫皇后，怎么会见不到皇上？可是怪臣妾陪着皇上太多么？"

如懿抚着云鬓青丝，苦笑道："色衰而爱弛，每日晨起看见新生的白

---

① 此词出自唐玄宗李隆基的《好时光》，词中着意描写一位倾国丽人，莲脸修眉，年轻貌美，希望她能及时"嫁取个"多情郎君，莫辜负"好时光"。这首小令，抒情委婉，描写细腻，对后世词风有一定影响。《历代诗余·开元轶事》云："明皇谙音律，善度曲。尝临轩纵击，制一曲曰《春光好》。方奏时，桃李俱发。"后所度诸曲皆失传，唯《好时光》一阕仅存。

发，就提醒着本宫青春不再。而太年轻的女子，娇纵任性，皇上也未必喜欢。如你这般解风情，又有大家名门的尊贵，最合皇上心意。所以新人里头，皇上也只属意你封妃。"

容珮忍不住插嘴："豫嫔小主入宫才多久便封妃，真是前途无量。"

如懿越发器重，扶住豫嫔的双手："册封礼的事本宫会为你安排好，一定让你风风光光，享受博尔济吉特氏该享受的荣耀。"

豫嫔饱满如银月盘的脸上洋溢着无可掩饰的喜悦，欠身告退："那便多谢皇后娘娘了。"

她说罢，便扶了侍女的手大剌剌离去。容珮见她这般，忧色忡忡道："皇后娘娘近日爱听这首曲子也罢了，怎么好好的让豫嫔听去，窥知了皇上和娘娘的喜好。好没意思。"

"有没有意思，不在这一时！"如懿轻轻一笑，"如今本宫算是知道豫嫔的好处了，待字闺中久了，竟是个妇人的体貌，稚童的脑子。难怪是男人都会喜欢。"她侧首取过一把小银剪子，看着镂雕云龙碧玉瓶中供着一捧捧碧桃花，挑了数段有致之枝，一一利落剪下，轻轻哼唱："莫倚倾国貌，嫁取个，有情郎。彼此当年少，莫负好时光……"

第三十章　香见欢

豫嫔的封妃之日是在三月初一。内务府早就将妃位的袍服衣冠送入永和宫中。

朵颜满面堆笑，欢喜不胜："内务府一早就将妃位的衣冠送来，等会儿小主穿上，便可行册封礼了。"她想了想，笑容稍减："不过奴婢听说，蒙古的妃嫔们都约好了，不来小主的册封礼。"

厄音珠浑不在意，只在镜前左顾右盼，试着几支步摇珠钗："她们不来本宫照样是皇上钦封的豫妃。那和敬公主呢？她总要给本宫这个面子吧。"

"和敬公主带了世子去南苑小住，让谙达们教世子箭术呢。不过和敬公主的贺礼已经送来了。"

厄音珠托腮照镜，簪上一朵硕大的水红芍药："那也罢了。去，把皇后赏的金凤珊瑚钗拿来，等下去谢恩时戴着也体面。"她转头看朵颜一眼："听说阿爸的药送到了，有了这药更能固宠。这里让别人伺候，你去拿吧。"

朵颜答应着，立刻去了。

"宝髻偏宜宫样，莲脸嫩，体红香。眉黛不须张敞画，天教入鬓长。莫倚倾国貌，嫁取个，有情郎。彼此当年少，莫负好时光。"豫妃轻轻哼唱，歌声悠悠荡荡，情意脉脉，回荡在永和宫的朱墙红壁之下，袅袅回旋无尽。

那歌声，直直挑起了刚刚起身的皇帝心底的隐痛。几乎是在同一瞬间，豫妃听到了皇帝的怒吼："你在胡唱些什么？"

豫妃惊得手中的象牙玉梳也落在了地上，慌忙伏身跪拜："皇上恕罪！皇上恕罪！"

皇帝喝道："哪儿学来这些东西？好好一个蒙古女子，学什么唱词？"

豫妃慌慌张张道："皇上恕罪。臣妾只是见皇上喜欢听令嫔唱昆曲，又雅好词曲，所以向南府学了这首曲子。臣妾，臣妾……"

她讷讷分辩，正在精心修饰中的面庞带着茫然无知的惊惶暴露在皇帝眼前，也露出她真实年纪带来的眼角细细的纹路和微微松弛的肌肤。

再如何用心遮掩，初老的痕迹，如何敌得过宫中众多风华正艳的脸。何况是这样新妆正半的脸容，本就是半成的俏丽。

皇帝厉声喝道："所谓德容言功你可知晓？一早起来不事梳妆更衣，满口胡呛。何来德？何来容？"他容不得豫妃说话，又斥道："什么彼此当年少，莫负好时光！朕是年近五十，但你也是三十老女。难道嫁于朕，便是委屈了你了么？"豫妃惶惶然，正仰起面来要申辩，皇帝狠狠啐了一口在她面上："别人想着要年少郎君也罢了，朕是看在大清与科尔沁部彼此联姻的分儿上才对你格外优容，谁知却纵得你这般不知廉耻，痴心妄想！"

李玉在旁跪劝道："皇上息怒，皇上息怒。"

皇帝气得喉中发喘，提足便走，只留豫妃软摊在地，嘤嘤哭泣。

皇帝气冲冲走出永和宫，正遇见宫外的如懿，不觉微微一怔："皇后怎么来了？"

如懿的眼里半含着感慨与情动："臣妾方从茶库过来，选了些六安进贡的瓜片，是皇上喜欢喝的。谁知经过永和宫，听见里头有人唱《好时光》，不觉便停住了。"

记忆牵扯的瞬间，皇帝脸庞的线条慢慢柔和下来，缓声道："这首歌，是你当年最爱唱的。"

如懿微微颔首，隐隐有泪光盈然："是臣妾初嫁于皇上时，皇上教给臣妾的。眉黛不须张敞画，天教入鬓长。所以臣妾画眉的时候，总记得当年皇上为臣妾描眉的光景。"有春风轻缓拂面，记忆里的画面总带着浅粉的杏桃色，迷迷蒙蒙，是最好的时光。她黯然道："原来如今，豫妃也会唱了。"

皇帝的脸色沉了又沉，冷冷道："她不配！"他伸出手引她并肩向前：

"这首歌朕只教过你，除了你，谁也不配唱。"

如懿轻轻一笑："彼此当年少，那样的好时光，臣妾与皇上都没有辜负。"

皇帝眼底有温然的颜色，郁郁青青，那样润泽而温和。她知道，只这一刻，这份温情是只对着她，没有别人。哪怕日渐年老色衰，他与她，终究还有一份回忆在，不容侵袭。

身后隐隐有悲绝的哭声传来，那股哀伤，几欲冲破红墙，却被牢牢困住。

如懿并不在意，只是温婉问道："皇上，臣妾在宫里备下了晚膳，可否请皇上同去？"

皇帝自然允准，如懿与他并肩而行，唇边有一丝笃定的笑意。

这一顿饭吃得清爽简单，时令蔬菜新鲜碧绿，配着入口不腻的野鸭汤，几盘面食点缀。

皇帝便笑话如懿："春江水暖鸭先知，菜色正合春令，最宜养生之道。只是以汤配米饭最佳，怎用花卷、糜子同食？皇后是连一碗米饭都小气么？"

如懿有些尴尬，屏退众人，方才低声道："臣妾正是觉得皇上所食米饭无益，才自作主张。"她轻叹，屈膝道："皇上，都是臣妾无能，若非永琪，只怕臣妾与皇上都懵然不知。"

她说着，击掌两下，永琪进来道："儿臣请皇阿玛、皇额娘万安。"

皇帝看他："有话便说。"

永琪跪下道："皇阿玛，去岁东南干旱无雨，影响收成，朝廷曾派人赈灾送米。如今春日正短粮，儿臣特意让人从东南取了些朝廷发放的米粮来，想送进宫请御膳房烹煮，与皇阿玛同食，也是了解民间疾苦。谁知御膳房做米饭的厨子支支吾吾，儿臣起疑，便叫人尝了皇阿玛素日所食的御田米饭，却是无恙。"

皇帝瞠目："既然无恙，你想说什么？"

永琪叩首道："为皇阿玛试饭菜的皆是太监，所以这米饭他们吃下去无恙。儿臣想着皇阿玛一饮一食皆当万分小心，又特意请了太医来看，才知皇阿玛所用的御田米饭，都被人买通了厨子下了一味凉药。"

皇帝大惊："什么凉药？"

永琪面红耳赤："此中缘故，儿臣已然请了江太医来。"他说罢，便叩首离开。

江与彬候在外头，进来便一股脑道得清楚："所谓凉药，是专供女子排除异己讨夫君欢心所用的。与咱们中原的暖情药不同，那凉药必得是夫君与旁的女子同寝前所用，若不知不觉服下，总觉酸软倦怠，四肢乏力，不能畅意。过了三五个时辰，药性过去，男子便能精神如常，而下药的女子则以此固宠。"

皇帝的面上一层层泛起红浪，是心头的血，挟着一股子暗红直冲上来，掩也掩不住。这样难堪的后宫纷争，却是被心爱的儿子无意中一手揭开，揭开荣华金粉下的龌龊与不堪。如何不叫他赧然，平添恼意。

皇帝额头的青筋根根跳动，一下，又一下，极是强劲："是谁做下的？"

如懿静静道："豫妃。永琪说，那厨子已然招了。"

皇帝十分着意："有毒无毒？"

"无毒。"江与彬急急忙忙道，"皇上前些日子龙体不快，便是这凉药的缘故。掺在米饭里，无色无味，尽够了。"他慌忙跪下："微臣无用，不能早些察觉，以致皇上多用药石，都是微臣无能。"

皇帝眉心突突地跳着，咬着牙道："此事不是你能知道的。若非永琪纯孝，只怕也不能知。"

如懿怏然不乐："也是臣妾无用，料理六宫不周，才使恪贵人等人平白受了委屈！"

江与彬似是要撇清前些时日施药无用的干系，又追上一句："皇上龙体本来无恙，只是被人刻意用药，才精神委顿，不能安心处理朝政。若停了此药，微臣再以温补药物徐徐增进，便可大安了。"

皇帝遣了江与彬下去，面红耳赤："贱妇蠢钝，如此争宠，真是不堪。"

如懿婉然进言："是药三分毒。豫妃纵然只为争宠，但手段下作，不惜以皇上龙体为轻，实在不堪。"

永琪低首："皇阿玛，这是宫内私情，还有一事，干系国事。儿臣近日出入宫中，发觉有太监在洒扫时蓄意接近养心殿。儿臣便留了心，果然查出有太监私相授受，向宫外传递消息。"

皇帝心惊不已："那是何人？"

"是豫娘娘安排的太监。儿臣查知有人将皇阿玛奏折上的要务偷偷记录，派人送往母族，以便探知朝廷心意。"

皇帝大惊，这般窃知国事，嫔妃中从来未闻，便是淑嘉皇贵妃在世，也不敢如此大胆。

如懿徐徐劝道："今日是豫妃的封妃之日，皇上的口谕早已传遍六宫，可不要因为一时的怒气伤了龙体。且此事传出，也实在有损皇上圣誉！"

皇帝紧握双掌，冷哼一声："豫妃？"他肃然片刻，只听他呼吸声越来越沉："朕的旨意已下，断难回转！但博尔济吉特氏狂妄轻浮，心机险恶，怎配为妃侍奉朕左右？李玉，传朕的旨意，封妃照旧，但朕，再不愿见这贱婢。告诉敬事房，将她绿头牌摘下，再不许侍寝，将她禁足于自己殿阁内，无旨不得出！她便只是这个紫禁城的豫妃，而非朕的豫妃！"

豫妃的骤然失宠，固然引起揣测纷纭。但，谁肯去追究真相，也无从得知真相。流言永远比真相更花样迭出，荒唐下作，从这个人的舌头流到那个人的舌头，永远得着不确定的乐趣，添油加醋，热辣香艳。此中秘闻，厨子已然招供，豫妃也早无从抵赖。只是豫妃禁足宫内，再不见天日。而和敬知道消息，也嫌豫妃蠢钝无用，这样丢了自己和科尔沁部的脸面，再不去理睬她了。

这样的一时之秀，出身望族的宠妃，也可轻描淡写挥手拂去，皇后做得久了，真正有一番甘苦在心头，亦懂得如何借力打力，不费吹灰之劲。

经此一事，皇帝对永琪更是看重，让永琪了解寒部事宜，领了户部差事，又封了贝勒。永琪向来在儿女情事上从不沉溺，待福晋也是尊重有余，亲热不足。如今拼命在差事上，少年时得的附骨疽便发了数次，他青年人懒怠延医问药，也就敷衍过去了。因着封了贝勒开府居住，内务府便送了一拨儿下人进来，其中有个胡氏名叫芸角的侍女，容色清丽无俦，言语伶俐，性子乖巧，最得永琪喜爱。永琪知她冬天爱堆雪人，春日护着檐下的燕子窝，养着一窝大燕子和小燕子，便也由着她性子来，一来二去，便成了跟随自己的通房丫鬟，又给了格格名分，常在身边伺候。

这样的事，如懿和海兰是不清楚的。只消有人伺候好了永琪，海兰见过了一两次，知道是个端正清白的人家，笔帖式胡存柱的女儿，也颇放心，只叮嘱永琪不要宠妾辱妻，爱护福晋，便也罢了。

宫中一直无事，唯一让人心弦弹动的，反而是天山的寒部节节败退之后，兆惠所要带回来处置的一个女子。

寒氏香见。

寒氏尚未入宫，为表顺服，寒部便将部族之荣白玉之贡送到了皇宫内库。那白玉之贡是位美人玉像，见过之人都说与寒氏姿容相仿，如同谪仙。皇帝只是一哂："言辞夸大，朕不相信。且区区白玉之贡并不能彰显寒阿提顺服的诚意。"

倒是傅恒极力进言："自从皇上平定准噶尔，寒部首领寒阿提终于愿意顺服我大清。香见公主貌若天仙，深得边地诸部尊重爱戴。若得香见公主，等于得到边地十数部落的人心。"

皇帝才微微颔首，只等着寒氏入宫。

许多年后，如懿回想起初见香见的那一日，是三月刚过的时候，天气是隐隐躁动的春意荡漾。按着节令的二十四番花信，如懿掰着指头守过惊蛰，一候桃花，二候棣棠，三候蔷薇。海兰傍在她身边，笑语盈盈数着春光花事，再便是春分，一候海棠，二候梨花，三候木兰。

那也不过是个再平常不过的日子。所谓的庆功宴，和每一次宫廷欢宴并无差别。歌依旧那么情绵绵，舞依旧那么意缠缠。每一个日子都是金色的尘埃，飞舞在阳光下，将灰暗染成耀目的金绚，空洞而忙乱。日复一日，便也习惯了这种一成不变，就像抚摸着长长的红色高墙，一路摸索，稍有停顿之后，还是这样无止境的红色的压抑。

直到，直到，香见入宫。

紫禁城所有的寡淡与重复，都因为她，戛然而止。

那一日的歌舞欢饮，依旧媚俗不堪。连舞姬的每一个动作，都似木偶一般一丝不苟地僵硬而死板。上至太后，下至王公福晋，笑容都是那么恰到好处，合乎标准。连年轻的嫔妃们，亦沾染了宫墙殿阙沉闷的气息，显得中规中矩，也死气沉沉。

是意气风发的兆惠，打破了殿中欢饮的窒闷。自然，他是有这个资格的。作为平定寒部的功臣，他举杯贺道："皇上，奴才奉命护送寒部至宝入宫，献与皇上。"

嬿婉轻轻一哂，不以为意："区区女子而已，哪怕是征服寒部的象征，也不必这般郑重其事吧！"

陆氏亦道："都说是什么美人，能有多美？边地异族，略平头正脸的都当是美人了吧。而且听说路上为她还死了人，多晦气！"

陆氏所言，是指寒氏刚离部族入宫，便有青年男子一路追随，谁知路遇雪崩，那男子便罹祸丧命了。后来才知，那男子是她未婚的夫婿寒企。

绿筠素不喜嬿婉，但也不禁附和："令嫔所言极是。丧夫之女，多不吉利！带入宫中，也太晦气！"

如懿与海兰对视一眼，深知能让兆惠这般大张其事的，必不会是简单女子，所以在想象里，早已勾勒出一个凌厉、倔强的形象。

而香见，便在那一刻，徐徐步入眼帘。她雪色的裙袂翩然如烟，像一株雪莲，清澈纯然，绽放在冰雪山巅。那种眩目夺神的风仪，让她在一瞬间忘记了呼吸该如何进行。后来如懿才知道，她这样装扮，并非刻意引起他人注意，而是在为她未嫁的夫君服丧。如懿很想在回忆里唤起一点那日对于她惊心动魄的美丽的细节，可是她已经不记得了。印象里，是一道灼灼日光横绝殿内，而香见，就自那目眩神迷的光影里静静走出，旁若无人。

她近乎苍白的面庞不着一点粉黛，由于过度的伤心和颠沛的旅途，她有些憔悴。长发轻绾，那种随意而不经装点的粗糙并未能抹去她分毫的美丽，而更显出她真实的却让人不敢直视的风采。

在那一瞬间，她清晰无误地听到整个紫禁城发出了一丝沉重的叹息。她再明白不过，那是所有后宫女子的自知之明和对未卜前程的哀叹。

而所有男人的叹息，是在心底的。因为谁都明白，这样的女子一旦入了皇帝的眼，便再无任何人可染指的机会了。

如懿的心念这样迟钝地转动，可是她的视线根本移不开分毫，只听见嬿婉近乎哀鸣般悲绝："这种亡族败家的妖孽荡妇，绝不可入宫。"

嬿婉的话，咬牙切齿，带着牙根死死砥磨的戒备。如懿不动声色地推开她的手，想要说话，却情不自禁地望向了皇帝。

瞠目结舌，是他唯一的神态。唯有喉结的鼓动，暗示着他意外的心动和欲望。如懿，几乎是默不可知地叹息了一声。

那是没有办法的事。

兆惠得意扬扬，道："太后，皇上。这便是寒部公主寒香见。"

那女子只是冷脸相待。兆惠想是见多了她这般冷淡的面容，倒也不以为忤，依旧笑眯眯道："香见公主乃寒部第一美人，名动边地。又因她名香见，爱佩沙枣花，玉容未近，芳香袭人，深得边地各部敬重，几乎奉若神明。"

太后微微颔首，数着手中拇指大的十八子粉翠碧玺念珠，那念珠上垂落的赤金小佛牌不安地晃动着。太后闭上眼，轻声道："原以为笑得好看才是美人，不承想真美人动怒亦是国色。我见犹怜，何况年轻子！"

海兰的目光极淡泊，是波澜不兴的古井，平静地映出香见的绝世姿容。她轻挥着手中一柄象牙镂花苏绣扇，牵动杏色流苏徐徐摇曳，有一下没一下地打在她湖水色缂丝梨花双蝶的袖口："臣妾活了这一辈子，从未见过这样的美人。先前淑嘉皇贵妃与舒妃在时，真是一双丽姝，可比得眼前人，也成了足下尘泥了。"

绿筠微有妒色，自惭形秽："哀哉！哀哉！幸好那两位去得早，舒妃还罢了，若淑嘉皇贵妃还在，她最爱惜最得意的便是自己的容颜，可不得活活气死过去！"

绿筠的话并非虚言。皇帝最懂得赏识世间女子的美好，宫中嫔妃，一肌一容，无不尽态极妍，尤以金玉妍和意欢最为出挑。玉妍的艳，是盛夏的阳光，咄咄逼人，不留余地；意欢的素，是朱阁绮户里映进的一轮上弦月色，清明而洁净。但，在出尘而来的香见面前，她们毕生的美好鲜妍，都成了珠玑影下蒙垢的鱼目。

香见既不跪拜，也不行礼，盈然伫立，飘飘欲仙，不带一丝笑意。

兆惠笑道："皇上，香见既承父命，有与我大清修好之意，阿提愿代表寒部，请求皇上宽恕，望不要迁怒于那些渴盼和平的寒部民众。寒部自愿奉上公主，入宫伴驾。望以此女一舞，以表与我大清和睦修好之意。"

皇帝惊喜不已，喃喃道："你会跳舞？"

香见的容颜是十五月圆下的空明静水，从容自若，道："是。我的未婚夫婿寒企最爱我的舞姿，所以遍请各部舞师教习。在草原上，常常是他吹口弦我跳舞。"

众人见她当众说起自己的未婚夫婿，坦然真挚，倒也佩服。

兆惠连忙解释："回太后、皇上，香见公主曾有婚约，但未婚夫婿已殁，如今仍是未嫁之身。"

"虽然未嫁，但有婚约。"香见倔强道，"寒企是为了寻我才会被冰雪没顶。他待我一片情真，即便身死，情不能灭！"

太后默默叹息，皇帝却只点点头，看向兆惠："当真身死？"

兆惠道："是。寒企追寻香见公主,路遇雪崩,实在难救。"

"那就不要提这样伤心事了。"皇帝注目于容色和蔼的太后,恭谨道,"皇额娘可愿意观她一舞?"

太后以宁和微笑相对:"曾闻汉武帝时李夫人一顾倾人城,再顾倾人国。哀家愿意观舞。"

香见咬着下唇,凄苦气恼中不失倔强之色。她霍然旋身,裙袂如硕大的蝶翅飞扬,凌波微步摇曳香影,抽手夺过凌云彻佩戴的宝剑,笔直而出。

这一惊非同小可,已有胆小的嫔妃惊叫出声,侍卫们慌作一团拦在皇帝身前。皇帝遽然喝道:"不要伤着她!不要!"

香见凛然一笑,举剑而舞,影动处,恍如银练游走。舞剑之人却身轻似燕,白衣翩然扬起,如一团雪影飞旋。她舞姿游弋处,不似江南烟柳随风依依,而是大漠里的胡杨,柔而不折。一时间,珠贯锦绣的靡靡之曲也失尽颜色,不自觉地停下,视线所及唯有她素手迤逦轻扬处,不细看,还以为满月清亮的光晕转过朱阁绮户,陡然照进。

有风从殿门间悠悠灌入,拂起她的裙袂,飘舞旖旎,翩翩若春云,叫人神为之夺。

如懿目光轻扫处,所有在座的男子,目眩神移,色为之迷。而女人们,若无经年的气量屏住脸上妒忌、艳羡与自惭的复杂神情,那么在香见面前,也就成了一粒渺小而黯淡的灰芥。

所有的春光乍泄,如何比得上香见倾城一舞。

正当心神摇曳之际,忽然听得"铛"的一声响,仿佛是金属碰撞时发出的尖锐而刺耳的叫嚣。如懿情急之下,握住了皇帝的手臂,失声唤道:"皇上!"

嬿婉遽然变色:"皇上,此女意图行刺,该当灭族。"

香见镇定无比:"一人做事一人当,与我族人无干!"

凌云彻已然挺身护在如懿与皇帝身前。皇帝根本不理会嬿婉:"香见公主舞得入神,忘了御前三尺不可见兵刃。"

如懿的心跳失了节奏，低首看去，原来凌云彻一手以空剑鞘挑开了香见手中的长剑，唯余香见一脸未能得逞的孤愤恼恨，死死盯着皇帝，懊丧地丢开手。

香见泫然欲泣，却死死忍住了眼泪，仰天长叹："寒企，对不起，我报不了你的仇了！我的灵魂会来与你相聚。"

皇帝不知怎的，见了她便觉六感敏锐异常，心底一颤，目光不自觉便跟着她转。

香见忽然拉下胸口剑形链坠，拔掉外壳，一把锋利的小剑笔直指向自己脖子的动脉。小剑寒光锐闪，即将刺进香见脖子，皇帝一时情急，猛地掷过一个酒杯，小剑哐啷一声，被砸得飞出香见之手，铮然落在了地上。

图书在版编目（CIP）数据

后宫·如懿传.5 / 流潋紫著. —长沙：湖南文艺出版社，2018.1
ISBN 978-7-5404-8333-3

Ⅰ.①后⋯　Ⅱ.①流⋯　Ⅲ.①长篇小说—中国—当代　Ⅳ.①I247.5

中国版本图书馆CIP数据核字（2017）第248493号

上架建议：畅销 / 古代言情

HOUGONG · RUYI ZHUAN. 5

后宫·如懿传 . 5

作　　者：流潋紫
出 版 人：曾赛丰
责任编辑：薛　健　刘诗哲
监　　制：毛闽峰　赵　萌　李　娜　刘　霁
策划编辑：郑中莉　由　宾
特约编辑：张明慧　王　静
项目支持：张馨月
营销编辑：吴　思　好　红　雷清清
封面设计：弘果文化传媒
内文插画：三　乖
版式设计：利　锐
出版发行：湖南文艺出版社
　　　　　（长沙市雨花区东二环一段508号　邮编：410014）
网　　址：www.hnwy.net
印　　刷：三河市鑫金马印装有限公司
经　　销：新华书店
开　　本：787mm × 1092mm　1/16
字　　数：327千字
印　　张：22.5
版　　次：2018年1月第1版
印　　次：2018年1月第1次印刷
书　　号：ISBN 978-7-5404-8333-3
定　　价：32.80元

质量监督电话：010-59096394
团购电话：010-59320018